LA MAISON

AUX SEPT PIGNONS

OUVRAGE DU MÊME AUTEUR

QUI SE VEND A LA MÊME LIBRAIRIE

La lettre rouge, roman américain, traduit par E. D. Forgues. 1 vol.

COULOMMIERS. — Typ. ALBERT PONSOT et P. BRODARD.

NATHANIEL HAWTHORNE

LA MAISON
AUX SEPT PIGNONS

ROMAN AMÉRICAIN

TRADUIT PAR

E. D. FORGUES

PARIS

LIBRAIRIE HACHETTE ET Cie

79, BOULEVARD SAINT-GERMAIN, 79

—

1876

LA MAISON
AUX SEPT PIGNONS.

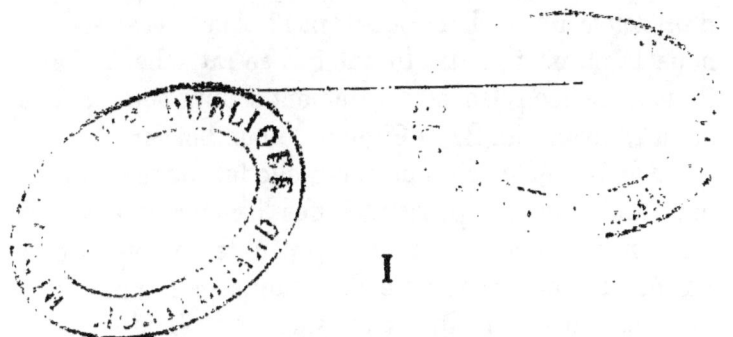

I

L'ancienne famille Pyncheon.

Dans une de nos villes de la Nouvelle-Angleterre, au bord d'une ruelle étroite, une maison de bois aux teintes rouillées; — elle a sept pignons élancés qui font face à différents points de l'horizon ; — au centre une massive cheminée groupant plusieurs tuyaux accotés l'un à l'autre. La rue s'appelle *Pyncheon-street;* la maison est l'antique *Pyncheon-House,* et ce grand ormeau dont le tronc puissant se dresse devant la porte est connu de tous les gamins de la ville sous le nom de *l'orme-Pyncheon.* Quand je traverse par hasard la ville en question, il m'arrive souvent de descendre Pyncheon-street pour passer à l'ombre de ces deux monuments archéologiques, le grand orme et la maison battue des vents. Elle a pour moi comme une physionomie humaine ; j'y retrouve en quelque sorte la trace d'une longue vie et des vicissitudes qu'elle a dû subir. Bien racontées, elles nous offriraient un récit qui ne manquerait, à coup sûr, ni d'intérêt ni d'enseignements, et dont l'unité, qui plus est, pourrait sembler le résultat d'une préconception d'artiste. Mais quel *in-folio*, que d'*in-douze* ne réclamerait-il pas? Aussi écarterons-nous la plupart des traditions qui se rattachent à l'antique Pyncheon-House, également connue sous le titre de la Maison aux Sept-Pignons, nous bornant à rappeler dans quelles circonstances elle fut fondée, et cela pour indiquer en passant à nos lecteurs une vérité dont on tient généralement trop peu de compte. Cette vérité, la voici : l'activité de chaque génération qui passe est un germe qui, dans un avenir éloigné, peut et doit produire des fruits bons ou mauvais, — de telle sorte qu'en semant pour recueillir cette moisson immédiate dont le besoin les domine, les êtres humains déposent dans le sol de quoi faire pousser une végétation robuste, qui projettera sur le front de leurs descendants ses ombres bienfaisantes ou malsaines.

Malgré son air suranné, la Maison aux Sept Pignons n'a pas été la première à occuper le sol où elle se dresse maintenant. Il fut un temps où Pyncheon-street portait le nom plus humble de *Maule's lane*, nom qu'elle tenait du premier pionnier qui eût défriché le sol et planté son *cottage* au bord d'une sente à bestiaux. L'existence d'une source naturelle donnant une eau pure et douce, — trésor rare dans la péninsule où s'était formé l'établissement Puritain, — avait décidé Matthew Maule à choisir cet endroit pour

y élever sa chaumière au toit touffu, bien qu'il fût un
peu éloigné de ce qu'on pouvait appeler à cette époque, le centre du village. Après un laps de trente ou
quarante ans, la ville croissant toujours, le site occupé
par cette espèce de hutte, excita la convoitise d'un
éminent et puissant personnage qui, en vertu d'une
concession décrété par la législature de l'État, reven-
diquait la propriété, non-seulement du morceau de
terre occupé par Matthew Maule, mais d'une grande
étendue de terrain située tout à l'entour. Ce préten-
dant, le colonel Pyncheon, était, d'après tout ce qu'on
sait de lui, doué d'une volonté de fer. Matthew Maule,
en revanche, s'entêta, malgré son obscurité, à défendre ce qu'il regardait comme son droit; et pendant
plusieurs années il réussit à garantir de l'invasion ce
lambeau de terre (un are ou deux) qu'il avait détaché
de la forêt-vierge, pour en faire l'emplacement de sa
demeure et de son jardin. Sur ce procès il ne reste
aucun document écrit. Tout ce qu'on en sait est de
tradition. Il serait donc téméraire, peut-être injuste,
de se prononcer définitivement sur les droits respectifs
des parties. Tout au plus pouvons-nous légitimement
soupçonner que le colonel Pyncheon étendait quelque
peu au delà de ses véritables limites, la concession
qu'il avait obtenue, afin d'y comprendre la modeste
propriété de Matthew Maule. Ce qui semblerait le
prouver, c'est que, malgré l'inégalité sociale des deux
antagonistes, et bien qu'ils vécussent à une époque où
l'influence personnelle était bien autrement puissante
que nous ne la voyons maintenant, le litige dura plusieurs années et ne fut terminé que par la mort de
l'une des deux parties, celle qui occupait le sol dis-

puté. Cette mort ne s'offre pas à nous avec les mêmes caractères qu'elle eut pour nos devanciers. A un siècle et demi de distance, on ne voit pas les choses du même œil, et nous n'éprouvons à aucun degré l'horreur flétrissante qui s'attacha naguère à l'humble nom de l'infortuné *cottager*, — qui fit regarder comme un acte religieux de passer la charrue sur le sol de son habitation — et voua sa mémoire à un prompt oubli.

Le vieux Matthew Maule, pour tout dire en un mot, fut exécuté comme « sorcier, » et son martyre, entre autres vérités morales, met en lumière la responsabilité des classes influentes, sujettes par malheur aux mêmes passions que la plus folle multitude. Prêtres, magistrats, hommes d'État, — les plus sages, les plus pacifiques, les plus saints personnages de leur temps — vinrent faire cercle autour de la potence, et, après avoir applaudi plus haut que tous l'œuvre de sang, furent les derniers de tous à confesser l'effroyable illusion dont ils avaient été dupes. Quand ils en furent là, lorsque fut apaisée la frénésie de cette hideuse époque où la persécution avait sévi indifféremment sur toutes les classes, où le supplice de Maule n'avait été qu'un épisode tragique perdu dans la foule de semblables événements, on se souvint que le colonel Pyncheon avait mis un acharnement singulier dans ses anathèmes contre « la sorcellerie, » dans ses réclamations pour qu'on en purgeât le pays; on se rappela tout bas le zèle qu'il avait mis à faire condamner Matthew Maule, zèle un peu suspect, il faut bien le dire, et dont la victime elle-même semblait avoir deviné les motifs secrets. Au moment de l'exécution, — la corde autour du cou et tandis que le colonel Pyncheon, du haut de son cheval, jetait un regard sombre sur cette scène tragique, — Maule l'apostropha du haut de l'échafaud et articula ces paroles prophétiques, conservées par l'histoire du temps aussi bien que par les traditions du foyer : — « Dieu lui donnera du sang à boire! » s'écria le condamné désignant du doigt, par un geste sinistre, son ennemi un moment déconcerté.

Après la mort de ce prétendu sorcier, le colonel Pyncheon n'eut pas grand'peine à se faire adjuger ses dépouilles. Mais lorsque le bruit se répandit qu'il voulait faire construire un hôtel, — un hôtel spacieux et solide, en beau bois de chêne, fait pour abriter mainte et mainte génération, — sur l'emplacement occupé jadis par la misérable hutte de troncs d'arbres que Matthew Maule s'était construite, on ne parla guère de cette résolution, dans les commérages de la petite ville, qu'à voix basse et en secouant la tête. Sans mettre précisément en doute la conscience et l'intégrité de l'austère puritain, on le trouvait imprudent de bâtir sa maison sur une tombe sans repos: le fantôme du supplicié aurait ainsi une espèce de droit sur les appartements nouveaux, sur les chambres où les fiancés à venir conduiraient leurs jeunes femmes et où devaient naître les enfants issus du sang des Pyncheon. Dans le plâtre frais des murailles se glisserait la subtile infection de la demeure souillée qu'on allait ainsi remplacer. Et pourquoi, — sur ce sol dont une si grande partie était encore couverte par les feuilles amoncelées de la forêt séculaire, — pourquoi choisir un site déjà frappé de malédiction?

Mais ni la crainte d'un fantôme, ni aucunes puériles considérations de sentiment, si spécieuses qu'elles

pussent être, ne devaient faire dévier de sa route tracée
à l'avance, le soldat, le magistrat puritain. Son bon
sens, massif et dur, — fait en quelque sorte de blocs
de granit, que rattachaient entre eux, comme autant de
crampons de fer, des résolutions invariables, — devait
lui faire rejeter toute objection au dessein qu'il poursuivait depuis si longtemps. Il creusa donc son cellier
et posa les fondements de son hôtel, sur ce même carré
de terre que Matthew Maule, quarante ans auparavant, avait déblayé le premier. Une circonstance curieuse et de mauvais augure, au dire de bien des gens,
c'est que la source dont nous avons parlé, renommée
pour la fraîche suavité de ses eaux, perdit ce mérite
essentiel. Soit qu'on en eût troublé le cours en creu-
sant les caves profondes, soit pour quelque autre cause
moins facile à expliquer, il est certain que l'eau de
« la source de Maule, » — on continuait à l'appeler
ainsi, — devint tout à coup dure et saumâtre. Elle l'est
encore aujourd'hui, ainsi que vous l'attesteront au besoin maintes vieilles commères du voisinage.

Par une autre bizarrerie que nous devons signaler à
nos lecteurs, le maître charpentier choisi pour diriger
les travaux du nouvel édifice, fut précisément le fils
de l'homme à qui avait été arrachée la propriété du
terrain, et que la mort seule avait forcé à s'en dessaisir; — c'était fort probablement le meilleur ouvrier de
ce temps-là; — peut-être aussi, le colonel jugea-t-il à
propos, soit pour se concilier l'opinion, soit par un
meilleur sentiment, de renoncer ainsi publiquement à
toute animosité contre la race de l'antagoniste par lui
vaincu. Le grossier positivisme du temps ne permet
pas de s'étonner que le fils du supplicié se soit montré

si peu rebelle à la pensée de chercher un lucre honnête dans la bourse de l'homme qui avait fait périr
son père. Thomas Maule, quoi qu'il en soit, fut l'ar-
chitecte de la Maison aux Sept Pignons, et s'acquitta
si fidèlement de sa tâche que la robuste charpente de
chêne assemblée par ses mains tient encore au moment où nous parlons.

Ainsi fut bâti ce grand édifice que nos yeux ont
étudié vingt fois, comme un curieux spécimen d'architecture ancienne, et comme ayant servi de théâtre
à des événemens plus intéressants que ceux dont les
murailles grises de tel ou tel château féodal nous con-
servent la mémoire. Mieux nous la connaissons dans
son état actuel, plus il nous est difficile de nous la représenter, par un effort d'imagination, telle qu'on la
vit au sortir des mains de l'ouvrier, reflétant pour la
première fois, les rayons du soleil. Ce fut l'occasion
d'une fête où la ville entière fut conviée par le magnat
puritain; solennité religieuse aussi bien que repas
formidable, où les prières, les sermons, les psaumes
ruisselèrent en même temps que l'ale, le cidre, le vin,
l'eau-de-vie, et où l'on vit au pied de la chaire, disent
quelques autorités plus ou moins suspectes, rôtir un
bœuf tout entier. Un daim, tué à vingt milles de là,
emplissait de sa carcasse désossée les flancs d'un immense pâté. Tout le reste était à l'avenant; et la nouvelle maison vomissait par son immense cheminée, avec
l'épaisse fumée des cuisines, un parfum de viandes et
de poissons assaisonnés d'herbes odoriférantes parmi
lesquelles l'ognon jouait un rôle prédominant. Ses
puissantes émanations constituaient à elles seules l'appel le plus énergique; aussi Maule's-lane ou Pyn-

cheon-street, — il était maintenant plus honnête de l'appeler ainsi, — fut envahie, à l'heure dite, comme eût pu l'être le chemin d'un nouveau temple. Les nombreux convives, à mesure qu'ils arrivaient, mesuraient de l'œil l'imposant édifice qui désormais allait prendre rang parmi les demeures humaines. Un peu en deçà de l'alignement, plutôt par orgueil que par modestie, il s'offrait aux regards de tous, avec sa façade ornée de figures étranges où la fantaisie gothique s'était laissée aller à ses inspirations les plus grotesques, et qui n'en ressortaient que mieux, moulées dans le plâtre brillant dont la charpente en bois était partout revêtue, mélange de chaux, de petits cailloux et de morceaux de verre. Les Sept Pignons de tous côtés dressaient leurs flèches aigües; avec leurs petits carreaux taillés en diamant, les nombreuses croisées à treillis laissaient pénétrer un jour abondant, mais atténué par le relief divers des trois étages qui se surplombaient l'un l'autre et dans les pièces du rez-de-chaussée n'admettaient plus qu'une lumière sobre et discrète; des globes de bois sculpté marquaient la saillie de chaque étage. De petites flèches de fer, roulées en spirales, décoraient chacun des Sept Pignons. Sur le triangle de celui qui faisait à peu près face à la rue, se trouvait un cadran installé le matin même, et sur lequel le soleil marquait une heure brillante, — suivie, hélas! de bien des heures obscures.

L'entrée principale, presque aussi large qu'une porte d'église, occupait l'angle en retrait, formé par les deux pignons de la façade; un porche ouvert l'abritait, sous lequel on avait placé des bancs protégés contre la pluie. Les ministres, les Anciens, les magistrats, les diacres,

bref tout ce qu'il y avait d'aristocratie dans la ville ou
le comté, se pressaient sous cette porte en arceau. Les
classes plébéiennes y .affluaient aussi, sans plus de
gêne et bien autrement nombreuses. Sous le vestibule,
cependant, se tenaient deux domestiques qui tantôt di-
rigeaient les convives du côté de la cuisine, tantôt les
menaient vers les appartements de cérémonie, gardant
à tous un accueil hospitalier, mais ayant soin de maintenir la différence des rangs. Il était d'ailleurs facile, à
cette époque, de discerner le *gentleman* du travailleur.
Les vêtements de velours, sombres, mais riches, les cols
et les manchettes aux plis empesés, les gants chargés
de broderies, les barbes vénérables, le port majestueux
des hommes investis d'une autorité quelconque, ne permettaient pas de les confondre soit avec le laboureur
habillé de cuir, soit avec l'ouvrier habillé de bure qui
se glissaient, ébahis, dans cette maison à la construction de laquelle tous deux peut-être avaient mis la
main.

Quelques-uns des visiteurs les plus pointilleux commençaient pourtant à s'inquiéter d'une circonstance passablement malheureuse. Le maître de cet hôtel imposant, — renommé pour la courtoisie scrupuleuse et
quelquefois gênante qu'il déployait ordinairement, —
aurait dû se trouver sous le vestibule et offrir la première bien-venue à tous les éminents personnages ac-
courus avec le désir de lui faire honneur. Pourtant il
était encore invisible. Ses hôtes les mieux traités ne
l'avaient pas aperçu. Pareille négligence, de la part
du colonel Pyncheon, devint plus difficile à expliquer lorsque le second dignitaire de la province vint à
paraître sans obtenir un accueil plus cérémonieux.

Bien que la visite du *lieutenant-governor* fût une des gloires prévues de cette journée mémorable, il était descendu de son cheval, et après avoir aidé sa femme à quitter la selle, il avait même franchi le seuil du colonel sans autre salut que celui du domestique en chef.

Ce personnage, — vieillard à tête grise dont les dehors étaient les plus respectueux du monde, — jugea indispensable d'expliquer que son maître n'avait pas encore quitté le cabinet de travail où il s'était retiré depuis près d'une heure en témoignant le désir de n'être dérangé sous aucun prétexte.

« Vous voyez bien, camarade, dit le Haut-Shériff du comté, prenant à part le fidèle domestique, qu'il ne s'agit de rien moins que du Lieutenant-Gouverneur. Appelez immédiatement le colonel Pyncheon!... Je sais qu'il a reçu ce matin des lettres d'Angleterre, et qu'il a pu passer une heure à les parcourir sans trop prendre garde au temps qui s'écoulait. Mais il vous en voudrait, j'en suis certain, si vous le laissiez à son insu négliger les égards qui sont dus à l'un de nos principaux fonctionnaires, à celui qui, en l'absence du Gouverneur représente, peut-on dire, le roi Guillaume.... Avertissez votre maître à l'instant même! »

—Sauf votre respect, je n'en ferai rien, répondit cet homme très-perplexe, mais avec une timidité qui dénonçait éloquemment le despotisme domestique du colonel Pyncheon. Les ordres de Monsieur étaient tout à fait stricts et comme votre Honneur doit le savoir, il ne laisse rien à l'interprétation de ceux qui le servent.... Ouvre cette porte qui voudra!... Je ne m'en chargerai pas, dût le Gouverneur lui-même m'en donner l'ordre formel.

— Allons, allons, Haut Shérfff, s'écria le Lieutenant-
Gouverneur aux oreilles duquel cette discussion était
parvenue, et qui se sentait un assez grand personnage
pour faire bon marché de l'étiquette ; je me chargerai
maintenant de l'affaire…. Il est temps que le bon
colonel vienne recevoir ses amis ; sans cela nous serions enclins à le soupçonner d'avoir comparé avec
trop de zèle, et une dégustation trop fréquente, les
tonneaux de vin des Canaries qu'il veut mettre en
perce pour la satisfaction de ses hôtes….. Et puisqu'il
est si fort en retard, c'est moi qui me charge de le rappeler à ses devoirs…. »

En conséquence, faisant gémir les escaliers neufs
sous les semelles épaisses de ses bottes à l'écuyère, il
marcha vers la porte que le domestique avait désignée,
et dont les panneaux vibrèrent sous un choc énergique.
Se détournant ensuite pour sourire aux spectateurs,
l'important personnage attendit une réponse, et comme
il n'en venait aucune, il frappa de nouveau d'une main
tout aussi peu discrète, mais sans plus de résultat que
la première fois. Alors, doué d'un tempérament quelque peu irritable, le Lieutenant-Gouverneur se servit
de la lourde poignée de son épée pour en battre la
porte à coups redoublés : — « Il y a là de quoi réveiller un mort, » se disaient tout bas quelques-uns des
spectateurs. Pourtant le colonel Pyncheon semblait
peu curieux de renoncer à son sommeil. Quand le bruit
cessa, il se fit par toute la maison un silence profond,
effrayant, fatidique, bien que plusieurs des convives
se fussent déjà déliés la langue, au moyen d'un ou
deux verres de bon vin obtenus à la dérobée.

« Sur ma parole, voilà qui est bizarre ! s'écria le Lieu-

tenant-Gouverneur dont le sourire commençait à gri-
macer.... Mais puisque notre hôte donne le bon exemple d'un si parfait sans gêne, j'en profiterai pour
prendre la liberté de le déranger ! »

Il poussa la porte qui céda sous sa main, et qu'une
soudaine bouffée de vent ouvrit tout grande avec une
espèce de bruyant soupir. Arrivant du portail extérieur, elle faisait frissonner les robes de soie, déran-
geait l'économie des perruques bouclées, soulevait en
passant les rideaux de fenêtre ou de lit, et mêlait à
tout ce mouvement je ne sais quel ordre impérieux de
faire silence. Pour cette fois, l'assistance toute entière
se sentait sous le coup d'une sorte de demi-terreur,
dont personne n'aurait pu expliquer l'origine ou le
sujet.

Malgré tout, la foule assiégeait la porte maintenant
ouverte, et l'élan de la curiosité générale poussa le
Lieutenant-Gouverneur à l'intérieur de la chambre. Au
premier coup d'œil, rien d'extraordinaire : le cabinet,
de dimension moyenne et meublé avec un certain luxe,
était obscurci par d'épais rideaux. Sur les rayons, des
livres ; une grande carte fixée au mur, et tout à côté,
un portrait du colonel Pyncheon au-dessous duquel
l'original lui-même était assis, dans un grand fauteuil
de chêne, la plume à la main. Des lettres, des parchemins, quelques feuilles de papier blanc s'éparpillaient
devant lui sur la table. Il semblait regarder la foule
des curieux en avant de laquelle se trouvait le Lieutenant-Gouverneur, et sur sa figure brune, aux traits
massifs, était inscrite l'expression d'un mécontentement irrité. On eût dit qu'il allait prendre la parole
pour quelque remontrance sévère, motivée par un em-

piétement si peu excusable sur le droit qu'il avait de
rester seul.

Un petit garçon, — dont le colonel était le grand-père
et qui, seul de toute la maison, osait parfois se familiariser avec lui, — vint alors à se frayer un chemin
parmi les convives, et prit sa course vers la figure
assise ; mais s'arrêtant à mi-chemin, il se prit à pousser des cris de terreur. L'assistance, dans les rangs de
laquelle passa aussitôt un frisson contagieux, fit quelques pas en avant, et on s'aperçut alors que dans le
regard fixe du colonel Pyncheon, il y avait une dévia-
tion peu naturelle ; — que sa manchette était souillée
de sang, — et que sa barbe grise en était comme sa-
turée. Tout secours désormais était tardif. Le Puritain
au cœur de bronze, ce persécuteur impitoyable, cet
homme avide et obstiné venait de quitter la vie. Dans
sa maison à peine terminée, on le trouvait mort !...
Une tradition dont nous ne parlons que pour indiquer
les tendances superstitieuses de cette époque, veut
qu'une voix se soit élevée alors du sein de la foule, —
une voix pareille à celle du vieux Matthew Maule, de
ce « sorcier » voué au dernier supplice, — et que cette
voix ait prononcé les paroles suivantes : « Dieu lui a
donné du sang à boire ! »

Ainsi donc l'hôte abhorré qui trouve toujours à s'introduire tôt ou tard dans chaque demeure humaine, —
la Mort — n'avait pas attendu plus de quelques heures
pour franchir le seuil de la Maison aux Sept Pignons.

La fin soudaine et mystérieuse du colonel Pyncheon
fit beaucoup jaser, dans le temps. Maintes et maintes
rumeurs, dont quelques-unes sont vaguement arrivées
jusqu'à nous, signalèrent certaines apparences qui lais-

saient pressentir une mort violente ; sur le cou du défunt des traces de doigts ; — sur sa manchette em-
pesée l'empreinte d'une main sanglante ; — sa barbe
pointue était éparse comme si elle eût été saisie et violemment tirée. On affirma de plus qu'auprès du fauteuil du colonel la fenêtre était ouverte, et que, peu
de minutes avant le fatal événement, on avait vu, derrière la maison, grimper un inconnu par-dessus la
muraille du jardin. Mais il serait absurde d'attacher
beaucoup d'importance à de pareils récits, reproduits
fatalement après tout incident du même genre, et des-
tinés dans certains cas à se perpétuer d'une manière
étrange, pareils à ces variétés du genre *fungus* qui
marquent durant des années et des années, la place
où un arbre abattu par le vent, s'est peu à peu réduit
en poussière. Pour nous, autant aimerions-nous croire
à ces fables qu'à celle de cette « main de squelette »
que le Lieutenant-Gouverneur avait vue, disait-on,
serrer le gosier du colonel, mais qui s'évanouit tout à
coup, lorsque le magistrat eut fait quelques pas dans
la chambre. Ce qui est plus certain, c'est que sur le
corps du défunt, les médecins se consultèrent longtemps et se querellèrent à outrance. L'un deux, — qui,
paraît-il, était un homme de talent, — soutint, si nous
avons bien compris sa rédaction hérissée de mots sa-
vants, que c'était là une bonne et belle attaque d'apo-
plexie.

Chacun de ses confrères adopta quelque autre hypothèse plus ou moins plausible. Toutes étaient envelop-
pées de formules mystérieuses dont nous devons penser que les érudits ne s'effarouchaient pas, mais qui
n'en jettent pas moins le lecteur moderne dans des

perplexités fort singulières. Il y eut sur le cadavre une enquête de jurés, présidée par le *coroner*, et les citoyens bien avisés rendirent un verdict à l'abri de toute attaque. — Le colonel, disaient-ils, avait été enlevé par une mort soudaine.

Il est difficile de penser qu'on ait sérieusement suspecté un meurtre et qu'on ait voulu y impliquer tel ou tel personnage, spécialement désigné comme ayant pu le commettre. Le rang, la richesse, l'éminence du défunt auraient en pareil cas motivé les recherches les plus sévères. Et comme on n'en saurait trouver trace, il est fort à croire que ces recherches n'ont pas eu lieu. La tradition est et demeure responsable de tous ces bruits contradictoires. Dans l'Oraison funèbre du colonel Pyncheon, qui fut alors imprimée et subsiste encore, le prédicateur énumère, — parmi les nombreuses bonnes chances que son noble paroissien avait rencontrées dans la vie, — l'heureuse opportunité de sa mort. « Il avait rempli tous ses devoirs, atteint le plus haut degré de prospérité, assis sur des bases stables l'avenir de sa race et assuré à ses descendants un abri séculaire; — comment ce brave homme pouvait-il monter plus haut si ce n'est au moyen de ce pas décisif, qui du sommet de la prospérité terrestre le menait aux portes dorées du Paradis?... » Le pieux ecclésiastique n'aurait certainement pas articulé des paroles semblables, s'il eût soupçonné le moins du monde que le colonel eût passé dans un monde meilleur grâce à l'intervention d'une main meurtrière.

Quand mourut le colonel Pyncheon, sa famille semblait promise à la prospérité la plus durable que puisse laisser espérer l'instabilité inhérente aux destinées humaines. Le progrès des ans devait, selon toute apparence, accroître et développer leur fortune plutôt que l'user et la détruire. Effectivement son fils héritait — en sus du riche domaine qui lui était immédiatement acquis, — les droits résultant d'un acte d'achat passé avec les tribus Indiennes, et confirmé depuis par une concession de la *General-Court*, sur une vaste étendue de terres situées à l'Est, et qu'on n'avait encore ni explorées ni soumises à un cadastre quelconque. Ces propriétés, qu'on pouvait presque regarder, d'ores et déjà, comme sujettes à une revendication immédiate, comprenait la plus grande portion de ce qu'on appelle aujourd'hui le comté Waldo dans l'État du Maine : bien des duchés, bien des territoires conférant à leurs possesseurs les droits régaliens, ne sont pas, en Europe, d'une étendue plus considérable. Lorsque l'impénétrable forêt qui recouvrait encore cette principauté sauvage ferait place, — comme cela ne pouvait manquer après un temps plus ou moins long, — à l'opulente fertilité que produit le travail humain, — il y avait là, pour les générations issues du sang des Pyncheon, une source de richesses incalculables. Si le colonel avait vécu seulement quelques semaines de plus, il est probable que sa grande influence politique et les relations puissantes qu'il avait parmi les autorités locales comme parmi les membres du gouvernement, l'auraient mis à même de compléter toutes les formalités nécessaires pour faire valider à jamais ses prétentions déjà bien assises. Mais, — n'en déplaise à l'oraison funèbre, — c'était là précisément ce qu'avait négligé le colonel Pyncheon, si prévoyant et si sagace qu'il fût d'ailleurs. Dans l'intérêt de sa ri-

chesse future, il mourut évidemment trop tôt. A
fils ne manqua pas seulement l'éminente positi
père qu'il venait de perdre, mais aussi le tale
force de caractère grâces auxquels celui-ci l'a·
quise. L'héritier ne put donc mettre l'intérêt p
au service de ses intérêts privés ; et la justic
mieux dire, la légalité des prétentions qu'il
faire valoir ne parurent pas à beaucoup près
clairs après la mort du colonel que lorsqu'il
encore. Dans la série des témoignages invoq
l'appui du titre principal, un anneau se trouva l
quer tout à coup, on ne sait comment, et ne put se
trouver nulle part.

Les Pyncheon, il est vrai, — non-seulement alors,
mais à divers reprises dans le cours des cent années
qui suivirent, — s'étaient efforcés d'obtenir ce qu'ils
persistaient obstinément à regarder comme leur bien
propre. Par malheur, à mesure que le temps s'écoulait,
le territoire contesté avait été en partie l'objet de nouvelles concessions faites à des individus plus favorisés,
et en partie défriché, occupé par des pionniers qui
s'y étaient formellement établis. Ces derniers, en
supposant qu'on leur eût parlé du titre invoqué par les
Pyncheon, eussent trouvé très-ridicule une prétention basée sur la possession de quelques parchemins
moisis sur lesquels se lisaient à grand'peine les noms
presque effacés de certains gouverneurs ou législateurs
morts et oubliés depuis longtemps ; il leur eût semblé
fort étrange de se voir enlever, de par ces lambeaux de
vélin, les terres que leurs pères ou eux, à force de
travail, avaient su arracher aux mains de la nature
sauvage. Ce droit impalpable ne produisit donc rien

⌐s, à la longue, qu'une chimérique illusion dont
⌐rent tour à tour les Pyncheon de chaque gé-
successive, et qui leur faisait attacher une
⌐e exagérée à leurs relations de famille. Cette
⌐ractéristique donnait, au plus pauvre indi-
⌐ır race, le sentiment d'une sorte de descen-
⌐ocratique et l'idée qu'il pourrait quelque
⌐soutenir l'éclat à l'aide d'une opulence prin-
⌐ez les meilleurs rejetons de l'antique famille,
⌐ticularité mêlait une grâce idéale aux dures
⌐és de la vie humaine, sans altérer en eux au-
⌐es qualités vraiment essentielles. Son effet,
⌐es autres, était de favoriser leur penchant à l'i-
⌐ıe, de leur désapprendre à compter sur eux-
⌐èmes, et de les réduire, victimes passives d'une espé-
⌐rance nuageuse, à la vaine attente du jour où leur
songe deviendrait une réalité. Bien des années après
que leur prétention fut tombée dans l'oubli public, les
Pyncheon consultaient encore l'ancienne carte du colonel, tracée à l'époque où le comté Waldo n'avait
pas cessé d'être un désert. Aux endroits où l'ancien
agent du cadastre indiquait des bois, des lacs, des ri-
vières, ils s'amusaient à marquer les grands espaces
défrichés, à pointer les villages et les villes, et à cal-
culer la valeur toujours croissante du territoire —
comme s'ils avaient encore la perspective de se voir
assigner un jour cette magnifique principauté.

Il n'était guère de génération, cependant, où ne se
rencontrât quelque représentant de la famille, doué
de ce bon sens pénétrant, de cette pratique énergie
qui distinguaient à un degré si remarquable le fondateur de cette race. On retrouvait son caractère dans

certains membres de sa postérité, aussi distinctement
que si le colonel lui-même, tant soit peu diminué, —
tant soit peu *délayé* pour ainsi dire, — eût reçu le don
d'une immortalité intermittente. A deux ou trois époques
différentes, alors que les chances de la famille semblaient au plus bas, on avait vu paraître ce représentant des qualités héréditaires, et on avait entendu,
parmi les compères et les commères de la cité, — dépo-
sitaires nés des traditions municipales, — circuler ces
murmures significatifs : « Voilà le vieux Pyncheon qui
revient! On va remettre à neuf la charpente des Sept-
Pignons! » De père en fils, effectivement, ils s'atta-
chaient avec une singulière tenacité à la demeure de
leurs ancêtres. Quelques raisons, cependant, — ou pour
mieux dire quelques impressions trop légèrement fondées pour qu'il les consigne ici, — font penser à l'auteur de ce récit que parmi les propriétaires successifs
du domaine en question, un assez grand nombre, si ce
n'est la plupart, furent assiégés de scrupules, quant au
droit moral qu'ils avaient de le retenir. Légalement
parlant, aucun doute ne pouvait être soulevé ; mais le
vieux Matthew Maule, — on a tout lieu de le craindre,
— voyagea longtemps après sa mort, posant à chaque
pas sur la conscience d'un Pyncheon un pied qui n'avait
jamais passé pour léger. S'il en est ainsi, nous avons
à résoudre une question grave ; celle de savoir si chacun des héritiers du domaine, ayant conscience du tort
commis et manquant à le réparer, ne commettait pas à
nouveau le crime de son ancêtre et n'en devenait pas
responsable à son tour.

En admettant que cela soit, au lieu de dire que les
Pyncheon héritaient d'une grande fortune, ne fau-

drait-il pas se servir d'une expression directement opposée?

Ainsi que nous l'avons déjà laissé entendre, nous ne nous proposons nullement de raconter l'histoire de la famille Pyncheon dans ses rapports interrompus avec la Maison aux Sept Pignons. Il nous faudrait pour cela un grand miroir, d'aspect assez terne, sus-pendu dans l'une des chambres, et qu'on disait ren-fermer dans ses profondeurs toutes les ombres qu'il avait tour à tour réfléchies, — le vieux colonel lui-même et ses nombreux descendants, — les uns à l'état de mar-iots séculaires, les autres dans tout l'éclat de la beauté féminine ou virile, et ceux d'entre eux qui vé-curent longtemps, couverts des rides que la froide vieillesse imprime sur les fronts blanchis. On disait de ce miroir mystérieux, — et sur quel fondement, nous ne le savons, — que la postérité de Matthew Maule avait avec lui des rapports pour ainsi dire mesmériques, et pouvait y faire apparaître les Pyncheon défunts, non tels qu'ils s'étaient montrés au monde, ni aux époques où ils avaient été bons et heureux, mais occupés à quelque œuvre mauvaise ou subissant la crise de quelque amer chagrin. On voit que l'imagi-nation populaire s'était emparée pour longtemps de cet épisode dramatique où le vieux puritain Pyncheon et le sorcier Maule avaient joué les rôles principaux; on voit que le souvenir vivait, de cet anathème que le dernier avait jeté du haut de l'échafaud, et qu'on en avait fait, circonstance importante, une portion de l'héritage Pyncheon. Si quelqu'un de la famille, éprou-vant un léger embarras du gosier, venait à éclaircir sa voix par une toux volontaire, il arrivait souvent qu'on

entendait dire tout bas, par quelqu'un de ses auditeurs, — et moitié sérieusement, moitié pour rire :
« C'est le sang de Maule qui le prend à la gorge ! » La
mort soudaine de l'un des Pyncheon, survenue il y a
près d'un siècle dans des circonstances analogues à
celles qui avaient marqué le trépas du colonel, ajoutaient à l'opinion reçue un surcroit de probabilités. Et
enfin on regardait comme suspect et de mauvais augure ce fait que le portrait du colonel Pyncheon, en
vertu d'une des clauses de son testament, demeurât
accroché aux murs de la chambre où il avait péri. Ses
traits sévères, qui symbolisaient une inflexible, une dangereuse influence, semblaient la perpétuer en ce lieu et
empêcher qu'aucune bonne pensée y pût jamais fleu-
rir. Y a-t-il une superstition, — nous ne le croyons
pas — dans cette idée (traduite ici par une image) que
le fantôme d'un ancêtre défunt peut être condamné à
devenir le Mauvais Génie de la famille, ce qui serait
alors une partie du châtiment infligé au coupable.

Pour abréger, les Pyncheon vécurent pendant près
de deux siècles au sein d'une communauté sobre, réservée, tranquille, attachée à ses foyers, dont ils prirent le caractère général, mêlé chez eux à une origi-
nalité bien marquée. Sous ce rapport ils étaient encore
de leur ville où l'on trouve, dit-on, des individus plus
singuliers, et çà et là des incidents plus étranges qu'il
n'est aisé d'en rencontrer partout ailleurs. Pendant la
Révolution, le chef de la famille, ayant pris parti pour
la cause royale, fut quelque temps émigré ; mais il se
repentit, et reparut à temps pour empêcher la Maison
aux Sept Pignons d'être confisquée. Ensuite se produisit l'incident le plus tragique qu'on ait eu à inscrire

dans les annales de la race dont nous parlons ; la mort
violente d'un de ses membres, tombé, — ce fut du
moins l'opinion générale, — sous les coups d'un autre
Pyncheon, à la fois son neveu et son meurtrier. Il fut
jugé, il fut même reconnu l'auteur de ce crime ; mais
pour un motif ou l'autre, et peut-être à raison de l'influence politique dont ses parents jouissaient, — considération plus puissante sous un régime républicain
qu'elle ne l'eût été dans un état monarchique, — le
criminel vit commuer sa sentence de mort contre une
captivité perpétuelle. Cette tragique affaire était arrivée
environ trente ans avant le moment où commence notre
récit. Depuis, le bruit avait circulé (peu de personnes y
ajoutaient foi, une ou deux seulement s'en préoccu-
paient beaucoup) que cet homme, longtemps enfermé,
devait bientôt sortir, pour des raisons assez vaguement
formulées, de l'espèce de tombe où il achevait sa vie.

Nous devons placer ici quelques mots touchant la victime de ce meurtre maintenant oublié. C'était un vieux
garçon, possesseur d'une grande fortune, en sus de la
maison et du domaine qui constituaient les débris de
l'antique héritage. Sous l'empire d'une humeur singulière et mélancolique, — adonné d'ailleurs au goût
des vieux parchemins et des vieilles traditions, — il en
était venu à se convaincre que Matthew Maule, le sorcier, avait été traîtreusement dépouillé de sa demeure
et peut-être de sa vie. Ceci étant, puisqu'il se trouvait
en possession du bien mal acquis, puisque ses richesses
avaient comme un parfum de sang qui révoltait sa conscience, la question se présentait de savoir si, après tant
d'années, il ne devait pas regarder comme un impérieux
devoir de restituer à la postérité de Maule les biens dont

elle était injustement privée.... Aux yeux d'un anti-
quaire, un siècle et demi ne constitue pas un laps de
temps si long qu'il puisse amener la prescription du droit,
et d'un bien volé faire une propriété légitime. Ses plus
intimes connaissances ont toujours cru que ce bizarre
personnage aurait restitué à l'héritier de Matthew Maule
la fameuse Maison aux Sept Pignons, sans l'espèce de
tumultueuse révolte que ce projet, soupçonné par eux,
suscita parmi les Pyncheon. Leurs efforts aboutirent à
lui faire ajourner sa résolution ; mais on craignait qu'il
n'accomplît, une fois mort, au moyen de son testament,
ce qu'on l'avait empêché de faire pendant sa vie. Peut-
être ne se fiait-on pas assez à la puissance de ces liens
de famille qui enchaînent surtout les volontés de
l'homme prêt à mourir, et lui font, dans la distribu-
tion de ses richesses, préférer ses proches les plus indifférents à ses amis les plus chers. Chez tous les Pyncheon, ce sentiment avait une intensité maladive : il
domina les consciencieux scrupules du vieux céliba-
taire. — Après sa mort, en conséquence, l'hôtel de
famille ainsi que la plus grande partie du reste de
sa fortune, passa dans les mains de son héritier légal.

Celui-ci était un neveu, et le cousin du malheureux
jeune homme reconnu coupable du meurtre de son
oncle. Le nouvel héritier, jusqu'à l'époque où cette
fortune lui échut, avait généralement passé pour un dis-
sipateur ; mais il se corrigea tout aussitôt, et regagnant
rapidement ses titres à l'estime publique, prit dans le
monde une position plus éminente que n'en avait occupé
aucun des Pyncheon, depuis la mort de l'ancêtre puritain auquel leur nom devait son principal éclat.
Appliqué de bonne heure à l'étude des lois, et doué de

ce naturel à part qui marque un homme pour les emplois publics, il avait obtenu, depuis déjà bien des années, dans quelque tribunal inférieur, un grade qui lui
conférait à jamais le titre imposant de Juge. Plus tard,
il s'était mêlé de politique, et jouant un rôle considérable dans l'une et l'autre branche de la législature
d'État, il avait pris place au Congrès pendant une ou
deux sessions. Le juge Pyncheon était évidemment
l'honneur de sa race. A quelques milles de sa ville natale, il s'était bâti une maison de campagne où il passait tout le temps que lui laissait le service public, et
où maint journal le représentait, à la veille de chaque
élection, comme « menant la vie la plus hospitalière et
la plus vertueuse, dans l'exercice de tous les devoirs
qui constituent le vrai chrétien, le citoyen zélé, l'horticulteur modèle et le *gentleman* accompli. »

Le Juge avait fort peu de parents qui se pussent ré-
chauffer au soleil de sa prospérité. Depuis quelque
temps, la race des Pyncheon avait cessé de multiplier
dans les proportions ordinaires; on eût pu croire
qu'elle allait s'éteignant. Les seuls membres de la famille dont l'existence fût connue, étaient d'abord le
Juge lui-même, puis un fils unique à lui, qui, pour le
moment, voyageait en Europe; — venaient ensuite le
prisonnier trentenaire auquel nous avons déjà fait allusion et une sœur de ce malheureux, laquelle menait
une existence très-retirée dans la Maison aux Sept
Pignons, où le testament du vieux garçon lui avait
ménagé un droit de jouissance viagère. On la regardait comme excessivement pauvre, et il semblait qu'elle
s'entêtât à le demeurer, d'autant plus que son riche
cousin, le Juge, lui avait offert à plusieurs reprises,

sans pouvoir les lui faire accepter, toutes les commo·
dités de la vie, soit qu'elle voulût en jouir dans le
vieil hôtel, soit qu'elle consentît à venir habiter la moderne résidence qu'il s'était construite. La dernière et la
plus jeune des Pyncheon était une petite paysanne de
dix-sept ans, fille d'un autre cousin du Juge, lequel
ayant épousé une personne sans naissance et sans biens,
était mort ensuite de très-bonne heure et dans une situation assez misérable. Sa veuve s'était remariée tout
récemment.

Quant à la postérité de Matthew Maule, on la supposait éteinte maintenant et à jamais. Les Maule, cependant, avaient longtemps continué à résider dans
cette ville où leur ancêtre, le prétendu sorcier, avait
subi une mort si injuste. A les juger sur l'apparence,
c'étaient des gens tranquilles, probes, bien intention-
nés, ne gardant rancune ni aux individus ni au public
pour le tort qui leur avait été fait; si du moins dans
l'intimité du foyer, ils se transmettaient l'un à l'autre,
de père en fils, quelque souvenir hostile, — relativement
au sort de leur aieul, à leur patrimoine perdu, — jamais
il n'en était publiquement question, et jamais ce souvenir ne semblait inspirer aucun de leurs actes. Peut-
être avaient-ils oublié que la Maison aux Sept Pignons
appuyait sa charpente massive sur un sol qui leur appartenait légitimement. Le rang assigné, la richesse
acquise ont quelque chose de si stable en apparence, et
de si important, qu'ils semblent puiser leur droit
d'existence dans leur existence même; au moins y
a-t-il là si merveilleuse contrefaçon d'un droit, que
bien peu d'hommes, parmi les pauvres et les humbles,
se trouvent assez de force morale pour la mettre en

question, même dans le secret de leurs pensées. S'il en est ainsi maintenant, après que tant de préjugés antiques ont été abolis, c'était encore bien autre chose dans les temps antérieurs à la Révolution, alors que l'aristocratie pouvait impunément afficher ses dédains, alors que leur abaissement suffisait aux classes inférieures. Les Maule, donc, pour un motif ou pour un autre, gardaient au fond de leur âme les ressentiments qu'ils pouvaient éprouver encore. En général, ils étaient pauvres; toujours plébéiens et perdus dans la foule; travailleurs assidus, mais mal récompensés; tantôt marins, tantôt porte-faix sur les quais, vivant çà et là par la ville, dans de misérables garnis, et finalement à l'hôpital, séjour obligé de leur vieillesse. Enfin, après avoir longtemps et obscurément cotôyé l'abîme ténébreux, ils y avaient disparu pour tout de bon, ainsi qu'il arrive infailliblement tôt ou tard aux familles de mendiants comme aux races princières. Depuis trente années on ne retrouvait aucune trace de la postérité de Matthew Maule, ni dans les archives municipales, ni sur les ardoises du cimetière, ni au bureau de poste, ni dans la mémoire des hommes. Peut-être le sang de cette race coulait-il encore ailleurs; mais dans la ville même dont il avait si longtemps arrosé les bas-fonds, l'humble ruisseau semblait tari.

On avait toujours parlé de leur réserve héréditaire, comme d'un trait distinctif qui les mettait à part du reste des hommes, et traçait autour d'eux une espèce de cercle magique impénétrable à leurs compagnons de travail, vainement attirés au début par des dehors assez francs et assez obligeants. C'était peut-être cette indéfinissable particularité qui, les isolant de toute aide

humaine, les avait voués à une infortune si constante;
elle contribuait du moins, ceci est certain, à rendre
durables ces sentiments de répugnance et de terreur
superstitieuse qui constituaient leur unique héritage,
et qui, chez les gens de la ville, survécurent à l'absurde croyance d'où ils étaient issus. Le manteau
déchiré du vieux Matthew Maule semblait, comme
celui du Prophète hébreu, tombé sur les épaules de
ses enfants. On les croyait presque investis de quelques attributs mystérieux ; on accordait à leurs regards
une fascination singulière. Entre autres priviléges, fort
peu profitables, on leur assignait spécialement celui
d'exercer sur les rêves d'autrui une fantastique influence. A prendre au sérieux tous les récits qui cou-
raient sur leur compte, les Pyncheon, si altiers qu'ils
se montrassent pendant le jour dans les rues de leur
cité natale, devenaient les humbles serfs de ces Maule
si plébéiens pendant les heures de nuit, où le sommeil,
qui égalise les rangs, bouleverse les idées. Au lieu de
rejeter, comme absolument fabuleuses, les prétendues
nécromancies, la psychologie moderne ferait peut-être
mieux de tenter quelques efforts pour les réduire en
système.

Parlons maintenant, pour en finir avec cette espèce
de prologue, de la Maison aux Sept Pignons, telle qu'on
la voit aujourd'hui. La rue où elle dresse ses vénérables flèches, a depuis longtemps cessé d'appartenir au
quartier *fashionable* de la ville. On s'en aperçoit à
l'aspect vulgaire des habitations qui entourent le
vieil édifice. Cette rue ayant été élargie il y a quelques
quarante ans, la façade se trouve ramenée à l'alignement voulu. Mais la projection du second étage donne

à la maison je ne sais quelle physionomie méditative, indiquant les secrets qu'elle garde, les nombreux incidents qu'elle pourrait offrir au moraliste comme sujet de ses observations. Dans ses murs vieillis dont le plâtre s'émiette et laisse voir le bois des charpentes, en chêne blanc, tant d'hommes ont vécu, il a passé tant de misères et tant de joies, que les poutres massives elles-mêmes semblent comme imbibées de cette substance qui fait le cœur humain. On pourrait dire également de la maison qu'elle est une espèce de cœur aux proportions gigantesques, ayant sa vie propre et plein de réminiscences éclatantes ou sombres.

Devant la porte, juste au bord d'un trottoir sans pavés, avait grandi l'Orme-Pyncheon qui, par rapport aux autres arbres de son espèce, pouvait être qualifié de géant. Planté par un arrière-petit-fils du premier Pyncheon, il conserve encore, bien qu'âgé de quatre-vingt ans et plus, sa puissante maturité ; son ombre se projette sur toute la rue ; il domine les Sept Pignons et, de son feuillage traînant, balaye la totalité du toit noirci. Un reflet de sa beauté tombe sur le vieil édifice, et semble faire de lui une œuvre de nature. A droite et à gauche s'étend une barrière de bois fort délabrée, à travers les interstices de laquelle s'entrevoit une cour envahie par l'herbe, et où croissent, surtout à l'angle du bâtiment, des bardanes énormes. Derrière la maison un jardin, jadis assez vaste, mais limité depuis, et encombré par les constructions d'une rue voisine. N'oublions, pour achever le tableau, ni la mousse verte accumulée sur les reliefs des croisées et sur les pentes du toit, ni un groupe de fleurs, venues on ne sait comment à peu de distance de l'énorme cheminée et au point de rencontre de deux pignons. On les appelle « le Bouquet d'Alice. » La tradition veut, en effet, qu'une certaine Alice Pyncheon ait jeté là, par manière de plaisanterie, une poignée de graines, fertilisées depuis par la poussière de la rue et les détritus du toit, alors qu'Alice était déjà couchée au fond de la tombe. Quelle que fût l'origine de ces fleurs, on ne remarquait pas sans un intérêt à la fois triste et doux cette adoption que la nature semblait avoir faite de la vieille maison rouillée, délabrée, désolée, de la famille Pyncheon, et la peine que chaque été semblait se donner pour la revêtir d'une beauté nouvelle.

Un autre trait fort essentiel, mais qui va peut-être porter dommage à l'effet poétique de notre esquisse, c'est que, dans le pignon de la façade, à l'ombre de ce second étage projeté en avant, et de plain pied, sur la rue, se trouvait une porte de boutique horizontalement coupée au milieu, et dont une fenêtre formait le compartiment supérieur, suivant une mode fréquemment adoptée pour certains bâtiments d'ancienne date. Cette porte de boutique avait été pour l'habitante actuelle du majestueux hôtel Pyncheon, — et aussi pour quelques-uns de ses prédécesseurs, — une occasion de mortifications assez vivement ressenties. J'aborde ici un sujet délicat, mais puisque après tout, je ne puis le céler au lecteur, je lui laisserai entendre qu'il y a quelques cents ans, le chef de la famille Pyncheon se trouva aux prises avec de sérieuses difficultés financières. Cet individu (qui se qualifiait de *gentleman*) s'était sans doute frauduleusement faufilé dans une si noble lignée; car, au lieu de demander une place au Roi ou à son représentant, au lieu de poursuivre ses droits héréditaires sur les territoires de l'Est, il ne vit rien de mieux à faire, pour s'enrichir, que de percer une porte de boutique au front même de sa résidence patrimoniale. A la vérité , les négociants d'alors entreposaient volontiers leurs marchandises dans leur maison, dont ils faisaient ainsi un comptoir ; mais il y avait quelque chose de déplorablement mesquin, pour ce vieux Pyncheon, dans un pareil début commercial ; on se disait tout bas que, « de ses mains à manchettes, il rendait sans hésiter la monnaie d'un *shilling* et qu'il y regardait à deux fois avant d'accepter un *half-penny*, pour s'assurer que la pièce était bonne. » Évidemment, par quelque canal qu'il fût arrivé dans ses veines, son sang était celui d'un misérable brocanteur.

Aussitôt après sa mort, la porte de boutique avait été fermée, verrouillée, barrée, et ne s'était sans doute plus ouverte jusqu'à l'époque où se passèrent les faits que nous allons raconter. Le vieux comptoir, les rayons et les autres aménagements du petit magasin étaient demeurés dans l'état où le noble trafiquant les avait laissés. On faisait volontiers courir le bruit que cet Harpagon, une perruque blanche sur la tête, sur le dos un habit de velours déteint, un tablier noué autour de la taille et ses manchettes soigneusement relevées autour de ses poignets, se pouvait entrevoir toutes les nuits, par la fente des volets, fouillant sa caisse ou s'absorbant dans la lecture de son livre-journal aux feuillets jaunis. D'après l'expression d'inexprimable tristesse qui se lisait sur son visage, il avait pour châtiment éternel l'inutile recherche d'une balance impossible.

Ici commence notre récit — et fort humblement, on le va voir.

II

La fenêtre du magasin.

Une courte nuit d'été venait de s'achever, et le soleil devait encore faire attendre son lever pendant une demi-heure, quand Miss Hepzibah Pyncheon s'éveilla, si tant est que la pauvre dame eût clos la paupière. A tout événement, elle quitta son oreiller solitaire pour consacrer ses soins à ce qu'on ne pourrait appeler, sans raillerie, l'ornement de sa personne. Loin de nous l'inconvenante idée d'assister, même en imagination, à une toilette virginale. Aussi attendrons-nous Miss Hepzibah sur le seuil de sa chambre, nous permettant tout au plus de noter deux ou trois profonds soupirs qui çà et là s'échappèrent de sa poitrine pendant qu'elle était à l'abri de tous les regards. La vieille fille habitait seule la vieille maison. Seule, c'est-à-dire en ne comptant pas un jeune homme estimable et rangé, un « artiste en daguerréotypie » qui avait loué depuis trois

mois un des pignons les plus écartés ; — maison séparée, à vrai dire, que mainte porte munie de serrure, de verrous, et de barres de chêne isolait du
corps de logis principal. Par conséquent, les soupirs
orageux de Miss Hepzibah ne pouvaient s'entendre,
non plus que le craquement de ses genoux roidis alors
qu'elle s'agenouilla près de sa couchette, ni la prière
gémissante qu'elle murmurait à voix basse en implo-
rant l'Etre céleste pour toute la durée du jour qui
allait poindre. Miss Hepzibah s'attendait sans doute à
quelque rude épreuve, elle qui depuis un quart de
siècle vivait dans une stricte réclusion, ne prenant
aucune part ni aux affaires ni aux plaisirs de la vie.
Ce n'est pas avec une telle ferveur que prie le reclus
engourdi, quand il n'a devant lui que le calme froid et
stagnant d'une journée semblable à toutes celles qu'il
a vues, l'une après l'autre, tomber dans les gouffres du
Passé.

L'antique demoiselle a terminé ses dévotions. Va-t-
elle franchir le seuil de notre récit? Pas encore. Elle
prend son temps, il faut l'attendre. Il y a d'abord à
ouvrir le vieux bureau, — tiroir par tiroir, non sans difficultés, non sans une succession d'efforts spasmodi-
ques ; — et tous ces tiroirs devront se refermer de même,
offrant autant de résistance et d'obstacles surmontés à
grand'peine. Puis on entend bruire un épais tissu de
soie ; des pas traînants vont çà et là par la chambre.
Nous soupçonnons Miss Hepzibah de monter sur un
fauteuil pour se mieux voir de tous côtés, et de la tête
aux pieds, dans le miroir ovale, au cadre terni, qui domine sa table de toilette. C'est, ma foi, cela, — et qui
l'eût pensé? Tant de précieuses minutes devaient-elles

etre prodiguées aux réparations matinales et à l'embel-
lissement d'une personne mûre, qui jamais ne sort, jamais ne reçoit personne,— et dont il serait charitable,
de détourner les yeux même alors qu'elle s'est décorée
au mieux de ses moyens?

Maintenant, elle est sous les armes ou à peu de
chose près. Excusons chez elle un autre retard; il est
consacré au seul sentiment, ou pour mieux dire, — vu
l'intensité que lui ont donné le chagrin et la solitude,
—à la passion dominante de sa vie. Cette clef que nous
avons entendue tourner dans une petite serrure ouvre
le tiroir secret d'une écritoire dans laquelle est cachée
une certaine miniature, due à quelque grand artiste,
et représentant un visage digne de servir de modèle aux
pinceaux les plus délicats. Il 'a été donné autrefois
de voir ce portrait. C'est celui d un jeune homme vêtu
d'un peignoir de soie, à l'ancienne mode, dont les
teintes douces et opulentes conviennent merveilleusement à sa physionomie rêveuse, à ses lèvres en cœur,
et à ses beaux yeux, enfin, animés d'une douce et
voluptueuse émotion, mais où on chercherait vainement le travail de la pensée. Rien à demander aux
possesseurs de traits pareils, si ce n'est qu'ils prennent
du bon côté les difficultés de la vie et tâchent d'en
extraire la plus grande somme de bonheur possible.
Se pourrait-il que ce fût là un ancien amoureux de
miss Hepzibah? Non, certes; jamais la pauvre fille n'a
eu d'amoureux, — comment s'y fût-elle prise pour en
avoir ?— et jamais son expérience personnelle ne lui a
servi à traduire le mot « amour. » Il n'en est pas moins
vrai que sa fidélité vivace, ses souvenirs inaltérables et
son dévouement absolu, consacrés à l'original de cette

miniature, ont été l'unique aliment dont son âme se soit
jamais nourrie.

On dirait qu'elle a mis de côté le portrait et qu'elle
s'est replacée devant la glace de sa toilette. Quelques
larmes à essuyer, probablement. Puis encore un certain nombre de pas, çà et là, et finalement, — avec un
dernier soupir, froide bouffée d'air qui semble sortir
de quelque caveau longtemps fermé, mais dont la porte
s'est entre-bâillée par hasard, — miss Hepzibah Pyncheon paraît enfin!... Elle vient lentement le long du
corridor ténébreux, grande femme vêtue de soie noire,
taille longue et courbée, marchant à tâtons du côté de
l'escalier, comme une personne myope qu'elle est effectivement.

Le soleil, cependant, s'il n'avait pas dépassé la ligne
de l'horizon, s'en rapprochait de plus en plus; quelques rares nuages, planant au plus haut du ciel, recevaient déjà ses premiers rayons et en jetaient le reflet
doré vers les fenêtres de la Maison aux Sept Pignons
qui, même après tant d'aurores, avait un sourire pour
celle-ci. La chambre où miss Hepzibah pénétra lorsqu'elle eut descendu l'escalier était une pièce à plafond
bas, lambrissée de bois brun, et dont la vaste cheminée de briques peintes, fermée par un rideau de tôle,
ne servait plus qu'à recevoir le tuyau d'un calorifère
moderne. Sur le parquet s'étalait un tapis dont les
couleurs, naguère brillantes, avaient presque disparu l'une après l'autre dans le cours de ces dernières
années. Le mobilier se composait de deux tables dont
l'une, d'une menuiserie fort complexe, se dressait sur
des pieds nombreux, tandis que l'autre, plus délicatement ouvragée, perchait sur quatre tiges longues et

minces tellement fragiles qu'on ne s'expliquait pas la longue existence de cet antique guéridon. Une demi-douzaine de chaises tapissaient la chambre, anguleuses et roides, ingénieusement combinées pour donner la plus grande somme de malaise possible à quiconque s'y voulait asseoir, fatigantes pour le regard lui-même et donnant une fort mauvaise idée de la société aux besoins de laquelle avaient pu s'adapter de pareils meubles. Au milieu d'elles brillait par le contraste un fauteuil suranné, à dossier haut, orné de sculptures compliquées, mais dont les bras élargis compensaient par leur vaste capacité le manque de ces courbures artistiques mises par les tapissiers modernes au service de notre paresse.

Quant au mobilier purement décoratif, il consistait, si nos souvenirs sont fidèles, en deux articles seulement. L'un était une carte des « territoires » jadis concédés aux Pyncheon, exécutée à la main par quelque ancien dessinateur dont l'habile crayon y avait dispersé, par manière d'arabesques, des Indiens fabuleux, des monstres sauvages au nombre desquels se remarquait un lion, tant l'histoire naturelle de ces régions était alors peu connue des géographes naïfs qui essayaient de la décrire. L'autre cadre renfermait le portrait du vieux colonel Pyncheon, presque de grandeur naturelle, représentant un personnage à la mine puritaine, aux traits sévères, en chapeau à coiffe ronde, rabat de dentelles, barbe grise, tenant la Bible dans une main et de l'autre soulevant une épée à poignée de fer. Ce fut en face de ce portrait que miss Hepzibah Pyncheon vint s'arrêter, une fois entrée ; elle le contemplait avec un bizarre froncement de sourcils qu'on aurait pu pren-

dre, ne la connaissant pas, pour l'expression de quelque mauvais vouloir plein d'amertume. Rien de pareil
n'existait en réalité. Ce visage peint lui inspirait une vé-
nération dont une arrière-petite-fille, une vierge flétrie
par l'âge, pouvait seule se montrer susceptible; et ce
froncement de sourcils qui semblait si peu obligeant
ne tenait en définitive qu'à sa myopie, à l'effort qu'il
lui fallait faire pour préciser les vagues contours de
l'image qu'elle avait sous les yeux. Cette désastreuse
habitude de plisser son front chaque fois qu'elle regardait attentivement quelque objet, avait joué à miss
Hepzibah le tour de la faire passer pour méchante.
Elle-même, en face du miroir terni où parfois elle étudiait son visage, se sentait sous la même impression
que les passants lorsqu'ils la voyaient à sa fenêtre. Sa
physionomie refrognée lui déplaisait comme à eux, et
souvent, après s'être dit : « Que j'ai l'air grognon ! »
elle dut conclure comme eux de l'expression de son
visage aux défauts de son caractère. Mais son cœur, lui,
n'avait pas de rides. Il était naturellement tendre, ouvert aux sensations, frémissant, palpitant au moindre
sujet, et garda toujours ces faiblesses intimes, tandis que le visage de la timide Hepzibah, s'obstinant
dans sa rudesse, prenait un aspect de plus en plus
farouche. Je m'aperçois, cependant, qu'une couardise
secrète me retient encore au seuil de mon récit. J'é-
prouve, s'il faut l'avouer, une répugnance invincible à
révéler ce qu'allait faire miss Hepzibah Pyncheon.

Il a déjà été dit qu'au rez-de-chaussée du pignon
jouxtant la rue, un ancêtre indigne avait monté un
magasin, dans le courant du siècle passé. Depuis la
retraite et le trépas de ce noble commerçant, on ne

s'était pas borné à laisser subsister la porte du magasin; les aménagements intérieurs étaient restés les
mêmes et la poussière des siècles, s'accumulant sur le
comptoir et les rayons, avait à moitié rempli, comme si
sa valeur lui donnait le droit d'être pesée, une vieille
paire de balances. Dans la caisse entre-bâillée, cette
poussière épaisse, trésor d'un nouveau genre, était
venue ensevelir une fausse pièce de monnaie, équivalent exact de l'orgueil héréditaire que l'entreprise mer-
cantile du vieil ancêtre avait si profondément humilié.

Durant toute l'enfance de la vieille Hepzibah, lorsqu'elle et son frère venaient jouer à cache-cache dans
ce recoin abandonné, telle était la condition du petit
magasin; elle était restée la même depuis lors, si ce
n'est peu de jours avant celui où se produisirent les
incidents que nous allons raconter. Mais alors, un
changement remarquable, — dérobé au public par les
rideaux bien fermés de la petite croisée, — s'était accompli à l'intérieur de ce capharnaum. On avait soigneusement balayé du plafond les lourds festons de
toiles d'araignées, que cent et cent générations d'intré-
pides tisseuses avaient consacré leurs innombrables
vies à rendre plus épais et plus riches. Comptoirs,
rayons, parquet, on avait tout épongé, tout brossé; ce
dernier même avait disparu sous une couche de beau
sable azuré. Les brunes balances, elles aussi, avaient
passé un rude quart d'heure, car on avait fait d'inutiles
efforts pour en enlever la rouille, qui, çà et là, par
malheur, les avait traversées de part en part. La vieille
petite boutique était approvisionnée à nouveau. Un
curieux, admis à faire l'inventaire des marchandises
qu'elle renfermait et à regarder derrière le comptoir,

y aurait découvert un baril, — que dis-je, deux ou
trois demi-barils, — dont l'un renfermait de la farine,
un autre des pommes, et un troisième peut-être
du blé de Turquie. Il y avait aussi une caisse carrée en bois de pin, pleine de savons en barre, et
une autre, de mêmes dimensions, où étaient rangées
des chandelles de suif de dix à la livre. Une petite pro-
vision de cassonade, de haricots blancs et de pois
cassés, avec quelques autres marchandises à bas prix,
d'une consommation régulière et quotidienne, formaient la portion la plus encombrante de l'assortiment
commercial. Sauf que certains articles étaient d'une
forme ou d'une substance à peu près inconnues au
temps jadis, — par exemple, un paquet d'allumettes
phosphoriques, une des merveilles de l'époque moderne, — on aurait pu prendre tout ceci pour une
résurrection fantastique des rayons pauvrement pour-
vus que le vieux Pyncheon d'autrefois avait si longtemps administrés. Il était donc évident que ce défunt
épicier allait avoir un successeur. Mais qui serait ce
téméraire? Et pourquoi la Maison aux Sept Pignons
avait-elle été précisément choisie comme théâtre de ses
spéculations commerciales.

Revenons maintenant à notre vieille demoiselle. Ses
yeux, à la longue, se détachèrent du sombre portrait;
— elle poussa un soupir, et sur la pointe du pied, avec
cette allure discrète qui caractérise les femmes d'un
certain âge, elle traversa la chambre, suivit un long
corridor, et ouvrit une porte communiquant avec le magasin que nous venons de décrire. Grâces à la projection
de l'étage supérieur, — mais surtout à l'ombre épaisse
de l'Orme-Pyncheon qui s'élevait presque en face du

pignon central, — le crépuscule, ici, ressemblait à la nuit pour le moins autant qu'au jour. Autre soupir de miss Hepzibah, dont la poitrine était ce jour-là un véritable antre d'Eole. Arrêtée un moment sur le seuil, et jetant vers la fenêtre du magasin un de ces regards myopes auxquels ses sourcils froncés donnaient l'expression de la haine, elle entra ou plutôt elle se jeta dans la boutique par un mouvement brusque, inquiétant, tel en un mot qu'aurait pu l'imprimer à son corps une décharge de la pile voltaïque. Avec des mouvements nerveux, une espèce de fièvre, pourrions-nous dire, elle se mit à étaler, sur les rayons et derrière les vitrages de la fenêtre, quelques jouets d'enfants et autres menus objets de mercerie. L'aspect général de cette femme âgée, aux belles manières, aux noirs vêtements, au pâle visage, avait quelque chose de profondément tragique, bien difficile à concilier avec la mesquinerie presque risible de l'occupation qu'elle se donnait. C'était une flagrante anomalie que de voir une personne si solennelle et si mélancolique avec un jouet à la main ; c'était un miracle que, dans l'étreinte du fantôme, le jouet ne s'évanouît pas ; c'était enfin une idée absurde que la préoccupation où s'absorbait son intelligence dépourvue de souplesse et de sérénité, en cherchant les séductions qui pourraient attirer l'enfance autour d'elle. Et cependant, elle visait à rendre sa boutique attrayante pour les gamins de la ville. Mais ses mains tremblantes, tantôt laissaient échapper un éléphant de pain d'épices qui, tombant à ses pieds, perdait sa trompe et trois jambes ; tantôt renversaient un panier de billes qui s'éparpillaient dans l'obscurité comme autant de lutins invisibles. Hélas ! gardons-nous de

nous moquer en voyant la pauvre Hepzibah se traîner
sur ses mains et ses genoux, squelette rigide et rouillé,
à la recherche de ces billes vagabondes. Même dans
le besoin de rire que nous éprouvons et qui nous
force à détourner la tête, n'y a-t-il pas, au fond, de
quoi pleurer? N'assistons-nous pas à un des spectacles
les plus mélancoliques dont la vie nous puisse rendre
témoin, la décadence d'une personne bien née, les
angoisses finales et, pour ainsi dire, l'agonie de sa dignité aux abois?... Une *lady*, — nourrie dès l'enfance
de ces réminiscences chimériques, l'orgueil de sa race,
et pour qui c'était un dogme religieux que « la main
d'une dame est à jamais souillée par le moindre travail
mercenaire, » — cette même *lady*, après soixante ans
d'une gêne toujours croissante, se voit contrainte de
quitter le piédestal imaginaire où son rang l'avait
maintenue. La pauvreté dont elle a toujours senti le
souffle froid sur son épaule, la pauvreté la tient enfin
et la domine. Il faut ou gagner sa vie, ou mourir de
faim ; et c'est à ce moment précis où la patricienne va
descendre au niveau de la plus vile plèbe que nous
avons, — sans assez de respect, hélas !— pénétré furtivement chez miss Hepzibah Pyncheon. C'est là une
tragédie que notre régime républicain et l'instabilité
orageuse de notre existence sociale reproduisent chaque
jour, ou, pour mieux dire, à chaque minute. Mais, puisque nous avons eu le malheur de présenter notre hé-
roïne sous un jour aussi défavorable et dans des circonstances aussi critiques, nous revendiquerons pour
elle le bénéfice de tous les détails accessoires qui rendaient sa chute plus solennelle. Il faut donc nous rappeler que nous avons sous les yeux « une dame » dont

l'origine se perd dans la nuit des temps, — qui compte deux cents ans de noblesse sur le Nouveau continent et peut-être trois fois autant de l'autre côté de l'eau ; — il faut nous rappeler ses arbres généalogiques, ses portraits d'ancêtres, ses écussons, ses traditions de famille et ses droits éventuels, comme cohéritière, sur cette principauté d'Orient qui n'est plus un désert sauvage, mais un vaste pays populeux et en pleine culture ; — il faut nous rappeler qu'elle est née dans Pyncheon-street, à l'ombre de l'Orme-Pyncheon, dans cette Pyncheon-House qu'elle n'a jamais quittée, — et c'est dans cette maison même, résidence héréditaire de ses ancêtres, qu'elle va installer une misérable vente au détail ! Dans une situation comme celle de notre pauvre recluse, les femmes n'ont guère d'autres ressources. Celle-ci, avec sa myopie, le tremblement nerveux de ses mains, ne pourrait se livrer à un travail de couture, bien que sa collection de patrons, âgée d'un demi-siècle, témoignât qu'elle avait abordé jadis les broderies les plus compliquées. Souvent elle avait pensé à monter une école de marmots et passé en revue ses anciennes études élémentaires pour se préparer au rôle d'institutrice. Mais l'amour des enfants n'avait jamais pris racine dans le cœur de la vieille fille ; il y était profondément engourdi sinon tout à fait éteint ; et quand elle regardait, de sa fenêtre, ces petits êtres incommodes et bruyants, elle ne se sentait aucune envie d'établir avec eux des rapports plus intimes. En notre temps, d'ailleurs, l'A B C lui-même s'est grandi aux proportions d'une science beaucoup trop abstraite pour qu'on l'enseigne en promenant une épingle d'une lettre à l'autre. Un enfant, de nos jours,

enseignerait à la vieille Hepzibah bien des choses que
la vieille Hepzibah ne pourrait pas enseigner à l'enfant.
C'est ainsi que, — nonobstant maint frisson de cœur,
à l'idée de ce contact sordide avec un monde dont elle
s'était toujours tenue à l'écart, chaque jour de retraite
ajoutant pour ainsi dire une pierre à celles qui bou-
chaient l'entrée de son ermitage, — la pauvre créature
fut amenée à se rappeler l'ancienne boutique sur la
rue, les balances rouillées, le coffre-fort poudreux. Elle
eût pu sans doute tenir bon quelques mois encore,
mais sa décision fut précipitée par un incident dont
nous n'avons pas encore parlé. En conséquence, elle
fit ses préparatifs et l'entreprise allait débuter.

Oui, nous devons en convenir, tandis qu'elle dispo-
sait son magasin de façon à capter les regards du public,
l'attitude de cette vierge surannée était souveraine-
ment ridicule. Elle se rapprochait de la fenêtre furtivement, sur la pointe des pieds, comme si elle avait cru
à l'existence de quelque bandit, embusqué derrière le
vieil ormeau et tout prêt à faire feu sur elle. Pour
mettre à la place qu'elle lui destinait, soit une carte
de boutons de nacre, soit une guimbarde ou quelque
autre article insignifiant, elle étendait dans toute leur
longueur ses bras maigres et, ceci fait, rentrait à l'instant même dans les ténèbres, comme si elle eût voulu
se dérober une fois pour toutes aux regards du monde.
On eût pu croire qu'elle espérait satisfaire aux besoins
de la petite cité, comme une divinité sans corps,
une enchanteresse aux mains invisibles; mais elle ne
se repaissait point d'une si flatteuse chimère. Hepzibah
savait bien qu'il faudrait en définitive se mettre en
avant, et se manifester dans toute son individualité;

mais ainsi que beaucoup d'autres personnes, accessibles aux mêmes susceptibilités, elle ne voulait pas être surprise pendant l'élaboration graduelle de cette métamorphose ; — il lui convenait mieux de se présenter tout à coup aux regards du monde ébloui.

Le moment inévitable ne pouvait être ajourné beaucoup plus longtemps. Le soleil descendait peu à peu sur la façade de la maison vis-à-vis, et des fenêtres qu'il éclairait l'une après l'autre se frayant leur voie à travers les rameaux du grand orme, les brillants reflets arrivaient dans le magasin dont l'obscurité commençait à diminuer. La ville semblait se réveiller. Une charrette de boulanger, avait déjà promené par la rue le bruit de ses roues et la dissonance de ses clochettes, enlevant ainsi jusqu'au dernier vestige du silence sacré des nuits. Un laitier distribuait de porte en porte le contenu de ses boîtes, et on entendait au loin les notes aigres du coquillage musical qui annonce les marchands de marée. Pour Hepzibah aucun de ces signes n'était perdu ; le moment fatal arrivait. Tout retard ne ferait que prolonger sa souffrance. Il ne restait plus qu'à ouvrir la porte du magasin pour en livrer l'entrée libre, — et plus que libre, bien venue, — à tous les passants dont les yeux pourraient être attirés par l'étalage. Hepzibah remplit alors cette formalité suprême, soulevant la barre et la laissant retomber avec un bruit qui produisit le plus singulier effet sur ses nerfs déjà surexcités. Puis comme si — la seule digue qui la séparât du monde une fois renversée, — un torrent de conséquences funestes devait aussitôt jaillir, elle s'enfuit dans l'arrière-salon, se jeta sur le grand fauteuil où tant d'aïeux s'étaient assis…. et laissa couler ses larmes.

Pauvre Hepzibah! il est dur que le désir de représenter la nature telle qu'elle est, — l'ambition d'un
dessin correct et d'une couleur sincère, — force un
écrivain à laisser voir les côtés inférieurs et grotesques
d'une situation éminemment pathétique. Combien on
pourrait rendre imposante, en faussant légèrement les
conditions de l'art, la scène que nous indiquons! Et
qu'il sera difficile, au contraire, de replacer à sa véritable hauteur le récit d'une expiation solennelle des
crimes d'autrefois, lorsque nous nous voyons forcés
dès le début de présenter un de nos principaux personnages, — non pas comme une jeune et belle
femme, non pas même comme une beauté majestueuse
dont les restes flétris survivent au choc des orages, —
mais sous les traits d'une maigre damoiselle au front
jaune, aux articulations rouillées, portant robe de
soie à longue taille et, Dieu me pardonne, coiffée d'un
turban !... Elle n'a pas même le bénéfice d'une laideur accentuée. La contraction de ses sourcils au-
dessus de ses yeux myopes, est le seul trait qui donne
un caractère quelconque à son insignifiante physionomie. Enfin, pour comble de malheur, la grande, la
suprême épreuve de sa vie, paraît consister en ceci,
qu'après soixante années d'une oisiveté complète, elle
juge à propos de ménager un peu de pain à ses vieux
jours en montant un petit commerce de détail. N'importe : si nous examinons à fond les destinées héroïques de l'homme, nous y trouverons toujours le
même amalgame de bassesse ou de trivialité avec
ce que nos joies ou nos chagrins ont de plus noble.
La vie est faite de marbre et de boue. Si nous n'avions
foi dans cette vaste Sympathie qui plane au-dessus de

nous, nous trouverions sur le masque de fer que porte le Destin une teinte d'ironie mêlée à son expression d'inflexible rigueur. Ce qu'on appelle « la seconde vue poétique » est la faculté de discerner — dans cette sphère d'éléments si étrangements mêlés — la beauté, la majesté réduites à se dissimuler sous de si sordides haillons.

III

Les premiers chalands.

Miss Hepzibah Pyncheon, assise dans le grand fauteuil de chêne et la figure cachée dans les mains, s'abandonnait à cette espèce de découragement — que la plupart de nous connaissent si bien, — où le cœur semble s'effondrer, où les ailes de l'espérance elle-même semblent tout à coup faites de plomb, au début d'une entreprise en même temps très-chanceuse et très-importante. Le tintement d'une clochette, — vif, aigu, irrégulier, — la fit se redresser soudainement. La noble damoiselle se leva, pâle comme un fantôme, au premier chant du coq; n'était-elle pas en effet un esprit soumis? et n'était-ce point là le talisman auquel son obéissance était due? Pour parler avec moins d'emphase, cette clochette fixée à la porte du magasin, l'était de manière à ce qu'un ressort d'acier la fît vibrer pour avertir à l'intérieur, toutes les fois qu'un

client venait à franchir le seuil. Son odieuse et nar-
quoise sonorité trouva un vibrant écho dans chacun
des nerfs d'Hepzibah. — La crise allait se produire.
Sa première pratique arrivait !

Sans se donner le tempsd'y penser à deux fois,
elle se précipita dans le magasin toute pâle, ne sachant
ce qu'elle faisait, son geste et sa physionomie exprimant
un vrai désespoir, les sourcils plus rapprochés qu'à
l'ordinaire, bref ayant plutôt l'air de courir au-devant
d'un voleur que d'aller se placer derrière un comptoir
pour y débiter gaiement quelques menus articles en
échange de quelque menue monnaie. Il y avait là
de quoi faire enfuir n'importe quel acheteur vulgaire.
Et pourtant, au fond de ce pauvre vieux cœur, nul sentiment hostile ou farouche, pas une seule pensée
d'amertume ou contre le monde en général, ou contre
aucun des individus qui le composent. A tous elle
souhaitait bonne chance; mais elle souhaitait, en même
temps, d'en avoir fini avec tous et de reposer en paix
dans la fosse.

Cependant le nouveau venu restait debout en dedans
de la porte. Tout fraîchement issu de la lumière ma-
tinale, il semblait en apporter l'influence joyeuse au
sein de cette sombre boutique. C'était un jeune homme
de taille élancée, âgé tout au plus de vingt et un à
vingt-deux ans, et dont la physionomie, plus pensive,
plus réfléchie qu'elle ne l'est ordinairement de si bonne
heure, s'alliait à une vigueur, à une élasticité nerveuse
tout à fait remarquables ; on l'eût dit monté sur des
ressorts d'acier. Une barbe foncée, qui n'avait rien de
trop soyeux, garnissait son menton sans le dissimuler
complétement; il portait aussi des moustaches courtes

et son visage brun, aux traits prononcés, devait un
certain relief à ces ornements naturels. Quant à son
costume, il était des plus simples : un paletot d'été de
drap ordinaire, des pantalons à damier et un chapeau
de paille médiocrement fin. L'équipement tout entier
avait peut-être été fourni par un de ces grands bazars
de vêtements tout faits que nos dernières années ont vus
poindre en si grand nombre. Si le *gentleman* se révélait par quelque indice (en supposant que notre jeune
homme aspirât au titre de *gentleman*), c'était par la
blancheur remarquable et l'exact ajustement de son
linge de corps.

Les sourcils froncés de la vieille Hepzibah ne semble-
rent pas l'effrayer trop; il savait sans doute à quoi s'en
tenir, la connaissant déjà, sur leur rigueur inoffensive.
« La chose est donc faite, chère miss Pyncheon? dit le
photographe,— car c'était bien là l'unique locataire de
l'Hôtel aux Sept Pignons,— je suis enchanté de voir que
vous réalisez vaillamment vos sages projets. Ma visite
n'a d'autre but que de vous souhaiter les meilleures
chances et de savoir si je puis vous aider en quelque
chose dans vos préparatifs. »

Les gens affligés, ou simplement aux prises avec un
embarras sérieux, peuvent endurer force mauvais pro-
cédés et ne s'en trouver ensuite que raffermis, tandis
que le moindre témoignage de véritable sympathie
trouve immédiatement le défaut de leur cuirasse. Ainsi
en fut-il de la pauvre Hepzibah qui, devant le sourire
du jeune homme — sourire d'autant plus brillant qu'il
éclairait une physionomie sérieuse, — et en écoutant
son affectueux langage, essaya d'abord un petit rire
convulsif, mais se prit ensuite à sangloter.

« Ah ! monsieur Holgrave, s'écria-t-elle aussitôt qu'elle put parler, jamais je n'aurai la force d'aller jusqu'au bout.... Jamais ! jamais ! jamais !... Je voudrais être morte et reposer déjà dans le tombeau de famille à côté de tous mes aïeux... à côté de mon père, de ma mère et de ma sœur. Et j'y voudrais être avec mon frère, qui certainement aimerait mieux me rencontrer là que dans cet endroit-ci.... Le monde est trop froid, trop dur, — et je suis trop vieille, trop faible, trop dépourvue d'espérance !

— Allons, allons, miss Hepzibah, dit tranquillement le jeune homme, une fois la campagne commencée, ces pénibles sentiments ne vous gêneront plus.... Vous n'y pouvez échapper maintenant, debout comme vous l'êtes sur l'extrême frontière de votre long isolement, et peuplant le monde, par la pensée, de mille formes hideuses qui vont bientôt vous paraître chimériques et vaines comme les Ogresses et les Fées des contes écrits pour les enfants. Le phénomène le plus singulier de la vie, à mon sens, est que toute chose y perd sa réalité au moment même où on veut la saisir. Il en sera de même pour ce qui vous semble aujourd'hui si effrayant.

— Songez donc que je suis une femme, reprit Hepzibah d'un ton plaintif... Une *lady*, allais-je dire, mais cette qualification n'appartient plus qu'à mon passé.

— Soit.... et qu'importe ? répliqua l'artiste dont l'attitude, toujours affectueuse, laissait cependant percer une pointe de sarcasme. Saluez le départ de ce vain titre ; en le perdant vous n'en êtes que mieux vous-même... Je vous parle franchement, chère miss Pyncheon ; ne sommes-nous pas de vrais amis ?.. Je regarde cette journée comme une des plus heureuses que vous

4

ayez vécu.... Elle achève une époque, elle en commence une autre. Jusqu'à présent assise au milieu du
cercle que votre naissance aristocratique avait tracé
autour de vous, le sang de vos veines se glaçait peu à
peu pendant que le reste du monde poursuivait sa lutte
ardente avec les nécessités diverses qui servent de
mobile à l'activité humaine... Dorénavant vous allez
poursuivre un but précis par un effort naturel et sain;
vous allez prêter votre force, — grande ou petite — à ce
combat pour lequel se concentrent toutes les énergies
de l'espèce humaine.... Ceci seul est une victoire, — et
la plus vraie que l'on puisse remporter ici-bas.

—Il est assez naturel, monsieur Holgrave, que vous
ayez des idées pareilles, répliqua Hepzibah redressant
sa longue taille avec une dignité tant soit peu froissée... Vous êtes un homme, — un jeune homme, —
élevé, à ce que je puis croire, comme tout le monde
l'est aujourd'hui, en vue d'une fortune à gagner....
Mais ma naissance avait fait de moi une *lady* et
j'avais toujours vécu comme telle... Oui certes, si
gênée que fût ma position j'ai toujours été une *lady!*

— A la bonne heure, mais je ne suis pas moi, un
gentleman de naissance.... et je n'ai jamais vécu en
gentleman, dit Holgrave se laissant aller à sourire. Ne
soyez donc pas étonnée, ma chère dame, si je manque
de sympathie pour des susceptibilités de ce genre...
Ou je me trompe, cependant, ou je puis parvenir à
m'en faire quelqu'idée.... Ces titres de *gentleman* ou
de *lady* ont eu leur sens, dans l'histoire du Passé; ils
conféraient des priviléges, plus ou moins dignes d'être
ambitionnés, à ceux qui avaient le droit de les porter.
Dans l'état présent de la Société, mais surtout dans

l'avenir qui se prépare pour elle, ce ne sont pas des privilèges, ce sont plutôt des restrictions qu'impliqueront ces titres surannés.

— Voilà des notions nouvelles pour moi, reprit l'antique damoiselle en secouant la tête.... Je ne les comprendrai jamais et ne désire pas les comprendre.

— En ce cas, n'en parlons plus, continua l'artiste dont le sourire devint plus amical qu'il ne l'était naguère.... Vous apprendrez par vous-même si le rôle d'une « vraie femme » n'est pas préférable à celui d'une *lady*... Mais pensez-vous donc, miss Hepzibah, qu'aucune des grandes dames de votre race, depuis que cette maison existe, ait déployé plus d'héroïsme que vous n'en montrez aujourd'hui?... Jamais, soyez-en sûre ; et si les Pyncheon avaient toujours agi aussi noblement, je doute fort que l'anathème du vieux sorcier Maule, — cet anathème dont vous m'avez entretenu si souvent, — eût jamais obtenu comme il l'a fait, la complicité de la Providence.

— Vaines paroles! dit Hepzibah, dont cette allusion à la malédiction de sa race, caressait secrètement les vaniteuses faiblesses. Si le fantôme du vieux Maule, ou si quelqu'un des descendants qu'il a laissés pouvait me voir aujourd'hui derrière ce comptoir, il trouverait exaucés les pires vœux qu'il ait pu former contre nous... Je ne vous en sais pas moins gré de vos bontés, monsieur Holgrave, et je ferai de mon mieux pour me plier à mon rôle de marchande.

— C'est cela même, dit Holgrave, et accordez-moi l'honneur d'étrenner votre magasin... Je vais faire un tour au bord de la mer, avant de rentrer dans cette salle où j'abuse des rayons du soleil pour leur faire

faire tant de méchants portraits.... Quelques-uns
de ces biscuits, trempés dans l'eau salée me fourni-
ront le déjeuner dont j'ai besoin.... Combien vendez-
vous la demi-douzaine?

—Laissez-moi rester *lady* quelques instants encore,»
répondit Hepzibah avec une révérence à la vieille
mode, que rendait presque gracieuse un mélancolique
sourire. Et refusant d'en recevoir le prix, elle lui remit les biscuits demandés.... « Une Pyncheon, ajouta-
t-elle, ne consentira jamais, sous le toit de ses pères, à
se voir payer par le seul ami qui lui reste la valeur
d'une misérable bouchée de pain! »

Holgrave la quitta un peu moins abattue qu'il ne
l'avait trouvée; mais, en peu d'instants, les scrupules
et les appréhensions étaient revenus presque aussi im-
portuns qu'auparavant. Chaque fois qu'on passait dans
la rue, où même de si bon matin la circulation commençait à devenir fréquente, Hepzibah sentait battre
son cœur. A deux ou trois reprises les pas se ralen-
tirent : il y avait là quelque étranger ou quelque voisin,
dont les regards s'arrêtaient sur l'étalage. Double torture, alors, pour la pauvre marchande : la honte, en
premier lieu, que des yeux indifférents ou railleurs
eussent le droit de contempler à loisir cette sorte d'ex-
position; et l'observation (vraiment ridicule) que l'étalage n'était pas à beaucoup près aussi bien compris,
aussi avantageux qu'il aurait pu l'être. On eût dit que
le succès ou la facilité de son commerce dépendaient
absolument de la manière dont tel ou tel article était
situé, du remplacement de telle pomme tachée par
une autre pomme plus irréprochable et plus appétis-
sante. Elle faisait alors le changement requis, et aus-

sitôt y trouvait à dire, ne s'apercevant pas que tout le mal résultait, et de l'agitation du moment, et de ces minutieuses exigences, attribut ordinaire du célibat chez les vieilles filles.

Peu après, deux ouvriers, qu'on reconnaissait pour tels à leurs voix rudes, se rencontrèrent devant le magasin. Quand ils eurent échangé quelques mots d'affaires, l'un d'eux remarqua l'étalage et le fit remarquer à son camarade.

« Voyez donc! s'écriait-il... Et que pensez-vous de ceci?... Le commerce prospère, à ce qu'il paraît, dans Pyncheon-street.

— En effet, voilà de quoi regarder, s'écria l'autre.... Dans le vieil hôtel Pyncheon, à l'ombre du grand orme Pyncheon !...qui diable s'en serait avisé? La vieille demoiselle monte donc une boutique à deux sous ?

— Oui... mais la fera-t-elle marcher, Dixey? reprit son camarade... L'emplacement ne me paraît pas bien choisi... Et justement, là au coin, une boutique rivale....

— La faire marcher ? s'écria Dixey, du ton le plus méprisant et comme si l'idée seule était une hypothèse des plus absurdes. Allons donc! Et son visage?...

— Je le connais assez, car toute une année j'ai travaillé chez elle, au jardin.

— Il y a là de quoi effrayer le vieil Old-Nick lui-même, si jamais l'envie lui prenait de trafiquer avec elle.... Personne ne s'y habituera, c'est moi qui vous le dis... Elle vous fait la grimace, avec ou sans motif, par simple méchanceté d'humeur?

— Oh, ceci importe peu, répliqua l'autre homme. Ces mauvais caractères sont pour la plupart fort avisés et savent à merveille de quoi il retourne.... Pourtant,

comme vous dites, je ne crois pas qu'elle profite beaucoup...., Le temps des boutiquiers est passé ; on ne fait
plus rien dans aucun commerce ni dans aucun métier....
J'en sais quelque chose, moi qui vous parle ; ma femme
a tenu pendant trois mois une boutique à deux sous
sans autre résultat qu'une perte de cinq dollars sur sa
mise de fonds.

— Pauvre spéculation ! reprit Dixey, qui semblait
secouer la tête.... Pauvre spéculation, sur ma parole ! »

Pour un motif ou pour l'autre, — et nous ne nous
chargerions pas volontiers d'analyser ce motif, — la
conversation ci-dessus avait produit chez Hepzibah
une angoisse de cœur dont l'amertume lui était encore
inconnue, malgré tout ce qu'elle avait déjà souffert.
Le témoignage porté contre « sa grimace » avait une
importance effrayante ; il plaçait devant elle sa propre
image qui lui semblait hideuse, ainsi dépouillée absolument de tous les prestiges de la vanité. Par une in-
conséquence absurde, elle se sentait blessée du peu
d'effet que semblait produire sur la communauté —
dont ces deux hommes, après tout, devaient interpréter
fidèlement les impressions, — le fait, énorme à ses
yeux, d'une boutique montée par elle. Un regard, trois
ou quatre mots lancés au hasard, un rire brutal, et, au
détour de la rue, ces deux manants avaient déjà cessé
de s'en occuper. Ils n'avaient aucun souci de sa
dignité, aucun souci de sa dégradation... Venait
ensuite cette sinistre prophétie, dictée par l'infaillible
sagesse de l'expérience, et qui tombait sur son espoir
à demi défunt comme une motte de terre dans la
fosse encore ouverte. — La femme de ce manant avait

déjà tenté l'épreuve, et dès lors, comment une *lady*
de naissance, recluse pendant la moitié de sa vie,
totalement étrangère au monde et sous le poids de
soixante années, comment pouvait-elle rêver une réussite, alors qu'une femme vulgaire, endurcie, rusée,
laborieuse, faite à tout et à tous, avait perdu cinq
dollars de son petit capital?... Le succès s'offrait donc
comme entouré d'invincibles obstacles, et l'espoir du
succès comme une hallucination folle.

Quelque lutin malveillant, qui voulait sans doute
troubler à jamais la cervelle d'Hepzibah, déroula devant son imagination une sorte de tableau panora-
mique représentant la principale voie d'une grande
ville, véritable fourmilière d'acheteurs. Que de magasins, que de magnificences! Merceries, boutiques
de jouets, entrepôts de cotonnades et de toiles avec
leurs immenses panneaux de glaces, leurs décors
splendides, leurs amples assortiments de marchandises,
chacun représentant une fortune, et au fond de chaque établissement d'autres glaces encore plus magnifiques, doublant toute cette opulence par la magie de
leurs fantastiques reflets! D'un côté de la rue, ce
bazar superbe où vont et viennent de nombreux
commis frisés, parfumés, reluisants de pommade, im-
bibés d'eau de Cologne, souriant, saluant, clignant de
l'œil et jouant de l'aune avec une prestesse merveilleuse. De l'autre, la vieille Maison aux Sept Pignons
avec son air rechigné, sa boutique en retrait sous l'é-
tage supérieur qui l'écrase, et enfin Hepzibah elle-même
dans sa robe de soie noire rougie par l'usure, installée derrière son comptoir et jetant aux passants sa
grimace malveillante. Ce contraste puissant se plaçait

devant elle, comme pour lui faire mieux apprécier les
conditions dans lesquelles s'engageait le combat dont
sa subsistance devait être le prix. — Réussir? Allons
donc! Il ne fallait plus y songer! — Autant eût valu
qu'un brouillard éternel enveloppât la maison, tandis
que toutes les autres s'épanouissaient aux rayons du
soleil; jamais un pied humain ne se hasarderait à
franchir le seuil, jamais une main humaine ne se
poserait sur le bouton de la porte.

Mais à ce moment même, juste au-dessus de sa tête,
la clochette résonna comme celle du conte de fées. La
porte s'ouvrit, bien qu'aucune forme humaine ne se fût
montrée derrière les carreaux de la demi-fenêtre. Hepzibah crut sans doute avoir évoqué quelque Esprit,
car elle se souleva, les yeux hagards, les mains jointes
comme pour aller bravement au-devant d'un danger
considérable.

« Le ciel me vienne en aide ! murmura-t-elle *in
petto* , d'une voix plaintive : voici l'heure de la nécessité ! »

Lorsque la porte, qui tournait avec peine sur ses
gonds rouillés et bruyants, fut enfin tout à fait ouverte,
un robuste petit marmot se montra, ayant deux pommes
d'api au lieu de joues. Son tablier bleu, ses larges
pantalons venant à mi-jambes, ses souliers quelque peu
éculés, et le chapeau de latanier par les fentes duquel
s'échappaient quelques boucles ébouriffées, lui com-
posaient un costume fort peu élégant, mais dont les la-
cunes accusaient plutôt la négligence maternelle que
la gêne du père de famille. Le livre et la petite ardoise
qu'il portait sous son bras, indiquaient assez un écolier sur le chemin de la classe. Pendant quelques se-

condes, il considéra la marchande, ainsi que l'eût pu
faire un client beaucoup plus âgé, ne sachant guère
comment il fallait interpréter son attitude tragique et
l'étrange dédain qu'elle semblait mettre à le toiser du
haut en bas.

« Hé bien ! mon enfant, que voulez vous ? demanda-
t-elle, reprenant courage devant un personnage si peu
formidable.

— Ce bonhomme, là, sur la fenêtre, répondit le
marmot tirant un *cent* de sa poche, et désignant du
doigt la figure de pain d'épice qui l'avait séduit.... Je
veux dire celui qui n'a pas le pied cassé. »

Hepzibah, là-dessus, étendit son bras maigre, et
prenant le « bonhomme » sur l'étalage, le remit solennellement à sa première pratique.

« Gardez l'argent ! » lui dit elle, en le poussant légèrement du côté de la porte, car sa noblesse bien enracinée se révoltait à l'aspect de la monnaie de cuivre,
et il lui semblait misérable d'accepter, en échange d'un
morceau de vieux pain d'épice, les précieuses écono-
mies d'un pauvre petit enfant... « Gardez votre *cent !*
Je vous fais cadeau du bonhomme ! »

L'enfant — à qui cet exemple de libéralité tout à
fait inouï pour lui, malgré sa fréquentation des boutiques à deux sous, avait fait ouvrir de grands yeux tout
ronds, — s'empara du pain d'épice, et se hâta de quitter le magasin. A peine sur le trottoir, (le petit cannibale !) la tête du « bonhomme » était déjà dans sa
bouche. Comme il n'avait pas pris soin de tirer la porte
après lui, Hepzibah dut se résoudre à l'aller fermer,
avec une ou deux exclamations contrariées sur le dé-
rangement occasionné par les enfants en général, et

plus particulièrement par les garçons en bas âge. Elle
avait eu tout juste le temps de remplacer le « bonhomme » dont elle venait de se défaire, lorsque la
sonnette vibra de plus belle et, la porte encore une
fois ouverte, non sans les secousses et le tirage habituels, on vit reparaître le même petit marmot
qui deux minutes auparavant avait quitté la boutique.
Autour de sa bouche, qui de rose était devenue
brune, quelques débris accusateurs disaient assez
haut que le repas du cannibale venait à peine de
s'achever.

« Qu'y-a-t-il, mon enfant? demanda la demoiselle
tant soit peu impatientée.... Seriez-vous revenu pour
fermer la porte?

— Non pas, répondit le jeune drôle, montrant le
« bonhomme » nouvellement installé. C'est l'autre, à
présent, que je voudrais.

— Prenez-le donc ! » dit Hepzibah qui le lui tendit
aussitôt; mais comprenant que cette pratique obstinée
ne la tiendrait pas quitte de ses complaisances, tant
qu'elle aurait dans sa boutique un seul pain d'épice,
elle retira sa main trop libérale. « Voyons votre *cent!*»
dit-elle.

Le petit garçon tenait sa monnaie toute prête, mais,
en véritable *Yankee*, il eût préféré des deux marchés le
meilleur. D'un air quelque peu chagrin, il déposa le
cent dans la main d'Hepzibah, et en s'en allant, dépêcha
le second « bonhomme » à la recherche du premier.
La marchande de fraîche date laissa tomber dans son
tiroir le premier résultat monnayé de ses opérations
commerciales.... Et maintenant, c'en était fait!... La
trace sordide de cette pièce de cuivre, aucun liquide

connu ne l'effacerait de sa main.... Le petit écolier,
avec la complicité d'un bonhomme de pain d'épice,
avait effectué une ruine irréparable ; tout un édifice
aristocratique se trouvait démoli par lui, et on eût dit
que sa petite main venait de déraciner l'Hôtel aux Sept
Pignons ! Tournez, Hepzibah, tournez, la face contre
le mur, les effigies des Pyncheon d'autrefois ; prenez
la carte de vos territoires d'Orient pour allumer demain le feu de la cuisine, et que le vain souffle des
traditions de vos aïeux active cette flamme dévo-
rante !... Désormais, qu'avez-vous à faire d'ancêtres ?
Absolument rien ; pas plus que de descendants !... Et
à la place d'une *lady*, maintenant, il ne reste plus
qu'Hepzibah Pyncheon, vieille fille abandonnée, tenant
une boutique à deux sous !

Cependant un grand calme venait de succéder tout
à coup à ses longues inquiétudes. Elle ressentait certainement ce que sa position avait d'étrange, mais c'é-
tait sans aucun trouble et sans aucune frayeur. Çà et
là, même, germait en elle une sorte de juvénile sérénité. C'était comme le souffle fortifiant de l'atmosphère
extérieure qui chassait le long engourdissement de sa
monotone solitude. — L'effort est une hygiène si puissante ! si merveilleuse est l'énergie que nous possédons
sans le savoir ! — Il y avait bien des années qu'Hepzibah ne s'était sentie aussi vaillante, et n'avait joui
d'un pareil bien-être. La pièce de cuivre apportée par
l'écolier, — si terne que l'eussent faite les petits services qu'elle avait déjà rendus çà et là dans le monde,
— se trouvait être un talisman magique, exhalant le
parfum du Bien, et qu'elle eût volontiers porté sur son
cœur, après l'avoir fait monter en or. Sa puissance,

son efficacité pouvaient se comparer à celles d'un anneau galvanique. Hepzibah, tout au moins, dut à cette
subtile influence l'énergie de corps et d'esprit qu'il
lui fallait pour songer à déjeuner; et, — ce qui devait
mieux encore exalter son courage renaissant, — elle
mit une cuillère de plus dans son infusion de thé
noir.

Il ne faut pas croire que, pendant cette première
journée de négoce, son courage et sa gaieté n'eurent
pas à souffrir mainte et mainte lacune. Règle générale,
la Providence n'accorde aux mortels que la dose de vail-
lance strictement suffisante au plein exercice de leurs
facultés. Pour ce qui est de notre ancienne *lady*, après
chaque excitation nouvelle et chaque nouvel effort, le
découragement habituel de toute sa vie menaçait de
la ressaisir, et définitivement. On eût dit ces épais nuages que nous voyons obscurcir le ciel, et atténuer sa
lumière jusqu'à l'heure où, vers la tombée de la nuit,
ils ouvrent issue pour quelques moments à une échappée de soleil. Sur l'azur du ciel, cependant, le nuage
en vieux s'efforce encore de reconquérir l'étroite bande
qu'il a perdue.

Pendant l'après-midi, quelques pratiques se présentèrent, mais sans trop d'empressement; parfois aussi,
nous en conviendrons, avec peu de satisfaction pour
eux-mêmes ou miss Hepzibah, et peu d'accroissement
pour le contenu de la caisse. Une petite fille, envoyée
par sa mère pour assortir un écheveau de coton d'une
nuance particulière, prit celui que, sur la foi de ses
yeux myopes, la vieille *lady* assurait être « identiquement pareil; » mais elle revint bientôt en courant pour
déclarer, d'un ton passablement maussade, « que le co-

ton n'allait pas, et que de plus il était de mauvaise
qualité ! » Il arriva aussi une femme au visage pâle et
sillonné de rides profondes, vieillie avant l'âge, et dans
les cheveux de laquelle, ainsi qu'un ruban d'argent,
courait çà et là quelque raie grise; une de ces femmes
délicates par nature, et qu'on devine au premier coup
d'œil épuisées par les mauvais traitements d'un mari
brutal, — ivrogne sans doute, — ainsi que par l'éclo-
sion d'au moins neuf enfants. Elle demandait quelques
livres de farine, et présenta l'argent que la noble marchande refusa du geste, sans dire un mot, et après
avoir fait meilleure mesure que si elle avait dû le
prendre. Peu après, un homme se présenta, vêtu d'une
jaquette de coton bleu couverte de taches, pour acheter une pipe; non-seulement de son haleine échauffée,
mais de toute sa personne s'exhalait, comme un gaz in-
flammable, une forte odeur d'alcool qui petit à petit
envahit tout le magasin. Hepzibah se dit que ce devait
être le mari de la pauvre épuisée ; il demanda un paquet de tabac, et comme elle avait négligé de s'appro-
visionner sous ce rapport, son grossier client lançant
contre le mur la pipe dont il venait de faire emplette,
sortit après avoir murmuré quelques paroles inintelligibles, qui avaient l'accent et l'amertume d'une malédiction.... Hepzibah là-dessus lève les yeux, et envoie
sans le vouloir, à la Providence suprême, un de ses regards les plus malveillants.

Dans le cours de l'après-midi, cinq individus, tout
autant, vinrent chercher diverses espèces de bière, et
n'en trouvant aucune, s'en allèrent fort mécontents.
Trois de ces manants laissèrent la porte ouverte, et les
deux autres la tirèrent avec un mouvement de rancune

si prononcé, que la clochette rudement ébranlée communiqua ses vibrations émues aux nerfs de la pauvre Hepzibah. Survint aussi une ménagère du voisinage, grosse personne échauffée, tumultueuse, hors d'haleine, qui se précipita dans le magasin, demandant de la levûre de bière avec l'accent le plus impérieux; et lorsque, gardant son attitude de timidité glaciale, la pauvre demoiselle eut laissé entendre « qu'elle ne tenait pas un pareil article, » la ménagère émérite prit sur elle de lui administrer un véritable sermon.

« Comment donc, pas de levain chez un détaillant? s'écria-t-elle.... Jamais vous ne vous en tirerez comme ça; cela ne s'est jamais vu... Votre commerce ne lèvera pas plus que mon pain ne va le faire aujourd'hui... Mieux vaudrait fermer boutique tout de suite.

— Peut-être avez-vous raison, » dit Hepzibah comprimant un profond soupir.

A chaque instant se renouvelait ce supplice, — et c'en était un, — de s'entendre parler sur un ton familier, — sinon positivement brutal, — par des gens qui désormais ne se regardaient plus comme ses égaux, mais comme ses supérieurs et ses patrons. Hepzibah n'avait pas compté là-dessus; il lui semblait qu'une sorte d'auréole aristocratique survivrait à sa déchéance et lui vaudrait, de la part de tous, une espèce de subordination volontaire et tacite. D'autre part, — expliquez cela! — rien ne la blessait plus que cet hommage à son ancien rang lorsqu'il était indiscrètement accentué. L'accueil qu'elle fit à deux ou trois manifestations sympathiques dont certains officieux ne crurent pas pouvoir s'abstenir, fut empreint d'une sorte d'acrimonie; nous regrettons d'avoir à dire qu'Hepzibah ou-

blia positivement les premiers principes de la charité
chrétienne lorsqu'elle put soupçonner une de ses
clientes de n'être venue dans le magasin, sous prétexte d'achat, que pour satisfaire une curiosité
perverse. Cette créature vulgaire voulait voir, par elle-
même, quelle figure pouvait faire derrière un comptoir une fleur d'aristocratie toute fanée, effeuillée et
sans parfum. Pour le coup, inoffensif et machinal
comme il l'était en d'autres circonstances, le froncement de sourcils d'Hepzibah fit loyalement son office.

« Jamais de ma vie je n'ai eu si peur ! s'écriait l'in-
discrète en racontant l'aventure à une de ses connaissances..... Vous pouvez vous en rapporter à moi, c'est
une véritable sorcière..... Elle ne dit guère mot, j'en
conviens ; mais si vous voyiez quels yeux elle vous
fait ! »

En somme la vieille demoiselle, après l'expérience
qu'elle en faisait alors pour la première fois, ne fut
amenée à juger très-favorablement ni le caractère, ni
les façons de ce qu'elle nommait « les classes inférieures, classes sur lesquelles, du haut de sa grandeur
fictive, elle avait jusqu'alors laissé tomber une douce
indulgence, mêlée de quelque pitié. En revanche, il lui
fallut combattre une amertume toute contraire, — une
sorte de rancune virulente — contre cette oisive *gen-
tility* à laquelle jusqu'alors elle s'était fait gloire d'appartenir. Lorsque venait à passer dans cette rue écartée
et solitaire, laissant derrière elle les parfums d'un bouquet de roses-thé, une belle dame dont la robe de
mousseline et le voile flottant faisaient une espèce
d'être aérien, et dont on était tenté de regarder les
pieds chaussés de soie, pour savoir si elle foulait la

terre ou nageait dans l'air,— quand une pareille vision
lui apparaissait, disons-nous, le froncement de sourcils de la vieille Hepzibah ne pouvait plus, il faut du
moins le craindre, s'expliquer uniquement par la myopie dont elle était affligée.

« A quoi peut servir, — pensait-elle, cédant à l'hostilité secrète qui constitue le seul véritable abaissement
du pauvre en face du riche, — à quoi de bon peut servir, dans l'ordre des desseins providentiels, l'existence
de cette femme?... Faut-il donc que tout l'univers tra-
vaille et souffre pour que la paume de ses mains reste
délicate et blanche ? »

Mais alors, honteuse et saisie de repentir, elle ca-
chait son visage dans ses mains.

« Dieu me pardonnera-t-il? » disait-elle.

Dieu lui pardonnait, n'en doutons pas. Mais —
prenant en considération l'histoire intime de cette
demi-journée, aussi bien que son histoire palpable,
— Hepzibah se mit à craindre que, sans contribuer
essentiellement à son bien-être temporel, le magasin
qu'elle avait monté n'amenât bientôt sa ruine complète
au point de vue de la religion et de la morale.

IV

Une journée derrière le comptoir.

Vers midi Hepzibah vit passer, de l'autre côté de la rue blanche et poudreuse, un *gentleman* quelque peu mûr, dont la démarche était lente et l'attitude pleine de majesté. Arrivé sous l'ombre de l'Orme-Pyncheon, le *gentleman* fit halte, et retirant son chapeau pour étancher la sueur de son front, parut examiner avec un intérêt tout spécial la vieille Maison des Sept Pignons. Il méritait lui-même, à tous égards, qu'on l'examinât avec soin. Nulle part il n'eût fallu chercher un modèle plus accompli de ce que nous appelons *respectability*. Sans se distinguer en rien par leur étoffe ou leur coupe de ceux que porte le commun des hommes, ses vêtements avaient une ampleur, une richesse, une gravité qui s'adaptaient merveilleusement à ce type d'homme convenable et sérieux. Nous en dirons autant de sa canne à tête d'or, en bois som-

5

bre et poli, laquelle, daignant se promener toute seule, aurait été universellement reconnue pour appartenir à ce maître considérable. Ainsi pour chaque détail de son extérieur : on trouvait dans tous un personnage marquant, influent, autorisé ; il suffisait de le voir pour être certain de son opulence, aussi certain que s'il vous eût montré l'extrait de son compte courant à la Banque ; on n'y aurait pas cru davantage si, portant ses mains sur les rameaux de l'Orme-Pyncheon, il les eût, ainsi que le Midas de la Fable, transmués en or du meilleur titre.

Jeune, il avait dû passer pour un bel homme ; maintenant son front était trop large, ses tempes étaient trop dénudées, ce qui lui restait de cheveux était trop gris, le lustre de son œil était trop éteint, ses lèvres se pressaient trop l'une contre l'autre pour qu'il conservât aucunes prétentions de ce côté. Comme modèle cependant, il lui restait de quoi tenter un artiste, son visage se prêtant aux interprétations les plus différentes.

On s'en aperçut bien au moment où il regarda l'Orme-Pyncheon. Son œil s'était arrêté d'abord sur l'étalage dont le premier aspect sembla le choquer, et néanmoins, la minute d'après, il se prit à sourire. Tandis que ses lèvres souriaient encore, il entrevit Hepzibah qui s'était involontairement penchée à la fenêtre, et leur expression changea immédiatement ; d'aigre et malveillant qu'il était, le sourire devint radieux, courtois, sympathique. Avec un heureux mélange de dignité polie et de condescendance affectueuse, le *gentleman* salua, puis se remit en chemin.

« Le voilà ! se dit Hepzibah ravalant une amertume

secrète.... Que doit-il penser de tout ceci?... Approuve-t-il ce que j'ai fait?.... Ah! le voilà qui regarde encore ! »

Le *gentleman* s'était arrêté dans la rue, et, se retournant à demi, continuait à couver des yeux la fenêtre du magasin. En définitive, il fit complétement volteface et avança d'un pas ou deux comme pour entrer chez Hepzibah; mais le hasard voulut qu'il fût distancé par la première pratique de la noble marchande, le petit cannibale aux « bons-hommes, » qui cette fois cédant à un irrésistible attrait, venait marchander un éléphant en pain d'épices. Pendant qu'il en débattait le prix, le *gentleman* âgé s'était remis en route et avait tourné le coin de la rue.

« Prenez-le comme vous voudrez, cousin Jaffrey ! murmura la vieille demoiselle retirant la tête après avoir regardé avec précaution des deux côtés de la rue. Prenez-le comme vous voudrez!... Vous avez vu ma petite boutique ! Eh bien, après, qu'avez-vous à dire ? Tant que je vivrai, n'ai-je pas mon droit sur Pyncheon-House ? »

Là-dessus, Hepzibah battit en retraite dans l'arrière-salon, où elle s'occupa tout d'abord d'un bas à moitié fini; mais elle y travaillait avec une impatience nerveuse et de brusques soubresauts, tirant et cassant les fils à droite et à gauche. Aussi finit-elle, impatientée, par jeter de côté son tricot pour arpenter la chambre à grands pas. Bientôt elle s'arrêta devant le portrait du vieux Puritain austère, le premier de ses ancêtres, le fondateur de leur race. En un sens, ce portrait noirci, encrassé, semblait s'être en partie absorbé dans la toile; d'un autre côté, jamais, depuis son an-

fance, Hepzibah ne lui avait vu plus de relief et une
expression plus frappante. Le contour précis, — la substance physique, pour ainsi dire, — se dérobant aux
yeux du spectateur, la physionomie même de l'homme,
cette physionomie assurée, dure et empreinte en même
temps de quelque fausseté, semblait n'en ressortir
que davantage. C'est là un effet qu'on a pu remarquer
dans quelques tableaux d'ancienne date. Ils ont une
expression qu'aucun artiste tant soit peu complaisant,
— et ils le sont tous, — n'oserait présenter à un de ses
patrons comme reflétant fidèlement la pensée, l'âme
de celui-ci; mais nous n'en reconnaissons pas moins
pour authentique la laideur morale dont ils trahissent
le mystère jadis voilé. Ceci tient à la conception profonde du peintre, qui a deviné l'âme à travers les traits
de son modèle ; cette conception, subtile essence, a pénétré son travail, et se retrouve après que le temps en
a détruit en partie le coloris superficiel.

Tout en regardant ce portrait Hepzibah se sentait
trembler. Son respect héréditaire ne lui permettait pas
d'apprécier le caractère de l'original aussi sévèrement
qu'elle s'y sentait appelée par l'instinct d'une vérité
inexorable. Elle regardait, cependant, parce que le visage peint, — du moins l'imaginait-elle ainsi, — la
mettait à même de mieux comprendre, de deviner
mieux l'énigmatique visage qu'elle venait de voir passer dans la rue.

« Voilà bien l'homme ! se disait-elle tout bas. Jaffrey
Pyncheon peut sourire tant qu'il lui plaira, mais derrière son sourire il y a ce regard. Mettez-lui ce chapeau à forme ronde, ce rabat plissé, ce manteau noir,
cette Bible dans une main, cette épée dans l'autre, et,

nonobstant tous les sourires qu'il lui conviendra d'arborer, personne ne doutera que Jaffrey est le vieux Pyncheon lui-même, revenu dans ce bas monde.... Il s'est déjà montré capable de fonder une race nouvelle ; — peut-être est-il également capable d'attirer sur cette race une nouvelle malédiction ! »

C'est ainsi qu'Hepzibah se laissait ensorceler par ces fantastiques images de l'ancien temps. Dans la vieille maison qu'elle habitait seule, sa cervelle moisissait comme les charpentes vermoulues. Sans la promenade méridienne qu'elle faisait chaque jour dans la rue, elle aurait peut-être vu sa raison s'altérer et se perdre.

Par la puissance magique du contraste, un autre portrait se dressait devant-elle, plus flatté qu'aucun artiste n'aurait osé le faire, mais si délicatement touché, cependant, que la ressemblance demeurait parfaite. La miniature dont nous avons déjà parlé, — miniature signée « Malbone, » — bien que le même original eût posé devant ce peintre, — était bien inférieure à la chimérique effigie qu'Hepzibah retrouvait dans son imagination, assaillie par mille souvenirs affectueux et tristes. C'était une douce et sereine figure, aux lèvres vermeilles et pleines, saisies au moment d'un sourire prêt à venir et qu'annonçait, en le précédant, le rayonnement de deux prunelles tout à coup imbues d'une lumière joyeuse ; traits féminins adaptés à un visage d'homme ! De plus, la miniature avait cette particularité de faire constater la ressemblance de l'original avec celle qui lui avait donné le jour, et de rappeler que cette mère charmante, aimée de tous, avait peut-être dû sa principale puissance d'attraction à je ne sais quelle faiblesse native qui semblait lui prêter une beauté de plus.

« Oui, pensait douloureusement Hepzibah, dont les
yeux s'humectaient peu à peu, c'est sa mère qu'ils ont
persécutée en lui!... Jamais ils n'ont pu en faire un
Pyncheon ! »

Ici, la clochette du magasin retentit, et du fond de
ses réminiscences sépulcrales, ce fut tout au plus si
Hepzibah prit garde à ce bruit qui lui semblait venir
de régions lointaines. Dans la boutique elle trouva un
vieillard, l'un des plus humbles habitants de Pyncheon-street, et qui, depuis longues années, grâce à la
tolérance de la vieille fille, s'était impatronisé de la
maison. C'était un individu, pour ainsi dire, immémo-
rial, dont la tête semblait toujours avoir été blanche,
dont les rides dataient des temps les plus reculés, et
dont l'unique dent, sur le devant de la mâchoire supérieure, n'avait jamais eu de compagne connue. Tout
âgée que fût Hepzibah, elle ne pouvait se rappeler un
temps où elle eût vu l'Oncle Venner (ainsi l'avait bap-
tisé le voisinage) descendre ou remonter la rue autrement que les épaules voûtées, la tête en avant et le
pied traînant sur les pavés. Il devait cependant à un
reste de vigueur, non-seulement de vivre encore, mais
d'occuper, dans cet univers qu'on pourrait croire encombré, une place qui sans lui aurait été vide. Porter
des messages, avec cette allure lente et pénible qui
donnait à douter de son arrivée n'importe où, scier çà
et là une brassée de bois, mettre en pièces un vieux
tonneau, fendre une planche de sapin pour en faire
des brochettes, bêcher en été quelques mètres de jardin annexés à un rez-de-chaussée économique et prendre pour salaire la moitié des produits de ce travail,
enlever à la pelle, pendant l'hiver, la neige des trot-

toirs, ou bien encore ouvrir des sentiers vers le hangar
et le long des cordes où pendait le linge ;—tels étaient
quelques-uns des importants emplois qu'une vingtaine
de familles, pour le moins, confiaient à l'assiduité vi-
gilante de l'Oncle Venner. Il avait ainsi, tout comme le
curé, une sorte de paroisse, et s'il ne prélevait pas
« la dîme ecclésiastique du pourceau, » du moins re-
cueillait-il, dans le cours de ses tournées matinales,
assez de rebuts de table, assez de restes et de débris
pour nourrir le porc qu'il élevait chaque année.

L'opinion commune avait jadis, — quand il était
encore jeune, — classé l'Oncle Venner parmi les
idiots. Lui-même avait accepté l'arrêt, se refusant
discrètement à courir les mêmes carrières où il voyait
s'engager les autres hommes et n'acceptant que les
missions ordinairement réservées à ceux dont l'intelligence est en déficit. Mais actuellement, aux limites
extrêmes de la vieillesse, soit que sa longue expérience
l'eût éclairé, soit que la défaillance de son jugement
lui eût fait perdre la faculté de se bien apprécier lui-
même, — cet homme vénérable affichait quelques prétentions à une sagesse peu ordinaire, et avait fini par
les faire admettre dans une certaine mesure : de plus
il y avait en lui, par moments, une sorte de verve poétique, fleur tardive venue sur les ruines de sa pensée,
et qui relevait la vulgarité, le terre-à-terre de cette
obscure existence. Hepzibah lui accordait quelque estime à cause de l'ancienneté de son nom, qui jadis
avait été porté avec honneur par maint et maint
bourgeois de la cité. Un motif plus direct pour expliquer les égards familiers qu'elle lui témoignait, c'est
que l'Oncle Venner était dans Pyncheon-street, ce

qu'il y avait de plus vieux, sauf toutefois la Maison aux Sept Pignons, et peut-être aussi l'antique ormeau dont le feuillage en couronnait le faîte.

Ce patriarche se présentait devant Hepzibah, vêtu d'un vieil habit bleu d'apparence presque *fashionable* et qui devait lui avoir été donné par quelque commis élégant, disposé à réformer sa garde-robe. Ses pantalons, en revanche, taillés dans un morceau de toile à voile, très-courts de jambes et singulièrement bouffants sur le bas des reins, étaient en harmonie plus directe avec le personnage et convenaient mieux soit à son âge, soit à sa tournure. Son chapeau n'avait de rapport ni avec l'un ni avec l'autre de ces deux vêtements; il n'en avait pas non plus avec le chef qu'il était destiné à protéger. L'Oncle Venner se trouvait ainsi un vieux *gentleman* d'ordre composite, en partie lui-même, mais autre que lui à beaucoup d'égards; vivant synchronisme d'époques diverses, véritable *epitome* de modes et de temps hétérogènes.

« Ainsi donc, dit-il, vous voilà dans le commerce.... J'en suis charmé, croyez-le bien !... La paresse ne convient ici-bas ni aux jeunes ni aux vieux, à moins que ces derniers ne soient paralysés par la goutte.... Cette diable de maladie m'a déjà fait signe à plusieurs reprises et, d'ici à deux ou trois ans, il faudra, je pense, mettre les affaires de côté pour me retirer dans ma ferme.... Vous savez, cette grande maison de briques là-bas.... Ils l'appellent la Maison-de-Travail.... Je veux d'abord terminer ma besogne avant d'aller y mener une vie de loisirs.... Oui, miss Hepzibah, je suis charmé de vous voir à l'œuvre.

— Grand merci, Oncle Venner, dit en souriant la

vieille demoiselle toujours animée de sentiments bien-
veillants pour ce brave homme naïf et causeur. Elle
n'eût pas témoigné autant d'indulgence à une femme
du même âge, ni pris en si bonne part la liberté dont
il usait en lui parlant ainsi.... « N'est-ce pas, qu'il était
« bien temps de me mettre à l'œuvre ?... C'est-à-
« dire, soyons plus francs, je commence à l'âge où il
« m'eût fallu clore ma carrière. »

— Ne parlez pas ainsi, miss Hepzibah, répondit le
vieillard, vous êtes encore une jeune femme. Au temps
où je vous voyais jouer encore sur la porte de la vieille
maison, je ne me croyais guère plus jeune que je ne
le suis maintenant... Jouer, ai-je dit? mais le plus
souvent vous restiez assise sur le seuil, regardant la
rue d'un air sérieux, car vous avez toujours été sérieuse, et, pas plus haute que mon genou, on aurait
pu vous prendre pour une fille toute venue.... Il me
semble vous voir encore arriver avec votre grand-père
en manteau rouge, perruque poudrée, chapeau à trois
cornes, la canne à la main, sortant de l'hôtel et arpen-
tant solennellement la rue.... Ils avaient grand air,
ces vieux *gentlemen* d'avant la Révolution.... Dans
ma jeunesse le principal personnage de la ville
portait ordinairement le titre de « Roi; » quant à sa
femme, on ne l'appelait pas « Reine, » ceci est certain, mais on l'appelait « Milady.... » Présentement
un homme n'oserait pas se faire appeler « Roi, » et s'il
se sent un peu au-dessus du commun, il s'abaisse
pour rétablir le niveau.... Il n'y a pas dix minutes
que j'ai rencontré votre cousin le Juge, et, en dépit
de mes culottes de toile, comme vous voyez, le Juge
m'a tiré son chapeau.... Je crois du moins que c'était

à moi..., Dans tous les cas, le Juge s'est incliné en me souriant !

— Oui, dit Hepzibah, d'un ton où quelque amertume se glissait à son insu, mon cousin Jaffrey passe pour sourire le plus agréablement du monde.

— Et c'est à bon droit, reprit l'Oncle Venner; chez un Pyncheon la chose est assez remarquable, car, sauf votre respect, miss Hepzibah, ils n'ont jamais été renommés pour leur facilité d'humeur ou leur bienveillance... On ne gagnait rien à les hanter de trop près.... A présent, miss Hepzibah, si la question n'est pas trop hardie pour un vieux bonhomme tel que moi, ment se fait-il que le juge Pyncheon, amplement pourvu comme il l'est, ne vienne pas trouver sa cousine pour la prier de fermer boutique immédiatement ?... Il vous sied fort bien de vouloir faire quelque chose, mais il ne sied pas au Juge de permettre qu'il en soit ainsi.

— Si vous voulez bien, Oncle Venner, nous laisserons là ce sujet, dit Hepzibah d'un ton assez froid.... Je dois reconnaître, cependant, que si je prétends gagner mon pain, ce n'est pas la faute du juge Pyncheon... Et il ne faudrait pas non plus le blâmer, ajouta-t-elle avec plus de bonté, se rappelant les priviléges que l'âge et l'humble familiarité de l'Oncle Venner lui permettaient de revendiquer, si je jugeais à propos, dans un temps donné, de me retirer avec vous dans votre ferme.

— L'endroit n'est pas si mauvais, s'écria gaiement le vieillard, comme si cette perspective lui était particulièrement agréable ; la grande ferme de briques peut avoir son charme, surtout pour ceux-là qui, comme

moi, y trouvent un tas d'anciens camarades. Maintes
fois, les soirs d'hiver, il me tarde d'être parmi eux ;
car il est assez triste, pour un pauvre vieux solitaire tel
que je suis, de branler de la tête heure après heure
sans autre compagnie que le tuyau de son calorifère....
Soit en été, soit en hiver, ma ferme se recommande
par bien des mérites.... Et l'automne, donc ? quoi de
plus agréable que de passer une journée le dos contre
un mur de grenier ou un chantier de bois, du côté où
donne le soleil, à bavarder avec quelque vieille tête
du même âge, ou peut-être à tuer le temps avec un
honnête idiot dont les *Yankees* laborieux n'ont pas su
tirer parti et qui a dû à leurs dédains les moyens
d'apprendre à fond la paresse ?... Croyez-moi, miss
Hepzibah, je compte passer dans cette ferme — que
tant d'imbéciles appellent la Maison-de-Travail — un
meilleur temps que je n'en ai connu de ma vie....
Mais vous, jeune femme encore, vous n'en êtes pas
réduite à venir m'y trouver.... Il vous arrivera certainement beaucoup mieux. »

Dans la physionomie et l'accent de son vénérable
ami, Hepzibah s'imagina qu'il y avait quelque chose
de particulier; elle se l'imagina d'autant mieux qu'elle
contemplait son visage avec une ardeur passionnée,
cherchant à y deviner le sens caché des paroles qu'il
venait de prononcer. La plupart des individus aux
prises avec une situation critique, sont ainsi dupes des
mirages de l'espérance, et se complaisent en rêves
d'autant plus splendides que la réalité leur manque
complétement pour asseoir des hypothèses favorables
quelque peu sensées. Tout en menant à terme le plan
de sa petite industrie, Hepzibah, — sans vouloir s'ar-

rêter positivement à cette idée, — n'en avait pas moins
caressé le songe de quelque revirement de fortune qui
viendrait tout à coup la tirer d'affaire. Un oncle, par
exemple, — qui s'était embarqué cinquante ans auparavant pour aller dans l'Inde, et dont jamais on n'avait
entendu parler depuis lors, — pouvait bien revenir
l'adopter pour unique consolation de son extrême
vieillesse, la couvrir de perles, de diamants, de cache-
mires, et lui léguer en définitive des richesses incalculables. Ou bien encore ce membre du Parlement,
placé maintenant à la tête de la branche de famille
restée en Angleterre — branche cadette avec laquelle
la branche aînée de ce côté de l'Océan n'avait guère
entretenu de rapports depuis deux cents ans et plus,
— ce *gentleman* éminent pouvait convier sa vieille parente à quitter la Maison délabrée des Sept Pignons
et à venir habiter Pyncheon-Hall, au milieu des
membres de sa famille. Les motifs les plus impérieux,
cependant, empêcheraient Hepzibah d'accéder à cette
requête. Il était donc plus probable que les descendants d'un Pyncheon — émigré jadis en Virginie et
devenu possesseur d'une plantation magnifique, — ap-
prenant le mauvais état des affaires d'Hepzibah et mus
par cette générosité de caractère que le mélange du
sang virginien n'avait pu manquer d'ajouter aux qualités originelles de leur race, — lui feraient passer
une lettre de change de mille dollars, avec promesse
sous-entendue de renouveler au moins une fois par an
cette libéralité si opportune. Enfin, — et ceci était de
toute raison comme de toute justice, — le grand procès
relatif au comté de Waldo pouvait consacrer définitivement le droit héréditaire des Pyncheon. Quittant sa

pauvre boutique, Hepzibah ferait alors bâtir un palais, et du haut de la tour la plus élevée jetant les yeux sur les monts et les vallées, sur les forêts, les champs et les cités, contemplerait avec orgueil la portion d'héritage à elle dévolue, de par ses glorieux ancêtres.

Telles étaient quelques-unes des fantaisies dont elle repaissait depuis longtemps son imagination, et c'est avec leur secours que les paroles fortuites de l'Oncle Venner, destinées simplement à l'encourager, venaient tout à coup d'illuminer au gaz, pour ainsi dire, les cellules pauvres et nues de ce cerveau malade. Mais, soit qu'il n'eût aucune idée de ces châteaux en Espagne, — et comment les aurait-il connus? — soit que le froncement de sourcils de la vieille fille l'eût troublé dans ses souvenirs, ainsi que cela eût pu arriver pour un homme beaucoup plus intrépide, il perdit le fil de son discours; revenant alors à un sujet moins intéressant, il se mit à conseiller Hepzibah sur les moyens de faire prospérer son commerce.

« Crédit est mort! » —Nous citons ici quelques-unes de ses précieuses maximes. — « N'acceptez jamais de billets! Ayez l'œil sur la monnaie qu'on vous rend. Faites sonner l'argent sur le poids de quatre livres! Restituez les *demi-pence* à l'effigie anglaise et toutes ces mauvaises médailles de cuivre comme il en circule tant par la ville!... A vos moments perdus, tricotez pour les enfants des tours de cou et des mitaines!... Brassez vous-même votre levûre.... Fabriquez vous-même votre bière au gingembre! »

Puis, tandis qu'Hepzibah digérait de son mieux ces petites boulettes de sagesse, tant soit peu dures, qu'il venait de lui administrer, il couronna ses conseils par

le plus important de tous, ou celui du moins qu'il envisageait comme tel :

« Faites bon visage à vos pratiques, disait-il, et
quand vous leur tendez la marchandise qui leur revient, tâchez de sourire agréablement !... Un article
quelque peu avarié, si vous le retrempez dans la bonne
chaleur d'un sourire, passera plus aisément qu'un
article irréprochable accompagné d'une grimace effrayante.»

La pauvre Hepzibah répondit à ce dernier apophtegme
par un soupir, venu de si loin et poussé d'une telle
force qu'il faillit emporter l'Oncle Venner dans la rue
comme une feuille sèche balayée par la brise d'automne. Un peu remis, cependant, il s'inclina vers elle
et lui fit signe de se rapprocher de lui. Sur son visage
flétri, en ce moment, une émotion sincère était peinte.

« Quand est-ce que vous l'attendez? murmura-t-il.

— De qui parlez-vous? demanda Hepzibah devenue
pâle.

— Ah! vous ne vous souciez pas d'en causer? dit
l'Oncle Venner. C'est bien.... c'est bien, laissons cela,
quoiqu'on en jase de tous côtés par la ville....Je me le
rappelle, miss Hepzibah, ne pouvant pas encore se tenir
sur ses jambes! »

Pendant le reste de cette journée, la vieille fille,
marchant comme dans un rêve, ne fonctionna plus que
machinalement et sans porter la moindre attention à
ses transactions commerciales. Le malheur ayant fait
affluer la clientèle dans le petit magasin, il se commit,
ce jour-là, des bévues fréquentes et considérables :
les paquets de chandelles furent tantôt de sept et tantôt
de douze au lieu de dix ; le gingembre fut vendu pour

tabac d'Écosse — les épingles en place d'aiguilles, et *vice versa*, — la monnaie rendue à tort et à travers, quelquefois au préjudice du public, plus souvent au préjudice de la marchande, — et en somme, la journée finie, après tout ce pénible trafic, le tiroir, au grand étonnement d'Hepzibah, se trouva presque vide. Tant d'efforts avaient abouti à quelques pièces de cuivre parmi lesquelles un *nine pence* d'argent ou soi-disant tel, de mine fort suspecte, et qu'une épreuve décisive devait faire reconnaître, lui aussi, pour une monnaie de cuivre.

Mais à ce prix, et à tout prix, Hepzibah était charmée de voir clore cette néfaste journée. Jamais elle n'avait trouvé le temps si long, le travail si pesant; jamais elle n'avait mieux apprécié cette sombre résignation, qui, dans son inertie obstinée, se laisse fouler aux pieds plutôt que de s'associer aux fatigues et aux soucis de la vie. Son dernier trafic eut lieu avec le petit marmot aux « bons-hommes » et à l'éléphant, qui maintenant voulait manger un chameau. Effrayée de cet appétit omnivore, Hepzibah lui offrit pêle-mêle tout ce qui restait de sa ménagerie de pain d'épice..... Après quoi elle expulsa son petit client, enveloppa la clochette dans un bas à moitié fini, et replaça la lourde barre de chêne en travers de la porte.

Elle en était là, quand un omnibus vint s'arrêter sous les branches du vieil ormeau ; à cet aspect, Hepzibah sentit tressaillir son cœur. Le seul hôte qu'elle pût attendre devait lui venir des sombres régions d'un passé lointain et, de ce passé jusqu'à l'heure présente, pas un rayon de soleil n'était tombé ni sur *lui* ni sur elle. — Le moment de leur réunion était-il donc arrivé ?

On pouvait le croire, car du fond de l'omnibus on voyait quelqu'un se glisser vers la portière ; un *gentleman* descendit, mais ce fut seulement pour offrir la main à une jeune fille alerte et mince qui, se passant fort bien de toute assistance, descendit à son tour les marches, et de la dernière s'élança lestement sur le trottoir. Le salaire de son cavalier fut un sourire, qui se refléta sur les lèvres du jeune homme tandis qu'il remontait en voiture. La belle enfant, alors, se dirigea vers la Maison aux Sept Pignons, où le conducteur de l'omnibus venait de déposer une légère malle et un carton, — sur le seuil du grand portail, cela va sans le dire, et nullement à l'entrée du magasin. Quand il eut fait violemment retentir l'antique marteau de fer, il repartit, laissant la voyageuse et son bagage se tirer d'affaire comme ils pourraient.

« Qui ce peut-il être? pensait Hepzibah dont les organes visuels se fatiguaient en efforts inutiles.... L'enfant a dû se tromper de maison! »

Elle se glissa dans le vestibule, et demeurant elle-même invisible, vint examiner, par les lucarnes poudreuses du portail, la jeune et joyeuse figure qui réclamait accès dans la demeure séculaire. C'était une de celles à qui bien peu de portes restent fermées. La vieille demoiselle elle-même, malgré l'austérité inhospitalière de ses premiers projets, comprit qu'une capitulation devenait indispensable, et dans la serrure rebelle la clef rouillée tourna lentement.

« Serait-ce Phœbé? se demandait-elle intérieurement. Il faut bien que ce soit cette petite, car ce ne peut être qu'elle, — et d'ailleurs l'ensemble de ses traits me rappelle son père.... Mais que vient-elle chercher ici ? Et comment une cousine de campagne tombe-t-elle ainsi sur de pauvres épaules, sans prévenir au moins un jour d'avance, sans s'informer si elle arrive à propos?.... A la bonne heure !... Il faudra bien, je suppose, la loger pour cette nuit; — mais l'enfant, dès demain, retournera chez sa mère. »

Expliquons que Phœbé appartenait à ce petit rameau de la tige Pyncheon, établi, nous l'avons déjà dit, sur un district rural de la Nouvelle-Angleterre, où les affections de parenté maintiennent encore leur empire, conservées en partie avec d'autres vieilles modes. Dans la sphère où elle vivait, il était parfaitement admis que des parents se visitassent l'un l'autre sans invitation préalable, sans préliminaires d'étiquette. Cependant, par égard pour la retraite où vivait miss Hepzibah, on lui avait annoncé par lettre la visite projetée de Phœbé. Depuis trois ou quatre jours cette épître habitait la poche du facteur, qui n'ayant pas d'autre affaire dans Pyncheon-street, attendait une occasion favorable pour « servir » la Maison aux Sept Pignons.

« Non! — Elle ne peut rester ici qu'une nuit, répétait Hepzibah, tirant les verrous.... Si Clifford venait à la trouver ici, peut-être sa présence chez nous gênerait-elle ? »

V

Le mois de Mai, le mois de Novembre.

Phœbé Pyncheon passa la nuit de son arrivée dans
une chambre donnant sur le jardin de l'antique demeure. Cette chambre était exposée à l'orient et, de
très-bonne heure, les roses lueurs du ciel vinrent
prêter leurs nuances charmantes au plafond noirci,
aux papiers flétris et maussades. Le lit de Phœbé avait
des rideaux ; rideaux en étoffe épaisse et jadis magnifique, tombant autour d'elle en lourds festons, vrais
nuages de lampas, qui dans un coin maintenaient la
nuit sur le front de la jeune fille, tandis que le reste de
la pièce s'illuminait des feux de l'aurore. Vint un moment, néanmoins, où par un interstice de ces rideaux
fanés, un rayon de soleil s'insinua au pied du lit. Trouvant là cette nouvelle arrivée, — dont les joues étaient
fraîches comme le matin lui-même et dont le beau
corps, frémissant sous les adieux du sommeil, lui rap-

pelait peut-être les frissons du feuillage au souffle du
zéphyr matinal, — ce rayon baisa le front de la belle
enfant. C'était bien la caresse que peut donner à sa
sœur endormie une vierge immortelle, — comme est
l'Aurore,—d'abord par un élan d'irrésistible tendresse,
mais aussi pour l'avertir que l'heure est venue de dé-
clore ses beaux yeux.

Au contact de ces lèvres lumineuses, Phœbé s'é-
veilla paisiblement et sans pouvoir se rendre compte,
au premier moment, ni de l'endroit où elle était, ni de
ces lambrequins pesants qui pendaient tout autour
d'elle. A vrai dire, ses perceptions étaient assez vagues,
à l'exception d'une seule : c'est qu'il faisait jour et
qu'il fallait se lever pour dire ses prières. Elle se sentait portée à la dévotion par l'aspect de cette chambre
solennelle et de son imposant mobilier; surtout de ces
fauteuils aux dossiers élargis et roides, dont l'un,
placé près de son chevet, semblait avoir servi à quelque
personnage du temps jadis, — assis là toute la nuit et
qui le matin, pour n'être pas découvert, se serait furtivement évadé.

L'enfant, une fois habillée, mit le nez à la fenêtre et
dans le jardin aperçut un buisson de roses blanches,
d'une espèce très-rare et très-belle, qui, adossé au mur
et poussant vigoureusement, s'élevait à une hauteur
exceptionnelle. Ces belles fleurs, ainsi que Phœbé
s'en aperçut plus tard, étaient presque toutes piquées
au cœur et envahies par la nielle; mais le voyant à
distance, on eût dit nôtre rosier détaché de l'Éden, ce
même été, avec le sol fécond où se développaient ses
racines. La vérité, cependant, c'est qu'il avait été
planté par Alice Pyncheon, — l'arrière-grand'tante de

Phœbé, — dans un terrain que les détritus végétaux
avaient engraissé deux siècles durant. Mais bien
qu'elles empruntassent leur vie aux corruptions de la
terre, ces fleurs n'en envoyaient pas moins un pur et
doux encens à Celui qui les avait créées, et en s'y mêlant, au moment où ce frais parfum montait le long
de la fenêtre, le souffle virginal de la jeune Phœbé lui
laissait toute sa pureté, toute sa fraîcheur. Précipitant
ses pas sur l'escalier criard, dont aucun tapis ne
protégeait les marches usées, elle glissa dans le jardin, cueillit quelques-unes des roses les plus intactes
et les rapporta dans sa chambre.

La petite Phœbé possédait au plus haut degré le don
des arrangements intérieurs, patrimoine exclusif de
certaines personnes. C'est une espèce de magie naturelle qui permet à ces élus d'extraire, de tout ce qui les
entoure, l'agrément caché, l'utilité secrète ; et plus spécialement de donner un aspect de comfort à tous les
lieux qu'ils habitent, si bref qu'y puisse être leur séjour. La hutte la plus sauvage, hantée par les voyageurs qui traversent une forêt vierge, prendrait un
aspect hospitalier pour avoir abrité pendant une seule
nuit quelqu'une de ces femmes douées ; et il se conserverait longtemps après la disparition de cet être si
calme sous l'ombre épaisse des futaies voisines. Il fallait une bonne dose de cette sorcellerie domestique pour
transformer, en quelque chose d'habitable, cette chambre de Phœbé où personne n'avait logé depuis si lon-
temps, — sauf les araignées, les rats et les fantômes.
Comment elle s'y prit, nous ne le saurions dire. Aucun
dessein préconçu ne se manifestait chez elle ; mais tantôt
d'un côté, tantôt de l'autre, promenant ses mains agi-

les, ici elle mettait un meuble en pleine lumière, là-bas elle en repoussait un autre dans l'ombre, relevait ce rideau, laissait tomber le voisin, et avait fini, au bout d'une demi-heure, par communiquer une espèce de sourire hospitalier à ce vieux taudis de mine si sombre, si rechignée, et qui rappelait à tant d'égards le cœur inhabité, refroidi, de la maîtresse du lieu.

Puis il y eut là comme un exorcisme. L'antique chambre à coucher avait dû servir de théâtre à bien des épisodes divers de la vie humaine. De jeunes époux y avaient sans doute échangé leurs soupirs d'amour; nés à l'immortalité, maints petits êtres vagissants y avaient aspiré leur premier souffle; maints vieillards y avaient rendu leur âme à Dieu. Mais, — soit l'influence des roses blanches ou de par tout autre charme subtil, — la chambre à coucher, — tout à coup purifiée, tant du mal ancien que des douleurs anciennes, par l'haleine parfumée et les pensers sereins de la jeune fille, — revêtit en quelque sorte une virginité nouvelle. Ses rêves radieux, pendant la nuit qui venait de s'écouler, avaient dissipé les ombres passées, et à leur place maintenant peuplaient, fantômes riants, la pièce où elle était installée.

L'ordre établi comme elle le voulait, Phœbé sortit encore de la chambre pour descendre au jardin, où l'attirait le souvenir de quelques fleurs perdues çà et là dans le désordre luxuriant d'une végétation livrée au hasard. Mais, sur le palier, elle rencontra Hepzibah qui la fit entrer dans ce qu'elle eût appelé son « boudoir, » si ce mot français eût fait partie d'un vocabulaire exclusivement américain. Il y avait dans ce cabinet retiré quelques vieux volumes, un panier à ouvrage, une écritoire poudreuse ; il y avait aussi, contre l'un des panneaux, un grand meuble noir d'apparence étrange, que la noble demoiselle appelait « un clavecin. » Il ressemblait à une bière plus qu'à toute autre chose, — et en effet, n'ayant pas été ouvert depuis tant d'années, il devait renfermer pas mal de musique morte faute d'air. Alice Pyncheon était la dernière personne dont les doigts eussent fait vibrer les cordes du gothique instrument.

Hepzibah pria sa jeune parente de s'asseoir, et plongeant sur son frais visage un regard scrutateur :

« Cousine Phœbé, lui dit-elle enfin, je ne vois réellement pas moyen de vous conserver auprès de moi ! »

Ces paroles, néanmoins, n'avaient pas le caractère inhospitalier que pourrait leur attribuer un lecteur inaverti. Les deux parentes s'étaient déjà expliquées la veille au soir, et commençaient à se comprendre. Hepzibah savait à quoi s'en tenir sur les circonstances particulières, (résultant d'un second mariage contracté par la mère de la jeune fille,) qui obligeaient Phœbé à chercher un établissement au dehors. Elle ne se méprenait pas non plus sur le caractère de cette enfant qui, vaillante et généreuse comme les femmes de sa race, ne devait vouloir s'imposer gratuitement à personne. L'exilée du foyer domestique était naturellement venue vers Hepzibah, sa plus proche parente, sans prétendre revendiquer sa protection d'une manière absolue, — mais simplement pour passer avec elle une semaine ou deux, quitte à prolonger indéfiniment son séjour, si cela pouvait convenir à l'une et à l'autre.

Phœbé répondit donc avec autant de franchise, et plus d'aménité, à la remarque un peu brusque de miss Hepzibah.

« Chère cousine, lui dit-elle, je ne sais encore ce qu'il en sera ; mais il me semble que nous pourrons nous faire l'une à l'autre infiniment mieux que vous ne le supposez.

— Je vois bien que vous êtes une brave fille, reprit Hepzibah, et ce n'est pas là ce qui me fait hésiter. Mais, Phœbé, cette mienne maison est une triste résidence pour une personne de votre âge. En hiver, dans les greniers et les chambres du haut, pénètrent le vent, la pluie et même la neige. Quant au soleil, il n'entre jamais ! Et pour ce qui me concerne, vous voyez ce que je suis, — une vieille femme solitaire et triste, dont le caractère, je le crains, n'est pas des meilleurs, et dont le courage est aussi bas que possible. — Je n'ai, cousine Phœbé, ni de quoi vous rendre la vie agréable, ni même, hélas ! de quoi vous faire vivre.

— Vous trouverez en moi une petite personne assez gaie, répondit Phœbé, qui, tout en souriant, gardait une sorte de dignité douce ; et le pain que vous me donneriez, je prétends bien le gagner. Je n'ai pas reçu, moi, l'éducation d'une Pyncheon, et dans nos villages de la Nouvelle-Angleterre, une jeune fille apprend bien des métiers.

— Pauvre Phœbé ! soupira Hepzibah, vos talents ici ne vous serviraient guère, et quelle triste idée que celle de voir votre jeune âge se consumer lentement en un si misérable séjour !... Au bout d'un mois ou deux, le savez-vous ? cette teinte rose aurait quitté vos joues.... Regardez mon front !.., — Le contraste, en effet devait frapper. — Vous voyez comme je suis pâle !... J'ai idée que la poussière de ces vieilles maisons en ruine est malsaine pour les poumons.

— N'y a-t-il pas le jardin?... Les fleurs n'ont-elles pas besoin qu'on les soigne? remarqua Phœbé.... L'exercice en plein air me conserverait la santé.

— Mais d'ailleurs, enfant, s'écria Hepzibah se levant tout à coup pour en finir, il ne m'appartient pas de dire à qui Pyncheon-House doit servir de résidence, soit pour un temps, soit d'une manière permanente!... Le maître de la maison doit bientôt arriver.

— Voudriez-vous faire allusion au juge Pyncheon? demanda Phœbé très-étonnée.

— Le juge Pyncheon! répondit la cousine, blessée au vif.... Il ne songera guère, moi vivante, à franchir le seuil de la maison où je vis.... Ce n'est pas de lui qu'il est question, et je vais, Phœbé, vous montrer le visage de l'homme dont je parlais! »

Elle alla chercher la miniature que déjà nous avons décrite, et revint la tenant à la main. En la remettant à Phœbé, la vieille fille examinait avec soin l'expression de ses traits, comme jalouse de savoir l'effet qu'allait produire cette image sur une âme candide et jeune.

« Aimez-vous cette figure? demanda Hepzibah.

— Elle est belle, très-belle! répondit Phœbé avec une admiration sincère.... Elle a toute la douceur qui peut et doit appartenir à un visage d'homme. Sans être puérile, son expression a quelque chose d'enfantin qui commande une affectueuse sympathie... A un être pareil on voudrait épargner, fût-ce au prix de bien des peines, toute fatigue et tout chagrin.... Qui donc est-ce, cousine Hepzibah?

— Avez-vous jamais entendu parler de Clifford Pyncheon? murmura celle-ci, penchée à son oreille.

— Jamais!... Je croyais, répondit Phœbé, que vous et votre cousin Jaffrey étiez les seuls survivants de la famille.... Et cependant il me semble avoir entendu le nom de Clifford Pyncheon.... Oui, certainement, mon père ou ma mère m'en ont parlé.... Mais n'est-il pas mort depuis bien longtemps?

— Possible, enfant, très-possible, dit la vieille fille avec un rire triste et profond.... Mais dans des maisons comme celle-ci, les revenants, vous savez, ne sont pas rares... Nous verrons, nous verrons ce qui en est.... Et maintenant, cousine Phœbé, puisque le courage ne vous manque pas après tout ce que j'ai pu vous dire, nous ne nous séparerons point de sitôt. Jusqu'à nouvel ordre, mon enfant, vous êtes la bien venue chez votre pauvre parente. »

Sur cette assurance d'hospitalité, réservée sans doute, mais qu'on ne pouvait accuser de froideur, Hepzibah baisa la joue de la nouvelle arrivée.

Elles descendirent alors dans les régions inférieures où, sans revendication positive, mais par une sorte de vertu magnétique, Phœbé se trouva tout à coup investie de tous les soins culinaires, et se mit activement à préparer le déjeuner. — La maîtresse de la maison, cependant, ainsi qu'il arrive toujours de ces personnes roides et peu malléables, se tenait le plus souvent à l'écart, ne demandant pas mieux que d'aider à la besogne, mais retenue par la conscience de son inaptitude naturelle. Phœbé, au contraire, avait tout l'éclat, toute la grâce, toute la puissance du feu vif sur lequel chantait la bouilloire. Hepzibah la contemplait — du fond de sa paresse habituelle, résultat inévitable d'une solitude prolongée, — comme d'une sphère à part, tout environnée d'abîmes. Mais elle ne pouvait s'empêcher de prendre intérêt et plaisir à cette promptitude avec laquelle la nouvelle venue, se prêtant aux circonstances, pliait aussi la vieille maison et tous les ustensiles rouillés aux besoins de la situation. Et cela sans nul effort, avec des fragments de chanson qui venaient à chaque instant caresser l'oreille. Phœbé, c'était l'oiseau sur la branche, et le ruisseau de la vie traversait son cœur en gazouillant, comme l'eau pure des sources traverse le creux d'un beau petit vallon. La joie qu'elle apportait au travail était comme l'ornement de ce travail même; on eût dit un fil d'or mêlé à la trame sombre de l'austère puritanisme.

Hepzibah était allée chercher quelques anciennes cuillères d'argent portant l'écusson de famille, et un service à thé sur lequel s'épanouissaient les grotesques imaginations du pinceau chinois. Il datait du temps où l'usage de prendre le thé s'était introduit en Europe, et ses vives couleurs, néanmoins, n'avaient rien perdu de leur éclat primitif.

« Votre trisaïeule en se mariant apporta ces tasses, disait à Phœbé la solennelle Hepzibah. C'était une Davenport; excellente famille!... Ce furent presque les premières porcelaines introduites dans la colonie, et si on en cassait quelqu'une, ce serait pour moi un vrai crève-cœur.... Mais pourquoi comparer mon cœur à des porcelaines fragiles, lorsque je me souviens de tout ce qu'il a supporté sans se briser? »

Les tasses en question, — elles n'avaient peut-être jamais servi depuis la jeunesse d'Hepzibah, — s'étaient chargées d'une notable quantité de poussière; Phœbé la fit disparaître avec tant de soin, tant de déli-

catesse, que la propriétaire même de cette porcelaine
sans prix dut se montrer complétement satisfaite.

« La bonne petite ménagère ! s'écria-t-elle, souriant
et fronçant en même temps le sourcil d'une façon si
prodigieuse, que le sourire disparut comme un rayon
de soleil sous un nuage chargé de tempêtes... Réussis-
sez-vous en toutes choses comme à ceci ?... Travaillez-
vous de la tête aussi bien que des mains?

— J'ai bien peur que non, répondit Phœbé que
semblait égayer, sous cette forme, la question de sa cousine... L'été dernier, cependant, j'ai fait la classe aux
petits enfants de notre district, et je la ferais encore
s'il le fallait.

— Fort bien, fort bien! remarqua la noble demoiselle, en se redressant quelque peu ; mais ces sortes d'aptitudes, vous les tenez sans doute de votre
mère.... Je n'ai jamais connu à aucun Pyncheon de pareilles dispositions. » — Il est très-étrange, mais il n'en
est pas moins vrai que la plupart des gens préconisent
volontiers leurs défauts naturels à l'égal de leurs facultés les plus éminentes : ainsi faisait Hepzibah, pour
cette inaptitude des Pyncheon à tout métier utile. Elle
l'envisageait comme un trait de la physionomie héréditaire, et peut-être n'avait-elle pas tout à fait tort ;
mais c'était là un de ces indices morbides comme on
en voit se produire chez les races trop longtemps restées en dehors des conditions normales de la Société.

Avant qu'elles eussent fini de déjeuner, la clochette
du magasin tinta aigrement, et ce fut d'un air de désespoir qu'Hepzibah replaça sur la table sa tasse de
thé inachevée. En tout métier désagréable, le second
jour est pire que le premier : nous rentrons sous le

joug avec les meurtrissures que nous a laissées la
veille. Hepzibah, d'ailleurs, avait compris qu'elle ne se
ferait jamais à l'appel impérieusement railleur de cette
méchante sonnette. Et maintenant surtout, environnée
de ses cuillères armoiriées, de sa porcelaine séculaire,
alors qu'elle se berçait de prestiges aristocratiques, il
lui était excessivement pénible de se rendre au signal
du premier acheteur venu.

« Ne vous dérangez pas, chère cousine! s'écria
Phœbé, qui déjà était debout.... Aujourd'hui, je tien-
drai le magasin.

— Vous, mon enfant? répondit Hepzibah. Quelle
expérience peut avoir de toutes ces choses une petite
fille élevée aux champs?

— Oh! soyez tranquille! dit Phœbé, c'est moi qui
étais chargée de toutes les emplettes de la famille....
J'ai aussi tenu boutique dans des ventes de charité,
où je faisais de meilleures affaires que personne....
Ces choses-là ne s'apprennent pas; elles tiennent
à une sorte d'instinct qui me vient, je suppose, de
ma mère.... Vous allez voir si la petite marchande ne
vaut pas la petite femme de ménage! »

Derrière Phœbé se glissa la prudente demoiselle,
et, par la porte du couloir donnant sur le magasin, elle
voulut voir comment « cette jeunesse » se tirerait
d'une besogne si ardue. L'affaire effectivement n'était
pas des plus simples : une femme très-âgée, en casa-
que blanche, en jupon vert, ayant autour du cou un
collier à grains dorés et sur la tête une espèce de bonnet de nuit, avait apporté certaine quantité de laine
filée à échanger contre d'autres marchandises. Probablement la dernière femme de la cité qui fût ainsi restée

fidèle aux traditions vénérées du rouet patrimonial.
C'était un duo charmant qu'exécutaient de concert
l'organe enroué de la vieille dame et la fraîche voix
de Phœbé; c'était un contraste plus amusant encore,
que de voir ces deux figures, — l'une si souple et si
florissante, — l'autre si décrépite et si flétrie, — entre
lesquelles on n'apercevait que l'épaisseur d'un comptoir, mais qui étaient séparées, en réalité, par un gouffre
de soixante années. Quant au marché débattu, c'était
celui de la diplomatie et de la ruse serviles aux prises
avec la loyale sagacité d'un caractère jeune et droit.

« Hé bien, qu'en dites-vous? demanda Phœbé en
riant, lorsque la pratique fut partie.

— A merveille, enfant, à merveille! répondit Hepzibah…. Je ne m'en serais pas si bien tirée, à beaucoup
près…. Ce doit être, vous l'avez dit, un instinct naturel
que vous aurez sucé avec le lait de votre mère. »

L'admiration des oisifs pour les travailleurs est la
plus sincère du monde; c'est même à cause de cette
sincérité que, pour la mettre d'accord avec les exigences de leur amour-propre, les premiers se voient forcés
de prétendre que les qualités des seconds sont incom-
patibles avec un autre ordre de vertus, qu'on proclame
supérieures et plus essentielles. Hepzibah, usant de
cette logique tant soit peu suspecte, put constater et
reconnaître, sans le moindre déboire, à quel point
Phœbé l'emportait sur elle pour tout ce qui avait
trait à son petit négoce. Aussi l'aristocratique mer-
cière accepta-t-elle avec une gratitude sans mélange
les avis et le concours de sa jeune compagne; et il
devait en être ainsi tant qu'elle pourrait murmurer,
dans un aparté discret, avec un sourire contraint,

un soupir presque naturel, et un sentiment complexe d'étonnement, de pitié, d'affection toujours croissante :

« La bonne petite que cela fait !... Si seulement on pouvait en tirer une *lady* !... Mais ceci ne saurait être !... Phœbé n'est pas une Pyncheon.... Elle a tout pris de sa mère. »

Que Phœbé pût ou non devenir une *lady*, la question, selon nous, n'était pas là. Sa petite taille — pour n'être pas celle que l'imagination attribue à une comtesse, — n'en avait ni moins de grâce, ni moins d'agilité. Son piquant minois, vraie fleur de santé où quelques taches de rousseur rappelaient qu'il avait connu le soleil et les brises d'avril, sans être de ceux qu'on lorgne au bal, n'en était pas moins celui d'une très-jolie femme. Elle avait la grâce de l'oiseau ; elle jetait dans la triste maison l'éclat d'un rayon de soleil, qui, filtrant sous les rameaux du grand Orme, serait venu se poser sur les parquets, — ou bien encore celui de ces reflets du foyer qui dansent le long des murs à l'approche de la nuit ; — bref, une atmosphère de joie et de sérénité semblait émaner d'elle et se répandre dans les lieux qu'elle habitait. La comparer à sa vieille cousine, — avec ses robes de soie fanées, ses chimériques parchemins, ses droits illusoires sur une terre cultivée par autrui, son claveçin dont elle ne savait pas jouer, le souvenir des menuets qu'elle avait pu marcher jadis, les tapisseries d'ancien modèle qu'elle avait patiemment élaborées, — c'était mettre en regard, le plus loyalement du monde, le patriciat d'autrefois et le prolétariat contemporain.

Il faut croire qu'à travers l'épaisseur des murs

transpirait quelque chose de cette radieuse jeunesse.
Sans cela, comment expliquer l'espèce d'attraction
qu'elle exerça bientôt sur tout le voisinage? Le magasin
vit grossir démesurément sa clientèle chaque jour plus
assidue. La monnaie de cuivre, objet des mépris d'Hepzibah, s'accumulait dans les tiroirs, où elle ne la comptait jamais sans avoir mis, auparavant, une paire de
gants en soie tricotée. Les pièces d'argent, il en venait
aussi, — qu'on triait avec soin pour les loger dans le
coffre-fort.

L'Oncle Venner, qui voyait les denrées diminuer à
vue d'œil et la monnaie s'accumuler en hautes piles,
applaudissait des deux mains sans que les remarques
de miss Hepzibah, involontairement empreintes de
quelque dédain, pussent modérer son enthousiasme.
A cette observation que « jamais une Pyncheon n'a-
vait fait pareille figure » : — « Vous avez, ma foi, raison, répondit ce vénérable personnage.... Tout au
moins, n'ai-je jamais rien vu de pareil, ni parmi eux,
ni véritablement parmi les autres.... Mon métier m'a
mené dans bien des endroits et m'a fait connaître bien
du monde; nulle part, cependant, — vous pouvez m'en
croire, miss Hepzibah, — je n'ai rencontré personne
dont les façons d'agir ressemblassent autant à celles
d'un ange du bon Dieu? »

L'éloge de l'Oncle Venner, si exagéré qu'il puisse
paraître, avait quelque chose de fondé. L'activité de
Phœbé, qui semblait se complaire en tout travail et
prêtait aux plus humbles devoirs sa grâce spontanée,
ce labeur qu'elle accomplissait en se jouant, ce bien
qu'elle ne faisait pas, à vrai dire, mais qui provenait
d'elle, comme la fleur ou le fruit de l'arbuste né pour

les produire, tout cela était véritablement angélique, et le vieux Venner n'avait pas trop dit.

L'intimité des deux cousines, — cimentée par les petites causeries qu'elles échangeaient dans les intervalles de la vente, — cette intimité faisait des progrès rapides, et la vieille recluse, une fois que ses premiers scrupules eurent cédé, prodigua bientôt à Phœbé tous les trésors de son amicale confiance. Elle prit un orgueilleux et triste plaisir à la promener de chambre en chambre par toute la maison, en lui racontant les traditions qui, comme autant de fresques sombres, étaient, pour ainsi dire, étalées sur les murailles de chaque pièce. Elle lui montra, par exemple, les marques laissées par le pommeau d'épée du lieutenant-gouverneur, sur les panneaux de la porte à laquelle il avait frappé, le jour où le vieux colonel Pyncheon, hôte défunt, recevait ses visiteurs effrayés avec le terrible froncement de sourcils que nous avons décrit plus haut. Hepzibah prétendait que, depuis lors, on n'entrait jamais sans une secrète horreur dans le corridor ténébreux par où s'était écoulée la foule, glacée d'épouvante. Sur un des grands fauteuils elle fit grimper la petite Phœbé, pour lui montrer tout à l'aise l'ancienne carte du Territoire-Oriental sur lequel les Pyncheon revendiquaient un droit de propriété. En un endroit où son doigt s'alla poser de lui-même, il existait une mine d'argent signalée d'une manière précise dans quelques secrets *memoranda* du colonel Pyncheon, mais dont la situation ne devait être révélée que lorsque les droits de la famille auraient été reconnus par le gouvernement. « Il était donc dans l'intérêt de tout le pays qu'on rendît justice aux Pyncheon. » Elle ajouta, comme chose

certaine, qu'il y avait aussi, — cachée quelque part
dans la maison, dans les caves peut-être ou dans le
jardin, — une immense accumulation de guinées an-
glaises.

« S'il vous arrivait, Phœbé, de découvrir ce trésor, disait Hepzibah, — lui jetant un regard quelque
peu louche, accompagné d'un sourire contraint et
affectueux tout à la fois, — nous ferions enlever, sans
rémission et pour jamais, la clochette du magasin.

— Oui-da, ma chère cousine, répondit Phœbé; mais
en attendant, la voilà qui sonne. »

Hepzibah, le client une fois parti, — d'une façon
un peu vague mais avec des développements infinis,
— mit l'entretien sur une certaine Alice Pyncheon que
nous avons entrevue déjà, et dont la beauté, les talents
avaient été fort renommés cent ans plus tôt. Le parfum
de ses vertus et de ses charmes planait encore dans le
séjour qu'elle avait habité, comme l'odeur des roses
sèches dans le tiroir où elles se sont flétries. Cette
charmante Alice avait subi quelque grande et mystérieuse infortune, à la suite de laquelle, s'étiolant
et pâlissant peu à peu, elle s'était évanouie de ce
monde. Mais on disait, même dans ce temps-là,
qu'elle hantait la Maison des Sept-Pignons et que
maintes fois, — surtout pour annoncer la mort de
quelqu'un des Pyncheon, — on lui avait entendu
exécuter sur le clavecin de savantes et tristes mélodies. Un de ces airs, tel que ses doigts de fantôme
l'avaient fait jaillir des touches sonores, recueilli
par un amateur de musique et transcrit par lui, était
empreint d'une si profonde mélancolie que personne
jusqu'à ce jour n'avait pu en supporter l'audition, si

7

ce n'est après avoir éprouvé quelque grand chagrin qui lui permettait d'en apprécier la douceur secrète.

« Est-ce le même clavecin que vous m'avez montré? demanda Phœbé.

— Le même, dit Hepzibah. C'était celui d'Alice Pyncheon.... Au temps où j'apprenais la musique, mon père ne me permettait jamais de l'ouvrir. Aussi, ayant pris l'habitude exclusive de l'instrument que je trouvais chez mon maître, il y a longtemps que j'ai oublié toute ma musique. »

Cessant alors de parler du passé, la vieille demoiselle entretint Phœbé du jeune photographe, de ses habitudes régulières, de ses bonnes façons qui l'avaient déterminée, le voyant un peu gêné, à lui permettre d'occuper un des sept pignons. Mais, plus elle voyait M. Holgrave, moins elle savait se rendre compte du personnage. Il recevait les gens les plus singuliers du monde, des hommes à longue barbe, vêtus de blouses en toile et d'autres nouveautés aussi mal séantes; des réformateurs qui allaient prêchant la tempérance, et toute espèce de philanthropes à mines rébarbatives; des communistes, — des vagabonds, autant qu'Hepzibah pouvait croire, — n'acceptant aucunes lois, n'ayant rien à mettre sous la dent, se repaissant de l'odeur des cuisines étrangères, et toujours le nez au vent pour en mieux aspirer les émanations. Quant au photographe, elle avait lu récemment, en quelque feuille populaire, un article où on l'accusait d'avoir prononcé un discours incendiaire devant un *meeting* de ces gens à tournure de bandits, avec lesquels on le voyait sans cesse aller et venir. Elle avait, pour sa part, quelques motifs de croire qu'il pratiquait le magnétisme animal, et, — si pareilles choses eussent été de notre temps, — elle l'aurait volontiers soupçonné de se livrer dans sa chambre solitaire à l'étude de la nécromancie.

« Mais, chère cousine, disait Phœbé, puisque le jeune homme est si dangereux, pourquoi l'autoriser à rester chez vous?.... En ne supposant rien de pis, il peut mettre le feu à la maison !

— Je me suis bien demandé quelquefois, répondit Hepzibah, si je ne devais pas lui donner congé. Mais en dépit de toutes ses excentricités, il est si paisible et s'empare si bien de l'esprit des gens, que sans avoir du goût pour lui (je ne le connais pas assez pour cela), il me serait pénible de ne plus le voir.... Quand une femme vit dans une solitude comme la mienne, les moindres relations lui deviennent précieuses.

— Mais si M. Holgrave méconnaît la loi?... remontra Phœbé, dont une des qualités essentielles était l'amour de la règle.

— Oh! dit négligemment Hepzibah (si formaliste qu'elle fût, l'expérience de la vie l'avait bien souvent révoltée contre les prescriptions humaines), je suppose qu'il s'est fait une loi particulière. »

VI

La source de Maule.

On avait pris le thé de bonne heure et la petite campagnarde s'égara dans le jardin. Nous avons dit comment cet enclos, jadis très-vaste, avait été peu à peu réduit par des empiétements successifs. Au milieu, entourée d'une ceinture de gazon, se dressait une petite construction délabrée, un ancien pavillon d'été dont on reconnaissait encore la destination primitive. Un plant de houblon, renaissant sur les racines de l'année précédente, commençait à grimper le long de ses murs; mais il devait s'écouler bien du temps avant qu'il revêtît de son manteau vert le toit de cette bâtisse effondrée à moitié. Des sept pignons, il en était trois qui, soit de front, soit obliquement, dominaient le jardin, lui donnant je ne sais quelle physionomie sombre et solennelle. Le sol noir et gras s'était longtemps nourri de ces débris végétaux que fournissent les

feuilles tombées, les fleurs s'effeuillant, les tiges et
les cosses de ces herbes folles et vagabondes, plus
utiles après leur mort que lorsqu'elles s'épanouissaient
aux rayons du soleil. Celles-ci ne demandaient pas
mieux que de revivre (symboles des vices qui se per-
pétuent d'eux-mêmes au sein des sociétés corrompues),
mais Phœbé s'aperçut que leur fécondité déplorable
avait été contrariée par des soins assidus, régulière-
ment et quotidiennement accordés au jardin envahi.
Depuis le commencement de la saison, le buisson de
roses blanches avait évidemment reçu de nouveaux
étais ; les arbres fruitiers, en bien petit nombre, por-
taient les traces d'une taille récente. Il y avait aussi
quelques fleurs, d'antique lignée, qui sans être en
bonne condition, n'en avaient pas moins été sarclées
avec soin. Le reste du jardin offrait un choix bien fait
de plantes alimentaires dont la précocité, développée
par la culture, semblait tout à fait digne d'éloges : des
courges d'été, presque dans tout leur éclat ; des con-
combres dispersant de tous côtés leurs rameaux vagabonds ; des fèves qui commençaient à s'enrouler sur
leurs piquets ; des tomates bien exposées que la chaleur du soleil gonflait et rougissait déjà.

Phœbé se demandait, tout étonnée, quelles mains
avaient planté ces légumes et entretenaient le sol en si
bon état. Ce n'étaient pas à coup sûr celles de la cousine
Hepzibah, qui n'avait ni les goûts ni le courage de
l'horticulteur, et qui toujours recluse en l'obscure
maison, ne serait pas volontiers venue braver les rayons
du soleil, pour remuer et bêcher la terre autour des
courges et des tomates.

La jeune fille, pour la première fois enlevée à ses

habitudes rustiques, trouvait un charme inattendu à
ce coin de terre empli d'herbes et de feuillages, de
fleurs aristocratiques et de légumes plébéiens. Le ciel
semblait accorder un sourire à ce lambeau de nature
égaré dans la ville poudreuse. Deux rouge-gorges, qui
avaient construit leur nid dans l'unique poirier du
jardin, volaient, heureux et affairés, sous les sombres rameaux ; les abeilles aussi, peut-être échappées
des ruches de quelque ferme lointaine, ne dédaignaient
pas d'y venir. Que de voyages aériens elles devaient
accomplir, en quête de miel ou chargées de miel, entre
le point du jour et le coucher du soleil ! Cependant,
malgré l'heure avancée, on les entendait bourdonner
encore au fond des campanules blanches qui couron-
nent la courge, vraies mines d'or ouvertes à ces laborieux insectes. Il y avait encore dans ce petit clos
un objet sur lequel la nature pouvait revendiquer d'i-
naliénables droits, nonobstant tout ce que l'homme avait
fait pour se l'approprier ; — c'était une fontaine bordée
de vieilles pierres moussues et dont le lit semblait pavé
d'une sorte de mosaïque en cailloux de diverses couleurs. Le jeu continu, l'imperceptible agitation que
son élan vers le ciel communiquait à cette onde limpide, donnaient un prestige magique à ces petits silex
de mille nuances, et y dessinaient une succession perpétuelle de formes bizarres, trop soudainement éva-
nouies pour qu'il fût possible de les définir. Débordant
ensuite la digue circulaire que lui opposaient les moel-
lons revêtus de mousse, l'eau s'écoulait par une étroite
issue dans une espèce de gouttière, à laquelle notre véridique langage ne saurait accorder le nom de « canal. »

N'oublions pas, à peu de distance de la fontaine et à

l'angle le plus retiré du jardin, un poulailler datant de fort loin; il n'abritait pour le moment qu'un seul coq, ses deux femelles, et un pauvre petit poulet, seul de son espèce. Tous ces individus appartenaient à une race qui faisait partie de l'héritage Pyncheon, et dont les qualités originelles avaient dans le pays une réputation presque fabuleuse. A l'appui de cette renommée légendaire qui leur attribuait « la taille du dindon et le parfum du faisan, » Hepzibah aurait pu montrer une énorme coquille d'œuf, dont une autruche même n'aurait pas rougi. Quoi qu'il en soit, ces volailles n'étaient pas pour le moment plus grosses que des pigeons, et leur physionomie vieillote, leur allure goutteuse, leurs gloussements mélancoliques et endormis attestaient une irrémédiable dégénérescence, — identiquement celle de mainte et mainte famille noble — rebelle aux efforts qu'on avait faits pour conserver leur race parfaitement pure. Attristées et lugubres, ces poules ne pondaient çà et là que pour conserver au monde l'admirable espèce dont elles étaient les échantillons privilégiés. Leur marque distinctive était une huppe, déplorablement diminuée dans ces derniers temps, mais où Phœbé retrouvait irrésistiblement, — et malgré tous ses remords de conscience, — le fantastique turban de sa cousine Hepzibah.

Elle courut au logis chercher quelques débris de pain, quelques pommes de terre froides et toute sorte de menus restes qu'elle jugea devoir convenir à l'accommodant appétit de ces nobles animaux. Le signal qu'elle leur jeta au retour semblait leur être déjà familier. Le poulet, se glissant à travers les barreaux de la mue, accourut à ses pieds avec une sorte de viva-

cité, tandis que le coq et ses sultanes — jetant un regard oblique à la nouvelle venue et caquetant l'un
avec l'autre — semblaient se communiquer leurs opi-
nions respectives sur sa physionomie et son caractère.
Une imagination un peu vive pouvait voir en eux les
esprits tutélaires de la Maison aux Sept-Pignons, associés à ses longues destinées ; — ses anges gardiens,
si l'on veut, avec un plumage et des ailes tant soit peu
différents de ceux que la Tradition accorde aux agents
de la protection divine.

Enthousiasmé de certaines paroles affectueuses qui
accompagnaient les libéralités de Phœbé, le poulet, si
grave qu'il parût, n'hésita pas à sauter sur l'épaule
de la jeune fille.

« Voilà ce qui s'appelle un témoignage flatteur ! »
dit alors une voix derrière Phœbé.

Une volte-face rapide lui fit apercevoir, non sans
quelque surprise, un jeune homme qui avait pénétré
dans le jardin par une autre porte que celle du corps
de logis principal. Il tenait en main une houe, et pendant que Phœbé allait chercher la nourriture destinée
aux poules, il s'était mis à sarcler la terre au pied du
plant de tomates.

« Ce poulet vous traite vraiment en vieille connaissance, continua-t-il paisiblement avec un sourire qui
plut à Phœbé.... Ces autres vénérables volatiles semblent aussi vous accueillir de la manière la plus affable.
C'est du bonheur, savez-vous, que de vous être sitôt
impatronisée auprès d'eux !... Nos relations datent de
bien plus loin, mais ils ne m'ont jamais honoré d'une
familiarité pareille, quoique je leur donne à manger
presque tous les jours. Miss Hepzibah, j'en suis sûre,

va mêler cet incident aux restes de ses traditions, et prétendre que ses poules ont reconnu en vous un membre de la famille Pyncheon.

— Le secret, dit Phœbé en souriant, c'est que j'ai appris à parler leur langage.

— Oui-da, répondit le jeune homme; mais ces aristocratiques animaux ne s'abaisseraient pas à comprendre l'idiome vulgaire des basses-cours de ferme. Je me range donc à l'avis de miss Hepzibah; car, n'est-il pas vrai, vous êtes une Pyncheon?

— Je m'appelle Phœbé Pyncheon, effectivement, dit la jeune fille avec une certaine réserve (elle devinait bien que sa nouvelle connaissance devait être le photographe, et la vieille demoiselle en lui parlant de ses propensions à l'illégalité, lui en avait donné une idée assez fâcheuse). Je ne savais pas que le jardin de ma cousine Hepzibah fût soigné par un autre qu'elle.

— Oui, reprit Holgrave, je pioche, je bêche, je sarcle cette vieille terre, mais par manière de passe-temps. Mon vrai travail, si tant est que j'en aie un, s'exerce sur une substance plus légère. Je fais des portraits, et mon collaborateur est le soleil; pour balancer les éblouissements du métier, j'ai obtenu de miss Hepzibah qu'elle me laissât habiter un de ces sombres pignons.... Toutes les fois que j'y entre, c'est comme si je me bandais les yeux.... Aimeriez-vous, par hasard, à voir quelques-unes de mes productions?

— Vos daguerréotypes? demanda Phœbé avec moins de réserve, car nonobstant ses préjugés défavorables, elle sentait sa jeunesse attirée par celle du nouveau venu.... Je n'aime pas beaucoup les portraits de ce genre.... Ils durcissent les traits et leur donnent une expression sévère, puis ils se dérobent à l'œil qui les fixe et semblent vouloir soustraire au regard leurs lignes indécises.... Je suppose qu'ils se sentent peu aimables et redoutent pour cela d'être vus.

— Avec votre autorisation, dit l'artiste qui regardait Phœbé, il me plairait d'essayer si le daguerréotype peut extraire, d'un visage parfaitement aimable, une effigie tout à fait sans agrément.... Je reconnais, cependant, la vérité de ce que vous venez de dire.... La plupart de mes portraits sont maussades, mais j'en accuse, peut-être à tort, la maussaderie de mes modèles.... La lumière du ciel est douée d'une pénétration merveilleuse; ses révélations vont plus loin que la superficie, et le peintre le plus habile ne saurait comme elle, — en supposant même qu'il la connût, — mettre en relief, faire saillir au jour l'individualité secrète de l'original livré à ses pinceaux. Mon art est humble, mais il ne flatte pas.... Maintenant, voici un portrait que j'ai recommencé bien souvent, et sans le réussir jamais. Chacun, cependant, interprète le modèle d'une manière toute différente; et je serais heureux d'avoir votre avis sur le caractère que traduit cette image. »

Il ouvrit une boîte de maroquin dans laquelle était une miniature au daguerréotype. Phœbé y jeta un seul regard et la lui remit.

« Je connais ce visage, répondit-elle, car durant tout le jour son regard austère ne m'a pas quittée. C'est mon ancêtre puritain, le même qui est accroché dans le salon. Vous avez sans doute trouvé quelques moyens pour reproduire le portrait, moins le bonnet de velours noir et la barbe grise, et de remplacer par un habit moderne, par une cravate de satin, le manteau et le rabat de notre aïeul.... Je n'estime pas qu'il ait gagné au change.

— En y regardant d'un peu plus près, dit Holgrave laissant percer une vive surprise sous l'éclat de rire que lui arrachait cette remarque naïve, vous auriez constaté d'autres différences. Je puis vous assurer que vous avez eu sous les yeux une figure contemporaine, une figure que vous rencontrerez très-probablement quelque jour.... Maintenant, ce qu'il y a de remarquable, c'est que pour le monde en général, et même pour ses amis les plus intimes, l'original a une physionomie agréable, exprimant la bienveillance, l'ouverture de cœur, une humeur sereine et joyeuse ; bref, une foule de qualités analogues, toutes excellentes. Le soleil, vous le voyez, parle un tout autre langage, et je n'ai pu l'en faire changer, malgré une demi-douzaine de tentatives patiemment renouvelées.... Nous avons ici l'homme lui-même, subtil et secret, impénétrable et rusé, dur, tyrannique et froid comme la glace.... Regardez cet œil !... voudriez-vous être à sa merci ? Et cette bouche ! est-elle faite pour le sourire ?... L'original sourit, cependant, et avec quelle bénignité !... Tout cela est d'autant plus dommage qu'il s'agit d'un dignitaire assez éminent, et que cette effigie est destinée au burin des graveurs.

— A la bonne heure, mais j'en ai assez, remarqua Phœbé détournant les yeux.... Ce portrait-ci ressemble beaucoup à notre ancienne toile. Ma cousine, cependant, en possède un autre, une miniature vraiment séduisante. Si l'original est encore au monde, je défierais bien le soleil de lui donner une expression austère et dure.

— Vous l'avez donc vue ? s'écria l'artiste, avec l'accent d'un vif intérêt. Je n'ai jamais eu ce plaisir, mais je serais très-curieux qu'elle me fût montrée.... Et quant au visage, votre impression lui est-elle favorable ?

— On n'en vit jamais de plus doux, répondit Phœbé ; il l'est presque trop pour appartenir à un homme.

— Et dans les yeux, nul égarement ? continua Holgrave, si animé que Phœbé en éprouva quelque embarras, ainsi que de la liberté calme avec laquelle il se prévalait de leur connaissance à peine faite. Rien de ténébreux, rien de sinistre nulle part ?... Vous serait-il impossible de croire à quelque grand crime commis par l'original de ce portrait ?

— Il est ridicule à nous, dit Phœbé avec un peu d'impatience, de disserter ainsi sur un portrait que vous n'avez jamais vu.... Vous vous méprenez, sans doute.... Un crime ! y songez-vous ?... Mais puisque vous êtes lié avec ma cousine, que ne lui demandez-vous de vous montrer cette miniature ?

— La vue de l'original servira mieux mes projets, répondit froidement le photographe.... Quant à son caractère, inutile de le discuter.... Un tribunal compétent, ou qui se regarde comme tel, a déja résolu le problème qui s'y rattache.... Arrêtez cependant ! demeurez encore un peu, s'il vous plaît !... J'ai une proposition à vous faire. »

Phœbé, sur le point de battre en retraite, se retourna non sans quelque hésitation ; elle ne comprenait rien à ce sans gêne qui, en y regardant bien, n'était cependant qu'un oubli des règles de l'étiquette et n'avait aucun caractère offensant.

« Si vous l'aviez pour agréable, continua-t-il, je vous déléguerais volontiers le soin de ces fleurs et de ces respectables volailles. Enlevée comme vous venez de l'être à la besogne des champs, vous éprouverez bientôt le besoin de ces travaux en plein air.... Quant à moi, je ne suis jardinier fleuriste que par occasion.... Soignez donc, arrangez à votre gré les plates-bandes du parterre! Je ne vous demanderai qu'une rose, par-ci par-là, pour me payer les excellents légumes dont je prétends enrichir la table de miss Hepzibah ; nous nous trouverons ainsi collaborer, à peu près selon les règles de l'Harmonie sociétaire. »

Sans répondre, et quelque peu surprise de se trouver si obéissante, Phœbé se mit à sarcler une des planches de fleurs. Mais, pendant ce travail, elle se préoccupait surtout du jeune homme avec qui elle se trouvait, si à l'improviste, sur le pied d'une familiarité surprenante. Il ne lui plaisait que médiocrement. Son caractère embarrassait la petite campagnarde comme il eût embarrassé maint observateur tout autrement expérimenté ; en effet, sa conversation, généralement badine, n'en laissait pas moins sur l'esprit de la jeune fille une impression de gravité, de sévérité à peine tempérée par l'âge de son interlocuteur. Elle se révoltait, d'ailleurs, contre l'influence d'une sorte d'élément magnétique, partie intégrante de cette organisation d'artiste, et qu'Holgrave exerçait sur elle, peut-être sans en avoir conscience.

Bientôt, le crépuscule, aidé par l'ombre des arbres et des bâtiments voisins, emplit le jardin d'une obscurité toujours croissante.

« Le moment est venu, dit Holgrave, de quitter le

travail ! Mon dernier coup de houe a tranché la tige
d'une fève..., Bonne nuit, miss Phœbé Pyncheon !...
Si par quelque belle matinée, vous vouliez mettre dans
vos cheveux un de ces boutons de rose, et venir me
trouver dans mon atelier de Central-street, je choisi-
rai le plus pur rayon de soleil pour reproduire l'image
de la fleur et de celle qui en sera parée. »

Il se dirigea vers son pignon solitaire, mais, arrivé
sur la porte, il tourna la tête pour crier à Phœbé
d'un ton moitié riant et moitié sérieux :

« Gardez-vous de boire à la source de Maule !...
Gardez-vous d'y boire ou d'y tremper votre front.

— La source de Maule ? répondit Phœbé.... Serait-ce
par hasard cette eau entourée de pierres moussues ?...
Je n'ai jamais songé à m'y désaltérer.... Mais pourquoi cette recommandation ?

— Oh ! répondit le photographe, parce qu'elle est
enchantée, ni plus ni moins que la tasse de thé d'une
vieille dame ! »

Il disparut, et Phœbé, s'attardant un moment encore,
vit luire dans une chambre du pavillon qu'il habitait,
d'abord la lueur vacillante d'une bougie, puis les fixes
et tranquilles rayons d'une lampe nocturne. En revanche, quand elle rentra chez Hepzibah, elle trouva
sous le plafond bas du salon des ténèbres que ses yeux
ne pouvaient percer. Tout au plus se rendait-elle
compte que, sur un des fauteuils à dossiers droits un
peu à l'écart de la fenêtre, la grande et maigre demoiselle était assise, et que son pâle profil à peine entrevu
était tourné vers un angle de la pièce.

« Allumerai-je une lampe ? demanda-t-elle.

— Comme vous voudrez, chère enfant, répondit

Hepzibah. Mais placez-la sur la table au coin du corridor. Mes yeux sont affaiblis, vous le savez, et ne peuvent pas toujours supporter la lumière. »

Quel admirable instrument est la voix humaine ! Comme il correspond merveilleusement aux moindres émotions de l'âme ! L'accent d'Hepzibah, contrastant avec la vulgarité des mots qu'elle prononçait en ce moment, s'était empreint d'une onction pénétrante, puisée dans les plus ardentes aspirations de son cœur. Tout en allumant la lampe dans le corridor, Phœbé s'imagina que sa vieille parente lui adressait encore la parole.

« A l'instant, cousine, à l'instant ! répondit la jeune fille : — les allumettes ne font que s'éteindre l'une après l'autre. »

Mais, au lieu d'une réponse d'Hepzibah, il lui sembla qu'elle entendait murmurer une voix inconnue. Murmure singulièrement indécis, d'ailleurs, — dont aucune articulation n'était distincte, — et traduisant plutôt un sentiment, une sympathie, qu'une conception de l'intelligence, une idée plus ou moins susceptible de prendre corps. Sa vague *irréalité*, produisant à peine une impression quelconque, éveillait tout juste un mystérieux écho dans l'âme de Phœbé, qui crut avoir pris un tout autre bruit pour celui de la voix humaine, et même, l'instant d'après, se figura n'avoir rien entendu.

Elle déposa la lampe allumée dans le corridor, et rentra ensuite au salon. La taille d'Hepzibah, bien que ses vêtements noirs la confondissent avec les ténèbres, était maintenant un peu plus visible, mais dans le fond de la pièce, dont les parois reflétaient si imparfaitement la lumière, l'obscurité restait aussi épaisse qu'auparavant.

« Ma cousine, dit Phœbé, ne venez-vous pas de m'adresser la parole ?

— Non, chère enfant, » répondit Hepzibah.

Moins de mots que naguère, mais revêtus de la même harmonie mystérieuse ; leur accent plein de douceur et d'une mélancolie presque sereine, semblait pris au fond du cœur d'Hepzibah, et comme imbibé de ses émotions les plus intimes. Ils avaient aussi un frémissement dont Phœbé ressentit le contre-coup, transmis par cette électricité qui est l'attribut de tout sentiment énergique. La jeune fille s'assit, et demeura muette un moment. Mais bientôt, la finesse de ses perceptions lui donna conscience d'un souffle irrégulier qui palpitait dans un obscur recoin de la chambre. La présence d'un tiers lui fut ainsi révélée comme par un médium invisible.

« Ma chère cousine, demanda-t-elle en surmontant une répugnance indéfinissable..., est-ce qu'il n'y a personne avec vous dans cette pièce ?

— Chère petite Phœbé, dit Hepzibah qui s'était tue un moment, vous vous êtes levée de bonne heure et vous avez travaillé toute la journée.... Allez dormir, je vous en supplie : je suis sûre que vous avez besoin de repos ... Laissez-moi me recueillir encore un peu dans ce salon.... J'en ai l'habitude, chère enfant, et depuis plus d'années que vous n'en avez passé sur la terre. »

Tout en la congédiant ainsi, la vieille fille, se rapprochant d'elle pour l'embrasser, la pressa contre son cœur dont le battement irrégulier et puissant accusait un grand tumulte intérieur. Comment, en ce vieux cœur désolé, pouvait-il se trouver encore tant de tendresse, qu'elle la prodiguait ainsi à sa compagne de quelques heures ?

« Bonne nuit, ma cousine, dit Phœbé que troublaient les étranges allures d'Hepzibah.... Je suis enchantée que vous commenciez à m'aimer un peu. »

Rentrée dans sa chambre, elle ne s'endormit pas immédiatement, ni d'un sommeil très-profond. A un moment donné de cette nuit ténébreuse, et comme à travers le voile transparent de quelques rêves légers, il lui semba percevoir sur l'escalier un bruit de pas qui montaient pesamment, mais sans force ni décision. La voix d'Hepzibah, aussi atténuée que possible, accompagnait ce bruit de pas ; et comme naguère, chaque fois que sa cousine se taisait, Phœbé crut entendre ce murmure étrange et vague — qui était, en quelque sorte, l'ombre d'une parole humaine.

VII

L'hôte d'Hepzibah.

Quand le duo conjugal des deux rouge-gorges perchés sur le poirier fut venu réveiller notre jeune fille, elle entendit remuer au bas de l'escalier et, bientôt descendue, elle trouva Hepzibah déjà établie dans la cuisine, le nez dans un livre fort essentiel, — un *Parfait cuisinier*, — illustré à l'ancienne mode et donnant pour ainsi dire la topographie des banquets que devait offrir, dans la grande salle de son château, un *nobleman* de vieille race. Là, parmi ces nombreuses recettes qui semblaient exhaler un parfum de venaison, de pâtés de gibier, de *puddings* et de *Christmas-pies*, la pauvre Hepzibah cherchait, avec ses yeux myopes, quelque petit plat à improviser pour le déjeuner, en rapport avec ses modestes ressources.

Bientôt, soupirant profondément, elle mit de côté le précieux volume, et questionna Phœbé pour savoir si

les poules n'avaient pas pondu la veille. Celle-ci alla
s'en assurer, mais revint peu après, les mains vides ;
heureusement, la conque du marchand de marée an-
nonça, précisément alors, qu'il allait bientôt traverser
la rue. Frappant énergiquement aux carreaux de la
fenêtre, Hepzibah lui fit signe d'entrer et lui acheta
le plus beau poisson qu'il eût dans sa charrette.
Phœbé fut ensuite requise de faire griller un peu de
café, lequel, au dire de la vieille fille, était du Moka le
plus authentique, et dont chaque grain valait pour le
moins son poids en or. Le bois s'entassa dans les profondeurs de l'antique foyer et la cuisine s'illumina de
clartés inaccoutumées, pendant que Phœbé, toujours
serviable, fabriquait un gâteau de blé de Turquie,
d'après une recette qui lui venait de sa mère. Parmi
les torrents de fumée que vomissait la cheminée mal
construite, voltigeaient peut-être, dans une atmosphère
bien connue d'elles, les cuisinières du temps passé lor-
gnant d'un œil dédaigneux ces préparatifs élémentaires, et vainement désireuses de prêter les mains,
leurs mains de fantômes, à ces amalgames essayés
par une adepte encore novice. Les rats, du moins, à
demi morts de faim, se glissaient hors de leurs ca-
chettes obscures, et paisiblement assis sur leur ar-
rière-train aspiraient ces grasses émanations pleines
de pressentiments et de promesses.

Hepzibah n'avait aucune disposition pour le grand
art de préparer les aliments. Sa maigreur, il faut bien
le dire, était due à l'aversion que lui inspiraient le
mouvement rotatoire de la broche et l'ébullition monotone du pot-au-feu. Les soins qu'elle prenait ce matin-
là étaient donc tout simplement héroïques, et en

voyant ses joues, ordinairement si pâles, rougir à la
flamme des fourneaux, — en la voyant guetter la cuis-
son du maquereau fumant, d'un regard aussi inquiet
que si son cœur même était sur le gril,— on était vraiment tenté de s'attendrir.

La vie intime offre peu de perspectives plus agréables que celle d'un déjeuner bien servi. Nous y arri-
vons à ce moment de la journée où les éléments spiri-
tuels et sensuels de notre nature, rafraîchis par le
sommeil, imprégnés en quelque sorte de la rosée mati-
nale, se trouvent dans leur plus parfait équilibre. L'estomac et la conscience, également allégés, sont alors
mieux en état qu'ils ne seront plus tard de savourer
sans peur et sans reproche les jouissances qu'on va
nous offrir. Il y a plus d'animation, plus de gaieté
autour de la table ; les rapports s'y établissent sur un
pied de laisser aller et de franchise qu'ils n'auront pas
à l'heure plus avancée du dîner. La petite table d'Hepzibah, sur ses pieds hauts et minces, couverte d'une
riche toile damassée, ressemblait à un autel d'où s'élevait comme un encens l'odeur du poisson grillé, mêlée
au parfum de l'onctueux Moka; et sur cet autel, les
gâteaux de Phœbé, avec leurs teintes qui rappelaient
l'Age d'or, faisaient penser à ce pain métallique si
cruellement métamorphosé sous la dent de l'infortuné
Midas; n'oublions pas le beurre, imbu d'une bonne
odeur de luzerne, que ses blanches mains avaient battu
dans la baratte, et qu'elle avait apporté à sa cousine
comme offrande propitiatoire ; il prêtait je ne sais
quel charme rustique aux noirs lambris de cette salle.
Enfin les porcelaines antiques, les cuillères armoriées,
le pot à crème en argent (seul article de vaisselle plate

qu'Hepzibah eût conservé) constituaient un service devant lequel auraient pu s'asseoir sans dédain les hôtes
les plus imposants du vieux colonel Pyncheon. Mais le
Puritain lui-même, du fond de son cadre, semblait
faire la moue à ces élégances hors de saison, et ne rien
trouver d'appétissant à ce repas si soigné.

Pour en rehausser la grâce, Phœbé avait cueilli
quelques fleurs arrangées par elle dans un pot à l'eau
de cristal qui, ayant perdu son anse, n'en ressemblait que mieux à un porte-bouquets. Les apprêts se
trouvaient ainsi terminés; mais il y avait trois couverts; un pour Hepzibah, — un pour Phœbé: — quel
était l'autre convive attendu par sa cousine?

L'attitude de celle-ci était étrange; on pouvait voir
frémir sa longue et maigre silhouette, tantôt sur le mur
de la cuisine où la renvoyait la flamme du foyer, tantôt sur le parquet du salon où s'étalaient les rayons
du soleil. Phœbé ne comprenait rien à toute cette agitation qui se traduisait par les symptômes les plus incon-
stants, les plus contradictoires. Tantôt c'était une extase
de joie et de bonheur. Hepzibah prenait alors Phœbé
dans ses bras, et baisant ses joues avec la tendresse d'une
mère, semblait y épancher le trop plein de la félicité
dont elle était inondée. Le moment d'après, sans aucun
motif appréciable, un voile funèbre tombait sur toute
cette joie. De temps en temps un rire nerveux, convulsif, plus touchant que toutes les larmes du monde, et
après lequel, immédiatement, les larmes coulaient à leur
tour; —à moins, cependant, que le rire et les larmes
ne se confondissent, formant autour d'Hepzibah comme
une sorte de vague arc-en-ciel moral. Envers Phœbé,
nous l'avons dit, elle se montrait plus particulièrement

affectueuse, — plus affectueuse qu'elle ne l'avait encore été, — non toutefois sans un mélange continuel de taquineries et d'irritabilité. Elle l'apostrophait avec une vivacité grondeuse, puis, abdiquant la roideur habituelle de ses manières, lui demandait tout à coup pardon, mais pour renouveler presque aussitôt le tort dont elle venait de s'excuser.

« Ne vous impatientez pas, chère enfant ! s'écriat-elle, prenant dans sa main tremblante la main de la jeune fille, quand leurs communs labeurs furent achevés.... Si vous saviez comme j'ai le cœur plein !... Ne vous impatientez pas, Phœbé, car je vous aime bien, allez, malgré ces rudesses de langage.... N'y faites pas attention, chère enfant !... Peu à peu je deviendrai bonne, et je ne serai plus que cela !

— Ne pourriez-vous, ma cousine, m'apprendre ce qui arrive, et pourquoi vous êtes si émue? demanda Phœbé avec une sympathie où la gaieté le disputait aux larmes.

— Chut! chut!... Le voilà qui vient, murmura Hepzibah séchant ses yeux en toute hâte.... Qu'il vous voie la première, Phœbé, car vous êtes jeune et fraîche, et, que vous le veuilliez ou non, un sourire émane toujours de vous.... Il aime les visages riants.... J'ai une vieille figure, à présent, et c'est à peine si mes larmes sont séchées; or jamais il n'a pu supporter les larmes.... Un instant!... Tirez un peu le rideau, de manière à tenir dans l'ombre la place qu'il va occuper!... Mais en même temps laissez entrer du soleil, car il n'a jamais eu pour l'obscurité ce goût que manifestent certaines personnes.... Pauvre Clifford!... Il n'a guère connu le soleil depuis sa naissance; et que d'ombre, en revanche, que d'ombre épaisse et noire!... Pauvre malheureux Clifford! »

En murmurant ces mots *sotto voce*, comme si elle eût parlé à son cœur plutôt qu'à Phœbé, la vieille demoiselle glissait par la chambre sur la pointe du pied, achevant les apprêts suggérés par ce moment de crise.

Un pas, cependant, se faisait entendre dans le corridor menant à l'escalier du premier étage. Phœbé le reconnut pour celui qu'elle avait ouï, rêvant à moitié, dans le cours de la nuit précédente. Le convive attendu, quel qu'il pût être, sembla s'arrêter dès les premières marches; il fit encore deux ou trois pauses à mesure qu'il descendait, et une dernière quand il fut au bas des degrés. Ces différentes haltes paraissaient moins l'effet d'un dessein arrêté que d'une distraction, d'un oubli involontaire; — les pieds suspendaient d'eux-mêmes leur mouvement, faute d'une impulsion suffisante. En fin de compte, ce personnage fit une longue pause au seuil du salon; il s'était saisi du bouton de la porte, mais son étreinte s'était relâchée avant qu'il ne se fût décidé à le tourner. Hepzibah, les mains convulsivement serrées l'une dans l'autre, demeurait debout, jetant des regards effarés sur cette porte qui ne s'ouvrait pas.

« Voyons, chère cousine, ne prenez point cet air-là! dit Phœbé toute tremblante (car l'émotion d'Hepzibah, et cette allure mystérieuse de l'invisible arrivant, lui faisaient éprouver la même impression que si quelque fantôme allait apparaître).... En vérité vous me faites peur.... Va-t-il donc se passer quelque chose de surnaturel?

— Taisez-vous, enfant, taisez-vous! murmurait Hep-

zibah.... De la gaieté !... Rien que de la gaieté, quoi
qu'il arrive ! »

La pause finale, derrière la porte, se prolongea tellement qu'Hepzibah, — incapable de supporter une
pareille inquiétude, — se précipita pour ouvrir à
l'étranger, qu'elle introduisit en le tirant par la main.
Le premier coup d'œil de Phœbé tomba sur un homme
déjà d'un certain âge, vêtu d'un peignoir en soie, de
coupe ancienne et d'une étoffe passée ; ses cheveux
gris, ou pour mieux dire presque blancs, étaient d'une
longueur inusitée et masquaient absolument son front,
si ce n'est quand il les rejetait en arrière pour promener dans la chambre de vagues regards. Il ne fallait
pas scruter longtemps ses traits pour les trouver
d'accord avec le pas incertain qui venait de l'amener.
Ce n'est pas que les forces physiques dussent lui manquer pour une allure plus décidée et plus ferme : l'esprit seul de cet homme était débile, incapable du
moindre effort ; on le voyait à l'expression de sa physionomie, éclairée des lueurs de la raison, mais où ces
clartés mourantes semblaient vaciller, sur le point de
s'éteindre, et ne se ranimaient guère qu'à demi. Il en
était d'elles comme de ces flammes qu'on voit reluire le
long des tisons presque amortis, et dont l'existence fugitive attire d'autant mieux le regard, qu'on se demande si elles vont disparaître tout à fait, ou rendre
au feu son activité première.

Pendant un instant, après son entrée, le nouvel hôte
resta debout, gardant instinctivement la main d'Hepzibah, comme un enfant celle de la grande personne
qui lui sert de guide. Il voyait cependant Phœbé, dont
la présence égayait le salon comme les joyeux reflets

du vase de cristal où elle avait disposé ses fleurs. Le salut qu'il lui adressa, si imparfait, si ébauché qu'il fût d'ailleurs, avait en lui comme un germe de grâce indescriptible, trop fugitive pour être remarquée au moment même, mais dont l'arrière souvenir, s'imposant à la mémoire, semblait transfigurer l'homme tout entier.

« Mon cher Clifford, dit Hepzibah qui lui parlait comme s'il se fût agi de calmer quelque bouderie d'enfant gâté.... Je vous présente notre cousine Phœbé,—la petite Phœbé Pyncheon, — l'unique enfant d'Arthur, vous savez bien?... Elle vient de la campagne pour passer quelque temps avec nous et pour animer un peu notre vieille maison devenue si triste.

— Phœbé? Phœbé Pyncheon?... la petite Phœbé, répétait le nouveau venu qui formait à peine ses mots, s'exprimant avec une peine étrange.... L'enfant d'Arthur!... Ah mais, j'ai donc oublié?... Peu importe!... Qu'elle soit la bienvenue!

— Allons, cher Clifford, prenez ce siége, dit Hepzibah qui le conduisit à sa place; et vous, Phœbé, veuillez baisser un peu le rideau.... Déjeunons, à présent: il est bien temps. »

De la place qui lui était assignée, le convive jetait autour de lui des regards surpris. Il faisait évidemment effort pour se pénétrer de ce qu'il avait sous les yeux et s'assurer qu'il était bien là, dans cette salle au plafond bas, aux lambris de chêne, non dans un autre endroit, qu'une longue habitude avait pour ainsi dire stéréotypé devant son regard. Mais c'était demander à sa pensée un trop grand effort: bientôt lasse elle le quittait, ne laissant devant cette table qu'un corps en

ruines, une substance-néant, un fantôme en chair et
en os, dépourvu de toute idée, de toute conscience. Puis,
— après un intervalle de cet évanouissement intellectuel, — un rayon précurseur, dont ses prunelles s'ani-
maient, annonçait le retour de sa vie spirituelle et le
jour qui recommençait à poindre dans ce cœur envahi
par les ténèbres.

Ce fut dans un de ces moments d'imparfaite résurrection, que Phœbé dut admettre définitivement une
idée dont l'extravagance l'avait repoussée au premier
abord. Elle constata que l'individu maintenant devant
elle était bien l'original de la belle miniature conservée par sa cousine Hepzibah. L'identité du peignoir
de soie, autour du modèle et sur le portrait, avait d'a-
bord frappé les yeux de la jeune fille ; elle retrouvait
maintenant quelque chose de ce regard, de cette expression raffinée et subtile que le peintre Malbone, d'un
heureux coup de pinceau, dans un moment d'inspiration haletante, avait su traduire sur l'ivoire. Ni les ans
ni le malheur n'avaient pu détruire entièrement le caractère inné de cette physionomie à part.

Hepzibah venait de remplir une tasse de son excellent café, tasse destinée à son hôte, qu'elle lui présentait gracieusement ; mais au moment où leurs yeux se
rencontrèrent, il parut inquiet et mal à son aise.

« C'est donc vous, Hepzibah? murmura-t-il tristement ; et ensuite plus à part, sans se douter probablement qu'on pouvait l'entendre : — Comme elle est changée !... Comme elle est changée !... Serait-elle fâchée
contre moi?... Pourquoi ce froncement de sourcils? »

Pauvre Hepzibah! C'était cette désastreuse grimace
que sa tristesse intérieure et sa myopie lui avaient

rendue habituelle, et que la moindre excitation mentale ne manquait jamais d'évoquer. Mais dès qu'elle
eut à peu près deviné ce qu'il avait dit, son visage
s'attendrit et s'embellit presque d'une affectueuse
tristesse.

« Fâchée ! répéta-t-elle, fâchée contre vous, Clifford ?»

Son accent, lorsqu'elle poussa cette plainte, avait
une exquise mélodie, dont la douceur tempérait je ne
sais quelle âpreté continue. On eût dit un excellent
musicien tirant, de quelque instrument fêlé, les accords
les plus pénétrants et les plus sympathiques.

« Mais, Clifford, ajouta-t-elle, vous êtes chez vous,
entouré d'amour et rien que d'amour ! »

Pour ces accents harmonieux, l'hôte retrouva un
sourire, et si faible qu'il fût, si vite qu'il s'effaçât, ce
sourire avait l'attrait d'une beauté merveilleuse. Mais
un tout autre air de physionomie lui succéda aussitôt.
La matière dominait et rabaissait l'esprit. Le visage
de Clifford n'exprimait plus qu'un appétit vulgaire.
Oubliant Hepzibah, la jeune fille et tout ce qui l'en-
tourait, exclusivement livré aux jouissances sensuelles
qu'on lui avait préparées, il mangeait avec une espèce
de voracité. Peut-être y avait-il là quelque vestige
d'une finesse de goût particulière, développée par une
culture aristocratique ; mais l'effet actuel en était pénible et fit baisser les yeux à Phœbé.

Bientôt l'attention du convive fut appelée par l'odeur
embaumée du café qu'il n'avait pas goûté encore ; il le
but à longs traits, et cette boisson subtile, agissant
sur lui comme un philtre magique, donna une sorte
de transparence aux parois de la prison de chair où se
débattait, à demi étouffée, son intelligente nature.

« Encore, encore ! s'écria-t-il précipitant ses paroles comme pour retenir une sensation prête à lui échapper.... Voilà ce qu'il me faut !... Donnez donc, donnez encore ! »

Il s'était redressé sous cette délicate et puissante influence, et son regard brillant mettait en relief le caractère dominant de sa physionomie, laquelle indiquait un homme de haute trempe, ayant pour fonction, ici-bas, la science et la recherche de la volupté sous toutes ses formes. La beauté devait être sa vie, concentrer toutes ses aspirations, absorber toutes ses tendances, devenir le mobile de tous ses développements. Rien de commun entre cet homme et la douleur ; rien entre lui et la fatigue des luttes ; rien entre lui et tous ces martyres variés que subissent les nobles cœurs, les volontés, les consciences héroïques, dans le combat livré au monde. Pour ces natures d'élite l'univers n'a rien d'aussi précieux qu'un pareil sacrifice, mais l'individu dont nous parlons ne devait y trouver qu'une souffrance sans compensations. Il n'avait pas le droit d'y aspirer, et le voyant si capable de bonheur, si débile à tout autre point de vue, il ne fallait pas s'étonner qu'un noble esprit, généreux et fort, lui sacrifiât volontiers la petite part de jouissances qu'il avait pu rêver pour lui-même, et les espérances, mesquines à ses yeux, dont il avait pu se bercer.

Sans dureté, sans mépris aucun, nous dirons que Clifford était né sybarite. On le voyait, — même dans ce sombre salon, où ses yeux étaient sans cesse attirés vers les rayons de soleil se jouant parmi le feuillage. On le voyait au mouvement de ses narines qui aspiraient avec délices les émanations du vase embaumé

On le voyait à son sourire involontaire quand il regardait Phœbé, dont la fraîcheur et l'innocence virginale résumaient à la fois l'essence de la lumière et celle des fleurs. Enfin cet amour, cette soif du beau, se trahissaient encore dans la précaution instinctive avec laquelle ses regards, une fois détournés d'Hepzibah, évitaient de reprendre leur ancienne direction. C'était un malheur pour elle, — mais Clifford n'avait aucun reproche à se faire. Flétrie et ridée comme elle l'était, avec ce triste maintien, ce turban grotesque, cette grimace hideuse, comment aurait-il pu se complaire à la regarder? D'accord, direz-vous, mais en échange de cette affection silencieuse qu'elle lui témoignait, ne lui devait-il donc aucune tendresse? Non, Clifford ne lui devait rien. Une nature de cette espèce ne contracte jamais de pareilles dettes. Elle est égoïste par essence, elle suit sa voie, elle obéit à sa destinée; elle exerce un droit primordial qu'il faut savoir reconnaître, et en vertu duquel nous devons lui prodiguer, sans espoir de retour, tout ce que l'affection a de plus héroïque et de plus désintéressé. C'est ce que faisait la pauvre Hepzibah, cédant elle aussi aux instincts de sa belle âme, et se réjouissant, en toute sincérité,— bien qu'avec un soupir et l'espoir secret de verser quelques larmes quand elle serait seule, — de ce que son pauvre Clifford, longtemps sevré de toute beauté, avait maintenant mieux à contempler que son visage sévère et triste, dévasté par les chagrins qui lui venaient de ce frère idolâtré.

Lui, cependant, s'était rejeté dans son fauteuil. On le voyait chercher, avec une espèce d'effort, à savourer pleinement chaque détail des plaisirs qui lui étaient offerts; il craignait peut-être que, jouet d'un rêve, ce gracieux tableau ne vînt à s'évanouir devant ses yeux.

« C'est charmant, c'est délicieux, murmurait-il sans s'adresser à personne.... Mais cela va-t-il durer? Quel air embaumé par cette fenêtre ouverte! Comme ces feuillages sont éclairés! Comme ces fleurs sentent bon!... Et ce visage de jeune fille, quel éclat, quelle sérénité radieuse!... C'est la fleur encore sous la rosée et reflétant la lumière du ciel.... Ah! tout ceci doit être un rêve!... Un rêve! Un rêve!... Mais il me dérobe tout à fait les quatre murs de granit! »

Son visage s'obscurcit, à ces mots, comme si l'ombre d'une caverne ou d'une prison y fût tout à coup tombée. Phœbé (dont l'humeur active et prompte ne se prêtait guère à rester spectatrice inerte d'une situation quelconque, et qui intervenait volontiers, généralement avec succès), Phœbé se sentit entraînée à prendre la parole.

« Voici, dit-elle à l'étranger en lui offrant une petite rose rouge prise dans le vase de fleurs, une espèce nouvelle que j'ai découverte ce matin même, au jardin; l'arbre n'en portera pas plus de cinq ou six dans toute la saison.... De toutes, c'est à coup sûr la plus parfaite.... Voyez plutôt!... Pas une tache de nielle! Et quelle odeur!... C'est à ne l'oublier de sa vie....

— Ah! voyons!... Donnez vite! s'écria le convive s'emparant avidement de la fleur, qui par ce charme particulier des parfums qu'on se rappelle, évoquait autour de lui d'innombrables souvenirs.... Merci, mille fois.... Si vous saviez quel bien elle me fait!... Je me souviens du goût que j'avais pour ces roses, — il y a bien longtemps, j'imagine; — peut-être aussi

date-t-il d'hier.... Elle me rend ma jeunesse...
Suis-je donc jeune, en effet?... Ou bien ce souvenir
est étrangement distinct, ou bien cette impression est
étrangement vague.... Mais que de bonté chez cette
jeune fille!... Merci encore, et merci toujours! »

Depuis qu'il s'était assis à la table du déjeuner,
Clifford n'avait pas encore paru sous un jour aussi favorable, ni joui d'une satisfaction aussi complète.
Peut-être se serait-elle prolongée si ses yeux n'étaient
tombés par hasard, peu d'instants après, sur le visage
du vieux Puritain qui, du fond de son cadre enfumé, de
sa toile ternie par le temps, contemplait cette scène en
vrai fantôme de mauvaise humeur. S'adressant à Hepzibah sur ce ton d'impatience qui trahit l'irritabilité
privilégiée d'une idole de famille, et lui faisant de la
main un geste significatif :

« Hepzibah! Hepzibah! s'écria-t-il — avec assez de
force et de netteté cette fois, — pourquoi cet odieux
portrait demeure-t-il accroché au mur?... Je reconnais bien là votre goût!... Mille fois pour une, je
vous ai dit que c'était là le mauvais génie de la maison,
et mon mauvais génie en particulier.... Enlevez-le
donc, et tout de suite!

— Vous savez bien, cher Clifford, dit Hepzibah, que
ce que vous me demandez là, est impossible.

— Alors, reprit-il, toujours avec une certaine énergie,
recouvrez-le donc de quelque rideau rouge assez large
pour former de beaux plis, avec un galon et des glands
d'or.... Je ne puis, je ne puis supporter son fixe regard!

— A la bonne heure, cher Clifford ; nous recouvri-
rons le portrait, dit Hepzibah d'un ton conciliant...
Il y a précisément là-haut, dans une malle, un rideau

de la couleur que vous dites.... Il est un peu fané, un peu piqué, je le crains; mais à nous deux, avec Phœbé, nous en tirerons un merveilleux parti....

— Aujourd'hui même, ne l'oubliez pas ! dit aussitôt l'impérieux convive; et il ajouta plus bas, comme se parlant à lui même : Pourquoi donc, en somme, résider sous ce triste toit? Pourquoi pas dans le midi de la France?... Pourquoi pas en Italie?... A Paris ou à Naples, ou à Venise, ou à Rome?... Hepzibah va dire que nos moyens ne nous le permettent pas.... Une pareille idée n'est-elle pas vraiment très-plaisante? »

Il se sourit alors à lui-même, jetant du côté d'Hepzibah un regard empreint du sarcasme le mieux acéré.

Mais toutes ces sensations, accumulées dans un si court intervalle de temps, avaient sans doute fatigué l'étranger, habitué depuis des années à contempler la vie s'accumulant à ses pieds comme une eau stagnante, et nullement à la voir suivre son cours, si lent qu'il pût être. Sa physionomie se voilait de sommeil comme un beau paysage, parfois, se voile d'un brouillard léger. Elle se vulgarisait, en même temps, et devenait presque grossière. On en était à se demander comment avaient pu disparaître si vite les ruines splendides de cette beauté presque féminine, les vestiges de cette élégance accomplie.

Avant qu'il n'eût perdu tout à fait connaissance, néanmoins, le bruit agaçant de la clochette se fit entendre et Clifford, dont la sensibilité nerveuse était extrême, bondit sur son siége, aussitôt que cet aigre appel eut offensé la délicatesse de son appareil auditif.

« Juste ciel, Hepzibah, quel horrible tapage dans cette maison! s'écria-t-il, déchargeant son impatience rancuneuse, — ainsi que cela se voit trop souvent, — sur la personne qu'il aimait le mieux au monde..... Je n'ai jamais entendu tintamarre aussi haïssable..... Pourquoi l'autorisez-vous?.... »

On aurait pu remarquer, non sans raison, combien ce futile incident venait de faire saillir et de mettre en lumière le caractère de Clifford. Le secret de ce phénomène, c'est qu'un individu ainsi trempé se trouve plus facilement blessé dans ses instincts d'harmonie et de beauté qu'il ne l'est dans les sentiments de son cœur. Il est même possible, — pareille chose est souvent arrivée, — que si Clifford, dans le cours de sa vie passée, avait eu les moyens de porter à son extrême perfection le goût dont la nature l'avait doué, cet attribut subtil eût complétement anéanti et peu à peu fait disparaître ses facultés aimantes. Ne pouvons-nous pas dire, en nous plaçant à ce point de vue, qu'au fond de la calamité qui l'avait atteint, une parcelle de la Miséricorde céleste s'était, en quelque sorte, dissimulée?

« Je voudrais, cher Clifford, épargner ce bruit à vos oreilles, dit Hepzibah toujours patiente, mais dont une pénible confusion vint animer les joues. Même pour moi, il n'a rien d'agréable..... Mais, mon bon Clifford, il faut bien que je vous le dise, ce vilain bruit, — courez, Phœbé, courez voir de quoi il s'agit ! — ce désagréable petit tapage, c'est celui de la clochette qui nous appelle au magasin.

— Au magasin? répéta Clifford avec un regard ébahi.

— Oui, au magasin, dit Hepzibah chez qui une certaine dignité naturelle, mélangée d'une profonde émotion dut alors se manifester..... Je ne puis vous ca-

9

cher, Clifford, que nous sommes très-pauvres. Et je
me suis trouvée dans ce dilemme, ou d'accepter les
secours d'une main que nous écarterions, vous et moi,
dût-elle nous offrir le pain absolument indispensable à
notre existence, ou de travailler pour ne pas mourir
de faim. Seule au monde, je m'y serais facilement ré-
signée.... mais vous deviez m'être un jour rendu!...
Pensez-vous, maintenant, ajouta-t-elle avec un triste
sourire, qu'en ouvrant une petite boutique sur la façade de notre maison, j'aie absolument et pour jamais
déshonoré l'antique demeure de nos pères?.... Un de
nos ancêtres a fait de même, sans avoir les mêmes
excuses?.... Est-ce que vous auriez honte de moi?

— Honte! déshonneur!... Ces mots-là, ma bonne
Hepzibah, sont-ils donc faits pour mes oreilles? répondit Clifford, mais sans aucune colère; — car lorsque le moral d'un homme a cédé sous un choc décisif,
il peut bien conserver de puériles susceptibilités, mais
demeure insensible aux plus grandes offenses. Aussi
son langage n'exprimait-il qu'une émotion chagrine....
Il n'est pas bien à vous de parler ainsi, Hepzibah!...
Quelle honte, à présent, pourrait m'atteindre? »

Et alors cet homme en qui toute énergie était morte,
— né pour le plaisir et à qui était échu un lot si
amer, — fondit en larmes comme une pauvre femme.
Mais ce chagrin fut passager, et le laissa bientôt dans
un état de calme qui semblait avoir son charme. Il en
sortit pour un instant, et regardant la vieille demoiselle avec un sourire dont l'expression à demi sarcastique était une énigme pour elle ;

« Ainsi donc, Hepzibah, lui dit-il, nous sommes
très-pauvres? »

Son fauteuil étant profond et garni de moelleux
coussins, Clifford s'endormit finalement. Lorsqu'elle
entendit son souffle devenir plus régulier, — certaine
dès lors que le sommeil l'avait gagné tout à fait, —
Hepzibah saisit l'occasion d'étudier son visage avec plus
de soin qu'elle n'avait osé le faire encore. Une douleur,
une pitié profondes lui arrachèrent un gémissement
qu'on entendit à peine, mais dans lequel son cœur
s'était, pour ainsi dire, exhalé. En contemplant ainsi
cette figure altérée, vieillie, flétrie, à moitié détruite,
elle se laissait aller, certes, à une curiosité bien inoffensive; mais à peine l'eut-elle satisfaite que sa conscience la lui reprocha comme un manque de respect,
et après avoir laissé retomber le rideau sur la fenêtre
par où le soleil entrait librement, Hepzibah s'éloigna
d'un pas rapide pour laisser reposer son cher Clifford.

VIII

Phœbé trouva dans la boutique le petit lutin omnivore dont nous avons déjà parlé, — le mangeur d'élé-
phants et de chameaux. Pour le récompenser du patro-
nage qu'il avait accordé à leur entreprise naissante, elle
lui remit, en sus des petites provisions qu'il venait
acheter de la part de sa mère, une baleine de pain d'é-
pice. Animé d'un esprit biblique — et comme pour ven-
ger le prophète de Ninive, — l'enfant fit tout aussitôt
subir le sort de Jonas à l'énorme poisson qui venait de
lui être offert, et quand il se retourna sur le pas de la
porte pour adresser à Phœbé une question d'adieux,
elle n'entendit guère ce qu'il lui disait, la baleine n'é-
tant pas encore tout à fait engloutie.

« Répétez, mon petit ami ! lui cria-t-elle.

— Ma mère demande, recommença le gamin un peu

plus distinctement, si le frère de la vieille demoiselle Pyncheon est ici, comme on l'assure.

— Le frère de ma cousine Hepzibah? demanda Phœbé que prenait à court cette explication soudaine et lumineuse.... Son frère?... Où donc était-il jusqu'à ce jour? »

Le petit garçon, pour toute réponse, posa son pouce à l'extrémité d'un nez tant soit peu camard, accompagnant ce geste d'un de ces regards malins par lesquels le polisson des rues compense fréquemment l'insignifiante vulgarité de ses traits. Puis, — comme Phœbé continuait à l'examiner d'un air étonné sans accorder la moindre réponse au message maternel, — il prit congé d'elle en deux gambades.

Au moment où l'enfant descendait les degrés, un *gentleman* les montait pour entrer dans le magasin. Tant soit peu trop petit pour que sa corpulence eût un caractère majestueux, cet homme, arrivé aux premiers confins de la vieillesse, était vêtu de noir, des pieds à la tête. Sa canne à pomme d'or, faite d'un bois précieux, sa cravate blanche comme la neige, et l'éclat de ses bottes consciencieusement vernies ajoutaient à l'importance de ses dehors. Son galbe massif, sa physionomie sombre, l'épaisseur de ses sourcils touffus lui auraient donné un aspect un peu rigide, si notre *gentleman* n'avait pris sur lui de la mitiger par une affectation de bienveillance et de bonne humeur. Mais, grâce à l'ampleur peut-être excessive du bas de son visage, cette physionomie prenait une onction plutôt matérielle que spirituelle, et n'était pas à beaucoup près aussi favorablement impressive qu'il le supposait sans doute. Un observateur subtil en eût du moins

ainsi jugé ; que si cet observateur était en même temps
animé d'une certaine malveillance, il pouvait établir
une sorte d'apparentage entre le sourire du *gentleman*
et le brillant de ses bottes, — l'un et l'autre ayant
coûté quelque labeur.

Quand cet étranger entra dans le petit magasin où
régnait une sorte de pénombre grise, — occasionnée
par la projection du second étage, le feuillage épais du
grand orme, et l'encombrement de menus objets étalés
derrière l'unique fenêtre, — son sourire devint aussi
lumineux que s'il avait eu dessein d'éclairer cette pièce
obscure. Et lorsqu'au lieu de la triste vieille fille il
aperçut cette jeunesse en bouton, sa surprise se mani-
festa d'abord par un froncement de sourcils, puis par
un sourire plus onctueux et plus bénin que jamais.

« Ah, je vois, je vois... dit-il d'une voix grave et
naturellement rude, mais dont il avait adouci, et comme
assoupli à force de culture, l'accent fort peu agréable.... Je ne savais pas que miss Hepzibah Pyncheon
eût débuté dans les affaires sous de si favorables auspices.... Je suppose que vous travaillez sous ses ordres ?

— Oui , Monsieur, répondit Phœbé qui ajouta
cependant, en se rengorgeant quelque peu (car enfin,
si poli que se montrât le *gentleman*, il la prenait évidemment pour une jeune personne à gages)... Je suis
une cousine de miss Hepzibah, venue pour passer
quelque temps avec elle.

— Sa cousine ?... Et arrivant de la campagne....
En ce cas veuillez me pardonner, dit le *gentleman*
avec un salut et un sourire dont Phœbé n'avait pas
même l'idée.... mais il nous faudra faire plus ample
connaissance.... Ou je me trompe, en effet, ou vous

êtes également ma petite parente.... Voyons un peu !...
Mary?... Dolly?... Phœbé?... Oui c'est bien Phœbé
que vous vous nommez... Serait-il bien possible que
vous fussiez Phœbé Pyncheon, l'unique enfant de mon
cher cousin Arthur, de mon aimable compagnon d'é-
tudes?... Ah! je le retrouve maintenant à ce mouvement de votre bouche.... Oui certes, il faudra mieux
nous connaître.... Je suis de vos parents, ma petite....
Vous aurez, à coup sûr, entendu parler du juge Pyncheon? »

Phœbé n'ayant répondu que par une révérence, le
Juge se pencha, sur le comptoir avec l'intention bien
pardonnable, et même digne d'éloges—vu la différence
d'âge et la parenté, — de donner à la jeune fille un
affectueux baiser, destiné à inaugurer leur intimité
future. Par malheur (sans aucun propos délibéré, du
moins sans aucun propos dont Phœbé se fût rendue
compte) elle se recula, tout juste au moment décisif,
de sorte que son respectable parent, le corps plié en
deux, les lèvres au port d'arme, se trouva dans l'absurde situation d'un homme qui perd ses baisers dans
le vide. C'était comme un moderne exemplaire d'Ixion
caressant la Nue, et la scène était d'autant plus ridicule
que le Juge, ennemi de toute chimère, se piquait de
ne jamais prendre une ombre pour une réalité. Au
fond, — nous donnons ceci comme l'unique excuse de
miss Phœbé, — bien que la radieuse bénignité du juge
Pyncheon ne fût pas précisément déplaisante au beau
sexe, vue à distance et tempérée par l'éloignement,
elle devenait un peu trop intense quand ce visage san-
guin et bien nourri, ce menton barbu dont aucun
rasoir ne pouvait adoucir complétement les piquantes

aspérités, cherchaient à se mettre en contact avec l'objet de ses préférences. L'homme, le sexe, de façon ou d'autre, perçaient un peu trop dans les démonstrations de ce genre que le Juge se croyait permises. Sous son regard les yeux de Phœbé se baissèrent, et, sans trop savoir pourquoi, elle se sentit rougir. Cependant elle avait reçu précédemment — et sans trop s'en formaliser, — les baisers d'une demi-douzaine de cousins, dont quelques-uns étaient plus jeunes que ce Juge aux noirs sourcils, à la barbe grise, à la cravate blanche, aux paroles mielleuses.... Pourquoi cette exception en sa faveur?

En levant les yeux Phœbé tressaillit, tant le visage du juge Pyncheon avait changé d'expression; c'était comme un paysage dont le soleil a subitement disparu pour faire place à la tempête; et encore la tempête est moins effrayante que ce nuage froid, implacable, qui était venu tout à coup voiler cette physionomie au large sourire.

« Mon Dieu! mon Dieu! que faire maintenant? se demandait la petite campagnarde; le voilà aussi âpre qu'un rocher, aussi aigre que le vent d'Est.... Et pourtant je n'y entendais pas malice.... Puisque en somme il est mon cousin, je voudrais bien n'avoir pas refusé son embrassade! »

A ce moment même, la jeune fille constata que le juge Pyncheon, en personne, était l'original de la miniature que le photographe lui avait montrée dans le jardin, et que cette physionomie inflexible et sévère était justement celle que le soleil avait voulu révéler à toute force.

Était-ce donc là, non pas une expression éphémère, mais — nonobstant tous les soins pris pour le cacher,

— la révélation d'un caractère immuable? et non-seulement immuable, mais héréditaire, dérivant de cet ancêtre barbu dans le portrait duquel se lisaient, comme
en une espèce de prophétie, les traits du Juge contemporain ?... Dans cette idée, il y aurait eu quelque chose
de terrible pour un philosophe plus expert que Phœbé.
Elle impliquait, effectivement, que les faiblesses et les
défauts, les mauvaises passions, les tendances viles,
bref toutes les maladies morales qui conduisent au
crime, passent d'une génération à l'autre par une
transmission plus certaine, plus sûre que les lois humaines n'ont pu l'établir pour les richesses ou les
honneurs qu'il s'agit de garantir à la postérité de leur
possesseur actuel.

Mais à peine les yeux de Phœbé se furent-ils de nouveau arrêtés sur la physionomie du Juge, que celle-
ci perdit à l'instant même sa repoussante sévérité;
la jeune fille, alors, se trouva comme étouffée par la
bienveillance caniculaire qui émanait de cet excellent
homme, à peu près comme cette odeur qu'exhale le
serpent et qui, s'il faut en croire certains naturalistes,
sert de prélude à son irrésistible fascination.

« Fort bien, fort bien! cousine Phœbé, s'écria-t-il
avec une approbation emphatique.... Cette pudeur
vous sied à merveille, ma petite cousine.... J'aime
qu'une jeune fille sache se garder.... Surtout quand
elle est jolie, une jeune fille ne saurait se montrer trop
avare de ses lèvres.

— En vérité, monsieur, dit Phœbé s'efforçant de
tourner la chose en plaisanterie.... je ne prétendais
pas me montrer si rigoriste. »

Néanmoins, — que cela vînt ou non de ce début

maladroit, — elle persistait à garder une certaine réserve, fort peu d'accord avec sa franche et loyale nature. Malgré qu'elle en eût, il lui semblait que le
grand Puritain, héros de tant de traditions funèbres,
— le père de tous les Pyncheon d'Amérique, le fondateur de la Maison aux Sept Pignons, et que cette
maison avait vu périr d'une façon si étrange, — venait
d'entrer dans le magasin. Le costume, il est vrai, n'é-
tait pas le même, mais quoi de plus simple ?... En arrivant de l'autre monde, il était entré chez un barbier
qui avait métamorphosé la toison puritaine en une
paire de favoris grisonnants; puis, dans un de ces bazars de « confection » où cinq minutes suffisent pour
habiller un homme de pied en cap, il avait échangé le
pourpoint de velours, le manteau fourré, le riche rabat sur lequel son menton reposait, contre une cravate
blanche, avec l'habit, veste et culotte des temps modernes; — après quoi, déposant son épée à poignée d'acier
pour prendre une canne à pomme d'or, le colonel Pyncheon d'il y a deux siècles était sorti de là transformé
en juge de notre temps.

Phœbé avait trop d'esprit et de bon sens pour accepter cette idée autrement que comme une plaisanterie. D'ailleurs, si elle avait eu sous les yeux, en
même temps, les deux personnages, elle aurait constaté, nonobstant une ressemblance générale, des différences de détail fort essentielles ; un moindre volume
de muscles chez notre contemporain que chez son ancêtre ; — une atténuation de couleurs, résultat inévitable de l'effet produit par le climat Américain sur les
enfants rougeauds de la vieille Angleterre;— une susceptibilité nerveuse plus grande, communiquant à la

physionomie du Juge plus de mobilité que n en avait
eu, bien certainement, celle de son aïeul; — quelque
chose aussi de plus intellectuel, acquis, dirait-on, aux
dépens de la matière sur laquelle les développements
de l'esprit agissent à l'instar des acides et des dissol-
vants. C'est la conséquence générale, et peut-être
inévitable du progrès humain, que la puissance ani-
male diminue ainsi à mesure qu'elle est moins nécessaire : et ce progrès qui tend à nous spiritualiser peu
à peu, raffine ainsi, l'un après l'autre, les attributs les
plus grossiers de notre nature physique. De par cette
théorie, le juge Pyncheon pouvait fort bien supporter
encore un ou deux siècles de raffinement, — et c'est du
reste ce qu'on pourrait dire de la plupart de nos con-
temporains.

Au surplus il existait, entre le Pyncheon d'autrefois
et le Pyncheon d'aujourd'hui, des rapports intellectuels et moraux non moins frappants que leur ressemblance matérielle. Tous deux officiellement irrépro-
chables, tous deux objets des mêmes éloges publics,
tous deux secrètement poursuivis par des médisances
de bas étage. A propos de l'Ancêtre il existait des traditions, à propos du Juge il circulait des commérages
qu'on eût dit calqués les uns sur les autres. La traditions affirmait, par exemple, que le Puritain d'autrefois
avait toujours été âpre au gain, avide de richesses; le
Juge, lui aussi, malgré l'étalage fastueux de ses libéralités, passait pour avoir la main crochue et dure à la
desserre. L'ancêtre affectait une cordialité rude,
acceptée par les gens naïfs comme un fier témoignage
de chaleureux abandon, perçant à travers l'épaisse
cuirasse d'un caractère viril. Son descendant, obéis-

sant aux exigences d'un siècle moins primitif, avait
transformé cette bienveillance aux dehors abrupts, et
en avait fait ce sourire bénin qu'il portait à travers les
rues comme une espèce de soleil et dont il réchauffait,
à l'instar d'un foyer domestique, les salons honorés de
sa présence. Le Puritain, enfin, autocrate en son
logis, avait eu trois femmes mortes à la peine sous l'inflexible poids de son caractère et le joug de fer qu'il
leur imposait. Le Juge, à la vérité, n'avait eu qu'une
épouse, mais il l'avait perdue au bout de trois ou
quatre ans, et on racontait, — ceci était sans doute
une fable, — que cette dame avait reçu le coup de la
mort pendant sa lune de miel, et jamais depuis lors
n'avait repris la moindre sérénité, attendu que son
mari exigeait d'elle, — à titre d'hommage féodal envers
son seigneur et maître, — qu'elle vînt chaque matin
lui servir au lit une grande tasse de café.

Laissons là, toutefois, ce sujet trop fécond des res-
semblances héréditaires, retours dont la fréquence
est vraiment inexplicable quand on veut bien songer
à ce qu'il y a d'éléments transmis à chaque homme par
ses aïeux, au bout seulement de deux ou trois siècles.
Bornons-nous à remarquer que, — suivant les chroni-
ques du foyer, parfois merveilleusement fidèles quand
il s'agit du dessin d'un caractère, — le Colonel était à
la fois hardi, impérieux, inflexible et rusé; que ses
machinations étaient profondes et qu'il les menait à
terme, sans trève ni scrupules, foulant aux pieds les
faibles et faisant son possible, quand cela importait à
ses projets, pour dompter la résistance des forts.

Peut-être notre récit dira-t-il si le Juge, à cet égard,
rappelait plus ou moins son aïeul redouté.

Phœbé, cela va sans le dire, n'était pas assez au courant de l'histoire de sa famille pour pouvoir établir le parallèle auquel nous venons de nous livrer. Une circonstance, pourtant, bien insignifiante en elle-même, était venue lui inspirer un singulier sentiment d'horreur. Elle avait ouï parler de l'anathème que le sorcier Maule, au moment de son exécution, avait lancé contre le colonel Pyncheon et sa postérité, anathème en vertu duquel Dieu devait « leur donner du sang à boire. » Elle savait aussi que, selon l'opinion vulgaire, on entendait de temps en temps bruire au fond de leur gorge ce « sang » de la malédiction miraculeuse. En personne sensée, et appartenant d'ailleurs à la famille Pyncheon, Phœbé n'attachait aucune importance à cette dernière rumeur, si évidemment absurde par elle-même. Mais on ne se défait pas si aisément des superstitions anciennes qui, à force de passer de bouche en bouche pendant maintes et maintes générations, — et fortement imprégnées des fumées de l'âtre, — prennent le caractère de réalités domestiques. Phœbé put constater leur influence quand elle entendit se produire, dans la gorge du juge Pyncheon, une sorte de grattement particulier, qui lui était habituel d'ailleurs, et qui, à peu près involontaire, n'indiquait absolument rien, si ce n'est peut-être une légère affection des bronches. Ce glou-glou spécial (que nous n'avons jamais entendu et que nous ne saurions décrire) fit tressaillir la petite sotte, qui joignit les mains, tout à coup effarouchée.

« Qu'avez-vous donc, jeune fille? dit le juge Pyncheon lui lançant un de ses regards les moins doux. Quelque chose vous aurait-il effrayée?

— Rien, monsieur.... rien au monde, répondit
Phœbé, avec un petit rire contraint, qui attestait à
quel point elle se trouvait absurde.... Peut-être sou-
haitiez-vous entretenir ma cousine Hepzibah?.... Voulez-vous que je l'appelle?

— Un moment, je vous prie, dit le Juge dont la
figure s'illuminait de plus belle, vous me semblez,
ce matin, un peu nerveuse.... L'air de la ville ne va
pas, cousine Phœbé, à vos bonnes et saines accoutu-
mances de la vie rustique.... Peut-être aussi est-il
survenu quelqu'incident qui vous préoccupe.... Une
arrivée, n'est-ce pas vrai?... c'est bien ce que je pensais.... Rien d'étonnant, ma petite cousine, à ce que
vous soyez un peu troublée.... Un tel hôte a de quoi
émouvoir une innocence comme la vôtre.

— Je ne vous comprends pas bien, monsieur, répondit Phœbé en jetant sur le Juge un regard interrogateur.... Personne n'est récemment arrivé dans
la maison, si ce n'est un pauvre homme, aux douces et
enfantines allures, que je crois être le frère de ma
cousine Hepzibah.... Je crains bien (vous en savez
là-dessus plus long que moi) qu'il ne soit pas doué
de tout son bon sens; mais il semble si doux, si
tranquille, qu'une mère lui confierait son enfant au
berceau; et je crois qu'il jouerait avec l'enfant comme
s'il avait à peine quelques années de plus que lui....
Lui, me faire peur?... En vérité, non.

— Je suis charmé, dit le Juge toujours bienveillant,
que vous me rendiez si bon compte de mon cousin
Clifford. Il y a bien des années, quand nous étions encore enfants ou adolescents à peine, j'avais pour lui
une véritable affection, et ses affaires m'inspirent en-

core un vif intérêt.... Selon vous, cousine Phœbé, il
paraît avoir l'esprit un peu faible.... Puisse le ciel lui
accorder, à tout le moins, l'intelligence nécessaire pour
se repentir de ses fautes!

— Je m'imagine, remarqua ici Phœbé, que bien peu
de gens doivent avoir moins de fautes à se reprocher.

— Est-il donc possible, ma chère enfant, repartit le
Juge avec un regard de commisération, que vous
n'ayez jamais ouï parler de Clifford Pyncheon? Et ne
savez-vous rien de son histoire?.... A la bonne heure,
alors; et votre mère a montré là un respect légitime
pour le bon renom de la famille à qui elle s'est alliée.
Conservez pour ce malheureux vos meilleures pensées,
vos meilleures espérances!... C'est une règle que les
chrétiens devraient toujours observer dans le jugement
qu'ils portent les uns sur les autres; elle est particulièrement de mise entre parents, à cause de l'espèce de
solidarité morale que l'opinion leur assigne... Mais,
pardon; Clifford est-il là?...Je vais entrer pour le voir.

— Peut-être, monsieur, vaudra-t-il mieux que j'appelle ma cousine Hepzibah, dit aussitôt Phœbé, sans
trop savoir, néanmoins, si elle avait le droit d'interdire
à un si affectueux parent l'accès des appartements
réservés.... Son frère semblait vouloir faire la sieste
après le déjeuner, et je suis sûre qu'en le dérangeant
on la désobligerait d'une manière essentielle.... Per-
mettez, monsieur, que je vous annonce! »

Le Juge, cependant, paraissait se soucier fort peu de
ce préliminaire d'étiquette; et comme Phœbé, — dont
les mouvements avaient toute la promptitude, toute la
spontanéité de ses pensées elles-mêmes,—s'était dirigée
vers la porte, il l'écarta sans beaucoup de cérémonie.

« Non, non, miss Phœbé ! disait le juge Pyncheon
d'une voix aussi profonde que les roulements précurseurs du tonnerre, et avec un froncement de sourcils
aussi sombre que le nuage d'où ce bruit émane. Demeurez ici, je vous prie !.... Je connais la maison, je
connais ma cousine Hepzibah, je connais également
son frère Clifford, et je n'ai nul besoin que ma cham-
pêtre petite cousine se dérange pour m'annoncer ! »

Dans ces dernières paroles, soit dit en passant, se
manifestait un changement nouveau qui substituait à
sa brusquerie soudaine un retour de sa bienveillance
primitive. « Je suis ici chez moi, continua l'imposant
visiteur, veuillez vous le rappeler, Phœbé ; c'est vous
qui êtes l'étrangère.... J'entrerai donc, pour savoir comment va Clifford et lui faire agréer, ainsi qu'à Hepzibah,
l'assurance de mes meilleurs sentiments.... Il est à
propos que, dans cette circonstance particulière, ils
soient directement instruits par moi du désir que j'ai
de leur être utile.... Voici Hepzibah elle-même ! »

Il disait vrai. Les vibrations de la voix du Juge étaient
allées chercher la vieille demoiselle au fond du salon où,
détournant la tête, elle continuait à surveiller le sommeil
de son frère. Maintenant elle s'élançait pour en défendre
l'entrée, — semblable, il faut bien le dire, à ces dragons
qui, dans les contes de fées, montent la garde à la porte
des palais où dort une belle princesse, victime de
quelque sortilége. Le froncement habituel de ses sourcils était trop accentué, en ce moment, pour être tout
simplement attribué à sa myopie, et le juge Pyncheon
à qui s'adressait ce regard furieux en parut quelque peu gêné, sinon alarmé, tant le prenait à court
cette force morale d'une antipathie bien enracinée.

Elle le repoussait de la main et debout, dans le cadre de la porte, semblait une véritable image de la Prohibition elle-même. Mais au risque de trahir le secret d'Hepzibah, nous dirons que sa timidité native tendait à prendre le dessus, et qu'un tremblement nerveux, dont elle avait conscience, envahissait par degrés toute sa personne. Peut-être le Juge comprit-il à quel point il lui semblait redoutable, et combien peu de vrai courage cachaient ces imposants dehors.

Toujours est-il qu'avec l'aplomb du vrai *gentleman*, il se remit de suite et s'avança vers sa cousine en lui tendant la main ; mais, en homme d'esprit, il couvrit cette manœuvre hardie par un sourire assez ample, assez ardent pour dorer sur leur treille les raisins qu'on eût exposés à ce rayonnement splendide. Peut-être voulait-il fondre sur place la pauvre Hepzibah, — véritable statue de cire jaune.

« Hepzibah, ma chère cousine, vous ne sauriez croire combien je suis heureux, s'écria le Juge avec un redoublement d'emphase.... Votre existence, désormais, aura un but déterminé, une mission définie.... Nous-mêmes, vos parents et vos amis, nous avons dans notre vie quelque chose de plus qu'hier.... Je n'ai pas voulu perdre un moment pour venir vous proposer mon assistance, dans tout ce qui pourra servir au bien-être de Clifford.... Il nous appartient à tous.... Je sais ce qu'exige, — ce qu'exigeait autrefois, — la délicatesse de son goût et son culte pour ce qui est beau. Je mets à sa disposition ce que j'ai chez moi : tableaux, livres, vins de choix, friandises, tout cela est à lui !... J'aurais le plus grand plaisir à le voir.... Puis-je me permettre d'entrer ?

10

— Non, répondit Hepzibah dont la voix frémissante ne se prêtait pas à de longs discours.... Il lui est impossible de recevoir des visites !

— Des visites, chère cousine?... Est-ce moi que vous traitez ainsi ? s'écria le Juge dont la sensibilité semblait être froissée par ce que cette expression avait de glacial.... Dans ce cas, souffrez que je devienne l'hôte de Clifford et le vôtre en même temps.... Venez immédiatement résider chez moi. L'air de la campagne et toutes les commodités, — je dirais presque les agréments, — dont je me suis entouré, le rétabliront à vue d'œil. Vous et moi, chère Hepzibah, nous conspirerons là, tout à notre aise, pour rendre Clifford aussi heureux qu'il peut l'être.... Voyons ! faut-il donc tant de paroles pour ce qui est à mes yeux un devoir autant qu'un plaisir?... Venez chez moi : venez-y de suite ! »

Devant des offres si hospitalières, un aveu si franc des droits de la parenté, Phœbé se sentit fort disposée à courir se jeter au cou du juge Pyncheon, pour lui offrir le baiser que naguère encore elle refusait de lui laisser prendre. Mais il en fut tout autrement d'Hepzibah : le sourire du Juge semblait opérer sur l'âpreté de son cœur à peu près comme le soleil sur celle du vinaigre ; — il la décuplait, au bas mot.

« Clifford, disait-elle, — encore trop agitée pour se permettre plus d'une phrase à la fois, — Clifford est ici chez lui !

— Puisse le ciel vous pardonner, Hepzibah! reprit le juge Pyncheon adressant un regard respectueux vers l'espèce de Haute cour devant laquelle il en appelait ainsi.... Puisse-t-il vous pardonner, si vous laissez prévaloir en vous, dans des circonstances comme celles-ci,

un préjugé quelconque, une animosité de vieille date.
Me voici, en toute ouverture de cœur, disposé à vous y
accueillir, Clifford et vous.... Ne refusez pas mes bons
offices et les sincères propositions qui ont pour but
d'assurer son bien-être. Ce sont celles que vous deviez
attendre de votre plus proche parent.... Vous en-
courez une grave responsabilité, ma cousine, si vous
confinez votre frère dans cette triste demeure, dans
cette suffoquante atmosphère, lorsque je mets à ses
ordres une délicieuse résidence de campagne.

— Elle ne saurait convenir à Clifford, dit Hepzibah,
laconique autant que jamais.

— Malheureuse femme! s'écria tout à coup le Juge
emporté par son ressentiment, comment ceci doit-il se
comprendre? Auriez-vous d'autres ressources?... C'est
bien là ce qu'il me semblait!... Prenez garde, Hepzibah! prenez bien garde!... Clifford est au seuil d'une
nouvelle ruine, tout aussi complète que la première!...
Mais pourquoi perdre mon temps à bavarder avec une
femme?... Place! place! Il faut que je voie Clifford. »

Hepzibah, étalant pour ainsi dire sa grande taille
en travers de la porte, semblait véritablement croître
à vue d'œil, et son aspect devenait d'autant plus terrible, qu'elle se sentait au fond du cœur plus d'anxiétés
et d'épouvante; mais le projet du juge Pyncheon, —
qui prétendait bien évidemment forcer le passage, —
fut déjoué par une voix partie de la pièce du fond, voix
plaintive, frêle, tremblante, où se trahissait une vive
alarme, sans plus d'énergie défensive que n'en pourrait déployer un enfant pris de peur.

« Hepzibah, Hepzibah! criait cette voix, à genoux
devant cet homme,..., Baisez ses pieds, s'il le faut!..

Suppliez-le de ne pas entrer!... Oh! qu'il ait pitié de moi !... Pitié!... pitié!... »

On put se demander, un moment, si le Juge renoncerait à l'idée qu'il avait eue d'écarter Hepzibah pour franchir le seuil de ce salon où s'élevaient de si misérables supplications.... Ce ne fut pas la pitié qui l'en empêcha, — car aux premiers sons de cette voix affaiblie, une flamme rouge s'alluma dans ses yeux, et il porta le pied en avant par un mouvement brusque où l'homme se révéla tout entier. Pour apprécier le juge Pyncheon, il ne fallait que le voir en ce moment. La chaleur habituelle de son sourire, tout à coup transformé, n'exprimait ni la haine ni la colère, mais je ne sais quelle ardeur féroce dont les jets brûlants devaient, semblait-il, anéantir tout ce qui n'était pas eux.

Et cependant, après tout, ne devons-nous pas nous reprocher de calomnier cet aimable, cet excellent homme? — Regardez maintenant le Juge ! — Il a conscience de l'erreur qu'il a commise en multipliant ses insistances auprès de personnes incapables d'apprécier les bontés dont il prétend les combler. Il attendra donc que les circonstances soient plus favorables, tout aussi prêt alors qu'aujourd'hui à prodiguer ses bons et loyaux services , son assistance empressée. Au moment où il s'éloigne de la porte, l'ample bienveillance qui rayonne sur son visage semble indiquer qu'il comprend Hepzibah, la petite Phœbé, l'invisible Clifford, — oui, tous les trois, et avec eux l'univers entier — dans les épanchements de son cœur immense.

« Vous me faites grand tort, chère cousine Hepzibah, dit-il en lui offrant d'abord une bonne poignée de mains, et en remettant ensuite son gant pour se préparer

au départ. Vous avez contre moi de bien fausses préventions... Mais je vous pardonne, et m'étudierai à
vous donner une meilleure idée de votre cousin.... Du
moment où notre pauvre Clifford est dans une si déplorable condition d'esprit, je ne puis songer à insister
présentement pour qu'il m'accorde une entrevue.
Mais je veillerai de loin sur son bien-être, comme sur
celui d'un frère aimé, moyennant quoi je ne désespère
pas, ma chère cousine, de vous contraindre, vous et
lui, à rougir de votre injustice.... Et lorsqu'il en sera
ainsi, je n'ambitionne d'autre vengeance que de vous
voir accepter tous les bons offices dont je puis disposer
en votre faveur. »

Avec un salut pour Hepzibah, un signe de tête tout
paternel à l'adresse de Phœbé, le Juge quitta le magasin et s'en alla, souriant, par les rues. Selon la coutume des riches, quand ils visent aux honneurs d'une
république, il s'excusait en quelque sorte de sa richesse, de sa prospérité, de son influence, par la libre
cordialité qu'il témoignait à tous ceux dont il était
connu;—d'autant plus disposé à faire bon marché de sa
dignité, qu'il fallait l'abaisser à un niveau plus humble,
et montrant, par cette condescendance même, le haut
sentiment qu'il avait de ses prérogatives, d'une manière plus irréfragable et plus certaine que s'il se fût
fait précéder de vingt laquais ayant mission de lui
frayer passage.

Il n'eut pas plutôt disparu que le visage d'Hepzibah
se couvrit d'une pâleur mortelle; se dirigeant vers
Phœbé d'un pas incertain, et posant la tête sur l'épaule
de la jeune fille :

« Oh! mon enfant, murmura-t-elle, cet homme a été

pour moi, toute ma vie, un objet d'horreur !... N'aurai-
je jamais le courage ?... le tremblement de ma voix
ne cessera-t-il jamais assez longtemps pour que je
puisse lui dire en face tout ce que je pense de lui ?

— Serait-il donc si méchant? demanda Phœbé. Ses
offres, néanmoins, étaient bien affectueuses.

— Ne me parlez pas de ses offres !... C'est un cœur
de fer, répondit Hepzibah. Et maintenant, allez causer
avec Clifford !... Amusez-le! calmez-le !... Me voir dans
le trouble où m'a jetée cette visite serait pour lui un
sujet d'agitation. Allez, chère enfant !... Je veillerai
de mon mieux sur le magasin. »

Phœbé s'en alla donc, mais elle emportait une vive
curiosité sur le véritable sens de la scène dont le hasard l'avait rendue témoin. Pour la première fois de
sa vie, elle était appelée à se demander si les juges,
les membres du clergé, enfin les grands personnages
du même ordre et jouissant de la même considération,
pouvaient bien,— fût-ce par exception,— manquer de
justice et de sincérité. Un doute de cette nature exerce
toujours une influence perturbatrice; et s'il devient
une certitude, il bouleverse complétement les esprits
bien ordonnés, amis de la règle et de la hiérarchie,
parmi lesquels nous avons déjà classé notre petite
campagnarde.

Pour certaines âmes hardies, pour certains penseurs
téméraires, une austère satisfaction peut dériver de
cette idée que, le mal existant nécessairement en ce
monde, il se trouve également réparti entre les hautes
castes et les plus humbles membres du prolétariat. En
généralisant encore davantage, on aime à voir le rang,
les dignités, la position sociale, n'être plus que des

chimères quand on les envisage comme titres fondés au respect des hommes, — et à ne pas croire, pour cela, que l'univers va être précipité, la tête en avant, au sein du Chaos. Mais pour que Phœbé fut assurée du maintien de l'ordre ici-bas, il lui fallait étouffer, dans une mesure quelconque, les notions intuitives qui se développaient en elle au sujet du juge Pyncheon. Et quand au témoignage défavorable de sa cousine, elle n'en voulut rien conclure, si ce n'est que le jugement d'Hepzibah était perverti par une de ces animosités de famille d'autant plus acrimonieuses qu'elles proviennent presque toujours de quelque affection morte, — et qu'elles ont pompé leurs poisons dans les restes putréfiés de ce cadavre.

IX

Clifford et Phœbé.

Hepzibah était vraiment une noble créature, déve-
.oppée par la douleur, enrichie par la misère, douée
d'héroïsme par cette forte et salutaire affection dans
laquelle s'absorbait sa vie. Pendant bien des années,
longues et amères, elle avait rêvé cette situation où elle
se trouvait maintenant. Ne demandant rien à la Providence pour ce qui la concernait elle-même, elle n'implo-
rait qu'une occasion de se dévouer à ce frère, le constant
et l'unique objet de sa tendresse et de son admiration.
Or, il lui revenait, ce frère si longtemps perdu : il
lui revenait vieilli par une persistante et singulière infortune, n'ayant plus à compter que sur elle (on pouvait du moins le croire), non-seulement pour le pain
destiné à faire vivre son corps, mais pour ces aliments
d'un autre ordre qui assurent le maintien de l'existence morale. La vieille fille avait répondu à cet appel d'en haut. Elle s'était offerte, — cette pauvre

Hepzibah si blême et si maigre, avec ses habits de soie fanés, ses jointures sans souplesse, ce triste froncement de sourcils qui lui jouait tant de tours,—disposée à faire de son mieux, et avec assez de tendresse pour suffire à vingt occasions pareilles ! Rien de plus touchant pour des âmes qui savent comprendre, — et le Ciel nous pardonne, si malgré nous un sourire se mêle parfois à l'idée que nous nous faisons de cette situation,—rien de plus touchant qu'Hepzibah telle qu'on eût pu la voir pendant cette première soirée, enveloppant Clifford de sa tendresse comme d'un vêtement ample et chaud, et faisant pour l'amuser de vains efforts, — pitoyables il est vrai, mais empreints d'une magnanimité réelle.

Se rappelant que jadis il aimait la poésie et les romans, elle ouvrit une bibliothèque et en retira divers ouvrages, jadis excellents, mais qui maintenant, sous leur reliure dédorée, recelaient des pensées d'un autre âge, sans couleur et sans parfum. Elle lui lut, entre autres, *Rasselas* et les chapitres consacrés à « l'heureuse Vallée, » avec cette arrière-pensée un peu vague qu'elle y trouverait, pour Clifford et pour elle-même, une recette de félicité. Mais sur « l'heureuse Vallée » planait un triste nuage, et d'ailleurs Hepzibah fatiguait l'oreille de son auditeur par un débit emphatique dont il notait au passage les innombrables bévues, sans s'inquiéter autrement de la lecture elle-même. La voix de sa sœur avait en outre contracté une sorte de croassement, familier aux longues tristesses, dont l'effet général est celui d'un organe qui a pris le deuil, le deuil de bien des espérances, — et qu'on voudrait voir mort et enterré avec elles

S'apercevant bien que Clifford était médiocrement
égayé par tout ce qu'elle faisait pour le distraire,
Hepzibah lui chercha dans toute la maison un passe-
temps plus joyeux. Ses yeux, à un moment donné, tombèrent sur le clavecin d'Alice Pyncheon. Ce fut une
menaçante inspiration, car, — nonobstant les souvenirs
augustes qui protégeaient cet instrument de musique
et les funèbres mélodies que les doigts d'un spectre y
avaient exécutées, disait-on, — cette sœur trop dévouée
prémédita un moment de le faire vibrer au bénéfice
de Clifford, et de mêler au bruit des touches ce croassement sinistre dont nous venons de parler. Malheureux
Clifford ! Malheureuse Hepzibah ! Malheureux clavecin ! Tous trois se seraient infligé une torture mutuelle ; mais une si périlleuse chance fut conjurée par
quelque influence favorable ; — peut-être cette Alice,
enterrée depuis longtemps, intervint-elle au moment
critique, sans que personne pût s'en douter.

Le pire de tout, — et le plus pénible pour Hepzibah, peut-être aussi pour Clifford, — c'était la répugnance invincible que l'aspect de la vieille fille inspirait à son frère. Ses traits, qui n'avaient jamais été
des plus agréables et que durcissaient maintenant et
l'âge et le chagrin, plus la rancune qu'elle gardait au
monde pour le compte de ce frère si longtemps per-
sécuté ; — son costume, et en particulier son turban ;
— les manières gauches et roides qu'elle avait peu à
peu contractées dans la solitude ; — tout cela constituait un ensemble qui repoussait les regards de cet
homme acquis par instinct au culte du Beau. Il n'avait
pas à se défendre d'une impression pareille ; elle était
en lui, et devait l'accompagner jusqu'à la tombe. Aux

confins de l'agonie, — et la mort pour ainsi dire sur les lèvres, — Clifford presserait sans doute la main d'Hepzibah, comme un gage de la fervente reconnaissance qu'il lui devait pour tant d'amour en vain prodigué ; mais il fermerait ensuite les yeux, — et moins pour mourir, peut-être, que pour s'épargner une contemplation désagréable. Pauvre Hepzibah ! elle débattait avec elle-même les moyens de pallier ce défaut de nature, et songea un moment à enrubanner son turban ; mais plusieurs anges gardiens, se précipitant à la fois, vinrent la détourner à temps de cette expérience fatale.

Ne pouvant ignorer qu'elle déplaisait à Clifford, la vierge surannée recourut à Phœbé comme au remède suprême. Aucune jalousie mesquine n'habitait son cœur. Elle eût été heureuse, bien heureuse en vérité, si le Ciel avait récompensé l'héroïque fidélité de sa vie en lui donnant une influence directe et personnelle sur le bien-être et la félicité de Clifford. Mais, puisqu'il n'en était pas ainsi, puisque cette faveur lui était refusée, elle résignait sans peine aux mains de Phœbé la tâche dont elle se sentait incapable. Celle-ci l'accepta gaiement, ainsi qu'elle faisait toutes choses, mais sans se croire investie d'une mission spéciale, et n'en réussissant que mieux par cela même qu'elle agissait en toute simplicité, en toute candeur.

Involontairement, et par le seul effet de son heureuse humeur, Phœbé devint bientôt la condition essentielle au bien-être de ses deux tristes compagnons ; nous serions tentés de dire qu'elle était leur vie elle-même. L'aspect sombre et sordide de la Maison aux Sept Pignons semblait s'être évanoui depuis le jour où

elle y était entrée. Dans les vieilles poutres qui formaient son squelette, la pourriture sèche s'était
arrêtée ; la poussière tombée des antiques plafonds
avait cessé de s'accumuler sur les parquets et les
meubles ; du moins disparaissait-elle à chaque instant
sous les brosses et les éponges d'une petite ménagère
vive et prompte comme la brise qui balaye une allée
du jardin. Les spectres du Passé qui hantaient la
solitude désolée des vastes appartements, l'odeur étouffante et close que la Mort avait laissée à plus d'une
chambre à coucher, et qui s'y était maintenue depuis ses
lointaines visites ; toutes ces influences sinistres avaient
dû céder devant celle d'un jeune cœur parfaitement sain,
parfaitement pur, dont les fraîches émanations semblaient renouveler l'atmosphère domestique. Dans la
constitution de Phœbé, aucuns principes morbides. S'il
en eût été autrement, rien n'eût développé le mal comme
de résider dans le vieil hôtel Pyncheon. Mais au contraire, elle jouait dans cette vaste maison le même
rôle qu'un petit flacon d'essence de rose dans l'un de
ces grands coffres, cerclés de fer, où Hepzibah conservait volontiers ses vieilles dentelles, ses bonnets ouvrés,
ses bas à jours, ses gants longs, et tout le luxe enfin
de ses antiques parures. De même que, dans le grand
bahut de cèdre, chaque article pris à part s'imprégnait
du pénétrant parfum, de même toutes les pensées, toutes les émotions d'Hepzibah et de Clifford, si sombres
qu'elles pussent paraître, empruntaient une subtile essence de félicité au voisinage continuel de la jeune
fille. Elle songeait à tout, elle faisait tout à propos,
active de corps, d'intelligence et de cœur, et aussi capable de sympathie pour le gai ramage des rouge-gorge

perchés dans le poirier, que pour les anxiétés d'Hepzi-bah, pour les plaintes vagues de son frère.

A celui-ci surtout, « au cousin Clifford » ainsi qu'elle l'appelait maintenant, Phœbé s'était rendue par-ticulièrement nécessaire. Non qu'à vrai dire il causât jamais avec sa cousine, ou manifestât souvent, d'aucune autre façon, le plaisir qu'il trouvait à vivre près d'elle Mais si elle était longtemps absente, il devenait in-quiet et maussade, arpentait sa chambre dans tous les sens avec cette incertitude qui caractérisait ses mou-vements ; ou bien encore, enfoncé dans son grand fauteuil, la tête appuyée sur ses mains, ne donnait d'autre signe de vie qu'une étincelle électrique de mau-vaise humeur, chaque fois qu'Hepzibah essayait de le ranimer. Il ne demandait au reste que la présence de Phœbé, le reflet de cette sérénité radieuse qu'elle por-tait toujours avec elle, son gazouillement de source vive, ses chansons d'oiseau. Tant qu'elle chantait, la jeune fille pouvait errer à son gré par la mai-son ou dans le jardin; Clifford était satisfait, soit que ces airs joyeux lui vinssent ou de l'étage supé-rieur, ou du petit magasin, ou de derrière le poirier dont ils traversaient le feuillage en même temps que les rayons du soleil. Il restait alors paisiblement assis, sa physionomie exprimant un plaisir tranquille, tantôt un peu plus vif, tantôt légèrement atténué, selon que la chanson se rapprochait ou s'éloignait. Mais pour qu'elle le ravît complètement, il fallait que la jeune musicienne fût assise à ses pieds, sur un tabouret.

Il paraîtra peut-être singulier qu'une personne si gaie chantât volontiers des airs tristes. Les jeunes et les heureuses, cependant, aiment à tempérer ainsi,

par quelques ombres transparentes, l'éclat trop vif de
leur vie. Phœbé comprenait d'ailleurs instinctivement
que, devant des malheurs sacrés, toute gaieté vulgaire
eût formé un contraste discordant et presque irrévé-
rencieux. Tels ou tels refrains, bons pour accompagner
une danse de village, n'avaient pas leur place dans
cette symphonie solennelle que la voix d'Hepzibah et
celle de son frère exécutaient pour ainsi dire en sourdine.
Mais si les romances étaient plaintives, la voix était
jeune et vibrante, l'accent gardait je ne sais quelle
secrète allégresse, et maintes pensées joyeuses se dé-
gageaient de la triste mélodie.

A côté de Phœbé, Clifford se sentait rajeunir. Une
sorte de beauté, — qui n'avait rien d'absolument réel
et qu'un peintre aurait malaisément fixée sur la toile,
si même il n'avait tout à fait échoué, — beauté néanmoins qui n'était pas un vain rêve, venait parfois se
jouer sur son visage, tout à coup illuminé. Ses cheveux gris, ses rides profondes et compliquées, inscrites
sur son front comme le récit hiéroglyphique de ses
malheurs, tout cela pour quelques instants disparaissait. Un regard, à la fois pénétrant et tendre, aurait pu
retrouver alors dans cet homme, l'ombre de celui que
la Providence avait créé, mais que ses pareils s'é-
taient complu à détruire. En contemplant ensuite les
traces de l'âge qui revenaient, comme un crépuscule
mélancolique, envahir à nouveau cette figure prédes-
tinée, vous vous sentiez tenté d'argumenter avec le
Ciel, et d'affirmer que ce personnage n'aurait pas dû
naître mortel, ou que ses qualités eussent dû être as-
sorties à l'existence qu'on mène ici-bas. Aucune nécessité apparente n'exigeait qu'il respirât l'air de ce

bas monde, et l'univers n'avait certes aucun besoin
de lui; mais puisqu'il le respirait, cet air, il eût fallu
perpétuer autour de lui les brises les plus parfumées
de l'été le plus tiède. C'est là une perplexité qui nous
est toujours venue, en songeant à ces natures d'élite
appelées à faire du Beau leur pâture exclusive, — si
prodigue que soit d'ailleurs la Mansuétude divine à leur
égard, et si largement douées qu'on les voie, de tout ce
qui devrait aplanir sous leurs pas les aspérités de la vie.

Il est fort probable que Phœbé n'avait qu'une notion
fort imparfaite du caractère sur lequel sa présence
jetait un charme si bienfaisant. Et il n'était pas nécessaire qu'elle le connût mieux. Le feu de l'âtre égaye
tout un demi cercle de visages groupés autour de lui,
sans distinguer l'individualité d'un seul d'entre eux.
Il y avait, dans les traits de Clifford, quelque chose de
trop délicat, de trop poétique pour être parfaitement
apprécié par une personne aussi positive que Phœbé.
Quant à Clifford, c'était précisément le réalisme, la
simplicité, l'intégrité candide de cette jeune fille, qui
exerçaient sur lui l'ascendant le plus victorieux. A la
vérité, il fallait en même temps qu'elle fût belle, et
d'une beauté presque parfaite dans son genre. Avec
des traits grossiers, des formes irrégulières, une voix
désagréable, des façons maladroites, elle aurait pu
posséder toutes les qualités morales que nous lui connaissons, et déplaire à Clifford par ces défectuosités
accessoires. Mais rien de plus beau que Phœbé, —
c'est-à-dire, entendons-nous, rien de plus joli. Et pour
cet homme dont la vie n'avait été qu'un rêve fâcheux,
jusqu'au moment où son cœur et son imagination s'é-
taient trouvés amortis en lui; — pour ce prisonnier soli-

taire, aux yeux duquel les femmes n'étaient plus, depuis longtemps, que des idéalités glacées, des images
impalpables et vaines, — cette petite créature alerte,
image de la vie de famille dans tout ce qu'elle a de plus
gai, devait posséder l'attrait le plus puissant, le charme
le plus invincible. Autour d'elle on était chez soi, dans
cette sphère après laquelle aspirent au même degré le
proscrit, le prisonnier, le souverain, trois malheureux
dont l'un est au-dessous, l'autre à l'écart, et le troisième
au-dessus de l'humanité. Phœbé avait le grand mérite d'ê-
tre vraie, prendre sa main tiède et potelée : c'était se saisir de quelque chose; et aussi longtemps que la vôtre restait enveloppée de sa douce étreinte, vous vous sentiez à
une bonne place dans le cercle non interrompu des sympathies humaines. Le monde cessait d'être une chimère.

En insistant un peu sur cet ordre d'idées, il nous fournirait peut-être l'explication d'une mystériuse anomalie.
Pourquoi, s'est-on demandé, les Poëtes se montrent-ils
déterminés dans le choix de leur compagne, non par
des qualités similaires aux leurs, mais par celles-là
même qui semblent éminemment propres à faire le
bonheur de l'artisan le plus humble et le plus grossier? — C'est sans doute que, dans la région supérieure où ses aspirations l'appellent, le Poëte n'a pas
besoin de rapports humains. Quand il en descend, il
lui déplaît de ne plus trouver à qui parler.

Dans les relations établies entre ces deux êtres que
tant d'années séparaient, il y avait quelque chose de très-
satisfaisant pour la pensée. Clifford cédait au penchant
naturel qui le rendait particulièrement accessible à
l'influence féminine, comme un homme aux lèvres duquel la coupe ardente de l'amour a été sans cesse re-

fermée et à qui son âge interdit l'espoir de la vider jamais. Il comprenait le néant d'un amour tardif, avec
cette délicatesse d'instincts qui avait survécu à sa décadence intellectuelle. Aussi, sans être tout à fait paternel, l'attachement qu'il portait à Phœbé n'était pas
moins chaste que si elle eût été sa fille. Il restait
homme, cependant, et Phœbé représentait pour lui le
sexe féminin tout entier. Aucun des charmes de la
jeune fille n'échappait à son regard attentif, ni ses lèvres mûres pour le baiser, ni l'ampleur naissante de
son sein virginal. Toutes ses petites allures féminines,
fleurs printanières de ce jeune arbre fruitier, avaient
leur action sur les sens de notre épicurien, et por-
taient parfois au fond de son cœur une sorte de titille-
ment voluptueux. En de pareils moments, — ce n'étaient
presque jamais que des sensations éphémères, — l'engourdissement de cet homme s'emplissait d'une vie
harmonieuse, comme la harpe longtemps muette s'emplit de vibrations, quand les doigts du musicien cou-
rent le long de ses cordes. Après tout, c'était plutôt
une perception, une sympathie, qu'un sentiment faisant partie intégrante de son individualité. Il lisait
Phœbé comme un simple récit rempli de détails
charmants; il écoutait Phœbé comme une strophe
de quelqu'hymne céleste qu'un ange ému de pitié
fût venu chanter dans la maison par l'expresse permis-
sion de Dieu, pour le dédommager d'une destinée aride
et triste. Elle était pour lui, bien moins un fait actuel,
que le symbole vivant de tout ce qui lui avait manqué
sur la terre, un tableau mobile et coloré dont l'aspect
consolant avait à ses yeux presque tout l'attrait de la
réalité.

11

Mais les mots se refusent à ces définitions subtiles. Nous n'en connaissons pas qui puissent rendre la noblesse et la profondeur de pareilles émotions, les joies de cet homme fait pour la prospérité, en butte aux coups du sort, et que les rigueurs d'une longue captivité avaient rendu presque idiot, — de ce pauvre voyageur égaré sur une barque fragile, au sein d'une mer orageuse, et qu'une dernière vague venait de pousser, après un terrible naufrage, dans un port aux eaux calmes et limpides ; là, tandis qu'il gisait à moitié mort sur le sable, un bouton de rose lui avait envoyé ses parfums terrestres, pleins de réminiscences et d'évocations. Accessible à toutes les influences heureuses, il aspire l'extase éthérée, il emplit son âme pour la rendre ensuite à Dieu.

Et Phœbé, comment envisageait-elle Clifford ? Ce n'était pas là une de ces jeunes filles qu'attirent surtout ce qu'il y a d'étrange et d'exceptionnel dans le caractère humain. Le sentier battu de la vie commune était celui qu'elle eût suivi de préférence ; le compagnon qui lui convenait le mieux était de ceux qu'on rencontre à chaque détour de route. Le mystère qui enveloppait Clifford, — dans la mesure où ce mystère pouvait l'affecter, — la contrariait plutôt que de l'agacer, de parler haut à sa curiosité, de piquer au jeu sa pénétration féminine. Néanmoins, sa bonté native était provoquée à de grands efforts, non par ce que la situation de cet homme avait de ténébreux, non par ce qu'avait de raffiné la grâce de son organisation débile, mais par le simple et direct appel de ce cœur abandonné, aux facultés sympathiques prédominant en elle. A cet être qui avait tant besoin de tendresse, et en avait rencontré si peu, elle accordait volontiers une affection respectueuse. Avec le tact, toujours en éveil, d'une sensibilité active et saine, elle discernait ce qui était bon pour lui et le faisait sans retard. Ignorante des corruptions morbides qu'avait pu jadis subir l'âme de cet homme, elle maintenait par là même — sans autre précaution, et par la liberté complète de sa conduite vis-à-vis de lui, — la pureté de leurs relations mutuelles. C'était, nous le répétons, une fleur placée dans le voisinage de Clifford, et dont il humait délicieusement les salutaires parfums.

Mais, il faut bien le reconnaître, la fleur commençait à dépérir, au sein de cette atmosphère épaisse. Phœbé devenait un peu plus pensive que jadis ; jetant parfois un regard oblique sur le visage de Clifford, elle se demandait ce qu'avait pu être l'existence d'un pareil homme. N'était-il pas autrefois différent de ce qu'elle le voyait aujourd'hui? Portait-il dès sa naissance le voile impalpable étendu maintenant sur toute sa personne, — voile qui dissimulait le jeu de son intelligence, et à travers les mailles duquel il semblait discerner à peine les réalités de ce bas monde? Était-ce au contraire un grand malheur qui avait ourdi ce tissu aux grises nuances? Phœbé n'aimait pas les énigmes, et se serait volontiers soustraite à la nécessité de chercher le mot de celle-ci. Mais ses méditations sur le caractère de Clifford eurent ce bon résultat que, lorsque ses conjectures involontaires—jointes aux circonstances fortuites par lesquelles toute chose cachée tend à se révéler, — lui eurent peu à peu appris ce qui en était, cette découverte ne l'effraya pas autrement. De quelque injustice que le monde se ût rendu coupable

à l'égard de son cousin, elle connaissait ou croyait connaître assez Clifford, pour ne plus frissonner au contact de ses doigts frêles et délicats.

Peu de jours après l'arrivée de ce singulier hôte, la
routine avait repris ses droits sur les habitants de la
vieille demeure où se passaient les faits que nous avons
entrepris de raconter. Clifford s'endormait régulière-
ment chaque jour à l'issue du déjeuner, et prolongeait
son sommeil jusqu'au milieu du jour. C'était l'heure
où la vieille demoiselle veillait sur son frère, tandis
que Phœbé gérait les affaires du magasin, où le public s'empressait alors de préférence. Le dîner fini,
Hepzibah prenait son tricot et — accompagnant d'un
soupir l'affectueux froncement de sourcils qui constituait ses adieux à Clifford, — elle s'en allait siéger
derrière le comptoir. Phœbé devenait alors la garde-
malade, la compagne de jeux, la tutrice, si vous voulez, et la gouvernante de cet homme aux cheveux
gris.

X

Le jardin Pyncheon.

Sans les instigations de Phœbé, Clifford, envahi par une sorte de torpeur invincible, serait volontiers resté dans son fauteuil depuis le matin jusqu'au soir. Mais la jeune fille l'entraînait malgré lui dans le jardin, où l'Oncle Venner et le photographe, unissant leurs efforts, avaient presque remis à bien la petite *gloriette* dont nous avons déjà parlé. Le houblon, poussant de tous côtés en abondance, avait revêtu les parois extérieures du petit édifice, et en faisait une sorte de verdoyant abri, d'où le regard, s'échappant par mille fissures, allait planer à son gré dans la solitude un peu moins étroite du jardin d'Hepzibah.

Là, de temps en temps, au sein de cette verdure où les rayons du jour se jouaient capricieusement, Phœbé faisait la lecture à Clifford. Le photographe, qui manifestait çà et là quelques tendances littéraires, lui avait fourni quelques volumes de romans et de poésies un peu plus modernes que ceux de la bibliothèque de famille. Mais si les lectures de la jeune fille étaient mieux acceptées que celles de la cousine Hepzibah, ce n'était pas qu'elles fussent beaucoup plus intéressantes pour celui à qui elles étaient adressées. Les fictions qui captivaient le mieux l'esprit naïf de Phœbé, n'avaient aucune prise sur celui de Clifford; soit qu'il manquât de l'expérience nécessaire pour apprécier la vérité de certains tableaux de mœurs, soit que ses propres malheurs, servant de pierre de touche aux drames imaginaires par lesquels on prétendait l'émouvoir, lui fissent discerner au premier coup d'œil l'inanité de leurs vaines complications. Un éclat de rire poussé par Phœbé provoquait chez lui, tantôt un sourire sympathique, tantôt, et plus fréquemment, un coup d'œil troublé, préambule de questions inquiètes. Que si elle venait à s'attendrir, si quelque catastrophe chimérique faisait tomber, sur la page à moitié lue, une de ces larmes de jeune fille, faites tout exprès pour refléter les rayons du soleil, Clifford la croyait malheureuse pour tout de bon, et s'apitoyait sur elle; à moins que, pris d'une impatience soudaine, il ne lui enjoignît par un geste irrité de fermer tout à coup le volume. — Et, ma foi, il avait bien raison ! — Le monde n'a-t-il donc pas assez de tristesses réelles, pour qu'on lui fasse un passe-temps de toutes ces douleurs illusoires?

La poésie lui allait mieux, le mouvement du rhythme, l'harmonie des désinences identiques, caressaient agréablement son oreille. Certains vers exquis, — sans qu'on pût jamais deviner d'avance auxquels appartiendrait ce charme vainqueur, — pénétraient cette in-

telligence à demi obtuse ; et Phœbé, quittant des yeux
la page pour les porter sur le visage de Clifford, y
surprenait quelque rayon égaré, quelque rapide éclair
de subtile et joyeuse compréhension. Mais l'obscurité
se faisait ensuite, et pour bien des heures, et plus profonde que jamais, parce que, l'éclair éteint, Clifford
semblait avoir conscience de cette faculté qu'il venait
de perdre, de ce sens qui lui manquait, et les cherchait
de tous côtés à tâtons, comme si un aveugle courait
après la vue dont une main cruelle vient de le priver.

Il aimait mieux, — et cela effectivement lui était
meilleur, — ces simples causeries ou Phœbé, l'entre-
tenant des moindres incidents, leur communiquait le
charme et la vivacité de sa parole. De tous ces menus
propos, ceux qui avaient trait au jardin convenaient
tout particulièrement à Clifford. Il s'informait régu-
lièrement des fleurs qui s'étaient épanouies depuis la
veille. En général, il les aimait beaucoup, et c'était
chez lui bien moins un goût raisonné qu'une émotion
sentie et savourée. Il en prenait volontiers une dans sa
main, où l'étudiant avec une attention soutenue, tantôt
il regardait ses pétales, et tantôt le visage de Phœbé,
comme s'il comparait entre elles deux sœurs de la même
famille. Outre leurs parfums et la beauté de leurs formes,
elles éveillaient en lui la perception de quelque objet
vivant, d'un caractère particulier, d'une individualité
tranchée, et il leur accordait la même affection que si
elles eussent été douées de sentiment et d'intelligence.
C'était là, remarquons-le, un instinct tout féminin. Les
hommes, quand ils l'ont reçu de la nature, désappren-
nent bientôt, au contact d'objets plus grossiers, la sympathie qu'ils ont pu avoir pour les fleurs. Clifford, lui

aussi, l'avait longtemps oubliée ; mais aujourd'hui, tandis qu'il se dégageait lentement de cette glaciale torpeur où sa vie toute entière avait failli s'abîmer, ce goût d'enfance lui était rendu, plus vif que jamais.

Une fois que Phœbé se fut accoutumée à les noter au passage, on ne saurait croire combien il se produisit d'incidents pleins de charme, au sein de ce désert cultivé. Les excursions capricieuses qu'y venaient faire les abeilles, comptaient parmi ces événements d'une si haute importance. Le ciel sait pourquoi, passant au-dessus de vastes prairies émaillées de fleurs, elles accouraient de si loin à la recherche du miel que pouvaient leur offrir les courges en pleine floraison. Quoiqu'il en soit, Clifford ne les entendait jamais bourdonner au cœur de ces grandes fleurs jaunes, sans regarder autour de lui, avec une joyeuse sensation de chaleur, le ciel azuré, les gazons verts, et sans jouir du souffle de Dieu, parcourant tiède et libre les vastes espaces qui vont de la terre au firmament.

Quand les fèves commencèrent à monter le long de leurs étais, certaine de leurs variétés produisit une fleur de l'écarlate le mieux caractérisé. Le photographe avait trouvé la graine de ces fèves dans le grenier d'un des Sept Pignons, au fond d'une antique commode où les avait logées, pour les semer l'été suivant, quelque horticulteur de la famille, semé lui-même dans les jardins de la Mort, préalablement à l'exécution de ce projet. C'était pour éprouver si dans des graines si vieilles un germe vivant subsistait encore, que Holgrave en avait confié quelques-unes à la terre ; et le résultat de son expérience fut une splendide rangée de fèves montantes, qui déroulèrent à une grande hau-

teur la profusion de leurs fleurs rouges étagées en spirales. Et à peine leurs premiers bourgeons s'étaient-ils
ouverts, qu'une multitude d'oiseaux-mouche furent attirés de ce côté. Il semblait parfois que sur chacune de
ces cent fleurs éclatantes, perchât un de ces nains ailés,
gros comme le pouce, et revêtus d'un duvet doré, promenant, sur les tiges à peines courbées, leur agilité
vibrante et lumineuse. C'était avec un intérêt difficile
à décrire, une véritable joie d'enfant, que Clifford aimait à regarder ces atomes doués de vie; on le voyait
pencher la tête hors de la tonnelle pour les examiner
de plus près; et cependant il faisait signe à Phœbé de
se tenir tranquille, se retournant çà et là pour saisir au
passage quelques-uns de ses doux sourires, ne voulant rien perdre des jouissances que Dieu multipliait
ainsi sur sa route. Redevenu jeune à certains égards,
on eût dit qu'il redevenait enfant.

Hepzibah, témoin de cet enthousiasme microscopique, secouait la tête avec un mélange de plaisir et de
tristesse, mère et sœur tout à la fois. Elle disait qu'à
l'arrivée des oiseaux-mouche, Clifford avait toujours eu
les mêmes joies, — oui, toujours, depuis son enfance,
— et que l'admiration qu'ils lui inspiraient avait été
le premier indice de son invincible penchant vers toute
chose gracieuse et belle. Selon la vieille demoiselle,
c'était une merveilleuse coïncidence que l'artiste eût
fait pousser ces fèves à fleurs écarlates, — si recherchées
des oiseaux-mouche, et qui depuis plus de quarante
ans n'avaient pas été semées dans le jardin des Pyncheon, — l'été même où Clifford devait rentrer dans
la maison de ses pères.

Elle pleurait, pourtant, de voir son frère acquis à des

satisfactions si puériles. Lui-même se reprochait parfois ce genre de plaisirs, auxquels il se laissait aller sans y croire. Après une vie où il avait tâché d'apprendre le malheur, comme on apprend une langue étrangère, et maintenant qu'il savait sa leçon par cœur, il lui semblait incroyable que si peu de chose suffit pour le rendre si heureux. Ses doutes à cet égard se trahissaient par mille symptômes. « Prenez ma main, Phœbé, disait-il quelquefois, et, de vos doigts mignons, pincez-moi le plus fort que vous pourrez!... Donnez-moi une rose!... J'étreindrai ses épines, et une souffrance aiguë m'attestera peut-être que je ne dors pas! » Il voulait évidemment s'assurer, au prix d'une légère douleur, — ce qu'il y avait de plus réel à ses yeux, — que le jardin fleuri et les Sept Pignons menaçants, la grimace désobligeante d'Hepzibah et le charmant sourire de Phœbé, pouvaient aussi compter au nombre des vérités palpables.

Pour entrer dans des détails si minutieux, il a fallu se convaincre qu'ils étaient essentiels à l'intelligence de la vie presque végétative que menaient ces trois êtres au fond de leur jardin ; — espèce d'Eden où s'était réfugié un autre Adam, frappé de la foudre, au sortir de ce monde périlleux, de cet aride désert où l'Adam primitif fut exilé après son expulsion du Paradis.

Phœbé tirait aussi bon parti — pour l'amusement de Clifford, — de ces poules aristocratiques dont la race s'était perpétuée, nous l'avons dit, comme un des priviléges héréditaires de la famille Pyncheon. Sur la demande expresse du nouvel arrivé, ces volailles avaient obtenu le libre accès du jardin, où elles erraient à volonté, non peut-être sans faire çà et là

quelques dégâts, mais n'ayant d'ailleurs aucune chance
d'évasion dans cette enceinte qui se trouvait bien close,
de trois côtés par les maisons, et du quatrième par
une haute barrière de bois. Tout observateur un peu
appliqué sait combien les poules sont amusantes à
étudier, ce qu'il y a de piquant dans leurs fantaisies
humoristiques, de grave et de narquois dans leurs
regards, de richement varié dans leurs allures. Mais
celles-ci avaient un cachet tout particulier. Paisibles
en général, malgré de brusques saillies, elles avaient
l'une avec l'autre des entretiens suivis, interrompus
çà et là par quelques soliloques, pendant les longues
heures de loisir qu'elles passaient au bord de la source
de Maule, hantée par une espèce de limaces qui les
affriandait tout particulièrement. Perché sur ses deux
longues jambes comme sur deux échasses, — et trahis-
sant par toutes ses allures l'orgueil de ses trente-deux
quartiers, — le coq n'était guère plus gros qu'une
perdrix ordinaire; ses deux femmes avaient la pro-
portion de la caille; et quant à l'unique poulet, —
assez petit, semblait-il, pour tenir encore dans un œuf
de moyenne grosseur, — il avait un air vieillot, des-
séché, compassé, vénérable, qui eût pu convenir au
père d'une nombreuse famille. Sa mère le regardait
évidemment comme le poulet par excellence, indispensable à la perpétuation d'une race antique, — peut-
être à l'existence de l'Univers — et dans tous les cas
au maintien de l'équilibre actuel, soit dans l'ordre
religieux, soit dans l'ordre politique. Ainsi devait
s'interpréter, ainsi se justifiait la persévérance avec
laquelle cette mère dévouée surveillait sa progéniture,
le courage qu'elle déployait, hérissant ses plumes,

pour le défendre contre n'importe quel ennemi, le
zèle infatigable et sans scrupule avec lequel, pour lui
dénicher les vers les plus gras, elle fouillait jusqu'aux
racines la fleur la mieux épanouie, ou le légume le
plus succulent. On entendait à chaque instant du jour,
ou son inquiet gloussement lorsque le poulet avait disparu derrière le feuillage des courges, ou le coasse-
ment satisfait qui attestait le retour de l'enfant chéri
sous son aile protectrice, ou le défi bruyant — mêlé
de notes craintives — qu'elle envoyait au chat du voisin, son ennemi le plus redouté, quand elle le voyait
perché au sommet de la haute barrière. Peu à peu,
observant ces soins assidus, on prenait tout autant
d'intérêt qu'elle-même aux destinées de ce représentant d'une race illustre.

Depuis l'arrivée de Phœbé, la seconde des deux poules
avait manifesté une sorte d'abattement qui provenait,
— on s'en aperçut plus tard, — de son incapacité à
pondre un œuf. Certain jour, néanmoins, sa démarche
importante, le tour oblique de sa tête, le mouvement
de ses yeux noirs, tandis qu'elle explorait l'un après
l'autre tous les coins et recoins du jardin, — s'adressant à elle-même les compliments les moins équivo-
ques, — tous ces symptômes tendirent à prouver que
cette poule trop dédaignée portait en elle un trésor
inestimable, dont tout l'or, toutes les pierreries de ce
bas monde n'auraient pu fournir l'équivalent. Bientôt
après la famille entière gloussa des congratulations
infinies, y compris le respectable petit poulet qu'on
eût pu croire, tout comme son père, sa mère, ou sa
tante, au courant de ce qui venait d'arriver. Phœbé,
dans l'après-midi, découvrit un œuf lilliputien, —

non dans le nid ordinaire, il était trop précieux pour l'y laisser exposé à tous les hasards, — mais sournoisement caché sous les groseillers et déposé sur quelques tiges sèches des gazons de l'année précédente. Instruite de cet incident, Hepzibah s'empara de l'œuf et le servit à Clifford pour son déjeuner, — voulant, disait-elle, lui faire apprécier une certaine délicatesse de goût qui de tout temps avait fait à ces œufs une réputation méritée. C'est ainsi que, le fanatisme fraternel imposant silence à ses scrupules, la vieille demoiselle risquait de voir s'éteindre une ancienne race, et la sacrifiait au désir de présenter à son frère une friandise contenue toute entière dans une cuillère à café !

Nous insistons sans doute un peu trop sur ces menus incidents, sur ces joies puériles; notre excuse, c'est le profit moral que Clifford en retirait. Imprégnés pour ainsi dire d'une saine odeur terrestre, ils contribuaient puissamment à consolider son être, à lui rendre la santé. Par malheur, il avait d'autres passe-temps moins appropriés aux besoins de sa situation. Entre autres, la singulière propension qui l'attirait sans cesse vers la source de Maule, et lui faisait étudier avec une application morbide la changeante fantasmagorie produite par le perpétuel mouvement des eaux sur les cailloux de couleur qui formaient, au-dessous d'elles, une espèce de mosaïque. Il prétendait y voir de beaux visages souriants qui lui adressaient leurs regards les plus doux, — apparitions éphémères dont chacune, en s'effaçant, lui léguait un véritable regret, un vif désir de voir se reformer une de ces créations fantastiques, une de ces images couleur de rose. Mais parfois il s'écriait tout à coup, se plaignant d'être contemplé

fixement par un sombre visage, et cette impression
funeste le rendait malheureux pour tout le reste du
jour. Quand elle venait s'asseoir avec Clifford au pied
de la fontaine, Phœbé ne voyait rien de tout ceci, —
pas plus le sourire que la menace, pas plus la laideur
que la beauté, — mais tout simplement les pierres
colorées que le bouillonnement de l'eau semblait
agiter et déranger. Quant au visage sombre dont Clifford s'effarouchait si bien, ce n'était ni plus ni moins
que l'ombre projetée par une branche de l'un des
pruniers de Damas, laquelle interceptait, de temps à
autre, la lumière intérieure des eaux limpides. A vrai
dire, il ne fallait voir là qu'un phénomène d'imagination. Cette faculté qui avait toujours dominé, chez
Clifford, celles du jugement et du vouloir, — et qui
renaissait aussi plus promptement, — tantôt créait des
formes charmantes qui symbolisaient ses dons de nature, et de temps en temps lui fournissait une vision
austère, effrayante, image et type de sa cruelle destinée.

Les dimanches, à l'issue du service religieux que
Phœbé, toujours régulière, pratiquait assidûment, il
y avait d'ordinaire une espèce de petite fête à huis clos
dans le jardin que nous venons de décrire. A Clifford,
Hepzibah et Phœbé, deux hôtes venaient se joindre.
L'un était le photographe Holgrave, qui — malgré
certaines ambiguïtés de sa position sociale et ses rapports avec maint et maint réformateur suspect, —
n'avait pas déchu dans l'estime d'Hepzibah. L'autre,
(nous avons presque honte de le dire), était le vénérable Oncle Venner, pourvu ce jour-là d'une chemise
blanche et d'un bel habit de drap, d'autant plus res-

pectable qu'il avait une pièce à chaque coude, et qu'on pouvait le regarder comme entier, si toutefois on faisait abstraction d'une légère inégalité entre ses deux pans. Clifford, dans plusieurs occasions, avait manifesté le plaisir que lui causaient les propos du vieillard, empreints de cette saveur particulière qu'on trouve aux pommes gelées quand on les ramasse sous l'arbre en quelque journée de décembre. D'ailleurs, en face de ce patriarche, il avait, — nonobstant sa vieillesse prématurée, — le droit de se croire jeune.

Sous la *gloriette* en ruines se trouvait ainsi réunie une société passablement étrange. Hepzibah, — toujours majestueuse, et ne sacrifiant rien de ses chimères aristocratiques, — y puisait les sentiments d'une condescendance bienveillante, les inspirations d'une hospitalité qui n'était pas dépourvue de grâce. A l'artiste vagabond elle adressait d'affectueuses paroles, et demandait de sages conseils, — si grande dame qu'elle fût, — à ce scieur de bois, à ce messager banal, le philosophe en haillons. Et l'Oncle Venner qui avait étudié le monde au coin des rues, — ainsi qu'à maint autre poste d'observation tout aussi bien choisi, — prodiguait sa sagesse comme la fontaine publique prodigue ses eaux.

« Miss Hepzibah, ma chère dame, disait-il un jour, animé par la gaieté de l'entretien, nos petites réunions du dimanche ont un grand charme pour moi : elles me font penser à la vie que je mènerai plus tard, une fois retiré dans ma ferme.

— L'Oncle Venner, remarqua Clifford d'un ton recueilli et presque sommeillant, l'Oncle Venner ne parle jamais d'autre chose.... Moi, cependant, j'ai de meilleurs projets sur lui.... Nous verrons.... nous verrons.

— Ah! monsieur Clifford Pyncheon, reprit l'homme à l'habit rapiécé, faites pour moi tous les projets que vous voudrez; mais je ne renoncerai pas au mien, dût-il ne se réaliser jamais. C'est une étonnante erreur chez les hommes que cette manie d'entasser toujours et toujours.... J'aurais cru, en agissant ainsi, faire insulte à la Providence.... j'aurais également cru faire insulte à la commune, puisque toutes deux ont mission de veiller sur moi.... Je suis un de ces gens qui pensent que nous pouvons tous tenir dans l'Infini, et que l'Éternité a une durée très-suffisante.

— Vous ne vous trompez pas, Oncle Venner, remarqua Phœbé après un moment de silence, car elle s'était donné quelque peine pour sonder la profondeur et vérifier l'opportunité de ce dernier apophthegme; mais pendant cette courte existence que nous menons ici-bas, il n'en est pas moins agréable d'avoir sa maison et son petit jardin bien à soi.

— Il me paraît, dit en souriant le photographe, que tout au fond de la sagesse de l'Oncle Venner, on retrouverait les principes de Fourier; — seulement, ils n'ont pas, dans sa pensée, la même netteté que dans celle de l'idéologue français.

— Allons, Phœbé, interrompit Hepzibah, il est temps d'apporter les groseilles. »

Et alors, pendant que les feux du soleil couchant inondaient encore le jardin, Phœbé servit aux convives, avec un pain encore tiède, un grand bol de porcelaine rempli de groseilles récemment cueillies et largement saupoudrées de sucre. C'était avec de l'eau, — mais

non celle de la source fatale, on peut bien le croire,
— le menu de ce modeste goûter. Holgrave, pendant
toute la durée du repas, sembla s'attacher à nouer
quelques rapports avec Clifford, et cela sans doute par
bonté pure, afin d'égayer ce reclus si à plaindre jusque-là, et promis à un si triste avenir. Cependant les
yeux de l'artiste, profonds et pensifs, prenaient par
moments une expression qui sans rien avoir de sinistre, était de nature à éveiller le soupçon. Il semblait
attacher à cette scène un intérêt tout différent de celui
qu'elle pouvait avoir pour un étranger, un jeune aventurier sans rapports avec la famille. Ses efforts pour
animer l'entretien n'en furent pas moins couronnés
d'un tel succès, que la mélancolie d'Hepzibah perdit
les plus sombres de ses teintes grises et que Phœbé
en vint à s'écrier intérieurement : — Mon Dieu, mon
Dieu, qu'il est agréable, quand il s'en donne la peine !
Quant à l'Oncle Venner, en signe d'approbation et
d'amitié, il permit que sa figure, connue de toute la
ville, fut placée dans le cadre de photographies sus-
pendu à l'entrée de l'atelier du jeune artiste.

Clifford, pendant ce petit banquet, devint par degrés
le plus gai de tous les convives. La douceur de ce soir
d'été, la sympathie de ces âmes bienveillantes, —
peut-être la vibration de quelque corde intime qu'a-
vait savamment touchée le doigt subtil de l'artiste, —
agissaient à la fois sur cette nature susceptible. Quoi
qu'il en soit, ses pensées avaient un éclat aérien et
fantasque : elles semblaient rayonner, par les interstices du feuillage, à l'extérieur du petit pavillon, devenu un vrai nid de verdure.

Mais, quand les dernières clartés du soleil quit-

tèrent les pointes des Sept Pignons, cette excitation
passagère s'éteignit dans les yeux de Clifford ; il promenait autour de lui des regards vagues et tristes,
comme s'il eût perdu quelque objet de prix, et comme
s'il le regrettait d'autant plus, ne sachant pas au juste
en quoi consistait sa perte.

« C'est mon bonheur que je veux, murmura-t-il
enfin d'une voix troublée et peu distincte, articulant à
peine ses paroles. Voilà bien des années que je l'at-
tends.... Et il est si tard, si tard !... C'est mon bonheur que je veux ! »

Pauvre infortuné ! vous êtes vieux, vous êtes usé
par des chagrins pour lesquels vous n'étiez pas fait ;
à moitié fou, à moitié idiot, vous êtes une ruine, un
avortement, en cela pareil au plus grand nombre des
hommes. Le sort ne vous garde plus d'autre félicité
qu'un peu de repos auprès de la fidèle Hepzibah,
quelques longues soirées d'été passées auprès de la
gentille Phœbé, puis ces réunions du dimanche avec
l'Oncle Venner et le photographe. — Est-ce là ce
qu'on peut appeler le bonheur ? — Pourquoi non ?
C'est du moins quelque chose qui lui ressemble merveilleusement, et surtout pour ce caractère impalpable, éthéré, qui se refuse à toute analyse. — Prenez
donc cet équivalent tandis qu'il est à votre portée !...
Point de murmures !... aucune question !... Tirez en
parti de votre mieux !

XI

La Croisée en ogive.

.

L'inertie de Clifford se serait parfaitement accom-
modée de cette existence monotone que nous venons
d'étudier et de peindre. Mais Phœbé, jugeant utile de
la diversifier quelque peu, lui suggérait parfois l'idée
de venir voir ce qui se passait dans la rue. Ils montaient alors ensemble jusqu'au second étage de la maison, où se trouvait, à l'extré ité d'un large corridor,
une fenêtre en ogive de dimensions exceptionnelles, et
masquée par une paire de rideaux. Elle donnait sur le
toit du porche, qui jadis formait balcon et dont on avait
depuis longtemps enlevé la balustrade tombée en ruines. A cette fenêtre qu'il ouvrait toute grande, mais
derrière laquelle, grâce aux rideaux, il se maintenait
dans une obscurité relative, Clifford pouvait suivre du
regard cette petite portion de l'activité humaine qui se
manifeste dans une des rues les plus retirées d'une

ville médiocrement peuplée. Mais Pyncheon-street n'était jamais tellement immobile, tellement solitaire, qu'il n'y trouvât de quoi occuper ses yeux et mettre en éveil, sinon sa curiosité, du moins ses facultés observatrices. Les spectacles familiers au plus jeune enfant étaient pour lui des nouveautés. Un fiacre, un omnibus déposant çà et là quelque passager pour en prendre un autre, — image en ceci de ce grand véhicule où nous roulons, allant à la fois partout et nulle part, — il les suivait d'un regard avide et les avait oubliés avant que la poussière, soulevée par les chevaux et les roues, fût retombée sur la trace restée derrière les uns et les autres. En ce qui concernait ces choses nouvelles (au nombre desquelles il fallait alors compter les omnibus et les fiacres), son intelligence semblait avoir perdu toute sa prise, toute sa puissance compréhensive. Deux ou trois fois le jour, par exemple, aux heures les plus chaudes, passait devant Pyncheon House un de ces arrosoirs montés sur roulettes, dont les menus jets rabattent la poussière des rues, et dans lesquels une municipalité soigneuse semble enfermer les pluies d'été pour s'en servir au besoin. Clifford ne put jamais se familiariser avec cet engin, qui chaque fois l'étonnait comme au premier jour, mais dont le souvenir s'effaçait en lui aussi vite que l'eau séchait sur la blanche poussière de la voie publique. De même pour le chemin de fer, qu'il voyait passer comme l'éclair, avec un sifflement féroce, à l'extrémité de la rue. Cet élan terrible, ce cri métallique avaient beau se renouveler, ils l'affectaient aussi désagréablement la centième fois que la première.

Somme toute, conservateur invétéré, Clifford n'aimait, des bruits ou des aspects de la rue, que ceux qui lui rappelaient son enfance. Le craquement des roues de charrette autour de leurs essieux criards, la fanfare du marchand de marée, les débats bruyants renouvelés à chaque porte entre les ménagères bavardes et le maraîcher qui leur vendait ses légumes, le tin-tin dissonnant de la brouette du boulanger caressaient agréablement ses oreilles. Certain jour, dans l'après-midi, un rémouleur vint établir sa meule sous l'Orme Pyncheon, et justement en face de la Croisée en ogive. De toutes parts accouraient les enfants, l'un avec les ciseaux maternels, l'autre avec les rasoirs du papa, et la roue magique allait son train, mue par le pied du rémouleur, opposant la dureté de la pierre à la dureté de l'acier. De leur contact jaillissait un sifflement odieux, pareil, quoique plus restreint, à ceux dont Satan et ses pairs emplissent le Pandœmonium. C'était un affreux petit bruit, véritable serpent de l'acoustique, et une des pires violences faites à l'oreille humaine. Clifford, cependant, l'écoutait avec un plaisir sans mélange. Quelque désagréable qu'il fût, ce son impliquait l'idée du mouvement et de la vie, et dans le cercle d'enfants curieux qui suivaient de l'œil les rapides évolutions de la meule, il retrouvait, plus vivement qu'ailleurs, l'image de l'oisiveté heureuse, du plaisir facile, de l'excitation à peu de frais. Néanmoins, c'était au passé qu'il fallait demander le secret de ce goût fantasque : — tout enfant, il avait entendu geindre et grincer l'appareil du gagne-petit.

Ce charme des vieux souvenirs manquait impunément à tout ce qui se recommandait par une beauté quelconque, si humble qu'elle fût d'ailleurs. On put s'en assurer le jour où un de ces petits Italiens dont l'invasion chez nous est encore assez récente, installa son orgue sous les fraîches ombres de l'Ormeau. L'œil au guet comme ils l'ont tous, il eut bientôt remarqué derrière la fenêtre en ogive, les deux figures qui ne le perdaient pas de vue, et, ouvrant avec empressement sa mélodieuse mécanique, il se mit à leur prodiguer ses plus beaux airs. Un singe était sur son épaule, habillé d'un plaid écossais, et pour compléter les splendeurs du spectacle par lequel il comptait allécher le public, il avait, logées dans cette grande caisse d'acajou, une troupe de figurines auxquelles prêtait une vie factice la musique même que le petit drôle tirait de son moulin à symphonies. Occupés à mille travaux variés, le savetier, le forgeron, le soldat, — la dame avec son éventail, — l'ivrogne avec sa bouteille, — la laitière assise auprès de sa vache, vivaient, on peut le dire, dans la meilleure harmonie possible, et semblaient ne connaître aucun des soucis de l'existence. Leur maître n'avait qu'à tourner une manivelle, et crac! chacune de ces alertes marionnettes, arrivant tour à tour sur le devant de la scène, manifestait une activité singulière. Le savetier raccommodait un soulier; le forgeron battait son fer; le soldat brandissait sa brillante épée; — de son éventail microscopique, la dame agitait une parcelle aérienne; — le joyeux ivrogne vidait à longs traits sa bouteille; — le savant, poussé par une autre soif, ouvrait un livre et promenait son nez du haut en bas de la page; — la laitière pressait la mamelle de sa vache avec une remarquable énergie; — l'avare comptait les monnaies de son coffre-fort, — tous au même tour de manivelle. Bien plus, sous cette impulsion commune, je ne sais quel amant déposait un doux baiser au bord des lèvres de sa maîtresse. Un cynique aurait pu trouver là, l'image exacte de ce que nous faisons tous, acteurs d'une ridicule pantomime, obéissant pour la plupart au jeu des ressorts analogues, — et en somme, après tant d'activité, n'aboutissant à aucun résultat quelconque. Car le plus remarquable de toute l'affaire, c'est qu'au moment où la musique cessait, chacune de nos marionnettes, pétrifiée tout à coup, passait de la vitalité la plus extravagante à un état de torpeur absolue; et cela sans que le soulier fut raccommodé, — sans que le fer eût reçu sa forme, — sans qu'il y eût une goutte de moins dans la bouteille de l'ivrogne, — ou une goutte de plus dans le seau de la laitière, — et sans que l'avare eût ajouté une pièce d'or à ses épargnes, le savant une page à sa lecture. Tout se retrouvait précisément dans le même état qu'au moment où ils s'étaient mis en branle, avec une si absurde précipitation, pour travailler et pour s'amuser, pour entasser l'or ou la sagesse. Et ce qu'il y a de plus triste, après tout, c'est que l'amoureux, malgré le baiser que la jeune fille lui avait accordé, n'en paraissait guère plus satisfait.... Mais, plutôt que d'en arriver à une déplorable conclusion, sujet de réflexions cruellement amères, nous aimons mieux renoncer à toute la morale de la pièce.

Le singe, cependant, dont la queue, prolixe à contre-temps, soulevait les plis postérieurs de son *kilt* ou jupon d'Écosse, s'était placé aux pieds du jeune Italien. Il offrait son abominable petit visage couvert de rides, tantôt aux passants, tantôt aux enfants qui

faisaient cercle autour de lui, et de la porte du magasin d'Hepzibah, porta bientôt ses regards sur la
Croisée en ogive, d'où Clifford et Phœbé le regardaient;
de temps en temps aussi, retirant sa toque de monta-
gnard, il adressait aux assistants un profond salut,
suivi d'une cabriole, et parfois sollicitait directement
la générosité du public par un geste expressif de sa
petite main noire. L'expression ignoble et basse,
mais singulièrement humaine, de sa physionomie con-
tractée, — son regard à la fois suppliant et rusé, — son
énorme queue (qui ne pouvait jamais se dérober, ainsi
que l'eût voulu la décence, sous sa tunique de tartan)
et le caractère diabolique que cet appendice lui donnait, — faisaient de ce petit animal la meilleure image
possible d'un Mammon de bas étage : et nul moyen
de satisfaire complétement l'avide petit démon. Phœbé
lui lança une pleine poignée de *pence* qu'il se hâta de
ramasser avec un empressement joyeux pour les mettre sous la bonne garde de son jeune patron; après
quoi recommença toute une série de pantomimes, mar-
quées au coin d'une insatiable mendicité.

Maint et maint passant se contentait de jeter un
regard sur le singe, et de poursuivre sa route, sans se
douter qu'il avait là, sous les yeux, la fidèle image de
sa propre condition morale. Mais Clifford, créature
d'un autre ordre, après avoir pris à la musique un
plaisir d'enfant et souri aux figurines que cette musique faisait mouvoir, fut tout à coup froissé par l'horrible laideur, intellectuelle et physique, de ce petit nain
à longue queue dont nous venons de raconter les faits
et gestes. Presque aussitôt ses larmes coulèrent, en
vertu d'une défaillance dont tout homme est suscepti-

ble devant les pires et les plus avilissants aspects de la
vie, lorsque, simplement doué des instincts les plus
délicats, il lui manque cette profondeur de pensée,
cette impassibilité d'où jaillit le rire, — faculté tragique s'il en fut.

Pyncheon-street, parfois, s'emplissait de foule et de
bruits. Clifford alors, bien que répugnant à la seule
idée de se trouver en contact avec le monde extérieur,
cédait comme malgré lui à une impulsion dominante,
et venait assister au flux tumultueux de ces sortes de
courants humains. Un jour, entre autres, qu'une pro-
cession politique défila tambour battant, bannières
flottantes, avec ses fifres, ses clairons, ses cym-
bales, son bruit de pas, ses clameurs fréquentes, le
long de la Maison aux Sept Pignons. Rien de moins
majestueux qu'un pareil cortège vu de si près ; l'effet
grotesque de l'individualité détruit l'effet imposant de
la multitude vue à distance. Si le spectateur, néanmoins, est susceptible d'impulsions très vives — et s'il
demeure longtemps au bord de cette espèce de rivière
animée, — il se sentira comme entraîné, comme fas-
ciné par le mirage de ses ondes rapides, et tout au
plus pourra-t-on l'empêcher de plonger, la tête la première, dans cet impétueux torrent de sympathies
vitales.

Ainsi en fut-il de Clifford. Il frissonna, — il pâlit, —
il jeta un regard interrogateur du côté d'Hepzibah et
de Phœbé, qui s'étaient mises à la fenêtre en même
temps que lui. Ni l'une ni l'autre ne comprenaient
rien à son émotion, causée, pensaient-elles, par ce
tapage inusité. Enfin il se leva tout tremblant, posa
son pied sur l'appui de la croisée, et l'instant d'après

se serait trouvé sur le balcon sans garde-foux.... A ce moment le cortége entier aurait pu le voir, bouleversé, les yeux hagards, ses cheveux gris flottant au vent qui agitait les bannières, — être longtemps seul, sans rapports avec sa race, mais qui se sentait redevenir homme à l'aspect de ce délire où tant de cœurs battaient à l'unisson. Descendu sur le balcon, Clifford aurait probablement sauté dans la rue, mais ses deux compagnes, — effrayées par son attitude, qui était celle d'un homme entraîné malgré lui, — saisirent ses vêtements et le retinrent de force. Hepzibah poussa une clameur aigüe. Phœbé, à qui toute extravagance faisait horreur, s'abandonna aux larmes et aux sanglots.

« Clifford, Clifford, avez-vous donc perdu la tête? s'écriait sa sœur.

— Je n'en sais rien, Hepzibah, répondit Clifford avec une énergique aspiration.... N'ayez plus peur!... C'est une affaire finie.... Mais si, m'étant jeté, j'avais survécu, il me semble que je serais devenu un tout autre homme! »

Peut-être, de manière ou d'autre, Clifford avait-il raison. Peut-être serait-il sorti retrempé de cette immersion dans le flot humain. Mais peut-être, aussi, ne lui fallait-il rien de moins que le remède suprême, — un plongeon dans l'océan de la Mort!

. . . .

C'était le dimanche matin, un de ces beaux dimanches paisibles où le ciel semble sourire à la terre, flatté des hommages qu'elle va lui rendre. Les cloches d'Église, brodant leurs carillons divers, chantaient et se répondaient l'une à l'autre, tantôt plus lentement, tantôt en plus rapides et plus joyeux accords, tantôt l'une après l'autre, tantôt en chœur et dégageant mille subtiles harmonies que l'air absorbait comme autant de parfums, et que le Ciel écoutait comme autant de prières.

Clifford, assis à la fenêtre avec Hepzibah, regardait ses voisins sortir dans la rue en vêtements de fête, — le vieillard avec son habit encore décent, quoique brossé mille fois, — l'enfant avec sa blouse, où la veille au soir l'aiguille de sa mère avait travaillé sans relâche. Bientôt, émergeant du portail de la vieille maison, parut la jeune Phœbé sous son ombrelle verte, et, à peine dans la rue, elle se retourna pour adresser un sourire d'adieu aux deux amis qui l'escortaient du regard, accoudés derrière la fenêtre en ogive. De sa simple et fraîche toilette, rien ne semblait avoir déjà servi; ni sa robe de mousseline à fleurs, ni sa capote de paille, ni son petit mouchoir festonné, ni ses bas plus blancs que la neige. La jeune fille salua de la main son cousin et sa cousine, puis elle remonta lestement la rue, provoquant le sourire par sa mine éveillée, le respect par sa piété candide.

« Hepzibah, demanda Clifford quand elle eût disparu, vous n'allez jamais à l'Église?

— Non, Clifford, répondit-elle.... Voici bien des années qu'on ne m'y a vue.

— Si je m'y trouvais, reprit-il, j'ai idée que, parmi tous ces êtres priant autour de moi, la prière me serait facile et bonne! »

Regardant Clifford au visage, Hepzibah le vit très ému et se sentit émue elle-même. Il lui sembla, tout à coup, que ce lui serait une grande joie de le prendre par la main pour le mener au pied des autels, où tous les deux ils s'agenouilleraient ensemble, afin de se réconcilier, du même coup, avec Dieu et avec leurs semblables.

« Eh bien, cher frère, lui dit-elle avec empressement, pourquoi n'irions-nous pas?... Nous n'avons notre place marquée nulle part; mais dussions-nous rester dans la foule, pourquoi n'irions-nous pas prier, nous aussi?... Si pauvres et si abandonnés que nous soyons, d'ailleurs, quelque banc s'ouvrira sans doute pour nous! »

Ils s'apprêtèrent donc, et de leur mieux, cherchant les éléments de leur toilette parmi ces vêtements d'autrefois, pendus au croc pendant bien des années, et qui moisissaient maintenant au fond de leurs antiques bahuts. Une fois prêts, ils descendirent ensemble, Hepzibah plus jaune et plus maigre que jamais, Clifford pâle et voûté comme à l'ordinaire. Ils passèrent la grande porte et se présentèrent au seuil; mais alors ils s'arrêtèrent tous deux, comme s'ils se fussent trouvés en présence de l'univers entier, sous l'ample et terrible regard de l'Humanité. Celui de leur Père céleste n'était plus là pour les encourager; la tiède atmosphère de la rue leur donnait le frisson. A la seule idée de faire un pas de plus, le courage leur manquait à tous deux.

« Impossible, Hepzibah !... Il est trop tard, dit Clifford avec une profonde mélancolie.... Nous sommes deux spectres... Notre place n'est pas avec les vivants.... Notre place n'est nulle part ailleurs que dans cette vieille maison, objet d'un anathème solennel, et que nous sommes condamnés à hanter jusqu'au bout....

D'ailleurs, continua-t-il avec cette susceptibilité morbide qui le caractérisait spécialement, il ne serait ni beau ni convenable de sortir dans cet appareil.... Il me répugnerait d'effrayer mes semblables, et de voir, à mon aspect, les enfants, se presser contre leur mère comme s'ils avaient peur de quelque revenant. »

Ils reculèrent, à ces mots, sous la voûte sombre, et fermèrent la porte sonore. Mais, revenus au pied de l'escalier, ils trouvèrent l'intérieur de la maison dix fois plus triste qu'auparavant, l'atmosphère dix fois plus étouffante et lourde, — à raison même de cet éclair, de cette échappée de liberté qu'ils venaient de saisir au passsage. N'importe, ils ne pouvaient fuir; le geôlier n'avait entr'ouvert la porte que par une amère raillerie; il était tapi derrière le battant, et son impitoyable main s'abattrait sur leurs épaules, s'ils osaient franchir le seuil à la dérobée. — En effet, où l'homme pourrait-il trouver un cachot plus ténébreux que son propre cœur, un geôlier plus inexorable que lui-même?

. . . .

Nous ne donnerions pas, cependant, une idée juste de Clifford et de sa situation morale, si nous le représentions comme dominé sans cesse par de tristes préoccupations. Au contraire, nous oserions affirmer qu'on n'eût pas facilement trouvé, dans toute la ville, un homme du même âge, ou même plus jeune, aussi fréquemment insoucieux et gai. Pour lui, nul tourment réel, aucune de ces questions d'avenir qui usent tant d'existences et leur ôtent leur prix. A cet égard, il était resté enfant et ne devait jamais cesser de l'être, à quelque âge avancé qu'il parvînt. Sa vie, interrompue

dès le début, n'avait guère dépassé les années de l'a-
dolescence, et tous ses souvenirs se rattachaient à
cette époque lointaine; — c'est ainsi qu'après l'engourdissement qui suit un coup de massue, on se
trouve, en revenant à soi, bien loin en arrière du moment où l'état de stupeur a commencé. — Clifford racontait quelquefois, à ses deux compagnes, des rêves où il
jouait invariablement le rôle, soit d'un enfant, soit d'un
très jeune homme. Ces rêves lui offraient des images
tellement nettes, qu'il en vint un jour à disputer avec
Hepzibah sur le dessin spécial d'un peignoir d'in-
dienne qu'il avait vu porter à sa mère, dans ses songes
de la nuit précédente. La vieille demoiselle, — qui se
piquait en ces matières d'une exactitude féminine, —
soutenait que la description de son frère n'était pas
exacte de tout point, mais la robe elle-même, retrouvée
au fond d'une vieille malle, donna raison à Clifford.
Si celui-ci eut dû subir, — à l'issue de chacun dè ses
rêves si puissamment colorés, si semblables à la vie
réelle, — le tourment de voir transformer sa chimérique enfance en une vieillesse décrépite, ce supplice
quotidiennement renouvelé n'aurait pas été tolérable ;
mais une sorte de vague brouillard lui dérobait cette
transition pénible, en lui masquant soit la réalité
des choses, soit l'amertume du contraste qu'elles
offraient, comparées aux douceurs ineffables de l'illusion nocturne. Jamais Clifford ne s'éveillait complétement; il dormait pour ainsi dire les yeux
ouverts, et c'était peut-être la vérité qu'il regardait
comme un rêve.

Constamment rappelé au souvenir de son premier
âge, l'enfance avait pour lui mille attraits. Un juste sen-

timent des convenances ne lui permettait pas de vouloir se mêler à ses jeux ; mais rien ne lui plaisait autant que de voir, accoudé à la fenêtre en ogive, une petite fille courant après son cerceau, ou deux groupes d'écoliers se renvoyant la balle rebondissante ; il aimait aussi à écouter de loin le tumulte confus de ces voix enfantines qui arrivaient à lui comme un joyeux bourdonnement, pareil à celui des mouches dans une chambre où le soleil donne.

Nul doute qu'il n'eût participé volontiers à leurs naïfs plaisirs. On le vit pris, un beau soir, d'une irrésistible fantaisie, — celle de souffler des bulles de savon ; et (comme Hepzibah le dit en particulier à Phœbé), c'était là pour son frère, pendant leur commune enfance, un amusement favori. Voyez-le donc à la Croisée en ogive, un tuyau de pipe entre les dents, voyez-le avec ses cheveux gris, son pâle sourire de fantôme, dispersant de tous côtés dans la rue ces petites sphères aériennes, — mondes impalpables, vaines images du monde réel, où celui-ci se reflète avec des couleurs d'un éclat surhumain. C'était chose curieuse à examiner, que l'attitude des passants, lorsque ces éphémères et brillantes créations venaient animer, autour d'eux, la monotonie de l'air ambiant. Quelques-uns s'arrêtaient pour admirer, et emportaient peut-être, jusqu'au tournant de la rue, un agréable souvenir de ces bulles irisées ; d'autres levaient des yeux irrités, — comme si Clifford leur eût porté dommage en faisant flotter si près de leur route poudreuse une image de la beauté céleste ; — beaucoup étendaient la main, quelques-uns étendaient leur canne, pour les arrêter au passage ; — enchantés, on le voyait, quand la bulle, miroir de la terre et miroir du ciel, s'évanouissait tout à coup et rentrait dans le néant. Enfin, juste au moment où un majestueux *gentleman*, dans toute la maturité de l'âge, longeait Pyncheon-street à pas comptés, une grosse bulle, descendant avec lenteur, vint éclater sous son nez!... Il leva les yeux, d'abord avec un regard sévère et perçant qui pénétra les ténèbres accumulées sous la Croisée en ogive, — puis avec un sourire qui dut faire rayonner, dans une circonférence de plusieurs mètres, une chaleur véritablement caniculaire :

« Ah! je vous y prends, cousin Clifford! s'écria le juge Pyncheon.... Eh quoi, toujours des bulles de savon ! »

L'accent de ces paroles les eût fait croire inspirées par un sentiment de bon vouloir et de conciliation; elles n'en avaient pas moins, tout au fond, l'amertume d'un sarcasme. Pour ce qui est de Clifford, il en fut comme paralysé. Outre les motifs de terreur que le passé lui avait peut-être légués, il éprouvait, en présence de l'excellent Juge, ce sentiment d'horreur native que la présence de la force écrasante détermine chez les caractères faibles, délicats et timides. — La force est une énigme pour la faiblesse, et, par cela même, un sujet d'effroi.

XII

Le Photographe.

Il ne faut pas croire que les soins quotidiens ré-
clamés par Clifford absorbassent complétement l'activité de Phœbé. Si tranquille que pût être l'existence à
lui faite, toutes les ressources de sa vitalité y suffi-
saient à peine. Dans cette voie de seconde croissance
et de rétablissement où il s'assimilait sans cesse tous
les aliments intellectuels qui pouvaient la favoriser, il
trouvait chaque jour, malgré son repos apparent, des
fatigues immenses, un épuisement rapide. Aussi se
retirait-il de bonne heure, et quand il rentrait dans sa
chambre à coucher, les rayons de l'Occident y jetaient
encore de vives clartés. A partir de ce moment, Phœbé
reprenait toute liberté de s'abandonner à ses penchants
naturels. Liberté légitime et presque indispensable,
car, — ainsi que nous l'avons dit, — les murs de la
vieille maison étaient, en quelque sorte, imprégnés de

13

mille influences morbides; il n'était pas sain de respirer uniquement son atmosphère lourde et malsaine. Pour s'y être emprisonnée trop longtemps,
livrée à une seule série d'idées, à une seule affection,
à un seul ressentiment, Hepzibah, nonobstant ses
précieuses qualités, y était presque devenue folle.
L'inertie de Clifford, — on le croira facilement, — le
rendait incapable d'aucune action morale sur les êtres
de son espèce, si intimes, si exclusives que fussent leurs
relations avec lui. Mais il existe entre les créatures
d'ici-bas, entre les différentes classes de la vie orga-
nisée, une sympathie, un magnétisme plus subtils et
plus universels que nous ne le croyons. Une fleur, par
exemple, — Phœbé avait pu l'observer elle-même —
commençait à se flétrir dans la main de Clifford ou
d'Hepzibah bien plus tôt que dans la sienne; et en
vertu de la même loi, si elle eût consacré chaque heure
de sa vie à récréer de ses parfums deux esprits mala-
des, sa jeunesse épanouie se serait flétrie et fanée bien
plus vite que sur un cœur jeune et heureux. Il lui fallait, sous peine d'une décadence rapide, céder de temps
en temps à ces soudaines inspirations qui tantôt l'at-
tiraient vers les prairies au delà du faubourg, tantôt
parmi les brises marines courant sur le rivage, tantôt
à quelques-uns de ces délassements pleins d'attraits
pour les jeunes filles de la Nouvelle Angleterre, — une
lecture de métaphysique ou de philosophie, — un
panorama de quelques mille mètres, — un concert
de virtuoses baroques, — et surtout ces visites aux
magasins de la ville, où, pour acheter un ruban, on
fait mettre sens dessus dessous quelques douzaines de
« rayons. » Sans toutes ces distractions et ces demi-

heures furtives, où elle se retirait dans sa chambre
pour lire la Bible et songer à sa mère, on l'aurait
bientôt vue prendre ces dehors timides et bizarres,
cette physionomie émaciée, cet aspect malsain qui
semblent prophétiser les longs ennuis d'un célibat
forcé, d'une virginité sans espoir.

Même avec ces remèdes accidentels, il se produisait
en elle un changement visible, dont quelques symptômes étaient regrettables et dont quelques autres rem-
placèrent par un charme nouveau le charme perdu.
Elle n'était plus si constamment gaie, mais Clifford
préférait ses accès de mélancolie à sa perpétuelle
gaieté d'autrefois; elle le comprenait mieux, maintenant, et il arrivait même parfois qu'elle lui interpré-
tait certaines pensées obscures dont il avait en vain
voulu se rendre compte. Les yeux de la jeune fille semblaient plus grands, plus noirs, plus profonds. Elle se
transformait, et perdant peu à peu la vivacité de l'enfance, devenait de plus en plus une femme complète.

La seule âme un peu jeune avec laquelle Phœbé pût
entrer en communion fréquente, était celle de notre
photographe. L'isolement où ils vivaient tous les deux
avait forcément établi entre eux quelques habitudes
familières. En d'autres circonstances, il n'est pas
probable qu'ils eussent fait grande attention l'un à
l'autre, à moins que leur extrême dissemblance ne fût
devenue pour eux un principe d'attraction mutuelle.
Au début de leurs relations, Phœbé avait accueilli les
prévenances d'Holgrave, — prévenances fort peu accen-
tuées d'ailleurs, — avec plus de réserve que n'auraient
pu le faire prévoir sa franchise et sa simplicité habi-
tuelles. Et maintenant encore, bien qu'ils se rencon-

trassent presque chaque jour, dans les termes d'une
intimité assez affectueuse, elle n'était pas très-sûre de
le connaître tout à fait.

Notre artiste, à bâtons rompus, lui avait communiqué quelques détails de sa biographie. Si jeune qu'il
fût, elle aurait eu de quoi fournir les éléments d'un
nouveau *Gil Blas*, moins romanesque dans notre société américaine que dans toute autre. Holgrave, ainsi
qu'il l'apprit à Phœbé (et non sans en tirer quelque
orgueil), ne pouvait se vanter ni de son origine ni de son
éducation, à moins de revendiquer ce que la première
avait d'excessivement humble, ce que la seconde avait
de tout à fait insuffisant. Laissé de bonne heure à sa
propre direction, il avait appris, encore enfant, à se
passer des autres, et ceci convenait admirablement à
l'énergique vouloir dont il était doué par le ciel. Comptant à peine vingt-deux ans (à quelques mois près, qui
valent des années dans une vie pareille), il avait déjà
été maître d'école dans un village, — préposé aux
ventes d'un bazar ambulant, — et en même temps, ou
peu après, rédacteur politique d'un journal de province. Plus tard, il parcourait la Nouvelle Angleterre
et les États du centre comme colporteur attaché à
une manufacture d'eau de Cologne et d'autres essences
établie dans le Connecticut. Vers la même époque, et
comme entreprise épisodique, il étudiait, il pratiquait
l'art du dentiste avec un succès remarquable. Puis,
agent surnuméraire à bord d'un bateau poste, il était
allé en Europe pour n'en revenir qu'après avoir vu
l'Italie, une partie de la France et quelques États
allemands. Plus récemment encore, il s'était établi
pendant quelques mois dans une communauté fourié-

riste. Et enfin, — son avant-dernier métier, — il avait publiquement professé le mesmérisme, science pour laquelle il avait des dispositions remarquables ; du moins le dit-il à Phœbé. Il le lui prouva, même, et de la manière la plus satisfaisante, en plongeant dans un profond sommeil le vieux coq d'Hepzibah, tout justement occupé à gratter la terre auprès d'eux.

Son métier actuel n'avait pas à ses yeux d'importance particulière, et ne devait pas, selon toute apparence, le captiver mieux que les précédents. Il l'avait embrassé avec l'insoucieuse bonne volonté d'un aventurier qui chaque jour doit gagner son pain. — Qu'un autre se présentât, plus lucratif et plus attrayant, il lui dirait adieu sans le moindre regret. — Mais ce qu'il y avait de remarquable dans ce jeune homme, et ce qui le recommandera le mieux à l'estime des gens réfléchis, c'est qu'à travers toutes ces vicissitudes et ces transformations, — changeant à chaque instant de séjour, de situation, de costume et d'allures, n'ayant ni séjour fixe ni responsabilité, ne devant rien à l'opinion, rien aux individus, — il n'avait jamais violé en lui l'homme intérieur, jamais porté la moindre atteinte à sa propre conscience. Il était impossible de connaître Holgrave sans lui rendre ce témoignage. Hepzibah s'en était aperçue ; Phœbé le constata bientôt, et lui accorda l'espèce de confiance qu'implique une pareille certitude. Elle n'en était pas moins effarouchée et quelquefois repoussée, — non par aucun doute de sa fidélité aux lois, dont il reconnaissait l'autorité, — mais par un sentiment intime que les lois acceptées par ce jeune homme n'étaient pas celles dont elle-même subissait volontiers le joug salutaire. Il la mettait mal à l'aise, et semblait bouleverser toutes choses autour d'elle, par son manque de respect pour les dogmes établis et les idées reçues, chaque fois que ces dogmes ou ces idées ne pouvaient justifier, à l'instant même, de leurs droits au respect universel.

De plus, elle n'entrevoyait dans son caractère aucun élément affectueux. Il était observateur trop calme et trop froid. Phœbé se sentait fréquemment sous son regard, — rarement, ou jamais, près de son cœur. Hepzibah et son frère, et la jeune fille elle-même, lui inspiraient à peu près le même genre d'intérêt. Il les étudiait avec une attention scrupuleuse, et ne laissait pas échapper le plus léger trait de leurs individualités respectives. Mais en somme, prêt à leur rendre une foule de services, il ne faisait jamais absolument cause commune avec eux, et ne témoignait en aucune façon décisive qu'ils lui devinssent plus chers à mesure qu'il les connaissait davantage. Dans leurs rapports mutuels, il semblait chercher une pâture pour son intelligence plutôt qu'un aliment pour ses facultés aimantes. Phœbé s'efforçait en vain de comprendre ce qui pouvait tant l'intéresser, soit en elle, soit chez leurs hôtes, — puisqu'en somme il ne prenait aucun souci d'eux et leur portait une affection si médiocre.

En causant avec Phœbé, l'artiste ne manquait jamais de la questionner sur la condition mentale de Clifford, qu'il voyait rarement en dehors des réunions du dimanche.

« Paraît-il toujours heureux? lui demandait-il un jour.

— Heureux comme un enfant, répondit Phœbé : mais comme un enfant très-facile à chagriner.

— Et d'où viennent ses chagrins? demanda Holgrave. Des incidents extérieurs, ou de ses pensées intimes?

— Est-ce que je le vois penser? répliqua Phœbé avec une candeur malicieuse.... Le plus souvent son humeur change sans qu'on puisse deviner pourquoi. Depuis peu, — c'est-à-dire depuis que je le connais mieux, — je ne regarde plus comme tout à fait légitime de scruter à fond ses accès de mélancolie. La grande douleur qui l'a fait ce qu'il est, a communiqué à son âme une sorte de consécration solennelle. Quand je le vois gai, — quand le soleil brille en lui, — je me permets alors de jeter un regard sur ce que l'astre éclaire, mais jamais au delà.... Où l'ombre demeure, la terre est sainte!

— Comme vous rendez bien ce sentiment! dit l'artiste.... Mais si je puis le comprendre, je ne saurais l'éprouver.... Avec les occasions dont vous disposez aucun scrupule ne m'empêcherait de jeter ma sonde, aussi loin qu'elle pourrait aller, dans cet abîme que nous offre Clifford.

— Voilà un désir bien étrange de votre part! remarqua Phœbé presque sans le vouloir.... Que vous est le cousin Clifford?

— Oh! rien, rien du tout, cela va de soi, répondit Holgrave en souriant.... Seulement, nous vivons dans un monde si singulier, si difficile à comprendre!... Plus je le considère et plus il m'embarrasse, et je commence à croire que l'ébahissement de n'importe qui, en face d'un tel spectacle, pourrait servir de mesure à sa sagesse. Les hommes, les femmes — et les enfants aussi — sont de si bizarres créatures que personne ne peut les connaître, ni même, d'après ce qu'ils sont, apprécier exactement ce qu'ils ont du être jadis.... Le juge Pyncheon!... Clifford!... Quelle énigme complexe, quel problème embrouillé n'offrent-ils pas!... Ils demandent, pour se laisser résoudre, l'intuition sympathique d'une jeune fille. Un simple observateur comme moi (sans intuition d'aucune sorte, et doué tout au plus de quelque subtilité) doit être à peu près certain de faire fausse route. »

La conversation prit ensuite un tour moins ténébreux. Holgrave, malgré sa précoce expérience de la vie, n'avait pas tout à fait perdu cette belle disposition de la jeunesse à voir le monde jeune, lui aussi, participant de cette souplesse et de cette élasticité qui est l'apanage des premières années de l'homme. Il avait beau discourir sagement sur l'antiquité de notre planète, ses pensées, malgré lui, démentaient ses paroles. En nouveau venu qu'il était encore, il envisageait le monde, — ce mauvais sujet à barbe grise, décrépit sans être vénérable, — comme un tendre jouvenceau docile aux leçons, et facilement ramenable à toutes les vertus qu'on doit lui supposer, bien qu'il n'en ait pas encore donné le moindre gage. Il avait en lui ce pressentiment prophétique, — sans lequel il ne vaut pas la peine de naître, et qui rend la mort désirable quand il nous quitte, — à savoir que nous ne sommes pas condamnés à nous traîner éternellement sur la vieille route du Mal, et que l'avénement d'une ère meilleure s'est manifesté d'ores et déjà par d'infaillibles symptômes.

Dieu veuille que nous ne vivions pas assez pour donner tort, là-dessus, à notre candide artiste. Au fond,

il avait raison; mais il se trompait en supposant que
le siècle présent, — par préférence à n'importe lequel
des siècles passés ou des siècles futurs,— est destiné à
voir les haillons d'autrefois tout à coup changés en un
vêtement neuf, au lieu de se renouveler graduellement
par pièces et morceaux. Il se trompait encore en me-
surant cette interminable métamorphose à la courte
durée de sa petite existence ; — il se trompait surtout
en supposant que son hostilité ou son concours pût im-
porter le moins du monde à l'accomplissement de ces
grandes fins. Mieux valait pourtant qu'il pensât ainsi.
Cet enthousiasme, auquel le calme de son caractère
donnait les dehors de la réflexion et de la sagesse, devait maintenir la pureté de ses jeunes années, la hauteur de ses aspirations. Et lorsque plus tard une expérience inévitable viendrait modifier sa foi primitive,
ce serait sans amener dans ses sentiments une révolution soudaine et cruelle. — Il continuerait à croire
aux destinées toujours plus brillantes de ses semblables, et ne les aimerait peut-être que mieux en les
voyant si impuissants à s'émanciper eux-mêmes. —
Les efforts humains en effet, si bien qu'ils soient dirigés, ne réalisent jamais qu'une espèce de rêve. A Dieu
seul l'élaboration complète des réalités.

Avec mille nobles ambitions — auxquelles ne demeurait pas étrangère la volonté de devenir quelque
chose, — avec cette culture incomplète, cette philosophie ébauchée et pleine de brouillards, ce zèle magna-
nime pour le bien-être de l'homme, et le profond mépris de tout ce que les âges antérieurs ont pu faire dans
l'intérêt de ce bien-être; bref, par tout ce qu'il avait
et tout ce qui lui manquait, notre artiste aurait pu

servir de type à une nombreuse catégorie de ses hardis compatriotes.

Ce qu'il deviendrait, il n'était pas facile de l'annoncer. Par certaines qualités, il semblait promis au
succès ; mais, sur tous les degrés de l'échelle sociale,
que de jeunes gens ne rencontrons-nous pas dont il
semble que nous puissions espérer merveilles, et dont
ensuite il nous arrive de ne jamais plus entendre parler !
Pareils à certains légers tissus, leur lustre et leurs
vives couleurs tiennent mal contre le soleil et la pluie ;
le premier lavage fait disparaître le faux brillant qui
les abusait, eux-même et les autres. N'oublions pas
cependant qu'il s'agit d'Holgrave, — non tel qu'il serait plus tard, -- mais tel que nous le voyons ce soir-
là, sous la tonnelle du jardin Pyncheon, causant avec
Phœbé de la manière la plus intime, et sans aucun
vestige de cette froideur qu'elle lui avait tant de fois
reprochée. Elle possédait à ses yeux le charme d'une
onde pure et limpide. Il croyait la connaître telle que
Dieu l'avait faite, et la déchiffrer avec aussi peu de
peine qu'un livre à l'usage des enfants. Mais ces
transparentes natures nous trompent souvent sur leur
profondeur ; ces cailloux, que nous distinguons au
fond de l'eau, sont plus loin de notre œil que nous ne
l'aurions cru. Quoi qu'il en soit, l'artiste, cédant au
charme silencieux de Phœbé, déroulait librement devant elle ses plans d'avenir. Peut-être croyait-il se
parler à lui-même ; peut-être oubliait-il complétement
la personne à laquelle ses propos s'adressaient. Et cependant, si vous les eussiez lorgnés par quelque interstice de la palissade qui, du côté de la rue, fermait
le jardin, l'attitude du jeune homme et l'éclat passionné

de ses joues auraient pu vous donner à penser qu'il faisait la cour à la jeune fille.

Holgrave en arriva, l'entretien continuant, à dire quelque chose qui le fit questionner par Phœbé sur l'origine de ses relations avec la cousine Hepzibah, et sur les motifs pour lesquels il s'entêtait à loger dans cette vieille maison Pyncheon, si triste et si désolée. Sans lui répondre directement, il abandonna l'avenir qui avait été jusqu'alors le thème de sa harangue, et se mit à parler des influences du passé.

« N'en viendrons-nous jamais, s'écria-t-il, — laissant à la conversation le ton passionné qu'elle avait pris peu à peu, — n'en viendrons-nous jamais à nous délivrer de ce Passé ? il pèse sur le présent comme le cadavre d'un géant défunt. Ou pour mieux dire, Aujourd'hui est un jeune géant, réduit à porter sur ses épaules le cadavre d'Hier, un vieux géant mort depuis longtemps et qui n'aurait droit, en bonne justice, qu'à des funérailles décentes. Ce travail ingrat absorbe toutes ses forces.... Réfléchissez un peu, et vous serez étonnée de voir à quel point nous demeurons les esclaves des temps qui ne sont plus, ou, ce qui revient au même, les esclaves de la Mort !

— Mais, fit observer Phœbé, je ne vois pas cela, savez-vous ?

— En ce cas, tâchons d'éclaircir, continua Holgrave. Un mort, s'il n'a pas omis de faire son testament, dispose d'une richesse qui ne lui appartient plus ; s'il a trépassé sans tester, cette richesse est répartie conformément aux notions de certains personnages décédés bien avant lui. Sur tous nos bancs de justice, un mort est assis ; les magistrats vivants ne font que rechercher

et répéter ses décisions. Les livres que nous lisons
furent écrits par des morts. Nous rions des plaisante-
ries que nous envoie le tombeau ; nous pleurons des
tirades pathétiques tracées pas une main de squelette !... Au physique et au moral, nous avons des maladies qui ont tué bien du monde, et nous mourons des
mêmes remèdes à l'aide desquels les médecins défunts
ont jadis expédié leurs clients, également défunts !...
Nous adorons la divinité vivante suivant les rites et
les dogmes, que des morts nous ont laissés !... Dans
tout ce que nous cherchons à faire librement, nous
rencontrons la main glacée d'un cadavre !... De quelque côté que nous tournions la tête, nos regards ren-
contrent la face blême d'un mort, et son impassible,
son immuable physionomie nous glace le cœur !...
Enfin, avant de commencer à exercer sur ce monde
qui est notre domaine, l'influence à laquelle nous
avons droit, il nous faut commencer par être mort ;
et le monde alors n'est plus à nous, il appartient à
une autre génération sur les destinées de laquelle
nous ne pouvons revendiquer aucune ombre d'autorité.... J'aurais dû dire, aussi, que nous habitons les
maisons des morts ; et celle-ci, par exemple, la Maison aux Sept Pignons !

— Pourquoi non, interrompit Phœbé, aussi longtemps que nous nous y trouvons bien ?

— Mais, continua l'artiste, nous vivrons assez, je
l'espère, pour voir le jour où aucun homme ne bâtira
sa maison avec le dessein de la léguer à ses descendants.... Quelle raison à ceci ?... Il serait tout aussi
bien avisé, commandant un costume taillé dans l'é-
toffe la plus durable qui se puisse fabriquer, —cuir,

gutta-percha, caoutchouc, n'importe laquelle, — de façon à ce que ses arrière-petits enfants en profitent, et fassent dans le monde la même figure que lui. Si chaque génération avait à bâtir elle-même ses édifices privés et publics, ce simple changement — si peu essentiel en apparence — impliquerait à lui seul presque toutes les réformes que réclame l'état actuel de la Société…. Pourquoi bâtir en pierres et en briques nos capitoles, nos tribunaux, nos hôtels de ville, nos chambres de parlement, nos églises?…. Mieux vaudrait que tous les vingt ans, ou à peu près, ces monuments tombassent ruinés; il y aurait là, pour le peuple, une occasion et un motif d'examiner et de réformer les institutions dont ils sont le symbole.

— Quelle horreur pour tout ce qui est vieux! s'écria Phœbé, vraiment alarmée. Rien que de penser à un monde si changeant, le cœur me manque et la tête me tourne!

— Il est certain que je n'aime pas ce qui se gâte, répondit Holgrave. Voyez plutôt ce vieil hôtel Pyncheon!… Y fait-il bon vivre, avec ses noires charpentes, et la mousse verte qui atteste leur humidité, ses chambres écrasées où le jour pénètre à peine, ses murs souillés où semblent s'être cristallisés les soupirs d'angoisse exhalés par vingt générations?… Non, non; il faudrait purifier tout cela par le feu…. le purifier, jusqu'à ce qu'il n'en restât que des cendres!

— Et pourquoi donc l'habitez-vous? demanda Phœbé un peu piquée.

— Oh! répondit Holgrave, je continue ici mes études, mais non dans les livres. Cette maison, selon moi, représente admirablement l'odieux et abominable Passé, auquel je viens de lancer un si fougueux anathème. Je l'habite pour un temps, afin de me confirmer dans la haine qu'il m'inspire.... Et à propos, vous a-t-on jamais raconté l'histoire de Maule-le-sorcier, l'histoire de ses démêlés avec un de vos ancêtres, je ne sais lequel?

— Oui vraiment, dit Phœbé; mon père me l'a racontée il y a longtemps, et dans le cours du mois que je viens de passer ici, ma cousine Hepzibah m'en a régalée deux ou trois fois. Elle semble croire que tous les malheurs des Pyncheon datent de cette querelle avec « le sorcier, » comme vous l'appelez.... Et vous, monsieur Holgrave, vous avez l'air de partager cette opinion?... Comment ne pas s'étonner que de pareilles absurdités trouvent créance chez vous, quand on vous voit repousser tant et tant d'hypothèses bien autrement probables!

— Je le crois, en effet, dit l'artiste très-sérieux: non pas, cependant, comme une superstition, mais comme chose prouvée par des faits indubitables, et pouvant servir de démonstration à une théorie. Voyez plutôt: sous ces Sept Pignons que nous voyons maintenant — et que le colonel Pyncheon avait élevés pour abriter ses descendants, toujours heureux et prospères, jusqu'à une époque bien postérieure à celle où nous vivons; — sous ce toit septuple, pendant un laps de temps qui touche à trois siècles consécutifs, il n'a cessé d'y avoir remords de conscience, espoirs déçus, luttes entre proches, misères de toute espèce, un trépas étrange, des soupçons mystérieux, une flétrissure inexprimable; — et tous ces malheurs, ou la plupart d'entre eux, j'en pourrais trouver l'origine dans

l'effréné désir qu'avait conçu le vieux Puritain de
créer, de doter une famille!... Créer une famille!...
Cette idée est au fond de presque tout le mal commis
par les hommes. Pour bien faire, il faudrait qu'à chaque demi-siècle, pour le plus tard, toute famille, perdue dans la masse obscure de l'Humanité, oubliât
l'existence de ses ancêtres. Si l'on veut conserver sa
pureté au sang des hommes, il importe qu'il circule
dans des courants cachés, comme l'eau d'un aqueduc
dans ses tuyaux souterrains.... Et pour ces Pyncheon,
par exemple, — pardonnez-moi, Phœbé, si je ne puis
me contraindre à vous regarder comme une d'entre
eux! — voyez ce qui leur arrive : voyez combien il a
fallu peu de temps, depuis la transplantation de leur
souche nobiliaire sur le continent américain, pour leur
donner, à tous et à chacun, quelque monomanie spéciale!

— Vous parlez de mes proches sans trop de cérémonie, dit Phœbé, qui débattait, à part elle-même,
s'il fallait ou non se fâcher.

— Devant une intelligence loyale, je dis loyalement
ce que je pense, répondit Holgrave, plus véhément que
Phœbé ne l'avait jamais vu.... Tout ce que je dis est
vrai!... Mais de plus, l'homme à qui tous ces malheurs
sont dus semble s'être perpétué lui-même, et vous
le voyez chaque jour passer dans la rue, — son image,
du moins, intellectuelle et physique, — avec les plus
belles chances de transmettre à sa postérité tout autant de richesses, et tout autant de malheurs, qu'il en
a hérité lui-même!... Vous rappelez-vous sa pho-
tographie, et comme elle ressemble au vieux portrait?

— Quel sérieux vous mettez à tout ceci! s'écria Phœbé, le regardant avec surprise et perplexité, à moitié alarmée, à moitié tentée de rire.... Vous parlez de la monomanie des Pyncheon? — Serait-elle par hasard contagieuse?

— Je vous comprends, dit l'artiste, rougissant, et riant à la fois.... Je crois en effet que je suis un peu fou.... Depuis que je loge sous cet antique pignon, l'idée qui vous étonne s'est emparée de mon esprit avec une ténacité inexorable. Pour m'en débarrasser, j'ai voulu coucher par écrit certain incident de la chronique privée des Pyncheon, auquel j'ai donné la forme d'une légende, et que je compte publier dans une *Revue*.

— Vous écrivez donc pour les *Revues?* demanda Phœbé.

— Est-il possible que vous l'ignoriez, s'écria Holgrave. Voyez un peu le néant de la gloire littéraire!... Oui, miss Phœbé Pyncheon, j'ai, entre autres dons merveilleux, celui d'écrire des nouvelles fort estimées. On m'apprécie assez dans le genre bouffon, et quand il me plaît d'être pathétique, je fais verser autant de pleurs qu'un oignon.... Faut-il, maintenant, vous lire une petite histoire?

— Volontiers, dit Phœbé, si elle n'est pas très-longue.... et pas trop ennuyeuse, » ajouta-t-elle en riant.

Le photographe ne pouvant guère se prononcer sur ce dernier point, exhiba immédiatement son rouleau manuscrit, et tandis que les rayons du soleil éclairaient encore la cime des Sept Pignons, il se mit à lire ce qui suit.

XIII

Alice et sa Légende.

L'honorable Gervayse Pyncheon fit prévenir un jour
le jeune Matthew Maule, ouvrier charpentier, qu'il
eût à se rendre immédiatement dans la Maison aux
Sept Pignons.

« Et pourquoi ton maître réclame-t-il mes services?
dit le charpentier au domestique noir que M. Pyncheon lui avait dépêché. La maison exigerait-elle
des réparations? Cela se pourrait bien, après si longtemps, et sans qu'aucun blâme revînt à mon père
qui l'a construite.... Pas plus tard que dimanche dernier, je lisais l'épitaphe du vieux Colonel, et à compter
de sa date, l'hôtel est debout depuis trente-sept
ans.... Il ne faudrait pas s'étonner que le toit eût besoin d'être revu.

— Ne sais ce que veut maître, répondit Scipion;
maison à nous, très-bonne maison ; et c'est l'idée à

14

l'ancien colonel Pyncheon, car autrement, pourquoi le vieux venir ainsi faire peur au pauvre *nigga*[1]?

— C'est bon, c'est bon, Scipion mon ami!... Va dire à ton maître que j'arrive, dit le charpentier avec un éclat de rire.... S'il lui faut un ouvrier consciencieux, et tout à son affaire, il n'a qu'à parler, je suis son homme.... Et tu dis, mon brave, que la maison est hantée?... Ce n'est pas moi qui me chargerai de mettre les fantômes à la porte des Sept Pignons.... En supposant même que le Colonel fût apaisé, ajouta-t-il à part lui, mon vieux grand-père le sorcier ne lâchera certainement pas les Pyncheon, tant que leurs murs tiendront l'un à l'autre.

— Quoi donc vous marmottez dans vous, Matthew Maule? demanda Scipion; et d'où vient que vous regardez-moi si noir?

— Pas plus noir que tu n'es, répondit le charpentier. Va m'annoncer à ton maître, et si par hasard tu rencontres mistress Alice, sa fille, présente-lui les humbles respects de Matthew Maule.... Elle a, cette Alice Pyncheon, apporté d'Italie un beau visage, une blonde tête, à la fois douce et fière.... Tu le lui diras, si tu veux, de ma part.

— Il ose parler de mistress Alice? s'écria Scipion, tout en revenant au logis.... Un charpentier, voyez donc!... Mieux avisé serait-il de ne jamais lever les yeux sur elle! »

Remarquons, en passant, que le jeune charpentier Matthew Maule était un personnage peu compris, et généralement peu goûté dans la ville où il résidait;

---

1. *Nigga* pour *nigger*, nègre.

cela, sans qu'on pût rien alléguer de positif contre son
intégrité, l'intelligence et le zèle qu'il déployait dans
l'exercice de sa profession. L'antipathie (nous ne pouvons l'appeler autrement) qu'il semblait inspirer à
beaucoup de personnes, était en partie le résultat de
son caractère et de ses allures, en partie un héritage
qu'il tenait de ses pères.

Il était le petit-fils d'un ancien Matthew Maule, —
un des colons primitifs de la cité, — lequel fut en son
temps un des sorciers les plus fameux et les plus re-
doutables qu'on y ait connus. Ce vieux réprouvé avait
péri sur la potence à une époque où les autorités locales se faisaient remarquer par leurs louables efforts
contre le grand Ennemi des âmes et par le nombre de
ses adhérents qu'ils lui expédiaient, l'un après l'autre,
en ligne perpendiculaire. Depuis lors, cette bonne
œuvre, à force d'être pratiquée, semblait avoir perdu
de sa valeur aux yeux du public ; mais une terreur superstitieuse n'en planait pas moins sur la mémoire de
ceux qu'on avait fait périr pour cet horrible crime de
sorcellerie. Leurs tombeaux, situés en général dans les
crevasses des rochers sur lesquels était dressée la potence, passaient pour ne pas garder très-fidèlement
le dépôt qu'on leur avait confié trop à la hâte. Le
vieux Matthew Maule, en particulier, — s'il fallait en
croire les bruits courants, — sortait de sa fosse, comme
un homme ordinaire sort de son lit, et on le voyait
se promener à minuit aussi fréquemment que les vivants se promènent en plein jour. Ce sorcier pestilen-
tiel (en qui ce châtiment mérité semblait n'avoir
amené aucune sorte de résipiscence) avait l'habitude
invétérée de hanter un certain hôtel appelé la Maison

aux Sept Pignons, contre le possesseur de laquelle il
paraissait se croire un titre quelconque, dérivant de la
propriété du sol sur lequel la maison était bâtie. Le
funèbre vagabond prétendait obstinément, — ou qu'une
redevance lui fût payée depuis la date du premier
coup de pioche donné pour creuser les caves, — ou
que l'hôtel lui-même devînt sa chose : à défaut de ce,
ce créancier-fantôme se réservait de mettre la main
dans toutes les affaires des Pyncheon, et de les faire
invariablement mal tourner, fût-ce un millier d'années
après sa mort. C'était là, peut-être, une histoire passablement folle au premier coup d'œil; mais elle
ne paraissait pas tout à fait incroyable à ceux qui se
rappelaient encore quel vieillard obstinément inflexible
avait été, de son vivant, le sorcier défunt.

Maintenant, le petit-fils de ce sorcier, — le jeune
Matthew Maule, héros de notre récit, — passait aux
yeux du peuple pour avoir hérité quelques-unes des
qualités les plus suspectes de son ancêtre. On faisait
circuler sur le compte de ce garçon les absurdités les
plus merveilleuses, — disant par exemple qu'il avait le
singulier pouvoir d'influencer à son gré les rêves d'un
chacun et de les mettre en scène à sa guise, absolument comme un directeur de théâtre. Il était aussi
question, — parmi les voisins, et plus spécialement
parmi les voisines, — de personnes que « l'Œil de
Maule » avait ensorcelées. Quelques-uns prétendaient
qu'il avait la faculté de lire dans l'esprit des gens;
d'autres, que par le pouvoir merveilleux de cet œil,
il lui était loisible d'attirer n'importe qui dans l'orbite
de sa propre intelligence, et d'expédier provisoirement
dans l'autre monde ceux qu'il avait ainsi soumis, en les

chargeant de messages pour son grand-père ; d'autres, enfin, qu'il possédait ce qu'on appelle le Mauvais Œil, c'est-à-dire le précieux pouvoir de brouir les blés et de momifier les enfants en leur desséchant le cœur. Mais, au fond, le plus grand dommage porté à la réputation du jeune charpentier provenait d'abord de son extrême réserve, en second lieu, de ce qu'on le regardait comme entaché d'hérésie, soit en matière religieuse, soit en matière politique.

Quand il eut reçu le message de M. Pyncheon, le charpentier se hâta de terminer un petit ouvrage qu'il avait en main, et s'achemina, immédiatement après, vers la Maison aux Sept Pignons. Cette habitation, connue de tous, était encore à cette époque, — bien que son architecture commençât à passer de mode, — une des plus honorables résidences de la ville. Cependant on faisait courir le bruit que le propriétaire actuel, Gervayse Pyncheon, s'en était profondément dégoûté par suite du choc moral qu'il avait reçu dès sa première enfance, lors de la mort soudaine de son grand-père. On se souvient peut-être qu'en se précipitant pour monter sur les genoux du colonel Pyncheon, ce petit garçon avait le premier découvert que le vieux puritain avait cessé de vivre. Parvenu à l'âge viril, Gervayse Pyncheon était allé en Angleterre, où, s'étant marié à une jeune personne riche, il passa plusieurs années, soit dans la métropole même, soit dans quelque grande ville du continent européen. Pendant cette période d'absence, l'hôtel de famille était demeuré consigné à un des parents du propriétaire, lequel fut autorisé à s'y établir provisoirement, sous condition de l'entretenir à ses frais et d'y faire toutes les réparations voulues.

Cette clause avait été si loyalement exécutée que l'œil exercé du charpentier ne put découvrir aucun déchet à l'extérieur de l'édifice dont il faisait le tour avant d'y entrer. Les pointes des Sept Pignons se découpaient sur le ciel en arêtes vives, le toit de lattes semblait parfaitement étanche, et le plâtre micacé recouvrant toute la surface des murs extérieurs, brillait au soleil d'octobre comme si ce crépi n'avait que huit jours de date.

La maison gardait cet aspect vivant qui ressemble à l'expression d'activité sereine empreinte parfois sur le visage humain. On devinait, dans cette ruche aux sept pointes, le bourdonnement d'une famille nombreuse.

Une lourde charrette, chargée de bois de chêne, passait sous le portail, s'acheminant vers les communs au fond de la cour ; la cuisinière, fraîche et replète, — peut-être aussi était-ce la femme de charge, — pérorait devant la petite porte, marchandant quelque volaille à un paysan qui venait les lui vendre. Derrière les fenêtres du rez-de-chaussée, on voyait circuler de temps en temps une soubrette de bonne mine, ou reluire la face noire d'un esclave bien nourri. A une croisée du second étage, penchée sur quelques vases de fleurs exotiques, une jeune dame, — fleur exotique elle aussi, — belle et délicate comme pas une des plantes sur lesquelles elle versait une eau limpide. Sa présence communiquait une grâce indescriptible, un charme vague à tout l'édifice. Sous d'autres rapports, c'était une solide et patriarcale maison, où le pignon du milieu représentait le père de famille entouré de ses six enfants, tandis que la grosse cheminée centrale éveillait l'idée d'un cœur hospitalier, prêtant sa chaleur à tout ce qui l'environne.

Sur le pignon de la façade existait un cadran solaire vertical, et le charpentier, venant à passer au-dessous, leva les yeux pour prendre note de l'heure.

« Trois heures, se disait-il.... Mon père m'a raconté que le cadran fut placé une heure seulement avant le trépas du Colonel. Depuis trente-sept ans qu'il est là, quelle exactitude il a conservée; — l'ombre se glisse furtive, et se glisse encore, emboîtant le pas derrière le soleil dont elle éteint les rayons un à un! »

Un ouvrier comme Matthew Maule, mandé chez un *gentleman*, devait se rendre de lui-même à la porte du fond par où étaient ordinairement admis les gens de service et les travailleurs du dehors; — tout au moins eût-il été tenu de frapper au guichet latéral, comme les marchands de premier ordre. Mais, outre l'orgueil ou la roideur qui faisait le fond de son caractère, le charpentier, en ce moment, ressentait avec amertume le tort héréditaire fait à sa famille par la construction du grand hôtel Pyncheon sur un terrain qui aurait dû lui appartenir. C'était là, effectivement, que dans le voisinage d'une source célèbre par la qualité de ses eaux, son grand-père avait mis à bas les pins de la forêt primitive, et construit un *cottage* où des enfants lui étaient nés : aussi le colonel Pyncheon, pour avoir les titres de cette propriété, avait-il été réduit à les arracher des doigts crispés d'un cadavre. C'est pourquoi le jeune Maule marcha droit à l'entrée principale, ouverte sous un portail de chêne sculpté; une fois là, il mit si bien en œuvre le marteau de fer, qu'on eût pu croire « le vieux sorcier » lui-même au seuil de son ancienne maison.

Le nègre Scipion répondit à cet impérieux appel avec une hâte prodigieuse. Mais quand il ne vit per-

sonne autre que le charpentier, ses yeux blancs expri-
mèrent l'ébahissement le plus complet.

« Merci de nous! Que d'embarras pour ce faiseur
de planches! murmura Scipion très-discrètement....
Croirait-on pas lui taper la porte avec son marteau le
plus lourd?

— Me voici, dit Maule d'un ton sévère...., Menez-
moi chez votre maître! »

Au moment où il entrait dans la maison, une douce
et mélancolique harmonie, arrivée des étages supérieurs,
vibrait le long du corridor. C'était le clavecin qu'Alice
Pyncheon avait rapporté avec elle en revenant d'Europe. Cette belle Alice partageait son loisir virginal
entre les fleurs et la musique, bien que les premières
fussent sujettes à se flétrir sous sa main, et que souvent
les mélodies les plus tristes jaillissent involontairement de ses doigts. Elle avait été élevée à l'étranger et
ne pouvait s'habituer aux façons de vivre de la Nouvelle Angleterre, très-médiocrement alors attrayantes
pour une âme quelque peu éprise du beau.

Sachant que M. Pyncheon attendait avec impatience l'arrivée de Maule, Scipion-le-noir ne mit aucun retard à introduire le charpentier dans le cabinet
du maître de la maison. C'était une pièce de dimensions moyennes, ayant vue sur le jardin, et dont
les fenêtres étaient en partie masquées par le feuillage des arbres fruitiers. M. Pyncheon, qui s'en
était réservé l'usage habituel, l'avait meublée avec élégance, même avec luxe, et en général d'objets achetés
à Paris. Le parquet (chose rare à cette époque) était
recouvert d'un tapis si habilement travaillé, qu'on l'eût
dit jonché de fleurs vivantes. Dans un coin, debout sur

un piédestal, une femme de marbre, n'ayant que sa
beauté pour tout vêtement. Çà et là, sur les murs,
quelques toiles aux couleurs adoucies et fondues par
le travail des ans. Près de la cheminée, un grand et
magnifique cabinet d'ébène incrusté d'ivoire, antique
meuble que M. Pyncheon avait acquis à Venise, et
dans lequel étaient précieusement classées les médailles, les monnaies anciennes et toutes les menues
curiosités coûteuses qu'il avait collectionnées pendant
ses voyages. Cette décoration variée, néanmoins, n'en-
levait pas à la pièce son caractère original, dû au peu
de hauteur de ses lambris, aux poutres entrecroisées
qui soutenaient le plafond, à l'ampleur de la cheminée
garnie de briques hollandaises, suivant une ancienne
mode; elle offrait ainsi l'emblème d'une intelligence
industrieusement fournie d'idées étrangères, laborieuse-
ment parvenue à un certain degré de raffinement artifi-
ciel, mais qui ne s'en trouve ni plus vaste, ni, à vrai dire,
dans ce qui lui appartient en propre, plus élégante
qu'auparavant.

Deux objets, en particulier, semblaient convenir
assez peu à un appartement meublé avec autant de recherche. Une ample carte, d'abord, — ou plutôt le plan
cadastral d'une contrée quelconque, — plan qui paraissait dater de bien des années, enfumé qu'il était
maintenant, et portant par endroits la trace des doigts
qui l'avaient tour à tour parcouru. L'autre était le
portrait d'un austère vieillard, vêtu du costume des
Puritains, et peint assez grossièrement, mais d'une
touche hardie et mettant énergiquement en relief l'expression caractéristique de l'original.

Auprès d'une petite table, devant un feu de houille

anglaise, était assis M. Pyncheon, qui humait à petits coups une tasse de café, son breuvage favori depuis qu'il avait résidé en France. C'était un homme dans la force de l'âge, et encore très-agréable malgré la perruque dont les boucles poudrées retombaient en cascade sur ses épaules ; son habit était de velours bleu, chamarré sur les pans et aux boutonnières ; les clartés de l'âtre se reflétaient d'ailleurs sur l'ampleur spacieuse de son gilet où s'épanouissait mainte et mainte fleur brodée en or. A l'entrée de Scipion, qui annonçait le charpentier, M. Pyncheon se détourna quelque peu, mais reprit ensuite sa première position, et acheva tranquillement sa tasse de café sans paraître s'occuper autrement de l'homme qu'il avait appelé chez lui. Il n'y avait là aucune grossièreté de parti pris, aucun inconvenant dédain, — toutes choses dont il eût rougi, — mais il ne lui vint pas même à l'idée qu'un personnage comme était Maule, eût droit à un témoignage de politesse et pût s'inquiéter d'un manque de formes.

Le charpentier, cependant, vint s'adosser à la cheminée, et se tournant un peu comme pour regarder M. Pyncheon bien en face :

« Vous m'avez envoyé chercher, lui dit-il. Veuillez m'expliquer votre affaire pour que je puisse retourner aux miennes.

— Ah ! pardon, dit M. Pyncheon avec calme ; je ne prétends pas vous prendre vos heures sans les payer.... Votre nom est Maule, si je ne me trompe, — Thomas ou Matthew Maule, — et vous êtes le fils ou le petit-fils de l'homme qui a construit cette maison ?

— Matthew Maule, répondit le charpentier..., fils

du constructeur de la maison, petit-fils de l'homme à qui appartenait légitimement le terrain où on l'a bâtie.

— Je connais le litige auquel vous faites allusion, remarqua M. Pyncheon sans la moindre émotion. Je sais parfaitement que mon grand-père a dû soutenir un procès pour établir son droit de propriété sur le sol que couvre notre hôtel.... Si vous voulez bien le permettre, nous ne renouvellerons pas ce débat.... L'affaire a été réglée dans le temps par les autorités compétentes, — équitablement, nous devons le présumer,— irrévocablement, voilà qui est sûr...., Et cependant, par une coïncidence assez singulière, ce sujet n'est pas absolument étranger à ce que je voulais vous dire ; de telle sorte que cette rancune invétérée, — excusez-moi, je n'ai nulle envie de vous offenser, — cette irritabilité, si vous voulez, que vous venez de me témoigner, touche par quelques points au sujet que nous allons traiter.

— Monsieur Pyncheon, dit le charpentier, si vous pouvez tirer un parti quelconque du ressentiment bien naturel que laisse à un homme le tort fait à sa famille, je le mets sans réserve à votre disposition.

— Et je vous prends au mot, mon brave homme, reprit avec un sourire le propriétaire des Sept Pignons. Je vais vous suggérer un moyen de faire tourner au profit de mes affaires le ressentiment,—justifié ou non — qui se perpétue ainsi dans votre famille. Vous avez ouï dire, je suppose, que, depuis mon grand-père, les Pyncheon ont constamment réclamé, sans avoir encore pu le faire reconnaître, le droit qu'ils se croient sur une très-vaste étendue de territoires, située dans les districts de l'Est?

— Je l'ai ouï dire très-souvent, répondit Maule (et

on prétend qu'à ces mots un sourire passa sur son visage).... Très-souvent..., et par mon père!

— Notre prétention, continua M. Pyncheon après
un instant de silence consacré peut-être à réfléchir
sur le sens de ce sourire étrange, notre prétention
semblait sur le point d'être admise avec toutes ses
conséquences à l'époque où mon grand-père décéda.
Les personnes au courant de ses secrets savaient
fort bien qu'il n'appréhendait ni difficultés ni délais.
D'un autre côté, le colonel Pyncheon — inutile de
vous l'apprendre — était un homme pratique, versé
dans les affaires publiques et particulières, absolument
incapable de nourrir des espérances mal fondées ou
de poursuivre la réalisation d'un projet chimérique. Il
est dès lors tout naturel d'en conclure que — puisqu'il
prévoyait avec tant de confiance l'issue favorable de
cette réclamation, — il avait pour cela quelques motifs
inconnus à ses héritiers. Je crois, en un mot,— et les
jurisconsultes qui m'aident de leurs avis partagent
cette manière de voir, autorisée d'ailleurs, jusqu'à certain point, par nos traditions de famille, — je crois que
mon grand-père était en possession de quelque acte ou
de quelque autre document, de nature à établir victo-
rieusement son droit, mais qui depuis lors a disparu.

— Rien de plus probable, dit Matthew Maule (et de
nouveau, assure-t-on, un sombre sourire vint plisser
ses lèvres....); mais à quel titre un pauvre charpentier
comme moi pourrait-il se mêler des grandes affaires
de la famille Pyncheon?... A quoi vous serais-je utile?

— Peut-être à rien, répliqua M. Pyncheon, mais le
contraire n'est pas impossible! »

Tel fut le début d'une longue conversation entre

Matthew Maule et le propriétaire des Sept Pignons,
sur le sujet ainsi abordé par ce dernier. Il paraît, —
M. Pyncheon hésitait en parlant de rumeurs si absurdes au premier coup d'œil, — que la croyance populaire établissait quelques rapports mystérieux entre la
famille des Maule et ces vastes domaines des Pyncheon, encore à l'état de vague espérance. C'était un
propos fréquent que « le vieux sorcier, » nonobstant sa
pendaison, l'avait finalement emporté dans sa lutte avec
le colonel Pyncheon, attendu qu'en échange d'un
acre ou deux de jardin potager, il avait pris possession
du grand territoire oriental. Une femme très-âgée, et
qui venait de mourir, répétait souvent au coin du feu
— se servant d'une métaphore éloquente — « qu'on avait
jeté à la pelle, dans la fosse de Maule, des lieues et
des lieues de terre appartenant aux Pyncheon, et que
le tout avait cependant tenu dans ce petit creux situé
entre deux rochers, presque au sommet de Gallows-
Hill[1]. » De plus, lorsqu'on voyait les hommes de loi
remuer ciel et terre pour retrouver le document perdu,
on se répétait proverbialement que « pour le trouver il
faudrait ouvrir la main du sorcier devenu squelette. »
Et ces mêmes gens de loi s'étaient si bien préoccu-
pés de ces propos fabuleux, qu'ils avaient fait secrètement fouiller la tombe de Matthew Maule, — circonstance étrange que M. Pyncheon ne crut pas à propos
de faire connaître au charpentier. Ces recherches d'ailleurs n'avaient produit aucun résultat; il n'en était
sorti qu'une découverte inexplicable. — C'est que la
main droite du squelette avait disparu.

1. *Gallows-Hill*, la Colline aux Potences.

En remontant à l'origine de ces bruits populaires on arrivait, — circonstance fort essentielle, — à certaines paroles, à certaines obscures insinuations qu'aurait laissé tomber, de temps à autre, le fils du sorcier mis à mort, le père du Matthew Maule aujourd'hui vivant. Et ici, M. Pyncheon pouvait invoquer un de ses souvenirs personnels. Bien que tout enfant à cette époque, il se rappelait, — ou s'imaginait, — que le père de Matthew avait eu quelque travail à faire, — soit la veille, soit le jour même du décès du Colonel, — dans ce même cabinet où le charpentier et lui s'entretenaient présentement.... Or, des papiers d'affaires, appartenant au colonel Pyncheon (son petit-fils avait ce détail très-présent à la mémoire), se trouvaient alors étalés sur la table.

Matthew Maule ne feignit pas de se méprendre sur le soupçon qui lui était insinué de la sorte :

« Mon père, dit-il, — et toujours avec ce noir sourire qui faisait de sa physionomie une véritable énigme, — mon père était un plus honnête homme que le vieux Colonel aux mains sanglantes.... Eût-il pu rentrer ainsi dans ses biens, il ne se serait pas permis de dérober un seul de ces papiers !

— Je n'entends pas faire assaut avec vous, lui répondit avec un calme hautain ce Pyncheon façonné aux manières de l'étranger; et il ne me convient pas davantage de me montrer sensible aux mauvais propos dirigés, ou contre mon grand-père, ou contre moi-même. Un *gentleman*, avant d'entrer en rapport avec une personne de votre rang et de votre éducation, doit se demander, au préalable, si l'importance du but com-

pense les inconvénients des moyens par lesquels il
faut l'atteindre.... Et c'est justement ainsi que la chose
se présente aujourd'hui. »

Reprenant alors l'entretien, il fit au charpentier des
offres pécuniaires fort importantes, pour le cas où ce
dernier fournirait des renseignements susceptibles de
faire découvrir le document perdu — et réussir, dès
lors, la réclamation encore pendante. Matthew Maule,
dit-on, resta longtemps sourd devant ces propositions.
A la fin, néanmoins, avec un rire singulier, il demanda si M. Pyncheon, — en échange de la preuve
écrite qu'il sollicitait avec tant d'instances, — serait
disposé à lui rendre le terrain jadis défriché par « le
vieux sorcier, » et la Maison aux Sept Pignons depuis
lors bâtie sur ce terrain.

L'absurde histoire, la légende pour mieux dire, qui
fait le fond de notre récit — sans que nous nous
croyions obligé à reproduire toutes ses extravagances,
— attribue ici une conduite fort étrange au portrait du
colonel Pyncheon. Nous n'avons pas dit qu'entre ce
Portrait et les destinées de la Maison, il était censé y
avoir un lien magique en vertu duquel, si le premier
était décroché des murs, la seconde à l'instant même
s'effondrerait en poussière. Or, pendant tous ces propos échangés précédemment entre M. Pyncheon et le
charpentier, le portrait, fronçant le sourcil, montrant
le poing, avait manifesté une excessive agitation, sans
toutefois que l'un ou l'autre des deux interlocuteurs y
eût pris garde. Finalement, et quand Matthew Maule
osa bien revendiquer la propriété de la Maison aux
Sept Pignons, on assure que l'image-fantôme perdit patience et faillit descendre de son cadre, en chair

et en os, pour châtier une pareille insolence. — Nous ne mentionnons que pour mémoire, cela va sans le dire, des incidents si peu dignes de foi.

« Vous restituer cette maison? s'écria M. Pyncheon, abasourdi de la proposition qui lui était faite; si je m'y prêtais, mon grand-père ne reposerait pas tranquille au fond de sa tombe!

— Cela ne lui est jamais arrivé, à moins que les nistoires ne mentent, fit observer le charpentier avec un calme impassible.... Mais la chose regarde son petit-fils, et Matthew Maule n'a rien à y voir.... Quant à mes conditions, je vous les ai dites; pas un mot n'y sera changé. »

Bien que M. Pyncheon les eût trouvées inacceptables au premier coup d'œil, il n'en jugea pas moins possible, en y songeant mieux, de les mettre en discussion. Personnellement, la maison ne lui plaisait guère, et le temps qu'il y avait fait passer pendant son enfance ne lui avait légué aucun agréable souvenir. Bien au contraire, après trente-sept ans écoulés, la présence du grand-père défunt semblait s'y faire sentir encore, comme dans la matinée mémorable où l'enfant épouvanté s'était trouvé en face de ce cadavre assis dans son fauteuil, immobile et roide, avec une mine si farouche. La longue résidence de Gervayse Pyncheon dans les pays étrangers, en le familiarisant avec les châteaux, les villas seigneuriales de l'Angleterre, et les palais d'Italie taillés dans le marbre, ne lui permettaient pas d'estimer fort haut la Maison aux Sept Pignons, soit comme splendeur, soit comme agrément. C'était un hôtel médiocre, et peu en rapport avec la grande existence que M. Pyncheon aurait à mener, après avoir fait admettre ses revendications territoriales. Tout au plus, alors, serait-elle bonne pour son intendant. D'ailleurs, en cas de succès, il projetait de retourner en Angleterre; et, pour dire vrai, jamais il n'aurait quitté ce séjour de prédilection, si sa propre fortune, aussi bien que celle de sa défunte femme, n'avait subi récemment d'assez rudes atteintes. Les terres de l'État une fois redevenues son domaine, M. Pyncheon, dont les propriétés se mesureraient désormais non par acres, mais par milles, pourrait demander à la couronne de les ériger en comté-pairie. Lord Pyncheon! Ou bien encore, le comte de Waldo! Comment un patricien de cet ordre astreindrait-il sa grandeur à tenir dans l'étroite enceinte de Sept Pignons en bois de charpente?

Bref, les choses envisagées de haut, M. Pyncheon trouva les conditions du charpentier si plaisamment modestes, qu'il put à peine se tenir de lui rire au nez. Et en même temps, il avait honte, conformément aux réflexions indiquées ci-dessus, de marchander le moins du monde sur l'insignifiante récompense demandée en échange d'un service si considérable.

« Je consens, Maule, à tout ce que vous exigez, s'écria-t-il. Procurez-moi le document indispensable pour établir mes droits ; et la Maison aux Sept Pignons deviendra immédiatement votre propriété ! »

Cette histoire a plusieurs versions. Suivant quelques-unes, il y eut un contrat régulier, dressé par un avocat, et signé, scellé, en présence de témoins. D'autres disent que Matthew Maule se contenta d'une reconnaissance sous seing privé, par laquelle M. Pyncheon engageait son honneur et sa bonne renommée à

15

l'accomplissement des conventions faites. Le *gentleman* fit ensuite apporter du vin ; le charpentier et lui burent ensemble, comme gage et confirmation du marché. Pendant toute la discussion précédente et les formalités qui s'en étaient suivies, le portrait du vieux Puritain persistait, dit-on, à témoigner son mécontentement par des gestes énergiques ; mais ils n'aboutirent à rien, si ce n'est que M. Pyncheon, — au moment où il replaçait sur la table son verre vide, — se figura qu'il voyait son grand-père froncer le sourcil.

« Décidément, remarqua-t-il après avoir jeté sur le portrait un coup d'œil légèrement ému, décidément, le Xérès est un vin trop fort pour moi.... Voilà déjà qu'il me porte à la tête !... De retour en Europe, je me limiterai aux crus les plus exquis de l'Italie et de la France, dont les meilleurs, on doit le regretter, ne supportent pas le voyage.

— Mylord Pyncheon pourra boire le vin qu'il voudra, et dans les pays qu'il lui plaira choisir, répondit le charpentier, comme s'il était au courant des ambitieux projets que nourrissait son hôte.... Mais au préalable, et si vous désirez avoir des nouvelles de ce document perdu, j'aurai, monsieur, à implorer de vous la faveur de quelque entretien avec votre charmante fille, Alice.

— Vous êtes fou, Maule ! s'écria M. Pyncheon avec hauteur ; et cette fois, enfin, son orgueil blessé se trahissait par une certaine colère.... Comment ma fille se trouverait-elle mêlée à une affaire de ce genre ? »

Par le fait, devant cette nouvelle requête du charpentier, le propriétaire des Sept Pignons demeurait encore plus complétement abasourdi, que lorsqu'on lui

avait proposé froidement de renoncer à tous ses droits
sur la demeure de ses aïeux. Cette première stipula-
tion avait en effet sa raison d'être, tandis qu'à l'appui
de la seconde, on ne pouvait, en apparence, invoquer
aucun motif. Matthew Maule n'en insista pas moins
obstinément, pour que la jeune demoiselle fût con-
voquée, laissant même entendre à son père, — au
moyen d'explications passablement ténébreuses, et
qui donnaient à l'affaire une couleur assez suspecte,
— que la seule chance d'arriver à la connaissance
requise, était le concours, l'entremise d'une âme
pure, d'une intelligence virginale, comme celles de la
belle Alice. Élaguant de notre récit les scrupules de
M. Pyncheon, — suggérés ou par sa conscience, ou par
son orgueil, ou par son affection paternelle, — nous
dirons simplement qu'en dernière analyse il fit appeler sa fille. Il la savait dans sa chambre, et sans motif
valable pour ne pas accourir à l'instant même, car,
depuis que son nom avait été prononcé, son père et
le charpentier n'avaient cessé d'entendre la triste et
douce musique de son clavecin, se mêlant aux plus
plaintifs accents de sa voix aérienne.

Alice Pyncheon, ainsi mandée, ne tarda pas à se
montrer, dans tout l'éclat de cette beauté aristocratique qu'on peut encore admirer aujourd'hui à Chats-
worth, chez le représentant actuel des ducs de Devon-
shire, où se trouve son portrait, œuvre d'un pinceau
Vénitien, et que son père, en vue d'un retour probable, avait laissé sur la terre anglaise.

Si jamais une femme naquit noble, et séparée du vulgaire par une sorte de majesté douce et froide, c'était
bien celle dont nous parlons en ce moment. Mais à tout

cet orgueil qui se pouvait pardonner aisément, se mêlait, comme pour le tempérer, une tendresse, ou pour
mieux dire, une faculté de tendresse capable de lui
soumettre les cœurs les plus rebelles.

Au moment où Alice entra dans le cabinet, ses regards
tombèrent d'abord sur le charpentier, debout au milieu
de la pièce, vêtu d'une jaquette de tricot vert et d'un
large haut de chausses flottant, ouvert aux genoux, des
poches duquel émergeait le bout de sa longue règle;
à ce signe, on reconnaissait l'artisan, comme le gentil-
homme à sa rapière en verrouil. Une approbation d'artiste vint animer aussitôt le visage d'Alice Pyncheon ;
elle admirait, sans se croire obligée d'en rien dissimuler, la belle stature de Maule, la force, l'énergie
qu'elle semblait attester. Mais ce regard d'admiration,
(que d'autres hommes se fussent rappelé toute leur
vie, comme le témoignage le plus flatteur pour leur
orgueil), le charpentier ne devait jamais le lui pardonner. Il faut croire que le Démon lui-même était
venu subtiliser, raffiner ainsi les perceptions de ce
malheureux.

« Qu'a donc cette fille, à me regarder comme un cheval ou un chien ? pensait-il, serrant les dents.... Je
me charge bien de lui prouver que j'ai en moi une volonté d'homme, et tant pis pour elle, si cette volonté
se trouve l'emporter sur la sienne !

—Mon père, vous m'avez envoyé chercher, dit Alice,
de sa voix vibrante comme un son de harpe. Mais, si
vous avez affaire avec ce jeune homme, laissez-moi
m'en aller, je vous prie.... Vous savez que je n'aime
pas votre cabinet, malgré ce Claude Lorrain, destiné à
me rendre le souvenir d'un temps plus heureux.

— Un moment, jeune dame!... Veuillez demeurer, dit Matthew Maule. L'affaire que je débattais avec votre père est maintenant terminée. Il est temps d'aborder celle que nous devons traiter ensemble. »

Alice regarda son père avec une surprise mêlée d'embarras.

« Oui, ma fille, dit M. Pyncheon, non sans laisser percer quelque trouble et quelque confusion.... Ce jeune homme, — il s'appelle Matthew Maule, — se croit capable, si je comprends bien ce qu'il m'a dit, de découvrir, par votre entremise, certain papier ou parchemin, égaré bien avant votre naissance. L'importance du document en question ne nous permet de négliger aucune chance, — même la moins probable, — parmi celles qui peuvent nous le faire retrouver. Vous m'obligerez donc, ma chère Alice, si vous voulez bien répondre aux questions que vous adressera ce personnage, et satisfaire à toutes les demandes, — licites et raisonnables, bien entendu, — qui paraîtront avoir pour objet la découverte susdite. Comme je ne dois pas quitter l'appartement, vous n'avez à craindre aucun abus, aucune inconvenance de la part de ce jeune homme; d'ailleurs, cela va sans le dire, cette investigation, cette enquête (donnez-lui le nom que vous voudrez), sera interrompue aussitôt que vous aurez manifesté à cet égard le plus léger désir.

— Mistress Alice Pyncheon, fit observer Matthew Maule avec la plus extrême déférence, mais aussi avec une légère intention sarcastique, indiquée par ses regards et par l'accent de sa voix, mistress Alice Pyncheon doit trouver une garantie très-suffisante dans la présence de son père, et sous cette sauvegarde éminemment efficace, je ne vois pas ce qui pourrait l'inquiéter.

— Il est certain, dit Alice avec toute la dignité de son âge et de sa condition, que la présence de mon père ne saurait me laisser aucune crainte. D'ailleurs, que peut redouter de qui que ce soit, et dans quelque circonstance que ce soit, une femme qui ne s'abandonne pas elle-même ? »

Pauvre Alice ! par quelle fatale influence se plaça-t-elle ainsi en antagonisme direct avec une force qu'il lui était interdit d'apprécier ?

« En ce cas, mistress Alice, reprit Matthew Maule, avançant un fauteuil, — et avec assez de grâce pour un ouvrier, — daignez seulement vous asseoir, et me faire ensuite la faveur insigne de fixer vos regards sur les miens ? »

Alice obéit. Elle était très-fière. A part tous les avantages qu'elle tirait de son rang, cette belle personne se sentait investie d'une puissance complexe qui la rendait inattaquable, tant qu'elle se resterait fidèle à elle-même. Peut-être aussi, son instinct lui révéla-t-il qu'une sinistre et mauvaise influence prétendait franchir les impénétrables barrières dont elle se croyait entourée, — et dans ce cas, sûre de la victoire, la lutte ne lui déplaisait pas. C'est ainsi qu'elle fut entraînée à ce conflit, presque toujours inégal, de la force féminine contre la force virile.

Son père, cependant, qui s'était discrètement détourné, s'absorbait en apparence dans la contemplation du paysage de Claude, mais, au fond, cette toile magique n'avait pas plus d'attrait pour lui, dans ce moment, que la muraille nue dont elle occupait le cen-

tre. Sa pensée était obsédée par le souvenir de tous les
étranges récits qui attribuaient à ces Maule, — aussi
bien au petit-fils, ici présent, qu'à ses deux ancêtres
immédiats, — des dons surnaturels, des facultés surhumaines. La longue résidence que M. Pyncheon avait
faite à l'étranger, ses rapports avec les beaux esprits à
la mode, — courtisans, hommes du monde, libres penseurs, — avaient considérablement atténué en lui ces
vieilles superstitions puritaines auxquelles ne pouvait
absolument se soustraire, dans ces temps reculés, un
homme né sur le territoire américain. Mais, d'autre
part, une communauté tout entière n'avait-elle pas
tenu pour sorcier le grand-père de Maule? Le crime
n'avait-il pas été prouvé? Le sorcier n'avait-il pas expié
ce crime sur l'échafaud? et n'avait-il pas légué à son
unique petit-fils la haine dont il était animé contre
les Pyncheon? Ce petit-fils, maintenant, allait faire
subir à la fille de l'ennemi de sa maison une influence
subtile dont il avait seul le secret. Cette influence ne
pouvait-elle pas être la même à laquelle on donnait
jadis le nom de sorcellerie?

Se tournant alors à moitié, il entrevit dans la glace
la figure et l'attitude de Maule. Debout à quelques pas
d'Alice, et les bras levés en l'air, le charpentier semblait faire descendre sur la jeune fille une masse invisible qui s'abaissait lentement.

« Arrêtez, Maule, s'écria M. Pyncheon faisant un
pas en avant.... Je vous défends de continuer!

— Je vous le demande en grâce, mon bon père,
n'interrompez pas ce jeune homme, dit Alice gardant
la même attitude; ses efforts, je vous assure, ne sauraient en rien me nuire. »

M. Pyncheon se remit à contempler le Claude. Ce n'était plus lui, c'était sa fille, qui, malgré lui, voulait mener l'épreuve à terme. Il ne résista plus, désormais, se bornant à consentir. Et n'était-ce pas pour elle, bien plus que pour lui-même, qu'il ambitionnait la réussite de l'expérience? Alice Pyncheon, avec l'opulente dot qu'il pourrait lui donner alors, épouserait à son gré, soit un duc anglais, soit un prince régnant d'Allemagne, au lieu de quelque ecclésiastique ou jurisconsulte américain. Cette pensée le déterminait presque à permettre, dans le secret de sa conscience, que Maule évoquât le Démon, si l'intervention du Mauvais esprit était indispensable pour réaliser ce grand rêve. La pureté d'Alice lui servirait de sauvegarde.

Pendant qu'il se repaissait des chimériques magnificences de l'avenir, M. Pyncheon entendit sa fille articuler à moitié une exclamation soudaine!... C'était presque un soupir, un murmure si indistinct qu'on eût dit des paroles issues d'une volonté à peine formée, et qu'un dessein trop vague rendait inintelligibles. Elle l'appelait néanmoins à son secours, — sa conscience ne lui laissa là-dessus aucune espèce de doute, — et le faible cri qui arrivait à peine à son oreille, fut pour son cœur, où il réveilla de terribles échos, une clameur déchirante; — mais cette fois le père ne se retourna point.

Après un autre intervalle, ce fut Maule qui parla.

« Regardez votre fille, » disait-il.

M. Pyncheon s'avança précipitamment. Le charpentier était debout devant le fauteuil d'Alice, et montrait du doigt la jeune fille avec une expression de triomphe dont la portée ne pouvait guère être définie, pas plus que l'invisible domination dont il semblait se prévaloir ainsi. Alice était assise dans l'attitude d'un profond repos; et ses longs cils bruns voilaient ses yeux.

« La voilà, dit le charpentier.... Parlez-lui, maintenant!

— Alice, ma fille! s'écria M. Pyncheon. Mon Alice, ma chère enfant! »

Mais elle ne bougea pas.

« Plus haut, dit Maule en souriant.

— Réveillez-vous, Alice, répéta son père d'une voix plus haute.... Vous voir dans cet état m'est très-pénible! Réveillez-vous donc!... »

Ainsi s'écriait-il d'une voix effrayée, et fort près de cette oreille délicate que le moindre bruit effarouchait naguère; mais la voix paternelle, bien évidemment, n'arrivait pas jusqu'à miss Alice, et on ne saurait croire combien d'abîmes infranchissables cette impossibilité de se faire entendre d'elle plaçait entre le père et la fille.

« Mieux vaudrait essayer une méthode plus directe, dit Matthew Maule.... Secouez-moi cette demoiselle, et sans vous gêner!... Si mes mains n'étaient pas endurcies par un trop fréquent usage des outils de ma profession, je ne demanderais pas mieux que de vous aider! »

M. Pyncheon prit la main de sa fille et y posa ses lèvres avec toute l'ardeur de l'émotion subitement éveillée en lui. Dans ce baiser il y avait un tel battement de cœur, qu'elle ne pourrait manquer, pensait-il, de le ressentir. Puis, la trouvant toujours insensible, et irrité de la voir ainsi, le malheureux secoua la frêle enfant avec une violence dont il fut effrayé lui-même en y songeant le moment d'après. Alors il retira les bras dont il l'avait enveloppée, et Alice, — dont la taille, tout en restant flexible, se refusait absolument à une action quelconque, — retomba dans la même attitude qu'avant tous ces essais pour la réveiller. Seulement, Maule ayant changé de place, le visage de la jeune fille se tourna imperceptiblement vers lui, comme si le sommeil même où elle était plongée le reconnaissait pour maître et pour guide.

Ce fut alors un spectacle étrange que de voir l'homme du monde, le héros de salon, oublier sa dignité, — le majestueux *gentleman* faire voler de tous côtés la poudre de sa perruque, — et le gilet brodé d'or trahir par l'agitation des reflets que l'âtre y jetait, les convulsions de rage, de terreur et de chagrin auxquelles s'abandonnait le cœur dont il ne pouvait plus masquer les battements.

« Misérable! s'écria M. Pyncheon, montrant à Maule son poing fermé; l'enfer et vous m'avez dérobé ma fille!... Rendez-la moi, méprisable fruit du vieux sorcier, ou vous monterez à la potence sur les traces de votre grand-père!

— Doucement, monsieur Pyncheon, dit le charpentier avec un calme dédaigneux.... que votre Honneur se ménage, sans quoi pourraient bien en souffrir ces riches manchettes de dentelle qui pendent à vos poignets!... Est-ce ma faute, à moi, si vous avez vendu votre fille pour le seul espoir de mettre la main sur une feuille de parchemin jauni?... La voilà, mistress Alice, paisiblement endormie!... Et nous allons voir si Matthew Maule la trouvera maintenant aussi orgueilleuse que le charpentier de tout à l'heure. »

Il lui adressa la parole, et Alice lui répondit avec un doux acquiescement, une déférence intime et contenue, se penchant vers lui comme la flamme d'une torche sous l'effort d'un vent léger. Il lui fit signe de la main, et, se levant de son fauteuil, — les yeux toujours fermés, mais sans hésitation et comme appelée vers un gouffre inévitable, — l'orgueilleuse Alice marcha vers lui. Un nouveau geste du charpentier lui enjoignit de s'éloigner, et, reculant aussitôt, Alice retomba dans son fauteuil.

« Elle m'appartient, dit Matthew Maule.... Elle est à moi par le droit d'une volonté plus forte que la sienne ! »

Ici la légende entre dans de longs détails, — les uns grotesques, les autres bien faits pour surprendre, — au sujet des « incantations » qu'employa le charpentier afin de découvrir le document perdu. Son projet, paraît-il, était de métamorphoser l'intelligence d'Alice en une sorte de médium télescopique, au moyen duquel M. Pyncheon et lui pourraient, çà et là, jeter quelques regards dans la sphère immatérielle. Il réussit, en effet, à établir quelques relations imparfaites avec les personnages défunts sous la garde desquels le précieux secret avait été placé, par delà les limites du monde terrestre. Pendant son extatique sommeil, Alice décrivit trois figures dont ses perceptions surhumaines lui révélaient la présence. D'abord, un *gentleman* âgé, majestueux, de mine sévère, vêtu comme pour une occasion solennelle, d'un costume à la fois sérieux et riche, mais avec une large tache de sang sur son rabat, délicatement brodé ; — puis un autre vieillard, pauvrement habillé, dont la physionomie sombre

exprimait la haine, et qui avait une espèce de longe autour de son cou ; — le troisième était un homme beaucoup moins avancé en âge que les deux premiers,
mais cependant ayant dépassé la quarantaine, lequel
portait une grossière jaquette de laine, et un haut de
chausses en cuir, des poches duquel on voyait sortir
une règle de charpentier. Ces trois chimériques individus possédaient en commun le secret du document
perdu. L'un d'eux, à la vérité, — celui dont le rabat
était taché de sang, — paraissait bien, si l'on ne se
trompait pas à ses gestes, avoir le parchemin sous sa
garde immédiate; mais l'opposition de ses mystérieux associés l'empêchait d'abdiquer cette mission de
confiance. En fin de compte, venant à manifester le
désir de proclamer le secret, à voix assez haute pour
être entendue dans les régions terrestres, ses deux
compagnons se jetèrent sur lui, et placèrent leurs
mains sur sa bouche; aussitôt, — soit qu'ils l'eussent
étouffé, soit que le secret lui-même fût de couleur
pourpre, — on vit un nouveau jet de sang descendre
sur son rabat. Après quoi, les deux apparitions mal
vêtues se mirent à railler le vieux dignitaire qui semblait avoir perdu contenance, et de leurs doigts, en
riant, lui montraient la tache....

Les choses arrivées là, Maule se tourna vers
M. Pyncheon.

« Décidément, disait-il, la prohibition sera maintenue. Le soin de garder ce secret, qui enrichirait ses
héritiers, fait partie du châtiment de votre grand-père.
Il ne s'en débarrassera, et ne cessera d'étouffer, que
lorsque la révélation ne pourra plus servir à personne.... Gardez donc la Maison aux Sept Pignons !

C'est un héritage acheté trop cher, et trop aggravé par
la malédiction qui pèse sur lui, pour être sitôt retiré à
la postérité du Colonel! »

M. Pyncheon voulut répondre, mais, — soit crainte
ou colère, — il ne put faire entendre qu'une sorte de
murmure comprimé dans le fond de sa gorge. Le
charpentier se prit alors à sourire : — « Ah! ah! très-
honorable monsieur, disait-il avec l'accent du sarcasme, vous avez donc à boire le sang du vieux Maule!

— Démon à visage humain! Pourquoi garderais-tu
ton empire sur mon enfant? s'écria M. Pyncheon,
lorsque son gosier débarrassé lui permit de parler....
Rends-moi ma fille!... Tu t'en iras ensuite, et puis-
sions-nous ne nous rencontrer jamais!

— Votre fille! dit Matthew Maule, elle est à moi,
maintenant!... Cependant, pour ne pas me montrer trop dur envers la belle mistress Alice, je la laisserai sous votre garde, mais sans vous promettre qu'elle
n'aura jamais occasion de se rappeler le charpentier
Maule. »

De ses mains, en même temps, il exécutait une
passe de bas en haut; et après que le geste eut été renouvelé un certain nombre de fois, la belle Alice
Pyncheon s'éveilla de sa bizarre extase. Elle s'éveilla
sans garder le plus léger souvenir de l'épreuve subie,
et comme quelqu'un qui reprend, après un instant de
rêverie, pleine conscience de la vie réelle. En recon-
naissant Matthew Maule, sa physionomie redevint un
peu froide, bien que douce encore, — et cela probablement parce que certain sourire tout spécial, qu'elle
retrouvait sur le visage du charpentier, froissait son
orgueil de jeune fille. Ainsi se trouva provisoirement

close l'enquête qui avait pour but de faire retrouver l'acte de propriété en vertu duquel les Pyncheon auraient pu revendiquer le territoire de l'Est; et bien que cette enquête ait été renouvelée à plusieurs reprises depuis lors, nous n'avons pas appris qu'aucun membre de cette famille ait eu le bonheur de jeter les yeux sur le précieux parchemin.

Mais hélas! qu'arriva-t-il de cette belle et douce Alice, tant soit peu trop hautaine? Un ascendant, dont elle ne soupçonnait pas l'existence, dominait maintenant son âme sans tache. Une volonté bien différente de la sienne la contraignait à plier sous les plus bizarres caprices. Il se trouvait, en définitive, que — dans son effréné désir de supputer par milles, et non par acres, l'étendue de ses possessions territoriales, — son père avait voué la malheureuse enfant à un long martyre. Désormais, aussi longtemps que vivrait Alice Pyncheon, elle allait être asservie à Maule, et par des liens mille fois plus humiliants que ceux dont on aurait pu charger son corps. Assis à son humble foyer, le charpentier n'avait qu'à mouvoir la main, et n'importe où se trouvait l'orgueilleuse demoiselle, — seule dans sa chambre, — accueillant, selon les lois de l'étiquette, les graves convives de son père, — ou même agenouillée au pied des autels, — sa volonté lui échappait et passait sous le joug de Maule. « Riez, Alice! » disait le charpentier (ou même sans articuler un mot, il se contentait de le vouloir), et, fût-ce à l'heure de la prière ou pendant une solennité funèbre, Alice éclatait d'un rire insensé. « Soyez triste, Alice! » — Et au même instant, comme une pluie soudaine sur un feu de joie, les larmes de la jeune fille éteignaient toute

gaieté autour d'elle. « Alice, dansez ! » — Elle dan-
sait, non pas ces lentes et graves figures des menuets
de cour qu'on lui avait enseignées à l'étranger, mais
une de ces gigues villageoises, un de ces rigodons bon-
dissants qui vont bien aux alertes figurantes d'un bal
rustique. Maule semblait ne vouloir, ni perdre Alice,
ni lui infliger quelque grande infortune digne de pitié,
quelque désastre investi d'une grâce tragique, mais
au contraire, appeler sur elle une raillerie basse et
méprisante. Aussi, perdant la dignité de sa vie, elle
se sentait avilir, et eût volontiers changé sa destinée
contre celle du plus misérable ver de terre !

Un soir, à un bal de fiançailles (non les siennes,
car ainsi dépouillée de tout empire sur elle-même, se
marier lui eût paru un péché), la pauvre Alice, à qui son
invisible despote venait de faire signe, se vit contrainte
de partir en toute hâte — sans quitter sa robe de tulle
et ses souliers de satin — pour se rendre à travers
rues jusqu'à l'humble habitation d'un artisan. On y
riait, on y festoyait à grand bruit, car Matthew Maule,
ce soir-là même, devait épouser la fille du maître de la
maison, et avait convoqué l'orgueilleuse Alice Pyncheon
pour qu'elle figurât auprès de sa fiancée comme demoiselle d'honneur. Ainsi fit-elle, et lorsque le mariage
fut accompli, Alice s'éveilla de son sommeil magique.
Mais alors, quitte de tout orgueil, — humblement, avec
un sourire empreint de mélancolie, — elle embrassa
la jeune femme de Maule et s'en retourna au logis paternel. C'était par une nuit orageuse ; sur sa poitrine
mal défendue le vent du sud-est poussait un froid
mélange de pluie et de neige ; ses souliers de satin
furent bientôt traversés, pendant qu'elle se glissait le

long des trottoirs boueux. Le lendemain, elle était en-
rhumée : — bientôt la toux s'établit, puis une tache
pourpre sur chaque joue, un corps qui s'étiolait, une
forme amaigrie et voûtée qui, toujours assise devant le
clavecin, emplissait la maison d'une musique incessante,
d'une musique où se retrouvait l'écho des chœurs cé-
lestes. — Oh! quelle joie, car Alice avait bien supporté
son humiliation suprême!... — Et quelle joie plus
grande! Alice, repentante du seul péché qui l'attachât
à la terre, avait étouffé en elle jusqu'aux dernières
aspirations de son orgueil.

Les Pyncheon lui firent de magnifiques funérailles.
Le ban et l'arrière-ban de la parenté y assistèrent
avec tout ce que la ville comptait de plus éminent.
Mais, au dernier rang du cortège, marchait Matthew
Maule, qui grinçait des dents comme s'il eût voulu
mettre son cœur en lambeaux, — plus attristé, plus
malheureux que jamais homme ne le fut en escortant
ainsi un cadavre.

Il voulait humilier Alice, il ne voulait pas la tuer ;
— mais il avait pris dans sa rude étreinte, comme
pour en faire un jouet, l'âme délicate d'une femme,
— et cette femme en était morte !

XIV

L'adieu de Phœbé.

Holgrave avait débité son récit avec toute l'énergie d'un jeune auteur fort préoccupé de son œuvre, et qui prétend bien lui donner toute sa valeur. Il s'aperçut, à la fin, de certain engourdissement (tout à fait différent de celui qu'éprouve peut-être le lecteur), épandu sur les sens de la personne qui l'écoutait. Il fallait évidemment l'attribuer aux gestes mystérieux par lesquels il avait entendu évoquer, devant Phœbé, l'attitude du charpentier magnétiseur. Les yeux à demi fermés, — soulevant parfois ses paupières et les laissant retomber, l'instant d'après, comme sous l'action d'un poids invisible, — elle s'était un peu penchée vers lui et semblait régler son souffle sur la respiration du jeune homme. Holgrave, qui la contemplait tout en roulant son manuscrit, reconnut aussitôt les symptômes précurseurs de ce curieux état psychologique qu'il lui était

16

donné de produire avec plus de facilité que personne,
ainsi qu'il l'avait dit lui-même à Phœbé. Un voile
commençait à s'enrouler autour de celle-ci, à travers
lequel ses yeux ne voyaient plus qu'Holgrave, et qui
ne laissait arriver jusqu'à elle d'autres idées, d'autres
émotions, d'autre vie, en un mot, que celle de la fascination involontaire. Il jetait sur elle, et malgré lui,
des regards de plus en plus concentrés ; dans son attitude se trahissait la conscience de l'ascendant qu'il
exerçait sur elle. Il était évident qu'avec un seul geste
auquel correspondrait un effort de sa volonté, il pourrait s'emparer de l'esprit de Phœbé, de cet esprit virginal, libre encore de toute influence : sur cette bonne,
pure et simple enfant, il pouvait asseoir une domination aussi dangereuse — et peut-être aussi désastreuse — que celle dont le charpentier de sa légende
s'était prévalu contre la malheureuse Alice.

Pour un naturel comme celui d'Holgrave, spéculatif
et actif tout à la fois, il n'est guère de tentation plus irrésistible que l'occasion d'exercer son empire sur la
volonté humaine ; — et pour un jeune homme il n'est
guère d'idée plus séduisante que celle de voir dépendre
de lui les destinées d'une jeune fille. Il nous faut donc,
— malgré les défauts de sa nature et de son éducation, malgré son mépris pour les dogmes et les institutions publiques, — reconnaître chez le photographe une
des qualités les plus rares et les plus élevées, savoir,
le respect pour l'individualité d'autrui ; — reconnais-
sons-lui aussi une intégrité qui désormais lui méritera
toute notre confiance, puisqu'il sut s'interdire d'ajouter, aux liens déjà formés, celui qui eût rendu indis-
soluble le charme contre lequel Phœbé luttait encore

Il esquissa de la main un léger mouvement de bas en haut. « Savez-vous bien, ma chère miss Phœbé, que vous mortifiez singulièrement mon amour-propre? s'é-cria-t-il ensuite avec un sourire presque sarcastique. Je pressens qu'il ne faut pas songer à faire accepter mon petit roman par les éditeurs en vogue!... Comprenez-vous ce que j'éprouve en vous voyant prise de som-meil devant ces inventions originales, ces situations pathétiques auxquelles la critique désarmée devait rendre, selon moi, les hommages les moins équivo-ques?... Allons, allons, nous ferons de ce manuscrit une bonne poignée d'allumettes, — pourvu, toute-fois, qu'imbu comme il l'est de mes froides et ternes inspirations, le papier veuille bien prendre feu.

— Moi, prise de sommeil? Comment pouvez-vous parler ainsi? répondit Phœbé sans plus se douter de la crise qu'elle venait de traverser qu'un enfant ne se doute de l'abîme au bord duquel le hasard l'a re-tenu.... Non, non, je crois avoir été très-attentive, et sans me rappeler chaque incident par le menu, il me reste l'impression d'une grande anxiété, d'un grand chagrin : — Ne doutez donc pas de l'attrait que doit avoir votre récit. »

Le soleil, cependant, s'était couché : il envoyait aux nuages du zénith ces teintes brillantes qu'ils prennent seulement quand l'horizon a tout à fait perdu l'éclat bien plus vif dont naguère encore il était revêtu. La lune, elle aussi, dont le disque montait depuis long-temps inaperçu dans l'azur du ciel, commençait main-tenant à jeter de plus vives clartés, et ses rais d'argent avaient déjà pris assez de puissance pour modifier le caractère général du crépuscule. Ils rendaient plus doux, plus flatteur, l'aspect de la vieille maison, bien que l'ombre tombât plus profonde aux angles de ses nombreux pignons, sous la projection de l'étage en saillie, et sous le grand portail entre-bâillé. Chaque minute écoulée ajoutait au charme pittoresque du jardin; les arbres fruitiers, les taillis, les buissons en fleurs s'enveloppaient d'obscurité. Les détails vulgaires s'effaçaient. Chaque fois que la brise de mer se frayait un passage dans les ramures agitées, on entendait murmurer parmi les feuilles une centaine d'années mystérieuses. Le parquet noir, la table et le banc circulaire de la tonnelle recevaient, par les interstices de la végétation qui en recouvrait le toit et en masquait les fenêtres, des lueurs argentées que les caprices du vent et des nuages éparpillaient, çà et là, dans un désordre mobile.

Après cette journée fiévreuse, la fraîcheur de l'atmosphère était si douce qu'elle pénétrait le cœur et, le rajeunissant, le mettait par là même en rapport sympathique avec l'éternelle jeunesse de la Nature. Notre artiste subit cette influence revivifiante. Elle lui fit sentir, — ce qu'il oubliait parfois, tant il avait été jeté de bonne heure au plus fort des luttes de la vie, — combien il comptait encore peu d'années.

« Il me semble, remarqua-t-il, que jamais je n'ai vu descendre une aussi belle soirée, jamais ressenti comme en ce moment une impression qui ressemble tant au bonheur. Et après tout, que de bonnes choses dans ce monde où nous vivons! Qu'il est bon, qu'il est beau et qu'il est jeune aussi, sans corruptions réelles, sans décrépitude manifeste!... Cette vieille habitation, par exemple, qui, avec son odeur de bois vermoulu, m'em-

pêchait quelquefois de respirer !... et cet enclos dont le
gras et noir terreau s'attache toujours à ma bêche,
comme si j'étais un fossoyeur travaillant au cimetière!..
me serais-je douté (cette idée me frappe maintenant) que
ce jardin m'apparaîtrait comme un fragment de la terre
au lendemain de la Création, et la maison comme un
berceau d'Éden, tout fleuri des premières roses que
Dieu ait laissé tomber de ses mains?... Ah! le clair de
lune, et le sentiment qu'il éveille dans le cœur de
l'homme, voilà les vrais rénovateurs, après tout!

— Je me suis vue plus heureuse que je ne le suis
maintenant, ou du moins beaucoup plus gaie, dit
Phœbé d'un air pensif. Mais j'apprécie le charme de
ce brillant clair de lune, et j'aime à voir le jour présent, malgré sa lassitude, s'en aller comme à regret,
tant le nom d'Hier lui semble haïssable.... Je n'ai
jamais fait grande attention au clair de lune. Qu'a-
t-il donc ce soir de si merveilleusement beau ?

— Jamais il n'avait parlé à votre cœur? demanda
l'artiste qui, aux clartés du crépuscule, contemplait
avidement la jeune fille.

— Jamais, répondit Phœbé ; c'est comme la Vie,
elle m'apparaît toute nouvelle depuis quelque temps.
Hélas ! ajouta-t-elle avec un rire à demi mélancolique,
je ne serai jamais plus aussi gaie que je l'étais avant
de connaître la cousine Hepzibah et le pauvre cousin
Clifford. J'ai pris beaucoup d'âge en peu de temps....
d'âge et de sagesse il faut l'espérer. Je suis aussi, —
non pas précisément plus triste, — mais, à coup sûr,
bien moins sereine et bien moins légère.... Je leur ai
donné ma brillante aurore, et je suis heureuse d'avoir
pu la leur offrir. Mais, naturellement, je ne pouvais en

même temps la donner et la garder.... N'importe, c'est de bon cœur et sans arrière-pensée que je leur en ai fait le sacrifice.

— Vous n'avez rien perdu, Phœbé, qui méritât d'être conservé, ou qui pût l'être, dit Holgrave après un silence. Notre première jeunesse n'a aucun prix, car nous n'apprécions sa valeur que lorsqu'elle n'est plus. Mais quelquefois — et toujours, à ce que je pense, sauf l'obstacle dérivant d'une infortune exceptionnelle, — les grandes fêtes de la Vie, amour ou toute autre, nous rendent le sentiment d'une seconde jeunesse; et le regret de la première nous prépare à cette nouvelle conquête, nous en fait mieux sentir le prix, de même que nous évaluons mieux, en la comparant à l'immense joie qu'elle nous procure, l'insignifiance de ce que nous avions perdu, de ce que vous regrettez aujourd'hui. Tout cela est essentiel au développement de l'âme.

— Je ne suis pas bien sûre de vous comprendre, dit Phœbé.

— Rien d'étonnant à cela, répondit Holgrave en souriant, car je viens de vous révéler un secret dont je me doutais à peine quand j'ai ouvert la bouche pour vous en faire part. Et néanmoins, gardez-en le souvenir; puis, si la vérité se fait jour dans votre esprit, pensez alors, pensez à ce tableau éclairé par la lune.

— En effet, remarqua Phœbé, le clair de lune est à présent partout, si ce n'est là-bas, entre ces maisons où l'on voit, au couchant, une légère teinte de rose qui s'efface de minute en minute.... Il faut que je rentre.... La cousine Hepzibah n'est pas forte sur l'arithmétique, et les comptes du jour, si je n'y mets ordre, lui donneront la migraine. »

Holgrave, cependant, la retint encore un peu.

« Miss Hepzibah m'a dit que vous retourniez chez vous dans peu de jours?

— Oui, mais ce n'est pas pour y rester longtemps, répondit Phœbé, car c'est ici, pour le moment, que je me regarde comme chez moi.... Seulement, j'ai quelques petites affaires à régler, et à prendre un congé plus définitif de ma mère et de mes amis. On aime à vivre où on se sent très-désirée, très-utile, et je crois pouvoir me flatter que je suis ici l'un et l'autre.

— Vous le pouvez, dit l'artiste, et, sous ce rapport, ce que vous pensez est au-dessous de la réalité. Il n'y a dans cette maison, en fait de santé, de bien-être, de véritable vie, que ce que vous y avez apporté.... Quand vous franchirez le seuil, tout cela s'en ira.... Miss Hepzibah et votre cousin Clifford n'existent, à vrai dire, que par vous.

— Je n'aimerais pas à le penser, répondit gravement Phœbé.... Il n'en est pas moins vrai que mes petits talents trouvent ici leur emploi; et pour ces chers parents, j'éprouve une sorte d'affection.... maternelle.... dont je vous prierai de vouloir bien ne pas rire!... Maintenant, et à vous parler sans détours, monsieur Holgrave, je me demande quelquefois si vous leur voulez du bien ou du mal.

— Bien certainement, lui dit le photographe, j'éprouve un véritable intérêt pour cette vieille demoiselle, chargée d'ans et de misère, comme pour ce *gentleman*, flétri au physique et au moral, cet adorateur du beau, dupe et victime de son culte. Comment ne pas s'intéresser à ces vieux enfants abandonnés? Mais vous ne pouvez savoir à quel point mon cœur diffère du vôtre.

En face de ces deux individus, je n'éprouve pas, comme vous, le besoin de leur venir en aide ou de les préserver, mais bien celui de les examiner, de les analyser, de me les expliquer à moi-même, et de comprendre le drame qui pendant près de deux cents ans s'est lentement déroulé sur le terrain que nous foulons, vous et moi. S'il m'est donné d'assister au dénouement, je suis certain, quel qu'il soit — joyeux ou tragique, — d'en tirer une satisfaction morale.... Je suis intérieurement convaincu que la fin approche.... Mais, bien que la Providence vous ait envoyée comme secours, — me réservant à moi une simple mission de spectateur privilégié, — je vous promets de prêter à ces infortunés toute l'assistance dont je dispose.

— Je voudrais vous entendre parler en termes plus nets, s'écria Phœbé, perplexe et mécontente. Je voudrais surtout vous voir des sentiments plus dignes d'un chrétien et d'un homme. Est-il possible qu'on se trouve en face de gens malheureux sans désirer avant tout leur porter consolation et secours?... Vous parlez de cette vieille maison comme d'un théâtre, et vous semblez envisager les malheurs d'Hepzibah et de Clifford, voire ceux des générations précédentes, comme une de ces tragédies que j'ai vu représenter par des acteurs ambulants.... Celle-ci serait donc jouée pour votre amusement particulier?... Je ne puis vous dire que cela me convienne. La pièce coûte trop cher aux acteurs, et l'auditoire est trop impassible.

— Vous êtes sévère, dit Holgrave, forcé de reconnaître un certain degré de vérité dans cette piquante esquisse de ses propres dispositions.

— Et puis, continua Phœbé, pourquoi vous dites-

vous convaincu que la fin approche? Avez-vous connaissance de quelque nouveau chagrin qui menace mes
pauvres parents?... S'il en est ainsi, expliquez-vous
de suite, et je ne les quitterai pas!

— Pardonnez-moi, Phœbé, dit le photographe, lui
tendant une main dans laquelle la jeune fille se sentit
en quelque sorte obligée de laisser tomber la sienne.
Je suis, il faut l'avouer, un peu mystique; c'est une
tendance de nature, une affaire de tempérament, tout
comme cette faculté magnétique à laquelle j'aurais
peut-être dû la potence, si j'eusse vécu au temps des
sorciers.... Croyez bien que si je connaissais aucun secret dont la révélation pût profiter à vos amis, — qui
sont aussi les miens, — je vous le communiquerais
avant notre séparation. Mais cela n'est pas, et je ne
sais rien.

— Il y a là une réticence, dit Phœbé.

— Pas la moindre. Je n'ai d'autres secrets que les
miens, répondit Holgrave. Je constate, à la vérité, que
le juge Pyncheon semble vouloir ne pas perdre de
vue le malheureux Clifford, à la ruine duquel il a si
largement participé. Mais ses intentions, ses motifs
sont un mystère pour moi. C'est un homme résolu,
inflexible, vraie nature d'inquisiteur; et s'il pouvait espérer quelque profit en mettant Clifford à la question,
je crois parfaitement qu'il n'y regarderait pas à deux
fois pour lui infliger les tortures les plus atroces...
Mais riche, éminent comme il l est, si puissant par
lui-même et par tous les secours que la Société lui
fournit, que peut avoir à craindre ou à espérer le
juge Pyncheon de ce pauvre idiot dégradé, de ce Clifford à moitié paralytique?

— Et pourtant, insista Phœbé, vous disiez tout à l'heure qu'un malheur les menaçait?

— Oh! répondit l'artiste, ceci tient à ma maladie. Mon esprit a un mauvais pli, comme celui de presque tous mes semblables, excepté vous. Il me paraît d'ailleurs si étrange de me trouver logé dans cette vieille maison Pyncheon, et assis dans ce vieux jardin (entendez-vous murmurer la source de Maule?), qu'à part tout autre motif, je vois là, malgré moi, un dessein providentiel, un cinquième acte arrangé par la Destinée, et dès lors une catastrophe imminente.

— Encore! s'écria Phœbé, dont l'inquiétude reparut tout entière, car elle était naturellement aussi ennemie du mystère que le soleil peut l'être de l'obscurité.... Vous m'embarrassez plus que jamais!

— Séparons-nous donc en bons amis, dit Holgrave, lui serrant la main. Séparons-nous, du moins, avant que vous n'en soyez venue à me haïr, vous qui aimez tout le monde!

— Adieu donc, reprit Phœbé en toute franchise; je n'ai jamais de longues rancunes, et je serais fâchée si vous pensiez le contraire.... Et puis voici plus d'un quart d'heure que la cousine Hepzibah est debout derrière la porte!... Elle se figure que je reste trop tard exposée à l'humidité du jardin.... Bonne nuit, et adieu! »

On aurait pu voir, le surlendemain matin, miss Phœbé, son chapeau de paille sur la tête, son châle sur un bras, son petit sac de nuit pendu à l'autre, prendre congé d'Hepzibah et du cousin Clifford. Elle allait monter dans un train qui la déposerait à cinq ou six milles de son village natal.

Tandis qu'un sourire affectueux se jouait au coin de
sa jolie bouche, elle sentait ses yeux pleins de larmes;
elle s'étonnait intérieurement de l'affection qu'elle avait
conçue pour ce triste séjour, et des regrets qu'elle emportait en le quittant. Comment cette austère Hepzibah, toujours silencieuse, toujours rebelle aux caresses,
avait-elle fini par se faire tant aimer? comment Clifford, cet être déchu, ce criminel mystérieux autour
duquel semblait planer encore l'atmosphère close des
prisons où il avait passé une partie de sa vie, comment
s'était-il transformé pour Phœbé en un enfant naïf
dont elle s'enorgueillissait d'être la Providence? Au
moment de la séparation, toutes ces idées se déga-
geaient nettement dans son esprit. L'espoir de retrouver bientôt les forêts de pins, les luzernes parfumées
de la ferme paternelle, n'atténuait en rien l'ennui qu'elle
éprouvait de quitter ce jardin envahi par des chardons
séculaires. Elle appela le coq, ses deux épouses et le
vénérable poulet, pour leur distribuer les miettes du
déjeuner. Ce dernier, déployant ses ailes, vint lourdement se poser sur l'appui de la fenêtre, et regardant
Phœbé avec une gravité solennelle, exprima par un
cri rauque les émotions dont il était agité.

« Ah! mon enfant, remarqua Hepzibah, votre sourire n'est plus aussi naturel que lorsque vous vîntes à
nous; l'éclat qu'il avait alors, vous le lui donnez aujourd'hui.... C'est fort à propos que vous allez vous
retremper pendant quelque temps au sein de l'air
natal. Il existe ici trop de raisons de tristesse; la vie
qu'on y mène est trop ennuyeuse, et il n'est pas en
moi d'apporter à ceci le moindre remède. Notre cher
Clifford, en somme, a été votre unique consolation.

— Venez ici, Phœbé, s'écria tout à coup ce dernier, qui dans le cours de la matinée avait à peine ouvert la bouche. Approchez!... Plus près encore!... Et regardez-moi au visage ! »

Posant sur chaque bras du fauteuil où il était assis une de ses petites mains, Phœbé se pencha vers lui, pour qu'il pût la dévisager tout à son aise. L'émotion cachée de cette heure d'adieux avait sans doute ravivé les facultés affaiblies et obscurcies du pauvre malade. Toujours est-il que Phœbé se sentit observée, jusque dans l'intimité de son cœur, sinon avec la perspicacité d'un Voyant, du moins avec cette subtilité qui passe pour un attribut féminin. Le moment d'avant, elle ignorait qu'elle eût la moindre chose à dissimuler. Maintenant, — comme si quelque secret se révélait soudain à sa conscience, sous les clartés que portait en elle ce regard fixement observateur, — elle se vit contrainte de baisser les yeux; en même temps montait à ses joues une rougeur significative qui peu à peu envahit son front, plus marquée à mesure qu'on la voulait comprimer.

« Il suffit, mon enfant, dit Clifford avec un sourire mélancolique.... Le jour où je vous ai vue pour la première fois, vous étiez la plus charmante petite fille du monde; votre beauté maintenant a pris un autre caractère!... La petite fille est devenue femme, le bouton est devenu fleur!... Partez, à présent!... Je me sens plus seul que je ne l'étais. »

Quand elle descendit les marches du magasin, Phœbé rencontra le petit gastronome dont les hauts faits ont figuré dans les premiers chapitres de ce véridique récit. Elle connaissait son goût pour l'histoire

naturelle... en pain d'épice, et prit sur l'étalage, voulant le lui offrir à titre d'adieux, un animal quelconque,
lapin ou hippopotame,— ses yeux humides ne lui per-
mirent pas d'en savoir plus long à ce sujet. Le vieil
Oncle Venner, qui sortait de chez lui, — un chevalet
sous le bras, une scie à l'épaule,— la rejoignit un peu
plus haut dans la rue, et ne se fit aucun scrupule
de l'escorter aussi longtemps qu'ils marchèrent dans
la même direction, nonobstant les teintes rouillées de
son feutre et le déplorable état de sa veste rapetassée.
Phœbé, de son côté, n'eut pas le cœur de distancer le
vieillard.

« Vous nous manquerez dimanche prochain, remarqua le philosophe des rues.... On ne s'explique pas
comment certaines gens vous deviennent indispensa-
bles en si peu de temps ; et, sauf votre respect, miss
Phœbé (cet aveu n'a rien d'offensant chez un homme
de mon âge), vous êtes à présent pour moi comme le
souffle de ma poitrine !... Je compte bien des années,
et votre vie commence à peine ; pourtant, vous m'êtes
aussi familière que si je vous eusse rencontrée au
sortir du logis maternel, et comme si, depuis lors,
vigne féconde, vous eussiez étendu vos pampres fleuris
tout le long des sentiers où j'ai marché.... Si vous ne
revenez pas bien vite, vous me trouverez parti pour
ma ferme, car je commence à penser que le métier
de scieur de bois ne convient guère à mes maux de
reins.

— Je ne tarderai pas, Oncle Venner, répondit
Phœbé.

— Le plus tôt sera le mieux, continua son compagnon, et aussi pour ces pauvres êtres que vous avez

laissés là-bas.... Ils ne peuvent plus se passer de vous, miss Phœbé.... Vous êtes leur Ange Gardien et le charme de leur maison.... Votre absence leur sera insupportable.

— Je ne suis point un ange, Oncle Venner, dit Phœbé en lui souriant et lui tendant la main au détour de la rue.... Mais on a toujours quelque chose d'angélique, je suppose, quand on fait le peu de bien dont on est capable. Aussi reviendrai-je, très-certainement! »

Ainsi se quittèrent le vieillard et la jeune fille; après quoi, Phœbé prit les ailes de la vapeur — et s'envola presque aussi rapidement que les anges à qui l'Oncle Venner venait de la comparer avec tant de grâce.

XV

Le Masque et le Visage.

Plusieurs jours s'écoulèrent assez tristement pour les habitants des Sept Pignons. Le départ de Phœbé était sans doute le motif principal, mais non pas la cause unique de cette tristesse. Le vent d'Est s'était levé; la pluie tombait à torrents. Le jardin avec ses allées boueuses, ses feuillages fléchissants, sa tourelle ruisselant d'eau, présentait un aspect sinistre. Le pauvre Clifford, qui ne voyait plus ni Phœbé, ni le soleil, avait perdu à la fois toutes ses conditions de bien-être. Quant à Hepzibah, sous l'influence de ce vent aigre et salé, on l'eût prise pour la personnification du mauvais temps, ou pour le vent d'Est lui-même, — triste et monotone, dans sa robe de soie rougie — et coiffé d'un turban de vapeurs nuageuses. Le public s'éloignait peu à peu du ma-

gasin, où on prétendait que les regards de la vieille
fille faisaient tourner la bière et endommageaient diverses autres marchandises sujettes à s'aigrir. Mais si
le public avait à se plaindre, elle n'en était pas moins,
vis-à-vis de Clifford, aussi tendre, aussi affectueuse que
jamais. Par malheur, l'inutilité de ses efforts pour lui
complaire semblait l'avoir paralysée à la longue. Elle
ne savait guère que s'asseoir silencieusement à côté
de lui et assombrir, en quelque sorte, le peu de jour
que les rameaux mouillés du poirier laissaient arriver
jusqu'aux étroites fenêtres. Du reste, il n'y avait pas
de sa faute. Tout dans la maison avait le même aspect
humide et glacé. Le portrait du Colonel puritain frissonnait sur le mur. La maison elle-même tremblait
du haut en bas, — et des sept pointes de ses Pignons
jusqu'à la grande cheminée de la cuisine où le feu
ne s'allumait plus.

Quatre jours durant, en dépit de ce temps désas-
treux, Clifford, enveloppé dans un vieux manteau, vint
occuper son grand fauteuil habituel. Mais dans la
matinée du cinquième, invité à descendre pour le déjeuner, il ne répondit que par un murmure décou-
ragé, manifestant ainsi sa résolution de ne pas quitter
le lit. Sa sœur n'essaya pas de réagir contre cette
volonté bien arrêtée. Au fait, avec quelque dévouement qu'elle l'aimât, Hepzibah se sentait plier sous
le rude travail, — si peu fait pour sa rigide nature, —
de chercher des passe-temps à une intelligence comme
celle de Clifford, sensible, mais débile, critique et dédaigneuse, sans force ni vouloir. Ce lui était un soulagement d'avoir froid toute seule, de s'ennuyer toute
seule, et de se soustraire aux remords aigus qu'éveillait

en elle chaque bâillement de son capricieux compagnon de souffrances.

Clifford, cependant, encore qu'il se fût refusé à descendre, finit par se mettre en quête de distractions. Dans le courant de la matinée, Hepzibah l'entendit promener ses doigts sur le vieux clavecin d'Alice Pyncheon. Son étonnement fut grand, bien qu'elle connût ses dispositions natives pour la musique, de voir qu'il jouait encore à merveille, après tant d'années où aucune occasion n'avait existé pour lui de cultiver un art si facile à oublier. Et cet instrument, muet depuis tant d'années, comment avait-il pu en tirer ces aériennes et plaintives mélodies? Hepzibah ne put s'empêcher de songer à ces airs légendaires par lesquels la défunte Alice préludait, suivant une tradition populaire, au glas funèbre de chaque membre de la famille. Mais il est probable que les doigts sous lesquels gémissait le clavecin n'étaient pas ceux d'un fantôme, car, après quelques accords, les cordes vibrantes parurent se rompre, et la musique cessa.

Aux notes mystérieuses succéda un son de mauvais augure: c'était le tintement vulgaire de la clochette du magasin. Sur le seuil on entendit se traîner un pied pesant, qui fit aussitôt gémir le plancher sonore. Puis, pendant qu'Hepzibah s'enveloppait du châle fané qui depuis quarante ans lui servait de cuirasse contre le vent d'est, un autre bruit vint hâter sa toilette et la faire courir au-devant d'un danger imminent. Ce n'était ni une toux, ni un de ces grattements de gosier qui servent à éclaircir la voix, mais bien la contraction spasmodique d'une large poitrine et ses aspirations caverneuses. Hepzibah, dans son att-

tude défensive, à la fois intimidée et farouche, eût fait
reculer plus d'un téméraire; mais le nouveau venu,
fermant paisiblement derrière lui la porte du magasin,
équilibra son parapluie contre le comptoir, et à toutes
ces colères, à toutes ces frayeurs que son apparition
avait soulevées, il opposa un visage calme, une immuable bénignité.

Le pressentiment d'Hepzibah ne l'avait pas trompée. C'était bien le juge Pyncheon qui, après avoir
vainement poussé la grande porte, s'était décidé à pénétrer par celle du magasin.

« Comment vous portez-vous, cousine Hepzibah?
et comment notre pauvre Clifford s'accommode-t-il de
l'inclémence du temps? » Tel fut le début du Juge, et
on se fût volontiers demandé si les ouragans venus de
l'est ne se laisseraient pas apaiser par la sincère
bienveillance que son sourire exprimait.... « Je n'ai pu
me refuser le plaisir de venir vous demander encore
une fois s'il ne me serait pas donné de lui procurer, ainsi
qu'à vous, quelques consolations et quelque bien-être.

— Vous n'avez rien à faire ici, dit Hepzibah, comprimant son agitation du mieux qu'elle put.... Je me
consacre tout entière à Clifford.... Il jouit de tout le
bien-être compatible avec son état.

— Laissez-moi vous dire, chère cousine, répliqua
le Juge, que vous faites fausse route, — avec les meilleures intentions très-certainement, — mais néanmoins fausse route, — en tenant votre frère dans un
isolement aussi complet.... Pourquoi le priver ainsi de
toute sympathie et de toute affection?... Clifford, hélas!
n'a que trop longtemps vécu solitaire.... Qu'il essaye
maintenant d'une existence plus sociable; qu'il voie

au moins ses parents, ses vieux amis!... Faites en
sorte, par exemple, que je sois admis auprès de lui, et je
vous garantis que l'entrevue aura d'excellents résultats.

— Vous ne pouvez le voir, répondit Hepzibah....
Clifford garde le lit depuis hier.

— Quoi!... Comment?... Serait-il malade? s'écria
le juge Pyncheon, emporté par un sentiment de colère
mêlé de crainte.... En ce cas, il faut que je le voie, et je
le verrai!... Savez-vous bien que s'il venait à mourir....

— Il n'est pas en danger de mort, dit Hepzibah fort
émue, et avec un débordement d'amertume qu'elle ne
put contenir..,. Il ne court même aucun danger, conti-
nua-t-elle, à moins que le même homme qui le per-
sécuta jadis pour lui ôter la vie, ne se donne encore
aujourd'hui cette odieuse mission!.

— Est-il possible, cousine Hepzibah, repartit le
Juge avec un accent passionné qui prit peu à peu le
caractère du pathétique le plus larmoyant, est-il possible que vous ne constatiez pas vous-même tout ce
qu'a d'injuste, de contraire à la charité, d'antichré-
tien, c'est tout dire, la rancune persistante que vous
professez contre moi, pour une conduite qui m'était
imposée par mon devoir et ma conscience, par la loi
elle-même, et sous les peines les plus sévères?... Ai-je
rien fait, au préjudice de Clifford, que j'eusse pu me
dispenser de faire?... Et vous-même, sa sœur, — qui
paraissez ignorer, je le regrette pour vous et pour moi,
comment j'ai agi dans ces circonstances, — auriez-
vous pu lui montrer plus de tendresse?... Croyez-vous
d'ailleurs que cela ne m'ait pas coûté bien des angoisses? Pensez-vous qu'il ne m'en soit pas resté plus
d'un amer souvenir, au sein de cette prospérité dont

le ciel s'est plu à me combler? Croyez-vous que je
ne me réjouisse pas, comme vous, de ce que — conciliant les droits de la justice publique avec ceux de
l'infortune, — on a pu rendre à la vie, aux jouissances
qu'elle lui promet encore, cet ami de ma jeunesse, cette
nature d'élite, notre Clifford, enfin, dont le crime,
s'il existe, fut expié par tant d'infortunes?... Ah! que
vous me connaissez peu, cousine Hepzibah!... Quelle
injure vous faites à mon cœur! dans quel oubli vous
tenez ces larmes que j'ai si longtemps versées sur le
malheur de Clifford!... Voyez comme elles coulent
encore!... C'est en leur nom, Hepzibah, que je vous
adjure de revenir sur ces préjugés hostiles qui vous
font croire à mon inimitié.... Mettez-moi donc à l'é-
preuve, chère cousine!... Vous saurez à quoi vous en
tenir sur la sincérité de Jaffrey Pyncheon.

— Par le ciel, s'écria Hepzibah, dont ce précieux
attendrissement d'une nature austère sembla redoubler
l'indignation.... Au nom de Dieu, — que vous insultez,
et dont je serais tentée de mettre en doute la puissance, puisqu'il vous entend proférer tant de men-
songes sans paralyser votre langue, — cessez, je vous
en supplie, cette révoltante affectation de tendresse
pour votre victime!... Vous haïssez Clifford.... Montrez-vous homme, et dites-le tout haut!... En ce moment même, vous nourrissez au fond du cœur quelque
sinistre pensée!... Convenez-en, exprimez-la de suite!
— ou, si cela peut servir vos projets, gardez du moins
le silence jusqu'au moment de proclamer votre triomphe!... Mais ne parlez plus de votre affection pour
mon pauvre frère ; je ne puis tolérer ceci. Je me sens
prête, devant une pareille hypocrisie, à méconnaître

les convenances de mon sexe.... S'il fallait supporter longtemps une pareille comédie, très-certainement je deviendrais folle.... Arrêtez!... Pas un mot de plus! Il me forcerait à vous témoigner tout mon mépris! »

La colère, à la fin, avait enhardi Hepzibah. La glace était rompue, maintenant. Mais après tout, dans cette invincible méfiance qu'elle témoignait au juge Pyncheon, — dans le refus absolu de toute sympathie qu'elle lui opposait obstinément, — fallait-il voir une juste appréciation du caractère de l'homme, ou tout simplement une de ces préventions passionnées, aveugles, auxquelles s'abandonne trop fréquemment la plus belle moitié du genre humain?

Le Juge, ceci est hors de question, jouissait d'une considération universelle. Dans le cercle fort étendu de ses relations privées ou publiques, on n'eût pas trouvé un seul individu, — sauf Hepzibah et quelque mystique ennemi des lois comme notre photographe, ou peut-être encore certains antagonistes politiques, — disposé à lui contester sérieusement le rang honorable qu'il occupait dans l'estime du monde. Nous ajouterons, pour lui rendre justice complète, que lui-même, très-probablement, ne voyait que fort peu d'incompatibilité entre ses mérites réels et la réputation qu'ils lui avaient value. Sa conscience (le témoin le plus certain qui se puisse invoquer en pareille matière), — à part cinq ou six minutes sur vingt-quatre heures, ou quelque néfaste journée, par-ci par-là, dans tout le cycle annuel, — sa conscience ne contredisait jamais les éloges flatteurs qui lui étaient décernés de toutes parts. Et pourtant, malgré la force de cette dernière preuve, nous craindrions de nous compromettre,

en donnant raison au Juge et au monde, contre la pauvre
Hepzibah et ses préjugés individuels. Sous l'échafaudage
pompeux des bonnes œuvres que le Juge étalait avec
ostentation, peut-être cachait-il quelque mal secret,
quelque objet hideux, si bien masqué, si profondément
enfoui, que lui-même avait cessé d'y songer. Nous dirons
plus : il aurait pu commettre chaque jour un nouveau
crime, sans cesse ravivé, — comme ces sanglantes
empreintes miraculeusement destinées à révéler un
meurtre secret, — sans en éprouver nécessairement un
remords de chaque heure et de chaque minute.

Les erreurs de ce genre sont familières aux intelli-
gences exceptionnellement faites, aux caractères exceptionnellement énergiques, chez lesquels la sensibilité
ne prédomine pas, ou chez lesquels elle revêt une
épaisse écorce. Ce sont ordinairement des hommes
pour lesquels les formes ont une importance souveraine.
Leur activité s'épuise sur les phénomènes extérieurs
de la vie. Ils déploient un talent remarquable à saisir,
à combiner, à s'approprier ces illusions solides, ces
prestiges palpables, ces *irréalités* trébuchantes et son-
nantes — telles que l'or, les terres, les grandes charges,
bien rétribuées, les honneurs publics. C'est avec ces
matériaux — et avec des œuvres édifiantes accomplies
par-devant le plus grand nombre de témoins possible,
— qu'un individu de cet ordre élève son monument,
sa renommée si l'on veut, c'est-à-dire l'homme lui-
même, tel que les autres le jugent et tel qu'il se croit
à la longue. Nous voici donc en face d'un palais magnifique ; les appartements sont vastes et dallés de
marbres coûteux. Le soleil pénètre par d'immenses
croisées aux panneaux de cristal, les hautes corniches

sont revêtues d'or, et les plafonds, de peintures éclatantes.... Oui, mais dans quelque recoin bas et obscur, dans quelque étroit cabinet du rez-de-chaussée, bien verrouillé, bien fermé, bien cadenassé, dont on a tout exprès perdu la clef,— ou dans quelque citerne, savamment déguisée par un pavé de mosaïque,— gît peut-être un cadavre à demi décomposé, qui pourrit encore et dans tout le palais répand une odeur de mort! Le maître ne s'en aperçoit pas, tant il la respire depuis longtemps! Les serviteurs non plus, à cause des riches parfums qu'on a soin de répandre assidûment dans les salles d'apparat, et aussi à cause de l'encens qu'ils apportent pour le brûler aux pieds du propriétaire!... Mais parfois un Voyant se présente, et devant son regard fatalement doué, l'édifice entier s'évanouit; — il ne reste plus pour lui que le cabinet soigneusement clos sur la porte duquel l'araignée file sa toile, ou bien encore la meurtrière citerne et le cadavre qui s'y décompose.

Appliquons au juge Pyncheon ces vérités métaphoriques. — Nous pourrions dire (sans vouloir le moins du monde accuser de crime un personnage si respectable) qu'il y avait dans sa vie assez de splendeur pour éblouir et paralyser une conscience plus active et plus subtile que la sienne. Son intégrité comme magistrat, — son zèle pour le service public, dans tous les emplois qu'il avait successivement occupés; — son dévouement d'homme politique et la rigidité de ses principes; — l'activité qu'il déployait comme président d'une société politique; — son irréprochable exactitude comme trésorier d'une caisse d'épargne, spécialement consacrée à la veuve et à l'orphelin; — les services qu'il avait rendus à l'horticulture en produisant

deux variétés fort estimées de la fameuse poire Pyncheon; — la sévérité romaine avec laquelle il avait
expulsé de chez lui un fils prodigue et dissipé, lequel
n'obtint son pardon qu'au moment de rendre l'âme;
— ses efforts pour la propagation des doctrines de
tempérance, et le soin avec lequel, depuis sa dernière
attaque de goutte, il bornait à cinq verres de xérès sa
ration quotidienne en fait de liquides; — l'admirable
blancheur de son linge, le splendide vernis de ses bottes, l'élégance de sa canne à chef d'or, l'ampleur
carrée de sa coupe d'habit, et en général le soin, la con-
venance de son ajustement; — le scrupule qu'il mettait à reconnaître un chacun dans la rue et à rendre le
salut de toutes ses connaissances, riches ou pauvres;—
le large sourire de bienveillance qu'il distribuait de
tous côtés comme pour en égayer l'Univers; — quelle
place laissait, à des coups de pinceau moins favorables,
un portrait formé de linéaments pareils? Or, c'était
là ce qu'il voyait chaque jour devant son miroir. Cette
vie admirablement ordonnée était la seule dont il eût
la conscience habituelle et quotidienne. N'avait-il donc
pas le droit de se dire à lui-même, et de dire à la communauté: « Voilà, tel qu'il est, le juge Pyncheon! »

Et en supposant qu'à une époque très-reculée, pendant le débordement de sa première jeunesse, il eût
commis quelque acte répréhensible,— ou que, même
à présent, la force des circonstances lui imposât, parmi
tant de bonnes œuvres ou de passe-temps inoffensifs,
un méfait plus ou moins caractérisé, — irez-vous définir le Juge au moyen de cet acte à peu près oublié,
au moyen de ce méfait nécessaire.?... Dans la balance
du bien et du mal, plaçant d'un côté cette masse de

services, de l'autre cette atteinte isolée à la loi morale, déclarerez-vous l'équilibre rompu au préjudice du digne magistrat? Ce serait, en vérité, trop de rigueur ; tout au moins a-t-il le droit de le croire, — et de conserver jusqu'au bout l'illusion qui le rend irréprochable à ses propres yeux!

Tout ceci dit, revenons au juge Pyncheon, si rudement apostrophé par Hepzibah. — C'était sans préméditation, et à sa grande surprise, qu'elle venait de donner ainsi carrière à un ressentiment invétéré , nourri par elle depuis une trentaine d'années contre son puissant et vénéré cousin.

Jusqu'alors la physionomie du Juge n'avait exprimé qu'une douce indulgence, — une protestation grave et modérée contre les inconvenantes violences que se permettait sa cousine, — une disposition toute chrétienne à lui pardonner spontanément le tort qu'elle lui faisait en parlant ainsi. Mais lorsque ces paroles irrévocables lui eurent échappé, il reprit son air sévère qui exprimait, avec le sentiment de sa puissance, une implacable résolution, et le changement s'accomplit d'une façon si naturelle, si bien ménagée, qu'aux yeux d'un spectateur peu attentif la métamorphose eût passé inaperçue. Telle se montre tout à coup la cime sourcilleuse d'un rocher à pic, lorsque s'écarte la légère vapeur qui en voilait les rudes contours et leur prêtait des teintes plus douces. Hepzibah se figura presque, pendant un instant, qu'elle avait déchargé l'amertume de son cœur, non pas sur le Juge, son contemporain, mais sur leur ancêtre le Colonel. Jamais, en effet, le juge Pyncheon n'avait ressemblé comme en ce moment au portrait farouche du vieux Puritain

« Cousine Hepzibah, dit-il avec beaucoup de calme, il est grand temps que tout ceci finisse.

— C'est aussi mon avis, répondit-elle.... Mais alors pourquoi vous entêtez-vous à nous persécuter ?... Laissez-nous en paix, le pauvre Clifford et moi ! C'est tout ce que nous vous demandons l'un et l'autre !

— J'ai dessein de voir Clifford avant de quitter cette maison, continua le Juge.... Montrez-vous plus sensée, ma pauvre Hepzibah !... Je suis le seul ami qu'il ait, et ce n'est pas le pouvoir qui me manque. Ne vous êtes-vous jamais dit, — et seriez-vous réellement assez aveugle pour ne l'avoir pas compris — que sans mon consentement, je dis mieux, sans mes efforts, mes re-présentations, l'emploi de toute mon influence poli-tique et officielle, Clifford n'aurait jamais recouvré ce que vous appelez sa liberté ? Verriez-vous par hasard dans sa délivrance un triomphe remporté sur moi ?... Vous vous tromperiez du tout au tout, ma bonne cou-sine. C'est au contraire l'accomplissement d'un pro-jet que j'avais longtemps nourri, longtemps médité... S'il est libre, c'est à moi qu'il le doit.

— A vous ? répondit Hepzibah.... Voilà ce que je ne pourrai jamais croire.... Il ne vous doit, à vous, que son cachot.... Et c'est la Providence divine qui l'en a fait sortir !

— Il me doit sa liberté, affirma le juge Pyncheon avec le calme le plus imposant, et je viens m'assurer aujourd'hui s'il est digne de la conserver.... Cela ne dépendra que de lui.... Pour cela, il faut que je le voie.

— Jamais ! Il y aurait là de quoi le rendre fou, s'écria Hepzibah, mais d'un ton assez irrésolu pour que cette nuance fût saisie à l'instant même par l'oreille

exercée du vieux magistrat; — en effet, sans croire
le moins du monde à ses bonnes intentions, elle ne savait pas encore s'il était plus dangereux de résister
ou de céder. — Et pourquoi d'ailleurs, ajouta-t-elle,
voulez-vous voir ce malheureux, dont la raison est
à peu près perdue? Il n'a nul désir, je vous assure,
d'en exhiber les ruines à un appréciateur animé d'intentions aussi peu cordiales que les vôtres.

— Que savez-vous de mes intentions? dit le Juge,
plus confiant désormais dans le pouvoir de sa bénigne
physionomie... Voyons, cousine Hepzibah, vous avez
joué cartes sur table, et peut-être fort à propos....
Écoutez-moi, maintenant; et je vous expliquerai franchement les motifs de mon insistance. Il y a trente
ans, à la mort de mon oncle Jaffrey, il fut constaté,
— je ne sais si vous y prîtes garde, au milieu des
tristes préoccupations produites par cet incident, — il
fut constaté, dis-je, que ses biens de tout genre, tels
qu'ils figuraient dans l'inventaire de sa succession,
étaient fort au-dessous de la valeur qu'on leur avait
toujours attribuée. Il passait pour être immensément
riche. Personne ne doutait qu'il ne dût être classé parmi
les plus opulents propriétaires de son époque. Mais c'é-
tait une de ses excentricités, — je n'appelle pas ceci
une folie, tant s'en faut — de dissimuler le chiffre de
sa fortune au moyen de placements ignorés qu'il faisait à l'étranger, peut-être sous des noms supposés,
comme aussi par d'autres combinaisons fort connues des
capitalistes, mais que je n'ai pas besoin de spécifier ici.
Le testament de l'oncle Jaffrey, ainsi que vous le savez
sans doute, me constituait son légataire universel, avec
la seule réserve d'une jouissance viagère, vous attri-

buant l'usufruit du vieil hôtel de famille et du lambeau de terre patrimoniale qui en est le dernier annexe.

— Et vous voudriez nous enlever ceci ? demanda Hepzibah, incapable de maîtriser le mépris amer que le Juge lui inspirait.... Est-ce là ce que vous exigez pour mettre fin à vos persécutions contre le pauvre Clifford?

— Non certes, ma chère cousine, répondit-il, souriant avec bienveillance.... Tout au contraire, vous ne pouvez me refuser cette justice, je me suis constamment offert à doubler ou tripler vos ressources, le jour où vous pourriez vous décider à recevoir des mains d'un parent quelques faveurs de cette nature.... Non, certes, non, il n'est pas question de cela!... Voici ce dont il s'agit. Des grands biens que mon oncle possédait sans aucun doute, ainsi que je viens de vous le dire, on n'a pas, à sa mort, retrouvé la moitié; que dis-je, pas même le tiers, j'en suis convaincu.... Or j'ai les meilleures raisons possibles de croire que votre frère Clifford peut me mettre à même de recouvrer le reste.

— Clifford !... Clifford, ayant le secret d'une opulence cachée ?... Clifford, en passe de vous enrichir? s'écria la vieille demoiselle qui trouvait évidemment quelque chose de ridicule à pareille idée.... Mais c'est impossible !.... Vous vous abusez étrangement.... Tout ceci n'est vraiment pas sérieux !

— Aussi vrai que je suis ici debout, dit le juge Pyncheon, frappant à la fois le parquet de sa canne à pomme d'or et de son pied massif, comme pour donner à sa conviction tout le poids de son robuste individu, Clifford me l'a dit lui-même ?

— Non, non, s'écria Hepzibah, toujours incrédule; vous rêvez, cousin Jaffrey.

— Je n'appartiens pas à la classe des rêveurs, répliqua paisiblement M. Pyncheon.... Quelques mois avant la mort de mon oncle, Clifford se vanta devant moi de savoir où étaient cachées des richesses incalculables ; il voulait à la fois me tourmenter et mettre ma curiosité en éveil.... Ceci ne fait pas le moindre doute à mes yeux.... Mais, d'après le souvenir assez distinct qui me reste des détails de notre conversation, je suis parfaitement convaincu que ce qu'il me dit alors avait un fonds de vérité. Si donc Clifford le veut maintenant, — et il faudra bien qu'il le veuille, — il peut m'apprendre où je dois chercher la cédule, la reconnaissance, les documents, — les preuves enfin, sous quelque forme qu'elles existent — qui me mettront à même de combler l'immense déficit dont je vous parlais. Ce secret, il le possède. Ses fanfaronnades n'étaient point paroles en l'air ; elles furent débitées avec un accent, une assurance, une précision qui laissaient entrevoir, sous le vague de l'expression, un sens bien défini, une réalité consistante et solide.

— Mais dans quel but, demanda Hepzibah, aurait-il persisté si longtemps à taire ce qu'il pouvait savoir ?

— Un mauvais instinct de notre nature déchue ! répliqua le Juge en levant les yeux au ciel. Il me regardait comme son ennemi, m'attribuant son écrasant déshonneur, l'éminent péril que sa vie avait couru, sa ruine à jamais consommée.... Il ne fallait donc guère s'attendre à ce que, du fond de son cachot, il contribuât spontanément à me faire franchir quelques degrés de plus sur l'échelle de la prospérité.... Mais le moment est venu où il faut qu'il me livre son secret.

— Et s'il refusait ? demanda Hepzibah.... Ou plu-

tôt (je m'entête à le croire) s'il n'a aucune connaissance de toute cette richesse, qu'arrivera-t-il?

— Ma chère cousine, dit le juge Pyncheon avec ce
calme auquel il savait donner un caractère formidable, depuis le retour de votre frère, j'ai pris soin
(comme il convenait au plus proche parent et au tuteur
naturel d'un individu dans cette situation), j'ai pris soin,
dis-je, de faire constamment et soigneusement surveiller ses habitudes et ses démarches. Vos voisins ont
vu, de leurs yeux, tout ce qui s'est passé dans le jardin.
Le boucher, le boulanger, le mareyeur, quelques-uns
des clients de votre magasin, et mainte commère curieuse m'ont révélé plusieurs des secrets de votre intimité. Pour ces extravagances commises à la Croisée
en ogive, je pourrais invoquer des témoignages bien
plus nombreux encore, et fournir le mien s'il en était
besoin. Des milliers de personnes l'ont vu, — pas plus
tard que la semaine passée, — sur le point de se jeter
dans la rue. Moyennant des preuves si concluantes, .
je suis amené à croire, — bien malgré moi, je vous assure, et avec un profond regret, — que les malheurs
de Clifford ont troublé son intelligence, cette intelligence toujours un peu débile, au point de rendre impossible qu'on lui laisse sa liberté. La mesure à prendre
en ce cas, vous le savez sans doute, — et l'adoption de
cette mesure dépend absolument de la décision que je
vais porter, — serait un emprisonnement, pour le
reste de ses jours, dans un de ces hospices où la pré-
voyance publique abrite les malheureux comme lui
privés de raison.

— Vous ne pouvez ..oir conçu un pareil projet!
s'écria Hepzibah d'une voix déchirante.

— Si mon cousin Clifford, continua le juge Pyncheon sans la moindre émotion, refusait par pure malveillance pour un homme dont les intérêts devraient naturellement lui être chers, — ceci, par parenthèse, pourrait être regardé comme un indice de folie, — de me communiquer des informations si importantes pour moi, lorsqu'il les possède très-certainement, j'envisagerais un trait pareil comme le complément des preuves nécessaires pour établir à mes yeux son insanité mentale.... Et une fois sûr de ne céder qu'aux inspirations de ma conscience, vous me connaissez trop bien, cousine, pour douter le moins du monde que je n'accomplisse sans reculer un devoir pénible.

— Oh! Jaffrey, cousin Jaffrey! s'écria Hepzibah tristement et sans colère, c'est vous et non Clifford qui avez l'esprit malade!... Vous avez donc oublié toutes les affections de famille ? oublié que les hommes se doivent, dans ce misérable monde, une affection, une pitié mutuelles?... Sans cela, auriez-vous jamais rêvé à pareille chose ?... Vous n'êtes pas un jeune homme, cousin Jaffrey !... Vous n'êtes pas même dans la maturité de l'âge ; vous êtes déjà un vieillard.... Vous n'avez plus sur la tête que des cheveux blancs ! Combien d'années vous reste-t-il à vivre ?... Pour ce court espace de temps, n'êtes-vous pas assez riche?... D'ici au tombeau, croyez-vous manquer de pain, de vêtements, ou d'un toit pour abriter votre tête ? Non, certes ! Avec la moitié de ce que vous possédez maintenant, vous pourriez vous gorger de toutes les aisances de la vie, bâtir une maison deux fois plus riche que celle où vous habitez, et déployer aux yeux du monde une bien autre magnificence, et laisser encore à votre fils unique une opulence qui lui ferait bénir l'heure de votre mort !... Pourquoi donc alors cette cruauté ? cruauté si insensée que je ne sais pas si elle mérite le nom de crime !... Hélas, cousin Jaffrey, cette volonté âpre et dure circule avec le sang de notre race depuis tantôt deux cents ans.... Pour recommencer, sous une autre forme, l'œuvre jadis accomplie par votre ancêtre, vous allez transmettre à votre postérité la malédiction que vous avez héritée de lui !

— Au nom du ciel, Hepzibah, parlons raison ! s'é- cria le Juge avec une impatience bien naturelle chez un homme de bon sens qui voit invoquer, dans une dis- cussion d'affaires, des considérations aussi parfaite- ment absurdes. Je vous ai dit à quoi j'étais résolu ; vous me savez incapable de changer.... Clifford, s'il ne me livre son secret, devra subir les conséquences de son entêtement.... Et qu'il se décide vite, car j'ai différentes questions à régler ce matin,— sans parler d'un dîner fort important où je dois me trouver avec quelques amis politiques.

— Clifford n'a pas de secret, répondit Hepzibah. Et Dieu ne vous laissera pas accomplir l'acte que vous méditez.

— C'est ce que nous saurons, reprit le Juge toujours impassible. Voyez, en attendant, si vous voulez appeler Clifford et souffrir que cette affaire se règle à l'a- miable, entre deux parents que vous aurez mis en présence, ou bien me pousser à des mesures de rigueur auxquels je me sentirais fort heureux de pou- voir me soustraire. La responsabilité, dans tous les cas, pèsera sur vous.

— Je suis la plus faible des deux, dit la vieille fille

après un moment de réflexion, et dans votre force
vous êtes impitoyable. Actuellement Clifford n'est pas
fou ; mais il pourra le devenir à la suite de l'entrevue
que vous réclamez avec tant d'insistance. Néanmoins,
vous connaissant comme je vous connais, ce que j'ai
de mieux à faire est, je crois, de vous laisser juger par
vous-même à quel point il est improbable qu'il possède
aucun secret de quelque importance.... Je vais donc
appeler Clifford.... Dans vos rapports avec lui, montrez-vous miséricordieux, — plus miséricordieux que
votre cœur ne vous le conseille, — car Dieu vous regarde, Jaffrey Pyncheon ! »

Le Juge, quittant avec sa cousine le magasin où avait
eu lieu la conversation précédente, la suivit dans le
salon et se laissa tomber pesamment au fond du grand
fauteuil de famille. Maints et maints Pyncheon, jadis,
avaient dans ses larges bras trouvé le repos :— de frais
enfants après leurs jeux, des jeunes gens pour y mener
leur rêve d'amour, des hommes faits pliant sous le
poids des soucis, des vieillards surchargés de nombreux hivers ; — ils s'y étaient tour à tour affaissés,
engourdis, et plus tard abîmés dans un sommeil plus
profond. Une lointaine tradition, sujette à quelques
doutes, voulait que ce fût là le même fauteuil où
s'était assis le plus ancien des aïeux du Juge, — de
ses aïeux américains, — celui dont l'image était ac-
crochée au mur, lorsqu'il avait accueilli la foule de
convives qui se pressaient à ses portes, avec le silence
et l'imposante physionomie d'un mort. Depuis cette
heure funeste jusqu'au moment actuel, jamais peut-
être ne s'était laissé tomber dans ce fauteuil un homme
plus fatigué, plus triste que le juge Pyncheon, tout à

l'heure encore si inflexible et si résolu. Ce n'était pas à peu de frais, bien certainement, qu'il avait ainsi placé sur son cœur une enveloppe de fer. Un calme comme le sien exige de plus rudes efforts que la violence à laquelle s'abandonne le commun des hommes. — Et il lui restait encore une terrible besogne. — Était-ce donc si peu de chose, — était-ce une de ces bagatelles qu'on prépare en une minute, et dont on est reposé la minute d'après, — que de se retrouver, au bout de trente ans, en face du parent qu'il avait enfoui dans une tombe vivante, et de s'y retrouver avec ce dilemme, ou de lui extorquer un secret essentiel, ou de le renvoyer pour jamais au fond de ce même tombeau?

« Vous dites?... demanda Hepzibah se retournant au seuil du salon. Elle se figurait, en effet, que quelques paroles venaient d'échapper au Juge et désirait vivement pouvoir les interpréter dans un sens favorable.... J'ai cru que vous me rappeliez.

— Non, non, répondit le juge Pyncheon d'un ton maussade et en fronçant le sourcil, tandis que son front prenait, dans la pénombre de cette pièce mal éclairée, les teintes d'un pourpre foncé.... Pourquoi donc vous rappellerais-je?... Le temps nous presse!... Dites à Clifford de venir me trouver! »

Le Juge avait pris sa montre dans la poche de son gilet, et la tenait maintenant à la main, — calculant minute pour minute l'intervalle de temps qui allait s'écouler avant l'apparition de Clifford.

XVI

La chambre de Clifford.

Jamais la vieille maison n'avait paru aussi triste à la pauvre Hepzibah que lorsqu'elle s'achemina pour aller transmettre le fatal message. L'aspect en était étrange. Pendant qu'elle traversait les corridors où tant de pieds avaient passé avant les siens, — qu'elle ouvrait l'une après l'autre les portes rebelles, — et que les marches de l'escalier criaient sous ses pas,— elle jetait de tous côtés des regards attentifs et comme effrayés. Son imagination surexcitée la préparait à entendre bruire derrière elle, ou à côté d'elle, les vêtements de quelque mort, ou à rencontrer au détour du palier quelques pâles visages embusqués pour la guetter. Ses nerfs avaient été bouleversés par la lutte passionnée qu'elle venait de subir et le grand effort qu'il lui avait fallu faire pour surmonter sa timidité naturelle. Son entretien avec le juge Pyncheon,— cette image vivante du fonda-

teur de leur race, — avait évoqué pour elle tous les souvenirs du Passé, souvenirs pesants, sous lesquels fléchis-
sait son cœur. Toutes les traditions, toutes les légendes
que de vieilles tantes et des grand'mères bavardes avaient
jadis murmurées à ses oreilles, pendant les longues
soirées, au coin de l'âtre encore tiède, lui revenaient
maintenant plus sombres et plus terribles, investies de
la tristesse qui la rongeait. Dans la destinée des Pyncheon, elle ne voyait plus qu'une série monotone de
calamités successivement reproduites pour chaque génération, et auxquelles allait être ajouté un incident
tragique, dont le Juge, Clifford, la vieille fille elle-
même étaient les acteurs désignés et marqués.

Vainement voulait-elle secouer cette obsession, rien
ne pouvait calmer l'ébranlement de ses nerfs, rien ne
pouvait lui ôter l'idée qu'à ce moment même il se
passait quelque chose d'inusité, dont le terme appro-
chait à grands pas. Elle s'arrêta par instinct devant la
Croisée en ogive et s'y accouda pour regarder la rue,
afin d'échapper, par l'aspect de la réalité, aux chimères dont elle était pour ainsi dire enveloppée. Rien
de plus, rien de moins que les jours précédents : les
trottoirs mouillés; dans les creux du pavé, quelques
flaques d'eau; à certaine fenêtre, qu'elle connaissait
bien, une ouvrière travaillant pour un tailleur, et vers
laquelle, dans ce moment de détresse, Hepzibah jeta
une sorte d'appel sympathique. Puis une chaise de
poste vint à passer, dont ses yeux myopes suivirent
les roues rapides et les flancs mouchetés de boue, jusqu'au moment où elle eut tourné le coin de la rue, —
refusant d'emporter plus loin les vaines et futiles préoccupations à l'aide desquelles Hepzibah cherchait à

oublier son abattement et ses terreurs. Après la disparition de la voiture, le bon Oncle Venner qui descendait lentement Pyncheon-street, boitant quelque peu à
cause de ses rhumatismes, lui fournit l'occasion d'un
nouveau retard, qu'elle eût bien voulu prolonger. Tout
ce qui l'arrachait aux chagrins actuels, tout ce qui
mettait un obstacle quelconque entre elle et l'accomplissement de sa déplorable mission, lui était comme
un soulagement bien venu.

Craintive pour elle-même, Hepzibah l'était encore davantage pour Clifford. Comment cette nature si frêle, et
que tant de malheurs avaient déjà ébranlée, supporterait-
elle, sans un écroulement absolu, le dur antagonisme
de cet homme qui avait toujours été son mauvais génie ? Les mettre face à face, n'était-ce pas jeter un vase
de porcelaine, déjà fêlé, contre une colonne de granit ?
Jamais ne s'était mieux dessiné, aux yeux d'Hepzibah,
le caractère puissant de son cousin Jaffrey, de cet
homme que nulle difficulté n'embarrassait, que n'arrê-
tait aucun scrupule. Ce qui rendait le problème encore
plus insoluble, était cette illusion du juge Pyncheon,
relativement au secret dont il croyait que Clifford s'é-
tait rendu maître. Un homme habituellement positif,
s'il vient à concevoir une opinion erronée, la confond
si bien avec les déductions rigoureuses, les infaillibles
raisonnements dont il est coutumier, que le travail
nécessaire pour la lui ôter équivaut à celui qu'il faudrait pour déraciner un chêne. Et puisque le Juge
allait exiger de Clifford une chose absolument impossible, ce dernier, par suite d'un refus inévitable, allait
encourir une perte certaine. — On pouvait la regarder comme déjà consommée.

Pendant un moment, Hepzibah se demanda si Clifford, somme toute, ne pouvait pas être au courant, ainsi que le Juge le pensait, de ce qu'était devenue la fortune de cet oncle défunt, si étrangement disparue à son décès. Elle se rappela quelques vagues insinuations, émanées de son frère, et qu'on pouvait à toute force interpréter en ce sens. C'étaient des plans de voyage et de résidence à l'étranger, de magnifiques châteaux en Espagne pour la vie qu'on mènerait au retour, —projets en l'air dont la réalisation aurait absorbé des sommes fabuleuses. Eût-elle possédé cette richesse, Hepzibah l'aurait sacrifiée bien volontiers pour obtenir de son inexorable cousin qu'il laissât Clifford jouir en paix de leur vieille maison solitaire. Mais elle n'avait jamais regardé les rêves de son frère que comme ces divagations de pensée auxquelles s'abandonne un petit enfant assis près de sa mère, alors qu'il arrange l'avenir au gré de sa mobile fantaisie.

En cette extrémité, ne devait-elle espérer aucun secours? Ceci semblait bizarre, entourés comme ils l'étaient d'une cité populeuse. Rien de plus facile, évidemment, que d'ouvrir la fenêtre et de pousser une clameur dont l'appel désespéré ferait aussitôt accourir tous les voisins. Mais après? pensait Hepzibah, s'étonnant de la fatalité ironique à laquelle son existence paraissait vouée. — Une assistance quelconque, venant de n'importe où, se mettrait inévitablement à la disposition du plus fort!— L'énergie et le mal une fois combinés, sont investis, comme le fer électrisé, d'une attraction irrésistible. D'un côté le juge Pyncheon, ce riche philanthrope si haut placé, membre du congrès, champion de l'Église, en possession de l'estime publi-

que, et si imposant, avec tous ses beaux dehors, qu'Hepzibah elle-même se prenait à douter des soupçons dont
elle était assiégée, au sujet de cette intégrité sonnant
le creux : d'un côté le Juge ; et de l'autre, qui ? — Clifford le criminel ! Un nom jadis flétri, maintenant une
honte à demi oubliée ! — Malgré ce calcul si simple,
Hepzibah, peu accoutumée à prendre conseil d'elle-
même, eût accepté comme règle d'action le moindre
avis qui lui serait venu du dehors. La petite Phœbé
Pyncheon aurait suffi pour éclairer sa route, sinon par
des suggestions directes, du moins par la chaleur et
l'entrain de son caractère. Hepzibah songea au photographe. Chez ce jeune étranger, elle avait reconnu,
— si aventureux et si vagabond qu'il pût être, — une
force qui rendait sa protection désirable dans un moment aussi critique. Obéissant à cette pensée, elle
tira les verrous d'une porte, — fermée depuis longtemps
et toute recouverte de toiles d'araignées, — qui servait
autrefois de communication entre la portion de l'hôtel
qu'elle s'était réservée et le pignon où notre artiste
avait provisoirement établi ses pénates errants. Il n'é-
tait pas là. Un livre entr'ouvert posé à plat sur la
table, un manuscrit roulé, une feuille remplie à moitié,
un numéro de journal, quelques outils de sa profession actuelle et un certain nombre d'épreuves photo-
graphiques, donnaient l'idée qu'il ne pouvait être loin.
Mais, à ce moment du jour, — Hepzibah aurait dû
le prévoir, — le photographe était en ville, donnant
séance au public. Par une impulsion de cette oisive
curiosité qui se mêlait à ses tristes préoccupations, la
vieille fille regarda un des daguerréotypes, et se trouva
face à face avec le juge Pyncheon qui la menaçait du

regard! C'était comme si le Sort lui-même l'eût con-
templée au visage. Avec un découragement profond,
elle renonça immédiatement à poursuivre ses inutiles
recherches. Depuis tant d'années qu'elle passait loin
du monde, jamais elle n'avait compris comme alors ce
que c'est que d'être seule. La maison semblait debout
au milieu d'un désert, ou bien encore, de par quelque
sorcellerie, invisible aux voisins, invisible aux passants qui longeaient ses murs. Hepzibah, n'écoutant
que sa douleur et son orgueil froissés, avait toute sa
vie éloigné d'elle les amitiés qui s'offraient; elle avait
rejeté de propos délibéré les secours que, dans l'ordre
établi par Dieu, toute créature doit à ses semblables;
et pour punition, maintenant, elle se voyait livrée,
elle et Clifford, à l'hostilité triomphante d'un homme
de leur race.

Revenue près de la fenêtre en ogive et levant les yeux
au ciel, — ses pauvres yeux myopes et farouches, —
Hepzibah voulut prier, mais sa foi n'était pas assez
robuste, et sa prière se trouva d'un poids trop grand
pour être ainsi soulevée. Aussi lui retomba-t-elle sur
le cœur comme un bloc de plomb, avec l'écrasante conviction que la Providence n'intervient jamais dans les
mesquines douleurs dont peut se trouver atteint un
individu quelconque, dans les luttes lilliputiennes
qu'il soutient contre un nain de son espèce. La pauvre fille faisait tort à la Providence, quand elle con-
fondait ainsi son immensité avec le néant. De même
que le soleil envoie un rayon à la petite fenêtre du
moindre *cottage*, de même, aurait-elle dû se dire, la
Charité divine trouve un rayon d'amour et de pitié
pour la plus humble des nécessités humaines. A la fin,

ne pouvant plus imaginer aucun prétexte pour retarder
la torture qui allait être infligée à Clifford, — et craignant
aussi d'entendre, au bas des degrés, la voix sévère du
juge Pyncheon qui lui reprocherait tant de retards et
d'hésitations, — elle se glissa lentement, toute pâle et
comme engourdie par le chagrin, jusqu'à la porte de la
chambre occupée par son frère; — puis elle frappa.

Aucune réponse.

Et comment aurait-on répondu?... C'est à peine si
sa main tremblante et paralysée par l'émotion avait
effleuré les panneaux épais. Elle frappa de nouveau.
Pas plus de réponse cette fois que la première. — Quoi
de surprenant? le coup avait été porté avec tout l'élan
d'une crainte subite. Clifford, réveillé en sursaut, avait
dû, comme l'enfant trop subitement appelé à l'heure
des ténèbres, se jeter dans la ruelle et ramener ses
draps par-dessus sa tête. — Elle frappa donc pour la
troisième fois, trois coups réguliers, modérés, séparés
par des intervalles égaux et, quoique discrets, trois
coups significatifs.

Clifford ne répondit pas.

« Clifford, mon bon frère, dit Hepzibah, puis-je entrer? »

Silence complet.

A deux ou trois reprises différentes, Hepzibah réitéra
son appel sans le moindre succès, jusqu'à ce qu'enfin,
jugeant son frère plus profondément endormi que de
coutume, elle tourna le bouton de la porte, et pénétrant dans la chambre, n'y trouva personne.... Comment
serait-il sorti, et à quel moment, sans qu'elle s'en
aperçût? Se pouvait-il que, malgré le temps rigoureux,
chassé par l'ennui qu'on respirait au dedans, il fût allé,

par fantaisie, se promener au jardin, et fallait-il le
supposer grelottant de froid sous le triste abri du
pavillon d'été? Elle poussa précipitamment une fenêtre,
et projetant au dehors, avec la moitié de sa longue
taille, sa tête coiffée d'un turban, fouilla l'enclos du
regard, aussi complétement que le lui permettait la faiblesse de sa vue. Elle distinguait fort bien l'intérieur
du pavillon et son banc circulaire humecté par le stil-
licide du toit. Personne ne s'y trouvait. Clifford n'é-
tait pas dans le jardin, à moins toutefois — comme
Hepzibah se le figura pendant un moment, — qu'il n'eût
couru se cacher derrière une espèce d'appentis, formé
par un cadre de bois appuyé contre le mur, et que re-
couvraient pêle-mêle les pampres, les larges feuilles
du plant de courges. Mais cela ne pouvait être; car
tandis qu'Hepzibah regardait, un étrange individu de
la race féline sortit tout précisément de ce réduit
et traversa le jardin à pas comptés. Par deux fois,
il s'arrêta pour humer l'air, reprenant toujours sa
route du côté de la fenêtre du salon. Soit à cause des
allures furtives et observatrices qui caractérisent cette
espèce en général, — soit que ce chat lui parût animé
d'intentions particulièrement malveillantes, — la vieille
demoiselle, nonobstant les perplexités auxquelles elle
était en proie, se sentit l'envie de mettre l'animal en
fuite, et lui lança un petit bâton qui se trouva sous sa
main.... Le chat leva les yeux vers elle, comme un
assassin ou un voleur surpris en flagrant délit, et le
moment d'après, se sauva au galop. Aucune autre
créature vivante n'était en vue. Le coq et sa famille,
découragés par le mauvais temps, ou bien n'avaient
pas quitté leur juchoir, ou bien, toutes réflexions

faites, y étaient rentrés. — Hepzibah referma la fenêtre.

Mais où était Clifford? Peut-être, averti par quelque subtile perception que son mauvais génie se
trouvait là, s'était-il glissé au bas de l'escalier, puis
échappé dans la rue, pendant que, dans le magasin,
sa sœur et le Juge causaient ensemble. Cette suppo-
sition faisait passer devant les yeux de la vieille fille
l'étrange vision de son frère, s'élançant au dehors dans
le costume suranné qu'il portait chez lui, puis courant
ainsi la ville au hasard, objet de surprise et de terreur
pour tous ceux qui viendraient à le rencontrer. Elle entendait le rire des jeunes gens auxquels il était inconnu,
— les propos indignés de ceux qui, l'ayant vu autrefois, se rappelleraient son visage, — l'impitoyable clameur des enfants et leurs injures empreintes d'une
verve cruelle. Ainsi poursuivi, raillé, outragé, qu'allait devenir ce malheureux? Ne s'abandonnerait-il
pas à quelque acte de rancune insensée, allant ainsi
de lui-même au-devant du sort que lui préparaient le
juge Pyncheon et sa malice infernale?

Puis Hepzibah vint à réfléchir que la ville était
presque entièrement entourée d'eau. Par ce gros
temps, les quais devaient se trouver déserts; ni marchands, ni ouvriers, ni marins : — rien que les vais-
seaux noyés dans le brouillard. Que le hasard diri-
geât les pas incertains de son frère, qu'il vînt à se
pencher sur ces flots sombres où l'attendait un repos
absolu, — où ne pourraient plus l'atteindre les mains
acharnées de son redoutable parent, — quelle tentation!... Pourrait-il y résister?

Cette horrible image était insupportable pour Hep-

zibah. Il lui fallait maintenant un secours quelconque,
fût-ce même celui de Jaffrey Pyncheon. Elle descendit rapidement l'escalier, criant pour ainsi dire à chaque
marche.

« Clifford est parti, hurlait-elle.... Mon frère !...
Je ne trouve plus mon frère !... A moi, Jaffrey Pyncheon !... Au secours !... Il va lui arriver quelque
malheur ! »

Puis elle ouvrit la porte du salon. Mais, — soit
l'ombre des rameaux qui obstruaient les fenêtres, l'obscurité des plafonds enfumés, la sombre teinte des lambris de chêne,— il faisait si peu jour dans cette pièce,
que les mauvais yeux d'Hepzibah purent à peine distinguer la figure du Juge. Elle s'assura pourtant qu'elle
le voyait, assis dans le fauteuil de famille, presque au
centre du parquet, la tête un peu de côté, regardant
vers une des croisées. Peut-être, dans son impassibilité magistrale, n'avait-il pas changé une seule fois
de position depuis que naguère elle l'avait laissé là.

« Je vous dis, Jaffrey, s'écria Hepzibah d'une voix
impatiente, pendant qu'elle quittait la porte du salon
pour aller visiter les autres pièces, je vous dis que
mon frère n'est pas chez lui.... Aidez-moi donc à le
chercher ! »

Le juge Pyncheon, cependant, n'était pas homme à
laisser troubler son repos, par les injonctions précipitées que la peur dictait à une femme plus que nerveuse. D'un autre côté, cependant, en raison de l'intérêt personnel qu'il devait prendre à cette affaire, il
aurait pu se montrer plus alerte.

« Vous ne m'entendez donc pas, Jaffrey Pyncheon?
cria Hepzibah, qui revenait vers la porte du salon

après avoir vainement poussé ses recherches de tous côtés.... Clifford est parti! »

Au même moment, sur le seuil de cette porte, et sortant évidemment du salon, Clifford apparut en personne!... Son visage était extraordinairement pâle, et d'une blancheur si cadavéreuse que, dans l'ombre flottante du corridor, Hepzibah distingua ses traits comme si quelque lumière habilement dirigée les éclairait seuls. Leur expression, folle et joyeuse, eût d'ailleurs suffi pour les faire ainsi rayonner; elle était parfaitement d'accord avec le mépris et la raillerie que toute son attitude indiquait.

Debout sur le seuil, et se détournant à demi, Clifford montrait du doigt l'intérieur du salon avec une sorte de lenteur solennelle, comme s'il eût convoqué non-seulement Hepzibah, mais l'Univers entier, à venir s'amuser d'un spectacle éminemment ridicule.

Ce geste, si hors de saison et si extravagant, — accompagné d'ailleurs d'un regard où la joie prédominait sur toute autre émotion, — fit craindre à Hepzibah que la sinistre visite de son austère cousin n'eût définitivement poussé Clifford dans l'abîme de la folie. Quant à l'immobilité du Juge, elle ne pouvait se l'expliquer qu'en le supposant sur ses gardes, et guettant avec avidité les symptômes qui lui livraient sa victime.

« Du calme, Clifford! murmura Hepzibah, levant la main pour le convier à plus de prudence. Tranquillisez-vous, calmez-vous, pour l'amour de Dieu!

— C'est à lui de se calmer.... Qu'a-t-il de mieux à faire? répondit Clifford avec un geste encore plus absurde, et montrant toujours la pièce d'où il venait de

sortir.... Quant à nous, ma sœur, nous pouvons danser,
à présent ! Nous pouvons chanter, rire, jouer, faire
ce que nous voudrons. Le boulet que nous traînions
n'existe plus.... On nous a débarrassé de l'antique vallée de larmes.... et nous rendrons désormais la vie aussi
légèrement que la petite Phœbé en personne ! »

Alors, — et comme pour confirmer ses paroles, —
il se mit à rire, sans cesser de diriger son doigt vers
l'objet, encore invisible pour Hepzibah, qu'il indiquait
ainsi à l'intérieur du salon. Elle acquit au moment
même la soudaine intuition de quelque horrible événement. Se glissant entre Clifford et la porte, elle pénétra vivement dans la pièce où il l'appelait; mais elle
en ressortit presque aussitôt avec un cri d'angoisse.
Les regards effrayés et fixes qu'elle jetait à son frère
le lui montraient envahi de la tête aux pieds par un
tremblement nerveux des plus violents, tandis que —
sur tous ces éléments de colère et de terreur— planait
encore, en se jouant, son orageuse gaieté.

« Grand Dieu, qu'allons-nous devenir ? s'écria la
pauvre fille d'une voix haletante.

— Partons, dit Clifford sur un ton de décision rapide, complétement étranger à ses habitudes.... Nous
ne sommes restés ici que trop longtemps.... Laissons
la vieille maison à notre cousin Jaffrey !... Vous verrez
qu'il en aura bien soin. »

Hepzibah remarqua seulement alors que Clifford
avait un manteau sur les épaules, — un manteau d'autrefois, dans lequel il restait constamment emmitou-
flé, pendant ces humides et froides journées où le
vent d'est n'avait cessé de régner. Les signes qu'il lui
faisait de la main, — autant qu'elle les pouvait com-

prendre,— indiquaient chez lui le projet de la décider
à quitter aussitôt la maison. Il y a de ces heures d'étour-
dissement, de véritable chaos moral, dans la vie des
gens à qui manque la vraie force de caractère, — moments d'épreuves où le courage trouverait son meilleur emploi, — tandis que ces individus, laissés à eux-
mêmes, errent sans but, au hasard, ou se soumettent
aveuglément à une impulsion quelconque, leur fallût-
il accepter pour guide un enfant de cinq ans. Si peu logique, si insensée qu'elle puisse être, une direction leur
semble toujours venir d'en-haut. C'est précisément là
qu'en était Hepzibah. N'ayant ni l'habitude de l'action, ni celle de la responsabilité, — terrifiée par ce
qu'elle venait de voir, et n'osant ni demander, ni presque se figurer comment les choses avaient dû s'accomplir, — redoutant la Fatalité qui semblait s'achar-
ner après son frère, — stupéfiée par l'épaisse et lourde
atmosphère de crainte qui planait de tous côtés comme
une odeur de cimetière, et oblitérait la netteté de ses
pensées, — elle se conforma immédiatement, et sans
la moindre question, à la volonté qui venait d'être
exprimée par Clifford. Elle était, quant à elle, dans l'é-
tat d'une personne qui rêve, et dont la volonté se
trouve paralysée par le sommeil. Clifford, ordinairement si dénué d'initiative, puisait un vouloir inaccou-
tumé dans cette situation si tendue et si critique.

« Pourquoi tant de retards? s'écria-t-il avec une impérieuse vivacité. Mettez votre manteau, votre pelisse,
mettez tout ce qu'il vous plaira!... Le costume importe
peu, ma pauvre Hepzibah.... Il vous est également dé-
fendu d'être élégante, ou d'être belle.... Prenez votre
bourse, mettez-y de l'argent, et partons! »

Hepzibah obéissait à ces ordres comme s'il n'y avait rien à répliquer, rien à inventer de mieux. Elle commençait à se demander, d'ailleurs, pourquoi elle ne s'éveillait pas? et à quelles extrémités irait ce mauvais rêve, avant de se dissiper tout à coup, par le fait même de sa violence et des anxiétés qu'il lui causait? Tout ceci, naturellement, ne pouvait être que chimères; jamais ne s'était levée une journée si orageuse et si sombre; le juge Pyncheon n'était point venu causer avec elle; — ce rire étrange, ces signes de Clifford, ce geste par lequel il l'entraînait avec lui, rien de tout cela n'était réel; — ainsi qu'il arrive souvent aux personnes qui dorment seules, elle s'était vue en butte aux absurdes angoisses d'un cauchemar matinal?

« Cela ne durera pas; je vais certainement m'éveiller, pensait Hepzibah, tout en faisant çà et là ses petits préparatifs…. La situation devient intolérable; je ne saurais manquer de m'éveiller bientôt. »

Mais le réveil ne vint pas! Non pas même lorsque, sur le point de quitter la maison, Clifford se glissa jusqu'à la porte du salon, pour faire une révérence d'adieu à l'unique habitant qui désormais occupât cette pièce.

« Quelle drôle de figure fait maintenant ce vieux bonhomme! murmura-t-il à l'oreille d'Hepzibah…. Et cela, juste au moment où il me croyait tout à fait à sa merci!… Allons, allons, pressez-vous un peu!… Sans cela, — [pareil au géant *Despair* quand il poursuivait *Christian* et *Hopeful*[1], — il va s'élancer, et pourrait bien nous rattraper encore! »

1. Nous conservons leurs noms aux personnages anglais du

Comme il descendait dans la rue, Clifford désigna du doigt, à l'attention d'Hepzibah, une empreinte restée sur l'un des montants du grand portail. C'était tout bonnement les initiales de son propre nom, qu'il avait gravées là, tout enfant, non sans quelque grâce caractéristique dans la forme des lettres. Le frère et la sœur partirent ensuite, laissant le juge Pyncheon assis tête à tête avec lui-même dans la demeure antique de ses ancêtres, — et si pesamment, si parfaitement inerte, que nous cherchons en vain à donner de lui une idée quelque peu exacte. On pourrait cependant le comparer à un ex-cauchemar, décédé au milieu des tortures qu'il infligeait, et qui aurait laissé sa flasque dépouille sur la poitrine de sa victime, — quitte à celle-ci de s'en débarasser comme elle pourrait.

roman allégorique de John Bunyan, — *The Pilgrim's Progress.*

XVII

La Fuite des deux Hiboux.

Nonobstant la saison d'été, le vent d'est faisait claquer les dents, en bien petit nombre, qu'Hepzibah conservait encore, au moment où elle et Clifford, bravant le souffle de cette brise glacée, remontèrent Pyncheon-street pour se diriger vers le centre de la ville. Ce n'était pas un simple frisson qu'elle sentait courir par toute sa personne (bien que ses pieds, et ses mains surtout, ne lui eussent jamais semblé aussi complétement amortis par le froid), mais à cette impression purement physique se mêlait une sensation morale qui faisait trembler son esprit en même temps que son corps. L'aride et puissante atmosphère qu'on respire dans le monde extérieur, lui causait un si grand malaise! Telle est, à vrai dire, l'impression qu'elle produit sur tout aventurier novice, alors même qu'il s'y plonge pendant qu'un sang jeune et chaud bouillonne encore dans ses veines. Jugez de ce qu'elle pouvait être pour Hepzibah et Clifford, — ces deux vieux enfants inexpérimentés, — au moment où ils franchirent le seuil de la porte et quittèrent le vaste abri de l'Orme-Pyncheon. Chez Hepzibah existait au plus haut degré le sentiment intime d'un manque de volonté qui la livrait à toutes les impulsions extérieures. Incapable désormais de se guider, elle ne désirait même plus recouvrer cette faculté perdue, tant elle la jugeait inutile, au milieu des difficultés qui l'entouraient de toutes parts.

De temps en temps, au début de leur étrange expédition, elle jetait du côté de Clifford un regard oblique, et ne put s'empêcher de remarquer qu'il était sous le coup d'une excitation singulière. Cette excitation, semblable à la gaieté que donne le vin, était la véritable cause de l'empire soudain qu'il avait pris sur lui-même. Un poëte aurait pu le comparer à quelque joyeux morceau de musique, exécuté avec une vivacité folle sur un instrument en désarroi. De même que la note fêlée revient à peu près constamment, et fait d'autant mieux sentir ses dissonances que le mouvement se précipite, que la mélodie arrive à son apogée, de même, chez Clifford, un tremblement continuel démentait son sourire triomphant, et donnait à sa démarche contrainte je ne sais quel sautillement convulsif.

Ils rencontrèrent fort peu de monde, même alors qu'ils furent parvenus dans ces quartiers où il y avait ordinairement plus d'activité, plus de foule qu'aux entours de leur vieil hôtel. Les parapluies se montraient de tous côtés à l'étalage des boutiques, comme

si tout le mouvement commercial se fût concentré
sur cet article devenu indispensable. Les feuilles
mouillées des ormes ou des noyers, arrachées par
l'ouragan, s'éparpillaient sur la voie publique ; la
boue s'accumulait au milieu des rues, qui, par un singulier phénomène, semblaient devenir plus sales à mesure qu'elles étaient mieux lavées. Tels étaient les traits
les plus caractéristiques de ce sombre tableau. En fait
de vie et de mouvement, il y avait la rapide allure d'un
cabriolet ou d'une calèche dont le cocher, encapu-
chonné de caoutchouc, rappelait assez un masque de
carnaval ; plus loin, un vieillard à l'aspect misérable,
et sortant en apparence de quelque égout, penché sur
les ruisseaux, un bâton à la main, fouillait les ordures
humides, en quête de quelques clous rouillés; à la
porte du bureau de poste, un négociant ou deux, plus
un rédacteur de journal et un politique de fantaisie,
attendant une malle en retard ; à la fenêtre d'un
bureau d'assurances, quelques officiers de marine en
retraite, jetant des regards ennuyés sur la rue déserte,
blasphémant après le temps, et malheureux de se
voir à court, soit de nouvelles publiques, soit de commérages locaux. La bonne aventure pour ces vénérables *quidnuncs*, s'ils eussent pu deviner le secret
qu'Hepzibah et Clifford emportaient avec eux ! Mais
ces deux formes grises, estompées par la pluie, n'atti-
raient pas l'attention comme celle d'une jeune fille
qui vint à passer au même instant, et dont les jupons
étaient retroussés un peu trop haut. Par un beau soleil,
nos deux voyageurs n'eussent pas manqué de faire sensation ; mais avec cet affreux temps, — auquel ils
semblaient merveilleusement assortis,— on ne remar-

quait pas, ou on ne remarquait que pour les oublier aussitôt, ces deux ombres fondues sur un ciel nébuleux.

Si du moins Hepzibah s'en était doutée, elle eût puisé là quelque consolation, car à tous ses autres ennuis, — phénomène étrange, — venait s'ajouter le souci tout féminin d'une toilette qui lui semblait peu convenable ; aussi se repliait-elle en elle-même plus profondément que jamais, comme si elle eût espéré faire croire aux gens que sa vieille pelisse, fanée et frippée, s'en allait toute seule prendre l'air et recevoir la pluie, sans que personne fût dessous!

A mesure qu'ils avançaient, elle perdait si bien le sentiment de la réalité, elle entrait si bien dans le vague domaine du néant, que c'est tout au plus si l'une de ses mains sentait le contact de l'autre. Une certitude quelconque valait mieux qu'un pareil état; aussi se répétait-elle sans cesse : « Suis-je éveillée ?... suis-je bien éveillée ? » Et parfois, écartant son capuchon, elle exposait son visage au souffle glacé du vent pour s'assurer, même au prix d'une souffrance, si elle dormait ou non. Soit que la volonté de Clifford, soit qu'un simple hasard les y eût conduits, ils se trouvaient maintenant sous la porte voûtée d'un vaste édifice de pierre grise. A l'intérieur, une large nef, au toit élevé, que la vapeur et la fumée emplissaient de leurs volumineuses spirales, formant, au-dessus de leurs têtes, comme une fausse région de nuages. Un train de wagons allait partir; la locomotive frémissait et fumait comme un coursier impatient de dévorer l'espace ; la cloche tintait un appel précipité, semblable à ceux que la vie nous garde pour chacune de ses péripéties. Sans délai ni hésitation, — avec cet aveugle

élan auquel il obéissait et faisait obéir Hepzibah, —
Clifford la poussa du côté des wagons et la fit monter
dans l'un d'eux. Le signal fut donné, la machine émit
deux ou trois souffles haletants et rapides, — le train
s'ébranla, —et en même temps que cent autres passagers, ces deux voyageurs comme on en voit peu partirent avec la rapidité du vent. C'est ainsi qu'après un
si long isolement ils se voyaient attirés dans le grand
courant de la vie humaine, et livrés à ses flots puissants
comme par l'action d'une pompe aspirante : — Or,
cette pompe, c'était le Destin.

Encore hantée par la conviction que pas un des
incidents survenus ne pouvait être réel, — y compris la visite du juge Pyncheon, — la recluse des
Sept Pignons murmurait, penchée à l'oreille de son
frère : « Clifford ! Clifford !... tout ceci n'est-il pas un
rêve ? — Un rêve, Hepzibah ? répéta-t-il tout prêt à
lui rire au nez.... Bien au contraire.... Je m'éveille, à
présent, pour la première fois ! »

En attendant ils pouvaient, par la portière ouverte,
voir le monde extérieur courir à côté d'eux. Tout à
l'heure, ils traversaient un désert; —le moment d'après,
un village poussait autour du convoi; — quelques secondes plus tard il avait disparu comme abîmé par un
tremblement de terre. Les flèches des chapelles semblaient se détacher de leurs fondements, les collines
glisser sur leur large base. Toute chose était enlevée
à son repos séculaire, et disparaissait, avec la rapidité
du tourbillon, dans une direction opposée à la leur.

Rien d'exceptionnel ne s'offrait à l'observation des
autres passagers entassés dans le même wagon; mais
pour ce couple de prisonniers si étrangement éman-

cipés, un pareil tableau avait mille surprises, mille nouveautés. Et c'en était une, déjà, que de se trouver ainsi sous cette toiture étroite et longue, en société intime de cinquante êtres humains, et emportés en avant par la même irrésistible influence. Il leur semblait merveilleux que tous ces gens pussent demeurer si tranquilles sur leurs siéges, tandis qu'on dépensait pour eux tant de force et tant de bruit. Quelques-uns, le billet au chapeau (ceux-ci étaient des voyageurs au long cours, ayant devant eux trois ou quatre cent milles de rail), s'absorbaient dans la description de tel ou tel paysage anglais, suivaient les complications d'un roman à la mode, et menaient la « haute vie » avec des ducs et des comtes imaginaires. D'autres, à qui un voyage plus court ne laissait pas la marge nécessaire pour se consacrer à des études si abstraites, charmaient l'ennui de leur route en parcourant quelque journal à un sou. Plusieurs jeunes filles et un jeune homme, dispersés aux deux extrémités du wagon, s'égayaient immensément, grâce à un jeu de balle qu'ils avaient organisé. L'élastique projectile passait et repassait de tous côtés parmi des éclats de rire qu'on aurait pu mesurer au kilomètre ; car, si vite que la balle agile pût voler, les joueurs folâtres faisaient encore plus de chemin, et, sans s'en apercevoir, laissant derrière eux le sillage de leur bonne humeur bruyante, ils achevaient leur partie sous un autre ciel que celui qui l'avait vue commencer. A chaque station accouraient des enfants approvisionnés de pommes, de gâteaux, de sucreries aux couleurs diverses, qui rappelaient à Hepzibah son magasin abandonné. Il entrait sans cesse de nouvelles gens ; d'anciennes connaissances

— car, dans ce tumulte affairé, les connaissances se font et vieillissent vite — les quittaient aussi incessamment. Çà et là, malgré le bruit, quelques voyageurs s'assoupissaient. Le sommeil, — les jeux, — les affaires, — les études plus ou moins sérieuses, — et l'inévitable progrès fait ensemble sur la même route, — n'était-ce pas la Vie elle-même !

Toutes les sympathies de Clifford, naturellement actives, étaient en éveil. Comme le caméléon, il recevait, il rendait en vifs reflets toutes les couleurs de ce kaléidoscope mouvant; mais elles se mêlaient chez lui à je ne sais quelle nuance sinistre qui ne présageait rien de favorable. Hepzibah, d'un autre côté, se sentait plus à l'écart de l'Humanité qu'elle ne l'était naguère, même dans la solitude d'où elle venait de sortir.

« Vous n'êtes pas heureuse, Hepzibah ! lui dit Clifford, par manière d'aparté, avec un accent de reproche.... Vous pensez à cette vieille maison si triste, et vous pensez au cousin Jaffrey (ici son tremblement le reprit); vous pensez au cousin Jaffrey assis là-bas, tête à tête avec lui-même. Croyez-m'en donc.... ou plutôt suivez mon exemple.... Oubliez ces vains détails !... Nous voici dans le monde, Hepzibah !... Nous voici en pleine vie.... mêlés à la foule de nos semblables !... Vous et moi, tâchons d'être heureux.... aussi heureux que ce jeune homme et ces charmantes jeunes filles, avec leurs parties de balle ! — Heureuse !... pensait Hepzibah, chez qui ce mot venait d'éveiller le ressentiment amer de son angoisse de cœur, lourde et glaciale.... Heureuse, a-t-il dit?... Il faut qu'il soit déjà fou ; et je deviendrais folle, moi aussi, pour peu que je pusse me croire tout à fait éveillée ! »

Au fait, — si une idée fixe constitue la folie, — la vieille fille n'était peut-être pas loin de ces abîmes où la raison se perd. Les spectacles variés qui passaient devant leurs yeux, depuis qu'ils suivaient la ligne de fer, n'avaient pas plus agi sur l'imagination d'Hepzibah que si elle et son frère n'eussent pas cessé de monter et de redescendre Pyncheon-street. Au milieu de tant de paysages variés, elle n'avait en réalité sous les yeux que les Sept Pignons pointus, leurs mousses verdâtres, la touffe de fleurs éclose à l'angle de l'un d'eux, ou bien encore la fenêtre du magasin, une pratique poussant la porte et faisant retentir la petite clochette,... sans déranger le juge Pyncheon! L'intelligence d'Hepzibah n'était pas, à beaucoup près, aussi malléable que celle de Clifford, ni aussi susceptible de se prêter à des impressions nouvelles. Sa nature, à lui, était ailée, tandis que celle de sa sœur appartenait à l'ordre végétal, et, une fois déracinée, semblait à peine pouvoir renaître. De là ce changement soudain dans les relations qu'ils avaient eues jusqu'alors l'un avec l'autre. Chez eux, elle était la tutrice ; Clifford, depuis leur départ, était devenu le tuteur, et semblait saisir avec une rapidité singulière tout ce qui avait trait à leur position nouvelle, investi brusquement d'une virilité, d'une vigueur intellectuelles qu'il devait à une crise imprévue, — ou du moins ayant tous les dehors d'un état pareil, encore qu'ils pussent être éphémères et tenir à une condition morbide.

Le conducteur vint alors réclamer le prix du passage, et Clifford, qui s'était constitué gardien du trésor commun, prit un billet de banque dans sa main, comme il l'avait vu faire à quelques autres voyageurs.

« Pour cette dame et pour vous ? demanda le chef de train.... Votre destination, s'il vous plaît ?

— Nous irons jusqu'au bout, dit Clifford ; peu importe où vous arrêtez. Nous voyageons tout bonnement pour notre plaisir.

— Ma foi, monsieur, vous choisissez un singulier jour, remarqua un vieux *gentleman* dont les yeux semblaient percés à la vrille et qui, assis en face de nos deux voyageurs, les contemplait avec une avidité curieuse. Par un temps comme celui-ci, la meilleure chance de plaisir est, je crois, de rester dans sa maison, assis au coin d'un bon feu.

— Je ne saurais précisément me trouver d'accord avec vous, dit Clifford, qui après un salut courtois se hâta de saisir ce joint de causerie. Je pensais dans l'instant, au contraire, que cette admirable invention des chemins de fer — avec les inévitables progrès qui ne sauraient lui manquer, soit comme rapidité, soit comme bien-être — est destinée à détruire peu à peu, pour leur substituer quelque chose de meilleur, ces idées surannées de « chez soi » et de « coin du feu. »

— Au nom du sens commun, demanda le vieux *gentleman* d'un ton quelque peu bourru, où peut-on se trouver mieux que dans son salon et au coin de sa cheminée ?

— Ces choses n'ont pas tout le mérite que leur attribuent beaucoup de braves gens, répliqua aussitôt Clifford. On pourrait dire d'elles, en résumé, qu'elles ont assez mal servi un dessein peu méritoire. Je pense, quant à moi, que nos facultés de locomotion, accrues comme elles le sont et le seront encore, doivent insen-

siblement nous ramener à l'état nomade. Vous savez,
sans doute, mon cher monsieur, — votre expérience a
dû vous le démontrer, — que tout progrès humain, au
lieu de suivre la ligne droite, affecte la forme d'une spirale ascendante. Alors même que nous croyons marcher
directement en avant, nous ne faisons que revenir sur
un état de choses essayé, abandonné depuis longtemps,
mais que nous retrouvons raffiné, perfectionné, idéa-
lisé. Le Passé n'est donc ainsi que la prophétie ébauchée, matérielle, du Présent et de l'Avenir. Pour
appliquer cette vérité au sujet que nous discutons
maintenant, je dirai : Aux époques primitives de notre
race, les hommes habitent des huttes temporaires, di-
sons mieux, des berceaux de branchages construits
aussi facilement que l'est un nid d'oiseau, et qu'ils
bâtissaient, avec l'aide de la nature, là où abondait le
fruit, là où multipliait le gibier et le poisson, là où
l'instinct du Beau se trouvait caressé par quelque exquise disposition du lac, de la forêt, du coteau qui
formaient le paysage. Ce mode d'existence possédait
un charme qui n'existe plus maintenant, et il servait
de prototype à quelque chose de mieux encore. Car
enfin, il avait d'assez tristes compensations, la faim,
la soif, l'inclémence des saisons, l'ardeur excessive
du soleil, et ces longues marches qu'il fallait faire à
travers d'horribles et stériles espaces, avec beaucoup
de fatigue et les pieds en sang, pour occuper les oasis
que leur fertilité, leur beauté rendait attrayantes.
Mais, moyennant notre ascension en spirale, nous
échappons à tous ces inconvénients. Les chemins de
fer, — pourvu qu'on en vienne à rendre leurs sifflets
harmonieux, et à se débarrasser de ce bruit inces-

sant, que je reconnais désagréable, — les chemins
de fer sont à coup sûr le plus grand bienfait dont
nous soyons redevables aux siècles passés. Ils nous
donnent des ailes, ils ôtent au pèlerinage ce qu'il
avait de fatiguant, et les souillures dont il couvrait
le corps. Ils font du voyage un acte intellectuel plutôt
que physique.... Par là même, et par les facilités
qu'ils prêtent au transit, ne tendent-ils pas à détruire
chez l'homme l'habitude de rester fixé à la même
place?... Pourquoi, désormais, se construirait-il une
habitation incommode à transporter d'un lieu à l'autre? Pourquoi s'enfermerait-il, prisonnier à vie, dans
une coque de pierre et de vieilles charpentes vermoulues, lorsqu'il peut tout aussi facilement ne résider
nulle part, c'est-à-dire, — en d'autres termes qui rendent mieux ma pensée, — résider partout où l'arrê-
tent momentanément l'instinct du Beau et celui du
Convenable? »

Tandis qu'il exposait ainsi sa théorie, la physionomie de Clifford devenait radieuse; — il rajeunissait à
vue d'œil, comme si un masque transparent était venu
effacer ses rides et animer ses joues blêmies par le
cours des ans. Les joyeuses jeunes filles laissèrent
tomber leur ballon sur le plancher de la voiture, et se
mirent à contempler cet orateur éloquent. Selon elles,
sans doute, avant que ses cheveux eussent grisonné,
— avant que l'odieuse patte d'oie fût venue s'inscrire
sur ses tempes, — cet homme, aujourd'hui en décadence, avait dû voir ses traits se graver dans le souvenir affectueux de mainte et mainte femme. — Mais,
hélas! pas un regard de femme ne s'était posé sur ce
visage pendant qu'il gardait encore toute sa beauté!

« C'est tout au plus, remarqua la nouvelle connaissance de Clifford, si je regarderais comme un progrès d'habiter, en même temps, partout et nulle part.

— Vraiment? s'écria Clifford avec une énergie singulière. A mes yeux, cependant, il est clair comme le jour, — un autre jour que celui-ci, par exemple, — il est clair, dis-je, que les plus grands obstacles entassés sur la route du Bonheur et du Progrès humain, sont précisément ces monceaux de briques et de pierres, consolidés avec du mortier, des poutres et des clous, que les hommes assemblent à grand'peine, instruments de leur propre supplice, et qu'ils appellent leurs maisons, leur « chez soi. » L'âme a besoin d'air, d'un air fréquemment changé, fréquemment renouvelé. Mille influences morbides s'accumulent autour des foyers et polluent la vie que nous y menons. Pas d'atmosphère plus malsaine que celle d'un vieux logis, alors que les ancêtres et parents défunts y jettent leurs exhalaisons vénéneuses.... Je parle de ceci en toute connaissance de cause; j'en parle à propos de certaine maison qui m'est très-familière et dont je me souviens à merveille;—maison à pignons (il y en a sept), à étages projetés les uns sur les autres, comme vous en voyez parfois dans nos plus anciennes cités. Misérable vieux donjon rouillé, craquelé, délabré, rongé par la pourriture sèche et la pourriture humide, enfumé, hideux et sombre, avec une fenêtre en ogive au-dessus du porche, lequel est flanqué d'une petite porte de magasin et ombragé par un grand orme au mélancolique feuillage.... Maintenant, monsieur, chaque fois que cet Hôtel aux Sept Pignons me revient dans la pensée, (ceci est tellement curieux que je ne puis m'empêcher

d'y faire allusion), j'ai aussitôt devant moi l'image, —
ou l'apparition, si vous aimez mieux, — d'un homme
âgé, à la physionomie remarquablement austère, assis
dans un grand fauteuil en bois de chêne, et mort,
absolument mort, avec une fort vilaine tache de sang
sur le devant de sa chemise.... Mort, mort, vous dis-
je,... mais les yeux tout grands ouverts !... Tel que je
me le rappelle, il répand le deuil par toute la maison.... Jamais je n'y pourrais vivre, jamais y être heureux, jamais y remplir la mission pour laquelle Dieu
m'a placé dans ce bas monde. »

Ici son visage s'obscurcit et parut se contracter, se
flétrir, comme s'il avait pris vingt années en une mi-
minute.

« Non, monsieur, jamais ! répéta-t-il : jamais je n'y
respirerais à mon aise !

— Je n'ai aucune peine à le croire, dit le vieux
gentleman, qui commençait à examiner Clifford très-
sérieusement, et dont la physionomie exprimait une
sorte d'appréhension.... Je ne comprendrais même pas
qu'il en fût autrement, monsieur, avec une idée pareille
dans votre tête !

— Oh ! certainement non, continua Clifford ; et ce
serait un grand soulagement pour moi si on pouvait
abattre ou incendier la maison susdite, — en débarrasser la surface de la terre, — et sur la place qu'elle
occupait faire pousser un épais gazon.... Ce n'est pas
que je veuille jamais la revoir, ni elle, ni l'emplacement
sur lequel on l'a bâtie.... Effectivement, monsieur, plus
je m'en éloigne, plus je sens renaître en moi la sérénité,
la fraîcheur d'impressions, les battements de cœur de
ma jeunesse, et, — pourquoi ne pas le dire ? — ma jeu-

nesse elle-même !... Pas plus tard que ce matin, j'étais
encore un vieillard ; je me souviens qu'en me regardant
au miroir, je m'étonnais de me voir tant de cheveux
blancs, et sur mon front tant de rides entre-croisées,
et sur mes joues des sillons si creux, et autour de mes
tempes un tel piétinement de pattes d'oie !... Tout
cela était prématuré.... Je ne pouvais pas m'y faire.
La vieillesse n'avait sur moi aucun droit, puisque au
fait et au prendre je n'avais pas vécu.... Mais à présent,
dites-moi, est-ce que j'ai l'air vieux ?... Si cela est,
mon extérieur me trahit étrangement ; en effet, — débarrassé d'un grand poids que j'avais sur le cœur, —
je me sens aux plus beaux jours de ma jeunesse,
rempli d'espérance, et appelé à d'heureux destins.

— Puissiez-vous n'être pas déçu, dit le vieux *gentleman*, qui, un peu embarrassé, semblait vouloir se soustraire à l'attention éveillée, de tous côtés, par les propos
insensés de son interlocuteur.... Acceptez à cet égard
mes vœux les plus sincères.

— Pour l'amour du ciel, cher Clifford, tenez-vous
tranquille ! murmura sa sœur à l'oreille de ce dernier....
Ils vont bien certainement vous croire fou.

— Vous même, Hepzibah, tenez-vous tranquille !
lui répliqua-t-il aussitôt. Que m'importe ce qu'ils
pensent ?... Je ne suis certainement pas fou.... Pour la
première fois depuis trente ans, mes pensées débordent
et trouvent immédiatement leur expression.... J'ai
besoin de parler, je parlerai ! »

Se tournant alors du côté du vieux *gentleman*, il
reprit aussitôt la conversation.

« Oui, mon cher monsieur, disait-il, je crois et j'espère, du fond du cœur, que tous ces grands mots de

« toit » et de « foyer, » qui depuis si longtemps im-
pliquent je ne sais quoi de sacré, disparaîtront bientôt
de l'usage quotidien et seront à jamais oubliés.... Figu-
rez-vous, pour un moment, tout ce que ce changement
si simple distraira de la somme des maux humains !
Ce que nous appelons propriété foncière, — ce sol immuable où la maison se bâtit, — est le large fondement
sur lequel repose presque tout ce qu'il y a de mal
en ce bas monde. Il n'est guère de mauvaise action
qu'un homme ne commette, — et il entassera les
uns sur les autres une foule de méfaits, constituant
à la longue une masse énorme, dure comme le
granit, laquelle pèsera sur son âme pendant toute
l'Éternité, — rien que pour bâtir un grand hôtel sombre, où lui-même mourra bientôt, et où sa postérité
traînera une existence misérable. Il met sous œuvre,
pour ainsi dire, son propre cadavre, il suspend au
mur son portrait grimaçant, et après avoir pris ainsi
le rôle d'un mauvais génie, il se figure, — le croiriez-
vous? — que ses arrière-petits-enfants pourront vivre
heureux dans ce logis!... Sachez bien que tout ceci
n'est pas dit au hasard.... J'ai sous les yeux, au moment
où je vous parle, la maison dont il s'agit !

— En ce cas, monsieur, reprit le vieux *gentleman*,
qui voulait bien évidemment laisser tomber la conversation, vous n'êtes nullement blâmable de la vouloir
quitter.

— L'enfant qui vient de naître verra s'accomplir,
avant sa mort, la destruction que j'annonce, continua
Clifford.... Le monde devient trop immatériel, trop
intelligent pour supporter bien longtemps encore des
énormités pareilles.... Même pour moi, — qui ai cepen-

dant passé une grande partie de ma vie dans la retraite, et qui ne suis guère au courant de bien des choses, généralement connues, — même pour moi, les signes précurseurs d'un meilleur avenir se manifestent de la manière la plus évidente.... Et le magnétisme, donc?... Pensez-vous qu'il ne doive pas puissamment concourir à épurer, à quintessencier la vie humaine?

—Bon pour les niais ! grommela le vieux *gentleman*.

— Ces « esprits frappeurs, » par exemple, dont la petite Phœbé nous parlait l'autre jour, reprit Clifford, que sont-ils, sinon les messagers du monde spirituel, frappant à la porte de la Matière?... Et cette porte s'ouvrira toute grande, soyez-en sûr !

— Allons donc !... ceci est de la haute fantaisie, s'écria le vieux *gentleman*, que les échappées métaphysiques de Clifford agaçaient de plus en plus.... J'aimerais à caresser avec une bonne canne les caboches creuses des poupées qui font circuler des énormités pareilles !

— Et l'électricité? le Démon, l'Ange, le dernier terme de la puissance physique, la suprême conquête de l'intelligence? s'écria Clifford.... Est-ce là, également, de la haute fantaisie?... Est-ce un fait, — ou bien l'aurais-je rêvé, par hasard? — qu'au moyen de l'électricité le monde matériel est devenu comme un grand organisme nerveux, qu'on fait vibrer en une seconde sur une étendue de plusieurs milliers de lieues? Mieux encore, le globe n'est plus qu'une vaste tête, un cerveau gigantesque dans lequel l'instinct combiné avec l'intelligence opère aussi rapidement que l'éclair.... Ou bien arriverons-nous à cette conclusion, que la substance même tend à disparaître, et

que nous nous sommes trompés en prenant le Monde
pour autre chose qu'une pensée?

— Si vous voulez parler du télégraphe, dit le vieux
gentleman jetant les yeux vers le fil métallique qui courait le long de la voie, c'est à coup sûr une excellente
chose, — toutes et quantes fois il n'est pas envahi
par la spéculation ou la politique.... Une excellente
chose, monsieur, et j'en conviens.... Surtout en ce
qu'il facilite la capture des banqueroutiers et des assassins.

— A ce point de vue, répondit Clifford, je ne l'aime
guère.... Un banqueroutier, — et aussi ce que vous
appelez « un assassin, » — a ses droits particuliers
dont un homme intelligent et consciencieux devrait
d'autant plus volontiers se constituer le champion,
que la Société prise en masse se montre plus disposée
à les méconnaître. Un *medium* presque spirituel,
comme le télégraphe électrique, devait être réservé à
de saintes et joyeuses missions.... Les amants, par
exemple, pourraient expédier jour par jour, heure
après heure, aussi fréquemment qu'ils s'y sentiraient
portés — et des confins nord du Maine aux limites sud
de la Floride, — des messages comme ceux-ci : « Je
n'aimerai jamais que vous !— Mon cœur déborde d'a-
mour ! —Je vous aime au delà du possible ! » Et, par
l'envoi suivant : — « Je compte une heure de plus;
je vous aime deux fois davantage ! » Autre chose : un
brave homme vient de quitter ce monde; l'ami dont il
est pour jamais séparé a conscience, tout à coup, d'un
frémissement électrique; la dépêche arrive du pays
des Élus, et voici ce qu'elle dit : « Celui que vous
aimiez jouit de l'éternelle félicité ! » Autre chose en-

core : à un époux en voyage arrive la nouvelle suivante :
« Un être immortel, dont vous êtes le père, vient à ce
moment même de vous être envoyé par Dieu ! » Et aussitôt la petite voix de l'enfant, son vagissement à
peine formé réveille un écho dans le cœur paternel....
Mais quant à ces infortunés banqueroutiers, — pauvres
diables aussi honnêtes, après tout, que huit personnes
sur dix, sauf qu'ils négligent certaines formalités et
préfèrent travailler sur le minuit plutôt qu'à l'heure de
la Bourse ; — quant à ces « assassins » aussi, comme
vous les appelez souvent, excusables par les motifs
mêmes qui les ont poussés au meurtre, et méritant
parfois, si l'on envisage exclusivement le résultat,
d'être mis au rang des bienfaiteurs de l'Humanité, —
je ne puis réellement approuver qu'on enrôle, pour
cette chasse acharnée à laquelle ils sont en butte, une
puissance immatérielle et miraculeuse !

— Ah ! vous n'approuvez pas ceci ? s'écria le vieux
gentleman avec un regard peu charitable.

— Certainement non, répondit Clifford. Il y a là une
inégalité de force qui me révolte. Supposons, par
exemple, monsieur, dans un vieil appartement sombre
et bas, au plafond de chêne, aux lambris sculptés,
supposons un mort assis dans un fauteuil, avec une
tache de sang sur le devant de sa chemise ; — ajoutons
à cette hypothèse un autre homme, s'échappant de
cette maison qu'il sent comme envahie par l'omni-pré-
sence du mort, — et figurons-nous-le enfin se sauvant,
Dieu sait où, avec la rapidité de l'ouragan, au moyen
du chemin de fer !... Maintenant, monsieur, si ce fu-
gitif, descendu dans quelque cité lointaine, y trouve
tout le monde occupé à bavarder sur le compte de

ce même défunt dont il a fui si loin et la vue et la
pensée, ne m'accorderez-vous pas qu'il y a là une atteinte portée à ses priviléges naturels?... On a violé
pour lui le droit d'asile, et — si je puis me permettre
d'exprimer ici mon humble avis, — on lui a porté un
préjudice grave.

— Savez-vous, monsieur, que vous êtes un homme
bizarre? dit le vieux *gentleman*, arrêtant sur Clifford,
comme pour le percer à jour, son petit œil qui faisait
songer à une vrille.... Je ne puis voir clair au dedans
de vous!

— Ah! certes, j'en répondrais bien, s'écria Clifford
en riant; et cependant, mon cher monsieur, l'eau de
la source de Maule n'est pas plus transparente que
moi.... Mais c'est assez, Hepzibah!... Pour cette fois
nous avons fourni une traite suffisamment longue....;
Descendons, à l'instar des oiseaux, sur la branche la
plus prochaine; là, nous débattrons à loisir la direction ultérieure que doit prendre notre vol! »

Or il arriva qu'à ce moment précis le train arrivait
à une station isolée. Profitant de ce temps d'arrêt,
Clifford quitta le wagon; après lui descendit la docile
Hepzibah. Une minute plus tard le convoi — ainsi que
tout ce monde pour lequel Clifford était devenu un
étrange sujet de curiosité — s'atténuait dans l'éloignement, et peu à peu devenait un point noir que
la minute d'après fit disparaître. C'était comme si l'u-
nivers entier eût fui nos deux vagabonds. Ils jetèrent
autour d'eux un regard désolé. Près de là une chapelle
bâtie en bois étalait ses ruines hideuses, ses fenêtres
brisées, ses murs fendus par le milieu, et sa tour
quadrangulaire au sommet de laquelle ballottait une

poutre à moitié détachée. Plus loin était une ferme
dans le vieux style, aussi vénérable, aussi sombre que
l'église, avec un toit en pente qui, du sommet du
pignon, haut de trois étages, descendait presque jusqu'à terre. Elle semblait inhabitée. Près de la porte,
il est vrai, les restes d'un bûcher se voyaient encore.
Sur les souches et parmi les débris épars, l'herbe poin-
tait verte et menue. La pluie tombait obliquement par
petites gouttes; le vent n'était pas tumultueux, mais
obstiné, continu, et chargé d'une humidité glaciale.

Clifford frissonnait de la tête aux pieds. L'effervescence passagère de son humeur — qui lui avait jusqu'alors fourni en abondance, avec les idées, les
fantaisies les plus étranges, une singulière facilité
d'expression, et qui le poussait à divaguer comme
nous venons de le voir, pour donner une issue à ce
jaillissement subit des sources intérieures — cette
effervescence n'existait plus. Sous le coup d'une excitation puissante, il s'était montré prompt à vouloir,
énergique dans l'action. Dès qu'elle s'apaisa, ses in-
décisions, sa faiblesse recommencèrent.

« Maintenant, Hepzibah, murmura-t-il — comme
malgré lui et avec un débit somnolent, — c'est à vous
de régler l'ordre et la marche.... Faites de moi ce que
vous voudrez! »

Elle s'agenouilla sur le quai où ils étaient restés
et leva ses mains jointes vers le ciel. Un lourd rideau
de nuages gris le dérobait aux regards; mais ce n'é-
tait pas le moment de douter; il fallait attendre une
meilleure occasion pour se demander s'il y a un ciel
là-haut, et dans ce ciel un Père tout-puissant qui
jamais ne nous perd de vue.

« Oh, mon Dieu! dit avec ferveur la pauvre Hepzibah qui, après cette première éjaculation, s'arrêta un
moment pour réfléchir à ce que devait être sa prière....
Oh, mon Dieu!... Dieu paternel, ne sommes-nous
pas tes enfants?... Prends pitié de nous, et viens-
nous en aide! »

XVIII

Le futur Gouverneur.

Tandis que ses deux parents se sont enfuis avec une précipitation si imprudente, le juge Pyncheon est toujours assis dans le vieux parloir; il « garde la maison, » — pour nous servir d'une expression familière, — en l'absence des résidents habituels. Notre récit va revenir à lui et aux vénérables Sept Pignons, comme l'oiseau de nuit, ébloui par la lumière du jour, se hâte de regagner le vieux tronc d'arbre dont le creux obscur lui sert d'abri.

Voici longtemps que le Juge n'a changé de position. Depuis que les pas furtifs d'Hepzibah et de Clifford faisaient gémir le plancher du corridor, depuis que la porte extérieure s'est refermée avec précaution derrière eux, il n'a bougé ni pieds ni pattes, et ses yeux sont restés fixés, à l'épaisseur près d'un cheveu, vers le même point de la pièce. Il tient sa montre dans sa main gauche, mais si bien serrée, si bien enveloppée, qu'on n'en saurait voir le cadran.... Quelle méditation profonde!... Ou, si nous le supposons endormi, quel repos d'enfant, quelle paix de conscience, quel ordre parfait dans les régions gastriques se manifeste par un sommeil si calme, sans sursauts, crampes, démangeaisons, paroles vagues, émissions nasales, irrégularités de respiration!... Vous en êtes réduit, pour vous assurer qu'il respire, à retenir vous-même votre souffle.

Et même alors vous n'entendez absolument rien.... Si; vous entendez le bruit régulier qui marque le progrès des secondes; — quant à sa respiration, ell' n'arrive pas jusqu'à vous.

Voilà certainement le plus sain, le plus rafraîchissant des sommeils.

Mais non, le Juge ne saurait être endormi. Ses yeux sont ouverts! Un politique émérite comme lui ne consentirait jamais à dormir ainsi, de peur que tel ou tel antagoniste, tel ou tel artisan d'intrigues, le prenant au dépourvu, ne profitât de ces fenêtres ouvertes pour venir épier l'intérieur de sa conscience, où parmi ces réminiscences, ces projets, ces espoirs, ces craintes dont le Juge, n'a jusqu'ici fait part à personne, et qui constituent le fort et le faible de sa situation, le gaillard ferait peut-être de singulières découvertes. Un proverbe dit que « l'homme avisé ne dort jamais que d'un œil; » la précaution peut être sage, mais dormir les yeux ouverts serait une impardonnable négligence. — Conclusion : le juge Pyncheon ne saurait être endormi.

Dès lors il est singulier qu'un *gentleman* si surchargé

d'affaires et de rendez-vous de toute sorte, — et
connu d'ailleurs pour sa ponctualité, — s'attarde
ainsi dans une vieille maison solitaire où jamais il ne
semblait venir qu'à regret. Admettrons-nous que le
fauteuil de chêne a pu le tenter par ses dimensions
amples et commodes ?... mais nous en connaissons de
bien meilleurs, en acajou, en ébène, en bois de rose,
fournis de ressorts élastiques et recouverts d'enveloppes
soyeuses, qui sont par douzaines à la disposition du
juge Pyncheon.

Dans combien de salons, en effet, l'attend en ce
moment même l'accueil le plus flatteur. La maman
viendrait à sa rencontre et lui tendrait affectueuse-
ment la main; la demoiselle à marier — tout âgé
qu'il est, tout « vieux veuf » qu'il s'intitule en plai-
santant, — apprêterait elle-même un coussin pour le
Juge, et s'éveruerait le plus gracieusement du monde
à l'installer comfortablement, car le Juge est un homme
prospère et bien posé. De plus, comme tant d'autres
et avec plus de raison que d'autres, il peut se bercer
de flatteuses espérances. Justement, c'est ce qu'il faisait ce matin même dans son lit, où parmi les douceurs d'un demi-sommeil et tout en réglant l'emploi
de sa journée, il calculait les chances probables des
quinze années à venir. Avec une santé comme la sienne,
et conservé comme il l'est, quinze ou vingt ans —
peut-être vingt-cinq, — ne sont pas au delà de ce qu'il
peut espérer. Il a donc vingt-cinq bonnes années devant lui pour jouir pleinement de ses propriétés ur-
baines et rurales, de ses actions dans les chemins de
fer, les banques et les compagnies d'assurances, de
ses capitaux en fonds publics, — bref de la richesse

qu'il possède maintenant et de celle qu'il compte bientôt acquérir, le tout sans parler des honneurs admi-
nistratifs qui lui sont déjà échus et de ceux qui ne
peuvent manquer de lui être décernés encore! — Tout
va bien! Tout est à merveille; rien de plus à désirer!

Eh quoi! toujours dans le vieux fauteuil?... Si le
Juge a du temps de reste, pourquoi ne va-t-il pas
dans les bureaux de la Compagnie d'assurances (ainsi
qu'il le fait si souvent) s'asseoir sur une de leurs
causeuses mollement capitonnées, pour écouter les
commérages du jour, et — par quelques mots habilement jetés çà et là — fournir matière aux commérages
du lendemain? Les directeurs de la Banque, d'ailleurs,
doivent tenir une réunion à laquelle le Juge avait dessein d'assister et où il devait remplir les fonctions de
président. L'heure est marquée sur une carte qui se
trouve précisément, — ou devrait se trouver — dans la
poche droite de son gilet. Qu'il y aille donc, et se couche
ainsi à loisir sur ses sacs d'argent!.... Il y a bien
assez longtemps qu'il s'oublie dans le grand fauteuil.

Le programme du jour était si chargé! En premier
lieu, l'entrevue avec Clifford. Suivant les calculs du
Juge, une demi-heure devait suffire, — une demi-heure
et peut-être moins; mais prenant en considération les
inévitables bavardages d'Hepzibah, il était plus sûr
d'allouer la demi-heure entière.... Une demi-heure?...
Prenez garde, estimable Juge; deux heures sont déjà
écoulées, s'il faut s'en rapporter à votre irréprochable
chronomètre. Regardez plutôt, et vous verrez!... Mais
non, il ne se donnera pas la peine de pencher la tête
ou de lever la main!... Le temps a perdu tout à coup l'importance qu'il avait habituellement aux yeux du Juge!

Il faut donc qu'il ait oublié tous les autres *items* de ses *memoranda*. Une fois réglée l'affaire de Clifford, il devait voir un agent de change de State-street, lequel s'était chargé de lui procurer le meilleur papier, avec une grosse prime d'escompte, pour quelques milliers de livres rentrées par hasard dans les mains du Juge, et voilà que le vieil escompteur aura pris pour rien le chemin de fer. Demi-heure plus tard, dans la rue à côté de celle-ci, on devait adjuger aux enchères un lot de terrains, comprenant une portion du vieux domaine Pyncheon, laquelle dépendait primitivement du jardin planté par Maule. Voici quatre-vingts ans que les Pyncheon, l'ont aliénée ; mais le Juge ne l'a jamais perdue de vue, et s'était toujours promis de la réannexer au petit enclos qui entoure encore la Maison des Sept Pignons; or maintenant, pendant qu'il s'oublie ainsi au moment décisif, le fatal marteau a dû tomber, transférant à quelque possesseur étranger ce lambeau de notre ancien patrimoine.... Après cela peut-être ajournera-t-on la vente, sous prétexte de mauvais temps, et le Juge alors pourra retrouver l'occasion perdue.

Il avait ensuite à faire emplette d'un cheval pour sa voiture. Le matin même, en venant à la ville, celui dont il se sert de préférence a butté, ce qui nécessite sa réforme immédiate. Le cou du juge Pyncheon est beaucoup trop précieux pour qu'on le livre à la merci d'un cheval qui trébuche. Après avoir vaqué à tous ses soins, il comptait se rendre dans une assemblée de charité; mais il en a tant et tant, de ces œuvres de bienfaisance, que le nom de celle-ci lui échappe et qu'il pourrait bien, sans grand dommage, manquer pour une fois à sa promesse. Il y a aussi à renouveler la pierre

funéraire de mistress Pyncheon, puisque, au rapport
du bedeau, cette pierre, tombant en avant, s'est fendue
en deux. « Après tout, pensait le Juge, c'était une
femme assez méritoire, nonobstant la susceptibilité de
ses nerfs, les larmes qu'elle versait à tout propos, et
sa sotte conduite au sujet du café; puisqu'elle a su
s'en aller à temps, on ne lui marchandera pas une seconde plaque de marbre.... Cela vaut mieux, après tout,
que si elle n'avait jamais eu besoin de la première ! »

Sur la liste viennent ensuite des ordres à donner
pour certains arbres fruitiers, d'espèce rare, qu'il veut
faire expédier à sa maison de campagne pour les y
planter l'automne prochain. — C'est cela, juge Pyncheon : achetez ces beaux pêchers !... et que leurs fruits
arrivent jusqu'à vos lèvres avec leurs sucs parfumés.

Autre article, plus important. Un des comités de son
parti politique lui a demandé une centaine ou deux de
dollars, en sus des contributions qu'il a déjà versées,
pour mener à bien la campagne finale. Le Juge est
un bon patriote; l'élection de novembre décidera le
sort du pays; et d'ailleurs, ainsi qu'on le verra plus tard,
dans cette grande partie qui va se jouer il est de ceux
qui peuvent gagner le plus. Donc il fera ce que le
Comité demande ; il ira même, dans sa libéralité, au
delà de ce qu'on attend de lui ; c'est un billet de cinq
cents dollars qu'il va leur expédier, se déclarant prêt
à doubler la somme si le besoin de nouveaux fonds
venait à se faire sentir... — Et ensuite? — Une pauvre veuve ruinée, dont le mari était un des plus anciens
amis du juge Pyncheon, lui a exposé sa situation
dans une lettre fort touchante. Cette veuve et sa charmante fille ont à peine de quoi vivre. Il a presque

envie d'aller la voir aujourd'hui; et il ira peut-être,—
oui,— ou non,— suivant qu'il aura le temps et suivant
qu'il rencontrera, parmi ses *bank notes*, une de celles
qui représentent le moins d'argent.

Reste une affaire des moins essentielles à ses yeux,
(car s'il est bon d'être sur ses gardes, encore ne faut-il
pas se tourmenter à chaque instant de sa santé), c'est
de consulter son médecin.... Et pourquoi, miséricorde?
Mon Dieu, ce sont des symptômes difficiles à définir :
— un léger trouble dans la vue, quelques étourdisse-
ments passagers; — dans « la région du thorax, » comme
disent les anatomistes, une sensation d'étouffement accompagnée d'un frémissement intérieur, d'un bruit, d'un
glou-glou indéfinissable; — peut-être s'y joint-il quelques battements de cœur assez forts, et qui, en définitive, font honneur au Juge, car ils établissent chez lui
l'existence de cet organe essentiel. En somme, très-peu
de chose : le docteur, probablement, ne pourrait s'empêcher de sourire devant cette énumération de symptômes insignifiants; le Juge sourirait à son tour, et tous
deux, après s'être regardés quelques instants, finiraient
par éclater de bon cœur. — A d'autres, à d'autres les
ordonnances !... Jamais le Juge n'en aura besoin.

De grâce, de grâce, juge Pyncheon, regardez maintenant à votre montre ! — Comment donc, pas même à
présent?—L'heure du dîner va sonner dans dix minutes,
et jamais, peut-être, dîner plus important que celui
où vous fûtes convié pour aujourd'hui. Ce n'est pas
cependant un de ces repas publics où votre voix, grave
et sonore comme un tuyau d'orgue, fait retentir, l'heure
des toasts venue, d'amples périodes à la Webster.
Il s'agit seulement de se rencontrer avec une douzaine

d'amis, venus des différents districts de l'État, hommes influents et distingués, réunis presque par hasard chez un de leurs pareils, qui ajoutera pour eux quelques plats seulement à son ordinaire. Pas de cuisine française, et pourtant un excellent dîner. Vraie tortue, autant que nous pouvons croire, et du saumon, des canards de Baltimore, du porc et du mouton anglais, un *roast-beef* substantiel et quelques autres gourmandises du genre sérieux, spécialement appréciables par des gentilshommes campagnards, tels que sont la plupart des convives. En somme, les raretés de la saison, et arrosées par une « marque » de vieux madère qui depuis bien des années a fait l'orgueil de son possesseur. C'est la marque *Junon*; un vin d'élite, parfumé, à la fois rempli de douceur et de force; félicité en bouteilles, dont on s'approvisionne pour le besoin; liquide doré plus précieux que l'or liquide; si rare et si admirable que les plus vieux connaisseurs datent des années où ils ont eu le bonheur d'en boire. Il soulage le cœur sans appesantir la tête. Si le Juge en avalait un verre, ceci l'aiderait à secouer l'inexplicable léthargie qui, depuis dix minutes — plus cinq autres qui viennent de passer tandis que nous écrivions ces lignes — lui a fait perdre de vue ce dîner si essentiel. Avec un pareil vin on ressuscite les morts!... Eh bien, juge Pyncheon, le cœur ne vous en dit pas?

Auriez-vous vraiment oublié l'objet de ce repas exceptionnel? Nous allons donc vous le rappeler tout bas, pour vous faire quitter à la hâte ce fauteuil enchanté qui vous retient prisonnier. L'ambition a des talismans plus puissants que toute sorcellerie.... Levez-vous donc, courez, arrivez avant que le poisson soit hors de

combat!... On vous attend ; et c'est un peu dans votre
intérêt que les convives ajournent ainsi leur prise
d'armes. Ce n'est pas pour rien — faut-il vous le dire?
— que ces *gentlemen* se sont rassemblés, des quatre
coins de l'État. Ce sont des politiques expérimentés
qui savent, tous et chacun, arranger ces mesures préliminaires par le moyen desquelles, sans qu'il s'en
doute, on subtilise au peuple le droit de choisir lui-
même ses gouvernants. A la prochaine élection, la
voix publique, nonobstant ses éclats de tonnerre, ne
sera au fond que l'écho servile de ce que vont se dire
tout bas ces *gentlemen* assis à la table de votre partisan.
Ils viennent arrêter entre eux la candidature qu'ils en-
tendent soutenir. Ce petit groupe d'habiles manœu-
vriers gouvernera la Convention des Délégués, et, par
le moyen d'icelle, imposera ses volontés à tout le parti.
Et quel candidat plus digne que le juge Pyncheon trouve-
rait-on à proposer pour la première place?... Où rencontrer plus de sagesse et d'instruction, plus de libéralité
philanthropique, une fidélité aux vrais principes plus fréquemment mise à l'épreuve, une vie plus pure, une foi
plus austère, plus digne des Puritains dont il descend?

Hâtez-vous donc! Ne manquez pas à votre rôle. Le
guerdon pour lequel vous avez tant travaillé, tant com-
battu, tant gravi et si bien rampé, ce guerdon, vous
n'avez plus qu'à le saisir. Assistez à ce dîner, buvez une
ou deux rasades de ce noble vin! prenez — aussi bas
que vous voudrez — les engagements nécessaires,... et
quand vous vous lèverez de table, vous serez, déjà par
le fait, gouverneur de cette petite république, fraction
glorieuse de la grande. C'est là ce que vous avez rêvé
pendant la moitié de votre vie, et nous ne comprenons

guère ce qui peut vous faire préférer, à l'espèce de
trône où siégent les chefs de l'État, le grand fauteuil
de chêne où est mort votre bisaïeul.... Levez-vous
donc, levez-vous, gouverneur de Massachusetts!

Maintenant, il est trop tard.... Le poisson est en lambeaux, les pommes de terre sont tièdes, les sauces figées;
les convives, avinés et joyeux, ont déjà renoncé au
Juge, et, bien convaincus qu'il est passé avec armes et
bagages dans le camp des *Free-Soilers*, ils vont choisir
un autre candidat. Mais toute leur gaieté disparaîtrait
à l'instant, si notre ami se glissait parmi eux avec ses
yeux hagards et fixes, cette physionomie béante qu'il
a maintenant. Aussi ne serait-il guère convenable au
juge Pyncheon, ordinairement si soigné dans sa tenue,
de se présenter dans un dîner avec cette tache pourpre
sur le devant de sa chemise.... Mais, au fait, comment
se trouve-t-elle là?... Elle y produit en somme un fort
mauvais effet, et le Juge ferait très-sagement, bouton-
nant bien son habit sur sa poitrine, de demander sa
voiture pour rentrer chez lui. Là, quand il aurait expédié un dîner sommaire et avalé un verre de grog,
nous lui conseillerions de passer la soirée au coin du
feu, — et, par parenthèse, il lui faudra longtemps exposer ses pantoufles aux rayons de l'âtre, pour se
débarrasser du froid dont l'a, pour ainsi dire, imprégné l'air sépulcral de cette affreuse vieille maison.

Debout, juge Pyncheon, debout, il est temps!
Voici une journée perdue; mais demain, vous vous
remettrez à l'œuvre. Vous aurez à vous lever matin, pour vous rattraper. — Demain! demain! demain! nous tous qui vivons, nous pourrons nous
lever demain de bonne heure. — Quant à celui qui

est mort aujourd'hui, demain ne se lèvera qu'au jour de la Résurrection.

L'ombre, en attendant, s'accumule à tous les angles le la pièce ; les contours du mobilier massif vont s'effaçant par degrés dans une sorte de pénombre grisâtre qui les enveloppe tour à tour et vient s'épaissir, couche par couche, sur cette forme humaine assise au centre de la chambre. La face du Juge, néanmoins, rigide en son galbe et singulièrement blême, refuse de se fondre dans ce vaporeux dissolvant. De moment en moment, la clarté diminue ; — il ne fait plus gris, il fait noir. Du côté de la fenêtre, pourtant, une blancheur vague, le reflet d'une sorte de crépuscule indécis, ou plutôt un amincissement du voile ténébreux à travers lequel s'infiltrent sur ce point quelques fugitives lueurs, imperceptible souvenir du jour qui n'est plus. On peut deviner encore, où plutôt se rappeler qu'il y a une fenêtre par là.... Et maintenant, a-t-elle complétement disparu? — Oui! — Non! — Pas tout à fait! — Et la brune pâleur de ce visage — si tant est que nous puissions unir ces expressions contradictoires, — cette brune pâleur se détache encore de l'obscurité. Les traits eux-mêmes ont disparu, leur teinte livide subsiste seule. — Maintenant, que voit-on? — Plus de fenêtre! plus de visage! Le sens de la vue est annulé!... Qu'es devenu notre Univers? Il s'est en quelque sorte écroulé sous nos pieds, et nous entendons, perdus dans les abîmes du Chaos, les soupirs et les murmures des vents en quête d'une nouvelle patrie, et pleurant celle qu'ils viennent de perdre!

Comment, pas d'autre bruit?... Un seul, bien léger et qui fait frémir. C'est le tic-tac de la montre du Juge, de cette montre qu'il n'a cessé de tenir à la main depuis qu'Hepzibah est sortie du salon pour aller chercher Clifford. Qu'on se l'explique comme on voudra, ces petites pulsations régulières qui, seconde à seconde, marquent le cours du temps dans cette main du juge Pyncheon, désormais immobile et crispée, produisent un effet de terreur bien plus saisissant qu'aucun autre détail de cette scène étrange.

Mais, écoutez!... Voici une bouffée de vent plus bruyante que les autres; elle n'a plus ce son plaintif qui depuis cinq jours attristait, désolait l'humanité sympathique. — Le vent a sauté! — Il vient maintenant du nord-ouest, brusque et tapageur; et, s'insinuant dans les vieilles charpentes des Sept-Pignons, les secoue, les agite, les ébranle comme un lutteur qui essaye la force de son antagoniste. L'antique maison craque dans toutes ses jointures, et par les tuyaux engorgés de l'âtre énorme pousse je ne sais quelle clameur inarticulée; à l'étage supérieur, une porte vient de battre. Peut-être a-t-on laissé une fenêtre ouverte; peut-être le souffle puissant s'est-il chargé de l'ouvrir. On ne sait guère, quand on n'en a pas l'expérience, quels merveilleux instruments à vent peuvent devenir ces vieilles maisons de bois, et quels chants, quels soupirs, quels sanglots, quels cris perçants elles poussent tour à tour. — En vérité, tout cela est sinistre! — C'est trop que cette clameur du vent, cette immobilité du Juge assis dans les ténèbres, et ce tic-tac obstiné qui frappe les parois sonores de sa montre!

L'horreur ténébreuse, cependant, va diminuer. Le vent du nord-ouest a balayé les nuages du ciel. On entrevoit plus distinctement la fenêtre; derrière les

carreaux, même, nous distinguons les feuillages noi-
râtres qui laissent percer, agités de temps à autre,
quelques rayons venus des étoiles et tombant tantôt ici,
tantôt là. Le plus souvent, ces clartés passagères arrivent sur le front du Juge. La lumière, ensuite, se fait
de plus en plus nette ; elle arrive d'abord aux branches
supérieures du poirier, puis, descendant toujours, elle
enveloppe la masse entière de son feuillage, par les
interstices duquel les rayons de la lune pénètrent obliquement à l'intérieur du salon. Ils se jouent autour du
Juge, et montrent que, pendant les heures où il a cessé
d'être visible, le digne homme n'a pas bougé. Ils bril-
lent aussi sur sa montre ; le cadran disparaît sous la
main qui le serre, mais nous savons que les fidèles
aiguilles ont dû se rejoindre, car l'une des cloches de
la ville sonne précisément les douze coups de minuit.

A un homme tel que le juge Pyncheon, peu importe
qu'il soit minuit ou midi. Ses ancêtres étaient supers-
titieux, mais il se rit de leur faiblesse d'esprit ; il s'en
riait, du moins, il y a quelques heures. Ce n'est pas
lui qui se fût rappelé, au coup de minuit, une absurde
légende sur l'obligation où étaient les Pyncheon défunts de s'assembler au salon, cette heure venue. —
Et pourquoi, je vous prie ? — Pour s'assurer que le
portrait de leur ancêtre était toujours accroché au mur,
conformément aux prescriptions de son testament !...
Est-ce bien la peine, pour si peu, de quitter sa tombe ?

Cette idée nous amuse, aujourd'hui que les histoires
de fantôme ne se prennent plus au sérieux. Et voici
sans doute comme les choses se passaient :

Arrive d'abord l'ancêtre lui-même, avec son manteau
noir, son chapeau-clocher, son haut-de-chausses bal-

lonné, rattaché à la taille par une ceinture de cuir où
pend son épée à poignée d'acier. Il lève les yeux vers le
portrait, — vaine ombre contemplant son image peinte
Tout va bien. Le portrait n'a pas bougé. Longtemps
après être devenu l'herbe qui recouvre sa fosse, l'ancêtre voit respecter encore la volonté que son cerveau a
conçue. — Regardez! — Il lève son impuissante main et
tâche de soulever le cadre. Mais non; le cadre est solide, tout va bien! Est-ce pourtant un sourire, n'est-ce
pas plutôt un froncement de sourcils équivalant à une
menace de mort, qui obscurcit ainsi l'ombre de ses
traits? Le grand Colonel paraît mécontent. Il y a là
quelque chose qui blesse, qui tourmente l'ancêtre des
Pyncheon! Avec un branlement de tête fort peu rassu-
rant, il se détourne et s'en va dans un coin. Ses succes-
seurs accourent à la file, une demi-douzaine de générations se pressant et se poussant du coude pour arriver
jusqu'au portrait. Il y a là force vieillards et grands-
mères, un ecclésiastique, encore investi de toute la
roideur puritaine, et un officier en uniforme rouge qui
dut combattre les Français pendant la guerre de l'Indé-
pendance; — là se retrouvent aussi le Pyncheon négociant du siècle passé, portant les manchettes retroussées
autour de ses poignets, et le *gentleman* poudré, à gilet de brocart, que nous avons vu figurer dans la Légende de l'artiste; il donne le bras à la belle et pensive
Alice, qui a laissé tout son orgueil au fond de la tombe
où repose sa virginité. L'un après l'autre viennent
tâter le grand cadre massif. — Que prétendent tous
ces fantômes? — Une mère soulève son enfant pour
que les petites mains de ce dernier puissent atteindre
au portrait. Il y a là, bien évidemment, un mystère

qui tourmente ces pauvres Pyncheon, alors qu'ils
devraient reposer paisiblement.... Et dans un coin,
cependant, se tient le spectre d'un homme âgé, en
pourpoint et culottes de cuir, de la poche duquel sort
l'extrémité d'une règle de charpentier ; il montre du
doigt le Colonel barbu et sa postérité, avec des signes
de tête, des airs railleurs, des grimaces sans fin, lesquels aboutissent à un éclat de rire bruyant, —
bruyant, du moins, si quelqu'un pouvait l'entendre.

Maintenant, emportés par notre imagination, nous
allons peut-être un peu loin. Un personnage inattendu
vient en effet prendre place dans ce tableau chimérique. Parmi tous ces ancêtres, c'est un jeune homme
vêtu à la dernière mode : paletot brun à pans très suc-
cints, pantalon gris, bottines-guêtres de cuir bréveté,
chaîne d'or richement ciselée, et petite canne de baleine à tête d'argent. Rencontrant cette figure en
plein jour, nous saluerions en elle le jeune Jaffrey
Pyncheon, — le seul enfant qui reste au Juge, — parti
depuis deux ans pour voyager à l'étranger. S'il est
encore en vie, comment se fait-il que son ombre soit
ici ? Et s'il est mort, quelle catastrophe ? — A qui donc
reviendrait, en ce cas, le vaste domaine Pyncheon,
joint aux grandes propriétés acquises par le père du
jeune homme ? — Au pauvre Clifford, presque dépouvu
de raison, à la maigre et solennelle Hepzibah, puis
à cette fleur des champs, la petite Phœbé ! Mais une
autre merveille nous attend, bien plus surprenante
encore ! Pouvons-nous en croire nos yeux ? Un *gentleman*, d'âge mur et de taille épaisse, vient de faire son
entrée ; il a des dehors éminemment respectables,
porte habit et pantalons noirs de l'ampleur la plus

satisfaisante, et passerait pour scrupuleusement bien
mis, sans une large tache pourpre qui descend le long
de sa cravate blanche et jusque sur le devant de sa
chemise, dont elle souille étrangement la blancheur
neigeuse. — Est-ce le Juge, ou ne l'est-ce pas? —
Comment serait-ce le juge Pyncheon? Nous distinguons, aussi clairement que peuvent nous le montrer
les vacillantes et mobiles clartés de la lune, le Juge
lui-même encore assis sur le fauteuil de chêne!... L'apparition, cependant, — soit ce qu'elle soit, — s'avance
vers le tableau, semble vouloir soulever le cadre pour
regarder ce qu'il peut cacher, et se détourne avec un
froncement de sourcils qui témoigne d'un mécontentement égal à celui de son ancêtre.

N'allez pas envisager comme faisant positivement
partie de notre histoire, cette scène tout à fait fantastique. Nous nous sommes laissé entraîner à l'espèce
de ronde que dansent autour de nous les rayons de la
lune, et que reflète le miroir, — espèce de porte ou de
fenêtre ouverte sur le monde spirituel. Nous avions
d'ailleurs besoin de quelque soulagement, après avoir
trop longtemps, trop exclusivement contemplé cette
figure assise sur le fauteuil. Les folles allures du vent,
elles aussi, avaient mis une étrange confusion dans nos
pensées, mais sans pouvoir les détacher du centre unique autour duquel leurs groupes s'étaient formés. —
Ce Juge de plomb ne bougera-t-il donc pas? — Son immobilité, qui pèse sur notre âme, finirait par nous faire
perdre le sens.... Et cette immobilité, nous pouvons la
mesurer à la quiétude parfaite d'une petite souris, qui,
sur la feuille de parquet que nous voyons éclairée par
la lune près d'un des pieds du juge Pyncheon, assise

et le nez en l'air, semble nourrir le projet d'explorer
cette espèce de Montagne noire.... Ah! qui donc a
fait fuir l'agile petite souris?... C'est la tête du chat,
qui vient d'apparaître sur le montant de la croisée, où
il semble s'être mis en embuscade et guetter patiemment sa proie. Ce chat a une bien mauvaise physionomie. Mais, au fait, est-ce bien un chat sur la piste
d'une souris? ou quelque démon aux aguets sur le
passage d'une âme?... Nous voudrions pouvoir l'effaroucher et le faire descendre de cette fenêtre!...

Dieu merci, la nuit va bientôt finir!... Les rayons
de la lune n'ont plus un éclat si argenté; ils ne con-
trastent plus aussi nettement avec l'ombre noire, qu'ils
interrompent çà et là. Ils ont pâli, maintenant, et
l'ombre n'est plus noire, elle est grisâtre. Le tumulte
du vent s'apaise. — Quelle heure est-il donc? —
Ah! le tic-tac de la montre a fini par cesser; le Juge
a oublié de la remonter comme d'ordinaire, hier à dix
heures, c'est-à-dire au moment de se mettre au lit, et
pour la première fois depuis cinq ans, nous la voyons
arrêtée. Mais la grande horloge du Temps marche
toujours. Cette nuit désolée, cette nuit hantée fait place
à l'aurore la plus radieuse, la plus fraîche, la plus
transparente. On dirait une bénédiction d'en haut
donnée à l'Univers entier et qui, annulant le mal déjà
fait, rend toute espèce de bonté accessible à toute espèce de bonheur. Le juge Pyncheon va-t-il se lever de
son fauteuil? Cette bénédiction du soleil matinal va-t-
elle tomber sur son front soucieux? Commencera-t-il
ce jour nouveau, tout imprégné des sourires de Dieu,
avec des résolutions meilleures qu'au matin de tant
d'autres jours, perdus pour son salut? Ou bien s'en-

têtera-t-il dans ses intrigues si compliquées et fera-t-
il, comme hier, travailler son cerveau à la réalisation
de ses nombreux projets? Il a, dans cette hypothèse,
beaucoup à faire. Insistera-t-il auprès d'Hepzibah
pour une entrevue avec Clifford? Achetera-t-il un
cheval au pied sûr, ainsi que la prudence le lui commande? Tâchera-t-il de se faire céder son marché par
l'acheteur du lot de terre jadis appartenant aux Pyncheon? Obtiendra-t-il de son médecin une drogue
merveilleuse, propre à lui garantir une longévité patriarcale? Saura-t-il surtout se faire pardonner son
inexactitude par les « honorables amis » avec lesquels
il devait dîner la veille, et demeurer leur candidat
pour la place à laquelle ils l'avaient destiné? Sera-
t-il, en un mot, le Gouverneur futur du Massachusetts?
Et le verra-t-on, après l'accomplissement de ses grands
projets, se produire encore dans les rues avec ce sourire caniculaire, d'une bienveillance laborieuse, qui
semble fait pour attirer les mouches dans l'air at-
tiédi? Le verra-t-on — rappelé à lui par cette réclusion funèbre de plusieurs heures, — sortir de là,
humilié, repentant, dépouiller toute avidité, toute ambition, porter aux pieds de Dieu un hommage craintif,
se dévouer bravement à ses semblables, et sans rechercher les honneurs ou les bénéfices de la philan-
thropie, leur faire en secret autant de bien qu'il lui est
possible?

Il ne faudra pas moins pour alléger le poids des
péchés secrets que masquait l'imposante dignité, le
large sourire de ce trompeur.

Allons! juge Pyncheon, debout! Lève-toi, égoïste
mondain et subtil, hypocrite au cœur de fer; décide si

tu resteras tel que tu es, ou si tu déracineras tes mauvais penchants, dussent-ils entraîner avec eux tout
le sang de tes veines. — Le Dieu des Vengeances te
menace; lève toi, lève-toi! Bientôt il sera trop tard!

Eh quoi! Ce dernier appel ne l'a pas fait bouger?
— Non vraiment, pas d'une ligne! Et voici justement
une mouche, — une de ces mouches vulgaires qui
vont battant de l'aile contre toutes les vitres de la maison, — la voici flairant le Gouverneur Pyncheon, et
allant se poser (l'insolente!) tantôt sur son front, tantôt sur son menton, et enfin, Dieu nous pardonne, se
glissant le long de la paroi du nez, vers les yeux grands
ouverts du futur chef de l'État!... Voyons, ne saurais-
tu chasser cette mouche?... L'activité pour cela te
manque-t-elle, à toi qui nourrissais, hier encore, tant
de projets divers! Toi qui étais si puissant, es-tu maintenant trop faible?... Trop faible pour chasser une
mouche!... En ce cas, nous te ferons quartier; — nous
t'abandonnons à toi-même!

Et justement, écoutez!... La clochette du magasin a
retenti.... Il est bon, après des heures comme celles
que nous venons de passer, de se sentir rappelé à cette
idée, qu'il existe un monde vivant, et que cette vieille
maison solitaire n'est pas absolument sans rapports
avec lui. Nous respirons plus à l'aise, en quittant le
juge Pyncheon, pour descendre dans la rue qui longe
le pied des Sept Pignons.

XIX

Les Bouquets d'Alice.

La première personne qui se montra dans le voisinage de l'hôtel Pyncheon, le lendemain du grand
orage, fut l'Oncle Venner, attelé à une brouette.

Pyncheon-street, devant la Maison aux Sept Pignons,
offrait, ce jour-là, un spectacle beaucoup plus agréable qu'on n'aurait pu l'attendre d'une humble ruelle,
bordée en certains endroits de misérables palissades,
et en certains autres, de grossiers châlets mal habités.
La Nature voulait sans doute compenser, par les délices de cette matinée, les cinq mauvais jours pendant
lesquels elle avait sévi. Le ciel était bleu, et prêtait de
son charme paisible à tous les objets que le regard
pouvait rencontrer ; aux pierres des trottoirs, propret-
tes et bien lavées, — aux flaques d'eau, restées dans
les creux du pavé, lesquelles réfléchissaient, comme
un miroir, l'azur céleste, — aux herbes sauvages qui,

ravivées par la pluie, décoraient le bas des palissades, derrière lesquelles, si on y jetait un coup d'œil, s'entrevoyait une végétation luxuriante. L'Orme Pyncheon, sous une fraîche brise, voyait s'égayer ses vastes ramures, et on entendait au loin le frémissement bavard de ses mille petites langues feuillues, qui murmuraient toutes à la fois. Le vieil arbre n'avait pas souffert de la tempête, et la verdure était au grand complet, sauf une seule branche qui, par un de ces changements précoces au moyen desquels cette espèce d'arbre semble vouloir annoncer l'automne, avait pris une teinte jaune d'or. On eût dit le rameau qui, jadis, ouvrit les domaines de Pluton au pieux Æneas, et à la Sibylle.

Fiez-vous donc aux apparences! L'hôtel Pyncheon en ce moment n'avait rien que de vénérable, et son aspect n'éveillait que des idées de bonheur. Les obliques rayons que le soleil envoyait à ses fenêtres, et qu'elles reflétaient joyeusement, — les longues lignes et les touffes éparses de mousse verte, par lesquelles le vieil édifice, fraternisant avec le Règne végétal, semblait prendre place parmi les plus anciennes créations de la Nature, et qui l'apparentaient, en quelque sorte, aux chênes séculaires des forêts primitives, — les gigantesques bardanes qui foisonnaient au seuil de l'antique portail, — tout cela, pour une personne douée de quelque imagination, en faisait la résidence d'une ancienne race Puritaine, chez laquelle l'inflexible transmission des vertus héréditaires avait à jamais fixé la concorde et le bonheur domestiques.

Un détail, par-dessus tout, serait resté dans la mémoire d'un observateur comme celui que nous supposons. Nous voulons parler de cette touffe de fleurs ta-

chetées de pourpre, qui s'épanouissait à l'angle des
deux pignons de la façade. Les vieillards, nous l'a-
vons dit, leur avaient donné le nom de Bouquets
d'Alice, en mémoire de la belle Alice Pyncheon qui,
selon les traditions reçues, en avait rapporté la graine
à son retour d'Italie. Leur beauté, leur éclat naturel,
semblaient exprimer, sous une forme mystique, l'accomplissement définitif de quelque grand résultat à
l'intérieur du vieil hôtel de famille.

Ainsi qu'on l'a vu plus haut, ce fut peu après le lever
du soleil, que l'Oncle Venner se montra dans la rue
avec sa brouette. Il allait ainsi tous les matins faire sa
collecte de menus débris et de légumes perdus, à l'u-
sage du pourceau qu'il élevait. Ce pourceau banal était
exclusivement nourri, et fort bien, par cette espèce de
contribution alimentaire. Miss Hepzibah Pyncheon,
depuis le retour de son frère, fournissait une large
part à cette aumône déguisée, et l'Oncle Venner s'en
trouva d'autant plus déçu, lorsqu'il ne trouva pas au
seuil des Sept Pignons, la grande terrine bien garnie
sur laquelle il avait compté.

« Jamais je n'ai vu miss Hepzibah si négligente, se
dit le patriarche en haillons.... Frapperai-je, pour
voir si elle est levée?... Oh non, non, — ce serait trop
se permettre! Si la petite Phœbé habitait encore la
maison, je ne dis pas.... Mais miss Hepzibah, même
sans me vouloir le moindre mal, me ferait une grimace
que je ne veux pas affronter ; je reviendrai donc un
peu plus tard. »

En vertu de ces réflexions, le vieillard laissa retomber la porte de l'arrière-cour. Criant sur ses gonds,
comme toutes celles de cette antique demeure, elle

éveilla l'attention du locataire installé dans le pignon du nord, pignon qui avait du côté de la porte un jour oblique.

« Eh bonjour, Oncle Venner! dit le photographe, s'accoudant à cette fenêtre.... Personne encore n'a donc bougé?

— Personne, répondit le guenilleux. Mais pourquoi s'en étonner? le soleil n'est pas levé depuis plus d'une demi-heure.... Charmé de vous voir, monsieur Holgrave! Ce côté de la maison a quelque chose de solitaire et d'abandonné, qui me faisait vraiment mal au cœur.... C'est comme s'il n'y avait là aucun être vivant.... Le devant de la maison est bien autrement gai. Les Bouquets d'Alice ont fleuri d'une façon merveilleuse ; et si j'étais encore jeune, monsieur Holgrave, je voudrais en rapporter quelques brins à mon amoureuse, fallût-il risquer mon cou pour grimper jusque-là.

— Comme vous dites, répliqua l'artiste en souriant. Si je croyais aux fantômes, — et je ne suis pas bien sûr de n'y pas croire, — j'aurais pu supposer que tous les Pyncheon du passé s'en donnaient cette nuit à cœur joie, dans les appartements du rez-de-chaussée, surtout dans ceux qu'occupe Miss Hepzibah.... Maintenant tout est paisible.

— C'est justement cela, dit l'Oncle Venner; elle rattrappe présentement le sommeil que lui a fait perdre cet affreux tapage : — mais ne serait-il pas curieux, dites-moi, que le Juge eût emmené à la campagne, avec lui, ses deux parents? Pas plus tard qu'hier je l'ai vu entrer dans le magasin.

— A quelle heure? demanda Holgrave.

— Oh, dans le courant de l'après-midi, répondit le

vieillard.... Et maintenant nous allons continuer notre
ronde, moi et ma brouette ; j'ai à la maison un convive
qui est pressé de déjeuner.... Bonjour à vous, M. Holgrave !... Mais à votre place, je vous le répète, je voudrais cueillir un des Bouquets d'Alice, et le conserver
dans l'eau jusqu'au retour de miss Phœbé.

— On prétend, dit le photographe au moment de
retirer la tête, on prétend que l'eau de la source de
Maule convient tout spécialement à ces fleurs. »

Ici finit la conversation, et l'Oncle Venner passa
son chemin.

Pendant une demi-heure encore, rien ne troubla le
repos des Sept Pignons, et ils ne reçurent d'autre visite que celle du porteur de journaux qui déposa une
de ses feuilles sur la première marche du perron,
Hepzibah l'ayant habitué, depuis quelque temps, à ce
service quotidien. Vint ensuite, après un intervalle de
plusieurs minutes, une femme étonnamment grasse,
étonnamment active, qui trébucha sur les marches du
magasin, tant elle était vite accourue. A deux reprises
elle poussa la porte, qui tint bon ; la troisième se-
cousse fut tellement violente que la clochette y répondit par un aigre tintement auquel l'irascible ménagère
riposta, de son côté, par un véritable anathème prononcé sur « la vieille Pyncheon. » Une voisine ouvrit
sa fenêtre pour avertir mistress Gubbins que personne
ne lui répondrait.

« Nous verrons cela, s'écria mistress Gubbins, avec
une nouvelle atteinte au repos de la clochette.... Nous
verrons si le déjeuner de monsieur Gubbins souf-
frira des airs que se donne cette demoiselle de malheur.

— Ça, mistress Gubbins, répondit la dame d'en
face, voulez-vous entendre raison?... La vieille demoiselle et son frère sont partis tous les deux pour la campagne de leur cousin le juge Pyncheon.... Pas une
âme dans la maison, si ce n'est ce jeune photographe
qui habite le pignon du Nord.... Je vis hier s'en aller
la vieille Hepzibah et Clifford, — deux étranges canards, ma foi, pataugeant ainsi dans les rues fan-
geuses!... Je vous garantis qu'ils sont absents.

— Et que savez-vous s'ils sont allés chez le Juge?
demanda mistress Gubbins.... Il y a bien longtemps
que ce richard est en dispute réglée avec miss Hepzibah, parce qu'il n'a jamais voulu lui accorder une pen-
sion.... C'est justement pour cela, et tout exprès afin
de lui faire pièce, qu'elle a ouvert son petit magasin.

— Je le sais de reste, dit la voisine, mais ce qui est
certain, c'est qu'ils sont partis.... Et qui donc, si ce
n'est un proche parent, voudrait s'affubler de deux
oiseaux de nuit comme ceux-là? »

Mistress Gubbins s'éloigna là-dessus, plus rouge,
plus échauffée que jamais, et fulminant de plus belle
contre l'absence d'Hepzibah. Pendant une demi-heure,
et peut-être davantage, le dehors de la maison redevint aussi calme que le dedans. L'Orme, cependant,
continuait à soupirer d'accord avec la brise; un essaim
ailé, tourbillonnant gaiement sous son ombre, se transformait en fusée d'étincelles chaque fois que son vol
l'entraînait au soleil. Une sauterelle chanta une ou
deux fois dans quelque insondable profondeur du
grand arbre, et un petit oiseau solitaire, au plumage
d'or pâle, s'en vint voltiger parmi les Bouquets
d'Alice

Survint, allant à l'école, maître Ned Wiggins, le gourmand omnivore que nous connaissons. Pour la première fois depuis quinze jours, il était en possession d'un *cent*, et comptait bien se régaler de quelque éléphant ; peut-être aussi, à l'instar d'Hamlet, voulait-il « dévorer un crocodile. » La clochette répondait à ses efforts désespérés par quelques faibles tintements, qui semblaient se rire des efforts du petit drôle. Cramponné à la poignée de la porte, et par une fente des rideaux, il vit complétement fermée la communication intérieure du magasin avec le corridor qui menait au salon. Exaspéré du silence qui continuait à régner, le marmot ramassa une pierre qu'il allait gaillardement lancer à travers les carreaux, quand deux hommes venant à passer, l'un d'eux arrêta son bras redoutable. Après s'être fait expliquer de quoi il s'agissait, et avoir expédié notre affreux petit gourmand vers un autre magasin situé au coin de la rue voisine :

« Il est bien étrange, Dixey, ajouta-t-il, s'adressant à son compagnon, que tous ces Pyncheon soient sujets à quelque accident. Le *groom* du Juge, qui est allé, par son ordre, l'attendre à la porte de la maison où il dînait, n'a pas encore vu sortir son maître. Les domestiques, sens dessus dessous, ne peuvent rien comprendre à cette conduite si extraordinaire. Jamais encore, depuis qu'ils sont à son service, le Juge n'avait découché.

— Bon ! bon ! vous verrez qu'il se retrouvera, répliqua Dixey ; et quant à la vieille Pyncheon, elle aura levé le pied pour échapper aux poursuites de ses créanciers.... Je vous disais bien, lorsqu'elle ouvrit son magasin, que sa grimace diabolique mettrait en fuite tous les clients.

— Et je vous disais aussi que tout cela n'irait pas, reprit son ami.... C'en est fait des petits commerces entrepris par des femmes.... La mienne s'y est essayée; elle y a perdu cinq dollars de son capital.

— Pauvre métier, ajouta Dixey en secouant la tête, bien pauvre métier, et qui ne rapporte rien! »

Dans le cours de la matinée, maint et maint autre visiteur vint frapper à la porte de cette silencieuse et impénétrable demeure; les fournisseurs arrivèrent l'un après l'autre, et parmi eux le boucher qui avait mis de côté je ne sais quel morceau de choix, spécialement destiné à Clifford. Étonné que personne ne répondît à une pareille prévenance, il regarda par la même fente des rideaux qu'avait déjà explorée la curiosité de Ned Wiggins. La porte de communication que l'enfant avait vue fermée, s'était ouverte depuis lors. — Par quel mi-racle, nous ne savons, mais cela était. — Au fond du corridor, s'entrevoyait vaguement l'intérieur obscur du salon, et il sembla au boucher qu'il discernait assez bien les jambes robustes, revêtues de pantalons noirs, d'un homme assis dans le grand fauteuil de chêne, le reste de la personne demeurant caché par le dossier de l'antique siége. La tranquillité dédaigneuse que manifestait ainsi un des hôtes de la maison, irrita profondément le boucher, qui se retira aussitôt, maugréant après l'ingratitude humaine, et se promettant bien de faire expier un si mauvais procédé à des clients dont il croyait pouvoir attendre plus d'égards.

Au coin de la rue, peu après, une musique s'éleva; c'était le petit joueur d'orgue Italien qui, suivi d'une

22

foule de marmots, venait avec son singe et ses marionnettes s'établir à l'ombre de l'Orme Pyncheon. Un
doux souvenir l'y attirait. Il n'avait oublié, ni le charmant visage de Phœbé, ni la poignée de *cents* qu'elle
avait fait pleuvoir sur sa tête. Mais cette fois, il eut
beau lever ses yeux brillants du côté de la Croisée en
ogive, mettre en jeu ses plus belles musiques, faire
faire au singe ses cabrioles les plus grotesques, personne ne parut aux fenêtres, et la sauterelle seule, du
fond de son arbre, répondit à tout ce tapage. Le jeune
Italien s'obstinait cependant, il persistait en ses appels
mélodieux, fidèle à quelque souvenir caressé. Il se rappelait la figure mélancolique de Clifford qui, se mariant
au sourire de Phœbé, avait peut-être parlé à ce pauvre
exilé la langue universelle, la langue du cœur. Il re-
passa tout son répertoire à plusieurs reprises, et si
bien que ses auditeurs commençaient à être fatigués,
comme aussi le singe, et les marionettes elles-mêmes.
Pas de réponse, pourtant; la sauterelle seule chantait.

« Il n'y a pas d'enfants dans cette maison, dit enfin
un écolier. Rien qu'une vieille fille et un vieux
homme.... Vous n'avez pas la moindre chance de ce
côté.... Pourquoi n'allez-vous pas un peu plus loin ?

— Et vous, imbécile, pourquoi l'avertissez-vous ?
reprit tout bas un rusé petit *yankee* qui ne se souciait
nullement de la musique, mais s'éjouissait, néanmoins,
de l'avoir à si bon compte.... Laissez-le jouer tant qu'il
lui plaira !... Si personne ne le paye, tant pis pour
lui, cela le regarde. »

Un spectateur inaverti se serait demandé si l'obsti-
nation du jeune Italien obtiendrait enfin sa récompense,

et si le petit singe à longue queue, ce Mammon ridicule, verrait enfin, après tant et tant de révérences, tomber un pauvre *cent* dans la paume de sa main noirâtre ; mais pour nous, qui savons tous les secrets de la maison devant laquelle se déroule ce petit drame des rues, il y a dans cette répétition continuelle de mélodies populaires, sautillantes et vives au seuil du grand hôtel sombre, un contraste saisissant pour l'esprit. Voyez plutôt l'étrange scène, si tout à coup se montrait sur le seuil, avec sa chemise sanglante et son blême visage, le juge Pyncheon en personne, écartant du geste le jeune vagabond étranger !... Mais ce contraste du familier et du tragique, de la danse et du trépas, des marionnettes et du cadavre, on le retrouve à chaque jour, à chaque heure, à chaque minute, — et nous ne nous y arrêterons pas davantage.

Avant que l'Italien n'eût fini, deux ouvriers vinrent à passer, qui s'en allaient prendre leur repas.

« Vous feriez mieux, mon petit Français, cria l'un d'eux, de laisser là cette porte et d'aller vous établir ailleurs avec toutes vos drôleries.... Ceci est le logis de la famille Pyncheon, et je vous assure qu'ils n'ont pas le cœur à la musique. Le bruit court, par toute la ville, que le juge Pyncheon, propriétaire de la maison, a été assassiné cette nuit-ci. Notre *City-marshal*, le chef de la police municipale, vient justement s'enquérir du fait.... Déguerpissez donc, et rondement ! »

Au moment où l'Italien chargeait sur ses épaules sa boîte à musique, il vit sur la première marche du perron une carte qui était restée là toute la matinée, recouverte par le journal, et qui, celui-ci écarté, venait de se trouver en vue. Il la ramassa, et voyant qu'elle

portait quelques mots écrits au crayon, les fit lire à
l'homme qui l'avait interpellé. C'était, en définitive,
une carte de visite du juge Pyncheon, au dos de laquelle
étaient inscrits certains *memoranda* relatifs aux affaires
diverses qu'il avait eu le projet de régler durant la
journée précédente ; — abrégé prospectif des annales
de ce jour, à ceci près, néanmoins, que les choses ne
s'étaient pas tout à fait arrangées selon le programme.
La carte avait dû tomber de la poche de son gilet au
moment où le Juge essayait d'abord de pénétrer dans
la maison par la porte principale. Bien qu'humectée par
la pluie, elle était encore lisible, du moins en partie.

« Arrivez ici, Dixey! cria l'homme ; voilà qui n'est
pas sans rapport avec le juge Pyncheon.... Regardez
plutôt !... Son nom est gravé de ce côté ; puis, au re-
vers, se trouvent quelques mots qui me semblent écrits
de sa main.

— Portons cela au *City-marshal*, s'écria Dixey....
Cet indice le mettra peut-être sur la voie.... Après
tout, murmura-t-il à l'oreille de son compagnon, il ne
faudrait pas s'étonner beaucoup que le Juge, une fois
entré par cette porte, n'eût jamais repassé le seuil de
la maison !... Certain cousin qu'il a pourrait bien s'être
rappelé ses anciens tours.... Sans compter que la vieille
Pyncheon a dû s'endetter dans son commerce, — que
le portefeuille du Juge était toujours bien garni, — et
qu'il existait entre eux de vieux griefs.... Tout cela mis
ensemble, voyez un peu à quoi on arrive !

— Chut, chut ! murmura l'autre.... C'est une sorte
de péché que d'être le premier à parler de pareilles
choses, mais je n'en suis pas moins de votre avis qu'il
faut porter cela au *City-marshal*.

— Sans doute, sans doute, ajouta Dixey. Mais voyez un peu, j'avais toujours entrevu quelque chose d'infernal dans l'affreuse grimace de cette vieille femme! »

Les deux hommes, en conséquence, revinrent sur leurs pas et remontèrent la rue. L'Italien, qui s'en allait aussi, marcha longtemps le menton sur l'épaule, jetant un regard d'adieu à la Croisée en ogive. Quant aux enfants, ils prirent immédiatement leurs jambes à leur cou, et décampèrent comme si quelque géant ou quelque ogresse s'étaient mis à leurs trousses. Pendant le reste du jour, les plus timides faisaient de grands détours afin d'éviter la Maison aux Sept Pignons; les plus hardis, par contre, signalaient leur témérité en défiant leurs camarades à qui passerait au galop devant cette maison maudite.

Le joueur d'orgue n'avait pas disparu depuis plus d'une demi-heure, lorsqu'un fiacre descendit la rue au grand trot. Il s'arrêta sous l'Orme Pyncheon; le cocher prit sur l'impériale de la voiture une malle, un sac de tapisserie et un carton qu'il déposa sur le perron du vieil hôtel; à l'intérieur du *cab* se dessina d'abord un chapeau de paille, puis le frais et riant visage d'une jeune fille. C'était Phœbé! Un peu moins sereine, un peu moins épanouie que nous ne l'avons vue débarquer au même endroit dès le début de notre récit, elle rapportait cependant avec elle cette clarté radieuse et tranquille, ce réalisme gracieux, ennemi des chimères, qui chez elle étaient des dons de nature. C'est tout au plus, cependant, si nous voudrions lui voir franchir à ce moment le seuil de la Maison aux Sept Pignons; il faudrait, en tout cas, la prévenir de l'effrayant spectacle qui l'attend là, — cette même vision du Juge immobile dans son fauteuil, que nous avons eue sous les yeux pendant tout le cours d'une veillée interminable.

Phœbé, d'abord, poussa la porte du magasin. Cette porte ne s'ouvrit point et le rideau blanc tiré derrière la fenêtre qui formait la partie supérieure du guichet, frappa, comme un symptôme inusité, son intelligence prompte et subtile. Sans autre effort pour entrer par là, elle se transporta devant le grand portail au-dessous de la Croisée en ogive. Le trouvant fermé, la jeune fille frappa. Le choc du marteau fut reverbéré par le vide intérieur. Elle frappa une seconde, une troisième fois, et l'oreille au guet, se figura qu'elle entendait craquer le plancher comme si Hepzibah, selon sa coutume, venait lui ouvrir sur la pointe des pieds. Mais il se fit ensuite un silence tel que Phœbé se prit à se demander, bien que les dehors de la maison lui fussent devenus aussi familiers que possible, si par hasard elle ne s'était pas trompée de porte.

Une voix d'enfant vint alors attirer son attention. Cette voix semblait l'appeler. En cherchant à reconnaître d'où elle partait, Phœbé aperçut le petit Ned Wiggins, qui du bas de la rue, à bonne distance, frappant du pied, secouant la tête et des deux mains lui adressant des gestes de supplication, criait en même temps vers elle de toutes ses forces :

« Non, Phœbé, non ! hurlait le gamin, n'entrez pas là, n'entrez pas!... Il se passe là dedans des choses affreuses.... N'entrez pas '... Pour Dieu, gardez-vous d'entrer! »

Mais comme le petit drôle ne voulait à aucun prix s'aventurer dans un voisinage plus immédiat pour donner des explications plus complètes, Phœbé en conclut que sa cousine Hepzibah lui avait fait peur, ce qui, après tout, n'aurait rien eu que de très-ordinaire. A sa vue, en effet, ou bien les enfants s'effarouchaient, ou bien ils se livraient à des rires inconvenants.

Cet incident fit d'autant mieux sentir à Phœbé combien, en son absence, la maison s'était faite impénétrable et mystérieuse. Elle ne vit d'autre ressource que d'entrer dans le jardin, où elle s'estimait sûre, par une si tiède et si brillante journée, de trouver Clifford et même Hepzibah, réunis sans doute sous la tonnelle. Dès qu'elle y parut, les poules vinrent au-devant d'elle, moitié voletant, moitié courant, tandis qu'un matou étranger, qui montait la garde sous la fenêtre du salon, prit tout à coup le galop, grimpa précipitamment sur la palissade, et s'évanouit comme une ombre légère. La tonnelle était vide ; sur le plancher, la table et le banc circulaire, encore chargés d'humidité, s'étalaient, dans tout le désarroi de la dernière tempête, les feuilles dont le vent les avait jonchés. Le jardin, du reste, avait une physionomie plantureuse, échevelée, qui attestait à la fois l'absence de la jeune fille et l'influence d'une longue pluie ; les mauvaises herbes, de tous côtés, empiétaient sur le domaine des fleurs et des légumes. La source de Maule avait débordé de son lit de pierre et, dans le coin du potager, formait un étang d'une largeur formidable.

Le tableau, dans son ensemble, était celui d'un endroit où pas un pied humain n'avait laissé son empreinte depuis plusieurs jours, — depuis le départ de Phœbé très-probablement, — car elle retrouva sous la table du pavillon un petit peigne à elle qui avait dû y glisser pendant la dernière soirée où elle avait tenu compagnie à Clifford.

Ses deux parents, — elle le savait, — n'auraient en rien dérogé à leurs habitudes bizarres en se barricadant au fond de leur maison, comme il semblait qu'ils s'y fussent décidés. Ce fut néanmoins avec de vagues appréhensions, des soupçons difficiles à définir, qu'elle se dirigea vers la porte servant ordinairement de communication entre la maison et le jardin. Cette porte se trouva fermée en dedans, comme les deux autres qu'elle avait déjà voulu ouvrir. Elle frappa néanmoins, et tout aussitôt, — on eût dit un signal attendu, — la porte s'ouvrit à grand effort, évidemment tirée en dedans par une personne invisible, et juste assez pour qu'elle pût entrer en s'effaçant des épaules. Comme Hepzibah, pour ne pas s'exposer aux regards du dehors, ouvrait toujours de cette façon, Phœbé dut en conclure qu'elle était bien introduite ainsi par sa cousine.

Elle franchit donc le seuil sans hésitation, et à peine était-elle entrée, que la porte se referma derrière elle

XX

La fleur de l'Eden.

Phœbé, passant si soudainement d'une lumière éclatante à l'ombre dense des longs corridors, se trouva comme aveuglée.

Avant que ses yeux se fussent faits à l'obscurité, une main saisit la sienne dans une douce et chaude étreinte, caresse bien venue qui fit tressaillir son cœur d'une indéfinissable volupté. Elle se sentit attirer non vers le salon, mais dans une vaste pièce inoccupée qui jadis avait été la grande « salle aux galas » de l'antique demeure. Le soleil y entrait librement par des fenêtres sans rideaux, éclairant les parquets poudreux ; et Phœbé put ainsi s'assurer, — ce qui à vrai dire n'avait plus été un secret pour elle depuis qu'une main brûlante avait pressé la sienne, — que ce n'était ni Hepzibah ni Clifford, mais Holgrave lui-même à qui elle devait son admission dans Pyncheon House.

Ce qui l'avait déterminée à céder sans la moindre résistance au mouvement par lequel il l'appelait à lui, était l'impression vague, la subtile intuition de quelque chose qu'il avait à lui dire. Sans retirer sa main, elle tenait les yeux attentivement fixés sur le visage du jeune homme, non qu'elle se hâtât de prévoir quelque malheur, mais parce qu'elle avait naturellement conscience d'un grave changement survenu depuis son départ dans la condition de la famille, et qu'il lui tardait de se le voir expliquer.

L'artiste était plus pâle qu'à l'ordinaire ; sur son front pensif et contrarié, une ride profonde tombait verticalement entre les sourcils. Mais son sourire, empreint d'une chaleur sincère, exprimait une joie qui, pour Phœbé, contrastait étrangement avec la réserve toute américaine sous laquelle Holgrave dissimulait d'ordinaire ses émotions les plus profondes.

Sa physionomie était celle d'un homme qui, seul dans quelque forêt désolée, dans quelque désert sans limites, absorbé par la contemplation de quelque objet terrible, verrait arriver à lui l'être qu'il aime le mieux et celui qui peut le ramener le plus vite aux pacifiques préoccupations de la vie quotidienne. Pourtant, dès qu'il entrevit la nécessité de répondre aux questions que lui adressait le regard de la jeune fille, le sourire dont nous parlons disparut à l'instant.

« Je ne devrais pas, Phœbé, me réjouir de votre arrivée, lui dit-il.... Nous nous retrouvons dans une conjoncture bien étrange.

— Qu'est-il donc arrivé ? s'écria-t-elle.... Où sont Hepzibah et Clifford ?

— Partis !... Je ne saurais deviner où ils sont, répondit Holgrave.... Dans cette vaste maison, nous sommes seuls, vous et moi!

— Hepzibah et Clifford courant le monde, s'écria Phœbé.... Mais cela n'est pas possible!... Et pourquoi m'avez-vous conduite ici? pourquoi pas dans le salon?... Il faut qu'il soit arrivé quelque chose de terrible!... Je vais courir, je vais voir!...

— Non, non, Phœbé, dit Holgrave, qui la retint... C'est bien ce que je vous disais à l'instant.... Ils sont partis tous les deux, et je ne sais pour où.... Il s'est passé en effet quelque chose de terrible, mais ils ne sont ni les victimes de l'événement, ni ses promoteurs à aucun degré quelconque, je le jurerais sans hésiter.... Je connais bien votre caractère, Phœbé, continua-t-il, fixant ses yeux sur ceux de la jeune fille avec une austère anxiété mêlée de tendresse : si douce que vous soyez et si acquise aux œuvres les plus simples, aux idées les plus reçues, vous n'en possédez pas moins une énergie remarquable. Le merveilleux équilibre de vos facultés doit vous mettre à même de supporter sans fléchir le poids des soucis qu'on pourrait vous croire le plus étrangers.

— Vous vous trompez, répondit Phœbé toute tremblante.... Je suis très-faible, au contraire.... Dites-moi pourtant ce qui est arrivé.

— Vous êtes forte, reprit Holgrave, insistant. Il faut vous montrer forte et prudente, car je me sens égaré; j'ai perdu pour ainsi dire ma voie, et j'ai grand besoin de vos conseils. Peut-être tomberez-vous tout droit sur ce qu'il y a de mieux à faire.

— Parlez! parlez! dit Phœbé de plus en plus émue.... Ces paroles équivoques, ce mystère, tout

cela m'oppresse et me terrifie.... Je préfère ne rien
ignorer ! »

L'artiste hésita. Nonobstant ce qu'il venait de dire
en toute sincérité sur l'idée qu'il s'était faite du caractère de Phœbé, si bien assis et si solide, il lui semblait presque coupable d'admettre cette enfant inno-
cente dans l'affreux secret de ce qui s'était passé la
veille. Et cependant, il n'y avait pas à le lui cacher;
il fallait de toute nécessité la mettre au courant.

« Phœbé, lui dit-il, vous rappelez-vous ceci? »

Et en même temps il lui présentait une photogra-
phie, la même qu'il lui avait montrée lors de leur
première entrevue dans le jardin, — celle qui mettait
en relief, d'une manière si frappante, l'expression implacable et dure de la physionomie ainsi reproduite.

« En quoi ceci peut-il concerner Hepzibah et Clifford? demanda Phœbé surprise et légèrement impatientée que Holgrave, en un pareil moment, se jouât
ainsi de sa curiosité.... Ce visage-là est celui du juge
Pyncheon !... Je le connais; vous me l'avez déjà
montré.

— A la bonne heure, mais voici le même visage, pho-
tographié il y a deux heures, dit l'artiste lui présen-
tant une autre miniature.... Je venais de terminer l'o-
pération quand je vous ai entendue frapper à la porte.

— Mais c'est la mort, ceci ! murmura Phœbé tout
à coup devenue très-pâle.... Le juge Pyncheon est
donc mort?

— Tel que vous le voyez là, dit Holgrave, il est assis
dans le salon voisin.... Le Juge est mort. Clifford et
Hepzibah ont disparu !... Je n'en sais pas davantage....
Tout le reste est conjecture.... En rentrant, hier au

soir, dans ma chambre solitaire, je n'ai vu éclairés ni
le salon ni l'appartement d'Hepzibah, ni celui de Clifford.... Dans la maison rien ne bougeait.... Ce matin,
même immobilité, même silence de mort. J'ai entendu, de ma fenêtre, une voisine affirmer que vos parents avaient été vus hier pendant l'orage, au moment
où ils sortaient d'ici. Plus tard, une rumeur est venue
m'apprendre qu'on cherchait de tous côtés le juge
Pyncheon.... Un sentiment que je ne saurais décrire,
— une indéfinissable perception de quelque catastrophe, de quelque dénouement inévitable, — m'a
décidé à me frayer un chemin jusque dans cette partie
de la maison, où j'ai découvert ce que vous voyez....
C'est à titre de témoignage pouvant servir à Clifford,
et aussi à titre de souvenir tout spécialement précieux
pour moi, — car sachez-le, Phœbé, des motifs héréditaires mêlent étrangement ma destinée à celle de cet
homme, — c'est en vertu de ces motifs divers que j'ai
voulu, par les moyens particuliers dont je dispose,
conserver cette image authentique du juge Pyncheon
après sa mort. »

Malgré son agitation, Phœbé ne put s'empêcher de
remarquer la calme attitude d'Holgrave. Il paraissait
comprendre, il est vrai, tout ce qu'avait de solennel le
trépas du Juge, mais la révélation de ce fait n'avait
éveillé aucune surprise dans son esprit, et il semblait le considérer comme un événement pré-ordonné,
inévitable, en un mot s'adaptant si bien aux occur-
rences du passé qu'on aurait pu le prophétiser à
coup sûr.

« Pourquoi n'avez-vous pas ouvert les portes? pourquoi pas appelé des témoins? demanda-t-elle avec un

frisson d'angoisse.... Il est terrible pour nous d'être ainsi tout seuls.

— Mais Clifford? suggéra le photographe.... Clifford et sa sœur?... Nous devons chercher ce qu'il y a de mieux à faire pour eux.... C'est une fatalité qu'ils aient ainsi disparu! Leur fuite place l'événement sous le jour le plus faux et le plus défavorable. Cependant, pour qui les connaît, l'explication est bien simple! Étourdis, frappés de terreur par l'analogie de cette mort avec un autre incident du même genre, qui fut jadis suivi pour Clifford de conséquences si désastreuses, ils n'ont eu, au premier abord, qu'une seule pensée, c'était de s'éloigner au plus vite.... Combien tout cela est déplorable!... Si Hepzibah seulement eût poussé un cri, — si Clifford, ouvrant la porte à deux battants, avait proclamé la mort du juge Pyncheon, — cet incident si grave en lui-même n'aurait pu produire pour eux que les meilleurs résultats. Comme je l'envisage, il aurait pu servir puissamment à effacer la souillure qui noircit la renommée de Clifford.

— Et comment, demanda Phœbé, comment un bien quelconque pouvait-il sortir d'une catastrophe si terrible?

— Parce que, dit l'artiste, si l'affaire est loyalement étudiée, naturellement interprétée, il doit paraître évident qu'aucun moyen illégitime n'a précipité la fin du juge Pyncheon. Ce genre de mort est pour les gens de sa race, depuis plusieurs générations, une véritable idiosyncrasie; il ne revient pas souvent, à la vérité, mais lorsque c'est le cas, il attaque en général des individus arrivés à l'âge qu'avait le Juge, et les surprend le plus souvent, soit dans quelque accès de colère, soit au milieu des pressantes préoccupations d'une crise mentale. La prophétie du vieux Maule était probablement fondée sur la connaissance qu'il avait de cette prédisposition physique, héréditaire chez les Pyncheon. Maintenant il y a une analogie frappante, — que dis-je, une similitude presque absolue — entre la mort arrivée hier et celle que subissait il y a trente ans l'oncle de Clifford, d'après les souvenirs qui subsistent encore. Elle fut accompagnée cependant de circonstances tellement combinées, — inutile de les énumérer ici, — qu'on put regarder comme possible, comme probable — et même comme certain, vu la légèreté avec laquelle certaines hypothèses sont adoptées par le commun des hommes, — que le vieux Jaffrey Pyncheon avait péri de mort violente, et que son assassin était Clifford.

— D'où provenaient ces circonstances, s'écria Phœbé, puisqu'il était innocent, ainsi que nous le savons de reste ?

— Elles furent arrangées, dit Holgrave,..., du moins telle est ma conviction, et cette conviction date de loin.... elles furent arrangées, après la mort de l'oncle et avant qu'elle ne fût rendue publique, par l'homme maintenant assis dans le salon voisin. Sa propre mort si semblable à la première, mais exempte de tout soupçon, semble une visitation de Dieu qui en même temps a voulu le punir et manifester aux yeux de tous l'innocence de Clifford.... Mais cette fuite, cette déplorable fuite donne à tout cela un autre aspect !... Peut-être est-il caché dans le voisinage.... Si nous pouvions le rappeler à nous avant que la mort du Juge fût découverte, la situation deviendrait meilleure.

— Nous ne devons pas tenir ceci caché une minute de plus, s'écria Phœbé.... C'est une chose terrible à garder ainsi au fond de nos cœurs. Clifford
bien certainement n'est pas coupable. Dieu se chargera
de faire éclater son innocence !... Ouvrons les portes
à deux battants ; appelons tout ce qui nous entoure à
constater la vérité !

— Vous avez raison, Phœbé, répondit Holgrave....
Très-certainement, et sans aucun doute, vous avez
raison. »

L'artiste, cependant, n'éprouvait pas pour cette lutte
avec la Société, pour cet événement qui le plaçait en
dehors des règles ordinaires, l'horreur qu'ils inspiraient à la douce Phœbé, toujours éprise de la routine
et de la règle. Il n'était pas pressé comme elle de
rentrer pour ainsi dire sur les rails de la vie ordinaire.
Il puisait au contraire un plaisir sauvage dans sa situation actuelle ; — c'était comme une fleur de beauté
singulière, épanouie dans un lieu désolé, mêlant ses
parfums au vent des tempêtes, et qu'il avait cueillie
avec bonheur ; elle le séparait avec Phœbé du reste de
l'Univers, et les liait fortement l'un à l'autre par ce
secret de mort dont ils avaient la possession exclusive,
secret qui les forçait à délibérer ensemble, à prendre
en commun tel ou tel parti décisif. — Une fois divulgué,
au lieu d'habiter ensemble une île mystérieuse, ina-
bordable, qui leur faisait au milieu des hommes une
solitude enchantée, il verrait l'Océan humain les sépa-
rer de nouveau, et placer entre eux ses vagues innombrables. En attendant ils étaient côte à côte, la main
dans la main, à l'entrée de ce corridor hanté par les
ombres, et cette position bizarre hâtait chez eux le dé-

veloppement de certaines émotions qui peut-être sans cela n'auraient pas fleuri si tôt. Nous ne sommes même pas bien assurés que Holgrave n'eût pas prémédité de les laisser mourir dans leur germe.

« Et pourquoi tant de retards? demanda Phœbé. Ce secret m'empêche de respirer!... Ouvrons bien vite les portes !

— Eh, mon Dieu, dit Holgrave, nous ne goûterons peut-être pas, de notre vie tout entière, un moment pareil à celui-ci.... Dites-moi, Phœbé, n'enferme-t-il que terreurs?... N'avez-vous pas conscience, ainsi que moi, d'une joie intime qui fait de ce moment la minute décisive de notre vie, la seule qui lui donne son prix?

— N'est-ce pas un péché, répondit Phœbé toute tremblante, que parler de joie en un pareil moment?

— Si vous pouviez savoir, s'écria l'artiste, si vous pouviez savoir où j'en étais quand vous êtes venue!... Quelle heure sombre! quelle misère glacée!... La présence de ce mort qui est là projetait sur toutes choses une grande ombre noire; elle transformait pour moi l'univers en un vaste théâtre de crimes, et de châtiments plus effroyables encore que le crime lui-même.... Devant ce spectacle, ma jeunesse s'en allait.... Je ne pensais pas la voir jamais renaître!... Le monde m'apparaissait bizarre, insensé, méchant, ennemi; ma vie passée, comme un désert aride et dépeuplé; mon avenir, comme une masse de ténèbres informes auxquels il fallait conserver des formes ténébreuses.... Mais tout à coup, Phœbé franchit le seuil, l'air s'attiédit, l'espoir, le bonheur pénètrent ici avec elle.... Pourquoi, maintenant, ne pas vous dire tout ce

23

que j'éprouve?... Je vous aime, Phœbé, je vous aime de toute mon âme !

— Comment pouvez-vous aimer cette simple enfant que je suis? demanda Phœbé que cet élan passionné contraignait à répondre.... Vous avez bien des pensées auxquelles, malgré tous mes efforts, je ne saurais m'associer. Et moi,... moi aussi,... j'ai des instincts qui vous sont tout aussi peu sympathiques.... Ceci pourtant est le moindre obstacle.... Mais je n'ai pas assez d'esprit, assez d'intelligence pour vous rendre heureux.

— Je ne vois de bonheur possible qu'en vous, répondit Holgrave. Je ne puis croire qu'à celui dont vous disposez !

— C'est égal, j'ai peur ! continua Phœbé qui, même en lui faisant l'aveu sincère de ses doutes, s'inclinait vers lui par un irrésistible entraînement.... J'ai peur de me laisser conduire par vous en dehors de mon paisible sentier.... Je m'efforcerai, je le sens, de vous suivre sur ces hauteurs où n'existe nulle trace humaine.... Et ceci m'est impossible.... Ma nature même s'y refuse.... Savez-vous bien que je mourrai à la peine?...

—Ah, Phœbé! s'écria Holgrave, qui se laissa presque aller à soupirer tout en souriant d'un air pensif, les choses se passeront tout autrement que vous ne le prévoyez.... Ce sont les malheureux qui poussent le monde en avant et président aux évolutions de son avenir. L'homme satisfait, au contraire, se cantonne inévitablement dans les limites anciennes et ne suit que les chemins frayés.... Je prévois que dorénavant mon lot sera de planter des arbres, d'élever des barrières — peut-être même, avec le temps, de bâtir une maison pour mes enfants — de me conformer, en un mot, aux lois et usages d'une société pacifique. Votre équilibre sera plus puissant que toutes mes tendances oscillatoires.

— Je ne voudrais pourtant pas qu'il en fût ainsi, dit Phœbé fort sérieusement.

— M'aimez-vous? demanda Holgrave.... Si nous nous aimons, tous ces vains propos sont inopportuns.... Savourons, et sans songer à autre chose, cette minute bénie.... M'aimez-vous, Phœbé, m'aimez-vous?...

— Vous lisez dans mon cœur, dit-elle baissant les yeux.... Vous le savez donc bien, que je vous aime ! »

Et ce fut à cette heure si remplie d'anxiété et de terreur, que s'accomplit le miracle sans lequel toute existence humaine a manqué son but. La félicité complète, — qui rend toutes choses vraies, belles et saintes, — rayonnait autour de ce jeune homme et de cette jeune fille. Pour eux, en ce moment, rien de triste, rien de flétri par l'âge. La terre redevenait un Éden, un Éden où personne n'avait habité avant eux. Le mort, assis à quelques pas, était oublié. En une crise semblable, la Mort n'existe plus ; l'immortalité, qui nous est révélée à nouveau, enveloppe tout de son atmosphère sacrée. Mais ce songe ailé, un moment perdu dans l'espace, allait pesamment retomber à terre.

« Écoutez ! murmura Phœbé.... Il y a quelqu'un à la porte de la rue.

— Eh bien, dit Holgrave, allons maintenant au-devant du monde. Le bruit a sans doute déjà circulé que le juge Pyncheon était venu par ici. Combinée avec la fuite d'Hepzibah et de Clifford, cette rumeur

doit avoir décidé les magistrats à venir faire une enquête sur les lieux.... Nous n'avons qu'à nous y soumettre.... Ouvrons immédiatement toutes les portes ! »

Mais, à leur grand étonnement, avant qu'ils eussent pu arriver au grand portail, — avant même qu'ils
eussent quitté la salle où leur entretien venait d'avoir
lieu, — ils entendirent dans le fond du corridor un
bruit de pas.... Ainsi donc, la porte qu'ils croyaient
bien fermée, — celle là même que le photographe avait
vue ainsi et par laquelle Phœbé n'avait pas pu pénétrer dans la maison, — cette porte avait été ouverte
par quelqu'un du dehors. Les pas qu'on entendait n'a-
vaient point cette allure déterminée, hardie, impérieuse
qui eût annoncé l'entrée des autorités dans une demeure où ne les attendait naturellement aucun bon
accueil. C'était la marche faible, indécise, de quelques
personnes timides ou lasses; c'était aussi le murmure
confus de deux voix familières à l'oreille de nos jeunes
gens.

« Se peut-il? dit tout bas Holgrave.

— Ce sont eux, répondit Phœbé; Dieu merci! Dieu
merci, ce sont eux! ».

Et alors, comme faisant écho à l'exclamation sympathique de Phœbé, ils entendirent plus distinctement la
voix d'Hepzibah :

« Dieu merci, frère, nous voici chez nous!

— Dieu merci?... oui, si vous le voulez, répondit
Clifford.... C'est un *chez nous* un peu triste, ma
bonne Hepzibah.... Mais vous avez bien fait de me
ramener ici!... Un instant!... La porte du salon est
ouverte. Je ne saurais passer là devant.... Laissez-moi
m'aller reposer sous la tonnelle où j'ai passé jadis.

il y a bien longtemps, de si bons moments avec la petite Phœbé ! »

Mais la maison, après tout, n'était pas aussi triste que Clifford se l'était figuré. Ils n'avaient pas fait grand chemin, — à vrai dire ils hésitaient encore à y rentrer, se reposant du partipris et ne sachant que devenir ensuite, — lorsque Phœbé courut à leur rencontre. En la voyant, Hepzibah se mit à pleurer. Sous le double fardeau du chagrin et de la responsabilité, la vieille demoiselle avait marché en chancelant, jusqu'à cette heure où il lui était permis de tout mettre à terre. Encore l'énergie lui aurait-elle manqué pour cela, et c'était plutôt elle qui s'affaissait sous le poids vainqueur. Clifford semblait, en ce moment, le plus robuste des deux.

« Tiens, tiens, notre petite Phœbé ?... Ah ! maître Holgrave est avec elle ! s'écria-t-il accompagnant ces paroles d'un coup d'œil pénétrant et subtil, d'un sourire affectueux et mélancolique.... Et moi qui pensais justement à vous deux, en descendant la rue et en regardant les Bouquets d'Alice pleinement épanouis.... Il paraît que la fleur de l'Éden pousse aujourd'hui, tout pareillement, au sein des ténèbres qui peuplent notre antique demeure. »

XXI

Le départ.

La mort soudaine d'un personnage aussi éminent que l'honorable juge Jaffrey Pyncheon, devait produire et produisit en effet une sensation profonde qui dura, s'affaiblissant toujours, pendant à peu près une quinzaine. Il en eût été tout autrement si les constatations posthumes n'eussent établi que son trépas, tout à fait légitime, était dû à des causes qui n'avaient rien d'exceptionnel. A partir de ce moment le public s'empressa de l'oublier, et les journaux du Comté qui s'obstinèrent à publier son éloge funèbre purent aisément s'assurer que, pour s'y être pris trop tard, ils ne produisaient aucune sensation. Certains bruits, d'ailleurs, circulant en sourdine, donnaient un secret démenti à toutes leurs belles phrases. La mort est un fait brutal qui semble exclure le mensonge, ou du moins trahir son néant, une pierre de touche qui fait

reconnaître tout vil métal et lui ôte son prestige. Les
bruits, les médisances dont nous parlons avaient trait,
pour la plupart, à des faits déjà vieux de trente ou quarante ans, c'est-à-dire à l'assassinat présumé dont aurait été victime l'oncle du juge Pyncheon. L'opinion des
médecins sur le décès de ce dernier, semblait par elle-
même repousser l'idée qu'un meurtre eût été commis
dans le plus ancien de ces deux cas. En outre, il existait
des circonstances indiquant d'une manière irréfragable
qu'au moment où l'ancien Jaffrey Pyncheon avait
rendu l'âme, quelqu'un s'était introduit furtivement
dans son domicile. Son écritoire et les tiroirs de son
secrétaire avaient été mis au pillage ; il y manquait de
l'argent et des objets de prix ; sur les draps du vieillard s'était retrouvée l'empreinte d'une main sanglante, et par un enchaînement de déductions puissamment liées l'une à l'autre, il avait bien fallu rendre
responsable soit du vol, soit du prétendu meurtre, le
malheureux Clifford qui résidait alors avec son oncle
dans la Maison aux Sept Pignons.

Mais aujourd'hui, cette chronique du passé ne devait
plus être envisagée sous le même aspect, et cela, disait-on, grâce à l'intervention d'un Voyant magnétique
auquel le photographe avait eu recours, et qui, les yeux
fermés, s'était permis d'y voir plus clair que la Justice, malgré le bandeau traditionnel dont elle se couvre
les yeux.

Suivant la version nouvelle, le juge Pyncheon —
qui nous est apparu sous des dehors si exemplaires,
— était dans sa jeunesse un incorrigible mauvais sujet, adonné aux plus basses débauches, prodigue au
delà de toutes bornes, et n'ayant d'autres ressources

que les bontés de son oncle. L'affection que ce vieux
garçon lui portait, si forte qu'elle eût été au début, ne
s'était pas trouvée à l'épreuve de tant de désordres.
On prétend, de plus, qu'une belle nuit, cédant aux
tentations du Malin, ce misérable neveu, dont les instincts sous quelques rapports étaient ceux d'un bri-
gand, fut surpris par son oncle au moment où, nanti
d'une fausse clef, il fourrageait sans scrupules parmi
les valeurs renfermées dans un secrétaire. La surprise
que produisit une telle découverte chez ce vieillard
éveillé en sursaut au milieu de la nuit, — la peur
aussi, peut-être, en même temps que la colère, — déter-
minèrent une crise à laquelle le rendait d'ailleurs sujet
son tempérament héréditaire. Comme étouffé par le
sang, il tomba sur le parquet et dans sa chute donna
lourdement de la tête contre l'angle d'une table. A
présent que faire? Le vieillard était mort, bien certainement; les secours viendraient trop tard.... Et quel
malheur, de plus, s'ils venaient trop tôt!... Mais le
mort ne ressuscita pas.

Avec la froide témérité qui le caractérisa toujours,
le jeune homme continua de fouiller dans les tiroirs
où il trouva un testament, de date récente, fait en faveur de Clifford, et qu'il détruisit, — puis un autre
plus ancien, fait en sa faveur, qu'il laissa naturellement subsister. Mais, avant de se retirer, Jaffrey fut
frappé de cette idée que, laissant derrière lui les
preuves flagrantes d'une effraction, il serait utile, pour
détourner les soupçons, de les faire peser sur une autre
tête que la sienne. Sous les yeux même du mort, en
conséquence, il organisa un plan qui devait l'innocenter
aux dépens de Clifford, son rival, dont le caractère lui

avait toujours inspiré une répugnance mêlée de dédain.
Il n'est pas sûr, soyons juste, qu'il prétendît impliquer
ainsi Clifford dans une accusation de meurtre. Sachant
bien que son oncle n'avait pas péri de mort violente,
il ne devait pas prévoir, en un pareil moment de crise,
les conclusions précipitées auxquelles le public en viendrait à ce sujet; toutefois, lorsque l'affaire eut pris ce
tour sinistre, Jaffrey se trouvait déjà sur une voie où
il n'était guère possible de reculer, et les circonstances
avaient été si bien ménagées par lui que, devant les
juges de Clifford, son cousin n'eut pour ainsi dire pas
à porter un faux témoignage; il put se borner à ne
pas donner les explications décisives qu'aurait fournies
le récit exact de ce qu'il avait vu, de ce qu'il avait fait.

Ceux qui connaissent le cœur humain s'explique-
ront, à l'aide de ces nuances, comment le crime per-
pétré par Jaffrey Pyncheon au détriment de Clifford,
— si noir et si condamnable qu'il fût en réalité, — ne
lui apparaissait plus, à la longue, que comme un péché véniel, une fragilité de jeunesse très-suffisamment
expiée par une foule de bonnes œuvres. — Le digne
magistrat n'y pensait d'ailleurs que fort rarement.

Laissons maintenant le Juge à son repos éternel.
A l'heure de sa mort, sa longue prospérité parut se
démentir, car au moment où il essayait d'augmenter
l'héritage probable de son fils, il venait de perdre, sans
le savoir, cet enfant unique. Une semaine tout au plus
après son décès, un des *steamers* de la Compagnie
Générale apporta la nouvelle que le fils du juge Pyncheon était mort du choléra, juste au moment où il
allait s'embarquer pour revenir dans son pays natal.
Ce malheur faisait de Clifford un homme riche; Hep-

zibah devenait riche, elle aussi, et en même temps
notre petite villageoise, et grâce à elle, également,
cet ennemi juré de la richesse, de l'esprit conservateur sous toutes ses formes, ce farouche réformiste, —
Holgrave en personne !

La réhabilitation arrivait trop tard pour changer
quoi que ce soit à la vie de Clifford. Il n'avait plus
besoin ni de l'admiration ni du respect que pouvaient
lui porter un certain nombre d'inconnus, mais bien
de la tendresse que lui prodiguaient sa sœur et quelques âmes d'élite. Pour des torts comme ceux qu'il
avait subis, la Société n'a pas de réparations. Celles
qu'on aurait pu lui offrir en échange d'une si longue
agonie, d'une existence si complétement perdue, auraient provoqué de sa part un rire amer, en supposant
que la moindre amertume habitât encore en lui. C'est
une vérité reconnue (et qui serait bien triste, sans les
espérances plus hautes qu'elle suggère), c'est une vérité
reconnue, disons-nous, qu'aucune grave méprise, soit
que nous la commettions, soit que nous en soyons victimes, n'a jamais été, ne sera jamais rectifiée ici-bas.
Le temps et la perpétuelle vicissitude des circonstances, — et l'invariable inopportunité de la mort, —
rendent impossible un pareil résultat. Si par hasard,
après le laps de longues années, il semble qu'on nous
rende notre droit, nous ne savons plus qu'en faire,
ni pour ainsi dire où le nicher. Le mieux est donc,
pour celui que le Hasard a frappé, de passer outre et
de laisser bien loin derrière lui ce qu'il regardait comme
une ruine irréparable.

Clifford ne recouvra certainement pas, dans toute
leur plénitude, les riches facultés dont le sort l'avait

doué. Mais l'affranchissement qu'il dut à la mort du
juge Pyncheon lui rendit tout ce qu'il lui fallait pour
vivre heureux. Débarrassé de ce cauchemar, il vit
s'alléger son humeur, et ressusciter en lui comme une
ébauche de cette grâce merveilleuse dont on subissait
malgré soi l'ascendant; — elle appelait sur sa tête
une sorte d'intérêt mélancolique et doux.

Peu après leur changement de fortune, Clifford,
Hepzibah et la petite Phœbé, — en vertu d'un projet
approuvé par le photographe, — résolurent de quitter
la Maison aux Sept Pignons et d'aller habiter, pour le
présent, l'élégante villa du défunt Juge. Le coq et sa famille y avaient déjà été transportés, et les deux poules
s'étaient immédiatement mises en frais de ponte, avec
une ardeur infatigable. On voyait que c'était pour elles
une affaire de devoir et de conscience, et qu'elles en-
tendaient bien perpétuer leur illustre race, sous de
meilleurs auspices qu'elles n'en avaient connu depuis
cent ans.

Au jour fixé pour leur départ, les principaux personnages de notre récit, — y compris l'oncle Venner,
— se trouvaient rassemblés dans le salon.

« La maison que nous allons habiter est certainement fort belle et fort bien distribuée, remarqua Holgrave, dans le cours de la discussion relative aux
arrangements futurs.... Mais je me demande pourquoi le feu Juge, riche comme il l'était et pouvant
espérer de transmettre sa richesse à une lignée issue
de lui, n'a pas compris qu'il valait mieux construire
en pierre, plutôt qu'en bois, un si parfait échantillon
d'architecture domestique. De cette façon, toutes les
générations successives de la famille auraient pu mo-

difier l'intérieur de cette demeure conformément à
leurs convenances et à leurs goûts, tandis que le laps
du temps aurait ajouté je ne sais quoi de vénérable
à la beauté primitive des dehors en leur donnant ce
caractère de permanence que je regarde comme essentiel au sentiment du bonheur qui passe.

— Vraiment? s'écria Phœbé qui examinait, toute
étonnée, la physionomie de l'artiste. Quel merveilleux
changement dans vos idées!... Une maison de pierre,
avez-vous dit?... Mais il n'y a pas plus de quinze
jours ou trois semaines que vous nous assigniez pour
demeures des abris aussi fragiles, aussi peu durables
qu'un nid d'oiseau!

— Eh! mon Dieu, Phœbé, je vous ai annoncé ce
qui arrive, répondit l'artiste avec un rire quelque peu
mélancolique.... Vous voyez déjà le progrès que les
idées conservatrices ont fait en moi.... Je ne m'y
attendais guère, je vous assure; et je me le pardonne
d'autant moins que ce progrès s'est accompli dans
cette maison toute empreinte d'une fatalité héréditaire,
sous les yeux même de ce portrait, image d'un conservateur modèle qui, par l'application de ses principes funestes, est resté si longtemps le mauvais génie
de sa race.

— Ce portrait! dit Clifford qui semblait vouloir se
soustraire aux regards de l'austère Puritain.... Je ne
saurais y jeter les yeux sans me sentir hanté par un
souvenir vague et lointain dont ma pensée affaiblie ne
peut s'emparer complétement.... C'est un rêve d'o-
pulence qu'il éveille en moi, d'une opulence sans
bornes, d'une opulence inimaginable!... Je me figu-
rerais volontiers que, pendant mon enfance ou ma jeu-

nesse, ce portrait, prenant tout à coup la parole, m'a révélé un secret qui devait m'enrichir,— ou bien encore, qu'étendant la main hors de son cadre, il m'a remis un document écrit, qui m'indiquait les traces de quelque trésor caché.... Mais ces vieilles affaires sont maintenant si loin de moi, et tant de nuages les voilent à mes regards!... Que faut-il penser de cette espèce de rêve?

— Peut-être vous le rappellerai-je, répondit Holgrave.... Et, tenez!... Voyez plutôt!... il y a bien cent chances contre une que personne, ignorant le secret, ne mettra jamais le doigt sur ce ressort....

— Un ressort invisible? s'écria Clifford.... Ah, maintenant, je me souviens!... Un soir d'été que je parcourais la maison en rêveur oisif, je le découvris, il y a bien longtemps, bien longtemps.... Mais j'ai complétement oublié en quoi consiste le mystère. »

L'artiste posa son doigt sur la petite mécanique à laquelle il venait de faire allusion. Autrefois, sans doute, l'effet de ce geste eût été de faire simplement avancer le tableau en dehors de la muraille où il était encastré; mais, depuis de si longues années pendant lesquelles le mécanisme était resté caché, la rouille avait fait son œuvre, et si bien que, sous le pouce d'Holgrave, le portrait, se détachant avec son cadre, tomba soudain, face contre terre. Ainsi se trouva révélée à l'improviste une niche pratiquée dans l'épaisseur de la muraille, et où se trouvait un pli de parchemin, si bien revêtu de la poussière des âges qu'on fut quelque temps à deviner ce qu'il pouvait être. Holgrave l'ouvrit ensuite, et déploya sous les yeux des assistants un traité de vieille date, au bas duquel figuraient, en guise de signatures, les hiéroglyphes de plusieurs sagamores indiens. Par cet acte solennel ils déclaraient se dessaisir à perpétuité, au profit du colonel Pyncheon et de ses hoirs, de leurs droits sur une vaste contrée située à l'est de la cité nouvelle.

« Voilà précisément le parchemin à la découverte duquel furent sacrifiés en vain le bonheur et la vie de la belle Alice Pyncheon, dit l'artiste faisant allusion à sa légende.... C'est bien là cet acte que les Pyncheon cherchèrent en vain tant qu'il pouvait avoir pour eux une valeur essentielle; et maintenant que ce trésor arrive en leurs mains, il y a déjà longtemps qu'il a perdu tout son prix.

—Pauvre cousin Jaffrey! c'est là ce qui l'a trompé, s'écria Hepzibah. Pendant que lui et Clifford étaient encore jeunes, mon frère s'amusa probablement à faire de tout ceci une espèce de conte des Mille et une Nuits. Il était sans cesse à rêver çà et là par la maison et peuplait de visions brillantes ses recoins les plus obscurs. Le pauvre Jaffrey, lui, songeant au positif et prenant volontiers les fictions dans leur sens le plus réel, se figura que mon frère avait découvert l'endroit où les richesses de son oncle étaient enfouies.... Il sera mort sans avoir perdu cette illusion!

— Mais, reprit Phœbé emmenant Holgrave un peu à l'écart, comment avez-vous été mis en possession de ce secret?

— Chère enfant, dit Holgrave, comment vous irà le nom de Maule?... Quant au secret, c'est là l'unique héritage qui me vienne de mes ancêtres.... Vous auriez su plus tôt, si je n'avais craint de vous effaroucher et de vous perdre), que dans ce long drame où chaque tort reçoit son châtiment, je représente le vieux Sorcier, sorcier moi-même autant qu'il le fut sans doute. Le fils de Matthew Maule le Supplicié, chargé de construire cette maison, saisit l'occasion d'y pratiquer une cachette où il plaça le traité avec les chefs Indiens, pièce décisive d'où dépendait le succès des prétentions énormes qu'élevaient alors les Pyncheon sur une espèce de principauté. Ce fut ainsi que, pour avoir usurpé le jardin des Maule, ils furent privés du grand territoire sis à l'Est.

— Et maintenant, dit l'oncle Venner, ce beau parchemin, je suppose, ne vaut pas une part d'intérêt dans la ferme que j'ai là-bas!

— Ne nous parlez plus de votre ferme, oncle Venner! s'écria Phœbé, prenant par la main le philosophe en haillons. Vous n'y remettrez plus le pied, c'est moi qui vous le dis.... Nous avons dans nos nouveaux jardins un joli *cottage*, couleur pain d'épices, que nous allons arranger et meubler pour vous.... C'est là que vous finirez vos jours ... Le cousin Clifford a besoin de vous.... Rien ne l'égaie comme votre vieille sagesse et vos apophthegmes originaux....

— Oui, venez, oncle Venner, reprit Clifford. J'ai besoin de vous savoir toujours à cinq minutes de mon fauteuil.... Vous êtes le seul philosophe, à moi connu, dont la sagesse ne recèle pas, tout au fond, quelques gouttes d'essence amère.

— C'est singulier, dit le vieillard, autrefois on me rangeait parmi les idiots.... Mais il en est probablement de ma sagesse comme de ces dents-de-lion à fleurs jaunes, qui jamais ne poussent pendant les mois d'été, mais qu'on voit briller parmi les gazons flétris et sous les feuilles sèches, parfois jusqu'aux derniers jours de décembre.... A votre aise, mes amis, couronnez-vous de ces pauvres fleurs! »

Une barouche vert foncé, simple, mais belle, était venue s'arrêter devant le portail délabré du vieil hôtel; tous y montèrent, à l'exception du bon oncle Venner, qui devait les aller rejoindre quelques jours plus tard.

Leurs âmes étaient sereines, leurs propos étaient joyeux. Clifford, Hepzibah, quittaient la demeure patrimoniale sans plus d'émotion que s'ils avaient dû revenir y prendre le thé. Un groupe d'enfants s'était formé devant la barouche verte, et son bel attelage gris les tenait en extase. Hepzibah reconnut parmi eux le petit Ned Wiggins, sa première et sa plus fidèle pratique, et laissa tomber dans les mains du petit drôle assez d'argent pour qu'il pût faire de son estomac une espèce d'arche, dans laquelle trouveraient place tous les animaux de la Création.

Au moment où la barouche partait, deux hommes vinrent à passer : « Hé bien, Dixey, dit l'un d'eux, que vous semble de tout ceci?... Ma femme a tenu pendant trois mois un magasin de détail, et au bout de ce temps elle s'était appauvrie de cinq dollars.... La vieille demoiselle Pyncheon a fait le même commerce pendant à peu près le même temps, et la voilà qui part dans sa voiture avec deux fois cent mille livres sterling, — y compris sa part, celle de Clifford et celle de miss Phœbé ; — même, au dire de quelques uns, il faudrait doubler la somme.... Si vous appelez cela de la chance, j'en veux bien tomber d'accord, mais si nous devons y reconnaître l'intervention de la Providence, je ne me charge pas, je l'avoue, d'y rien comprendre.

— Ce genre d'affaires n'est pas si mauvais, dit alors le sagace Dixey. Pas si mauvais, ce genre d'affaires! »

La source de Maule, pendant tout ce temps, bien qu'abandonnée à la solitude, continuait sa série de tableaux au kaléïdoscope, où un œil bien doué aurait pu chercher à lire l'avenir d'Hepzibah et de Clifford. Il y aurait vu — tels qu'ils devinrent plus tard et entourés de leur nombreuse postérité, — le descendant du Sorcier légendaire et l'aimable villageoise qu'il avait prise en son amour comme dans un lacs magique. L'Orme Pyncheon, d'ailleurs, avec les restes de feuillage que les ouragans de septembre lui avaient laissés, murmurait d'inintelligibles prophéties. L'Oncle Venner, enfin, passant à pas lents sous le porche en ruine, croyait entendre une musique lointaine et se figurait que la douce Alice Pyncheon — après avoir assisté à la réconciliation de deux races ennemies, et avant de remonter vers le ciel, — s'était assise devant son clavecin pour y chanter un dernier adieu à la Maison aux Sept Pignons.

FIN.

TABLE.

FIN DE LA TABLE.

COULOMMIERS. — Typogr. ALBERT PONSOT et P. BRODARD.

www.ingramcontent.com/pod-product-compliance
Lightning Source LLC
Chambersburg PA
CBHW050323030726
47505CB00003B/831